Un Romance
Indecente

MARY JO PUTNEY

Un Romance Indecente

Titania Editores

ARGENTINA - CHILE - COLOMBIA - ESPAÑA
ESTADOS UNIDOS - MÉXICO - PERÚ - URUGUAY - VENEZUELA

Título original: *Nowhere Near Respectable*
Editor original: Zebra Books, Kensington Publishing Corp., New York
Traducción: Claudia Viñas Donoso

1.ª edición Noviembre 2011

Copyright © 2011 by Mary Jo Putney, Inc.
All Rights Reserved
Copyright © 2011 *by* Ediciones Urano, S. A.
Aribau, 142, pral. – 08036 Barcelona
www.titania.org
atencion@titania.org

ISBN: 978-84-92916-15-3
E-ISBN: 978-84-9944-173-3
Depósito legal: B –35.823- 2011

Fotocomposición: Zero preimpresión, S.L.
Impreso por: Romanyà Valls, S.A. - Verdaguer, 1 - 08786 Capellades (Barcelona)

Impreso en España - *Printed in Spain*

MAR 1 9 2012

En memoria de dos espléndidas y muy queridas cascarrabias:
Kate Duffy, que de verdad justifica el título Julia Child of romance, y mi correctora, aunque no por estar cerca mucho tiempo.

Y para:
Larry Krause, editor, autor, idealista y malva mineral, y una de esas raras personas que siempre vive según sus principios.

Agradecimientos

A Cauldron, mis talentosas e igualmente locas amigas de reuniones.

Y a las Musas, mi siempre consolador paño de lágrimas.

Prólogo

Londres, comienzos de noviembre de 1812

El obituario en los diarios de Londres era pequeño, pero atrajo considerable atención. Tres de los amigos jugadores de Loco Mac Mackenzie se reunieron en el club y brindaron por él.

—Al menos burló al verdugo —dijo uno, respetuosamente.

Los tres volvieron a levantar las copas para brindar.

Varias damas de la buena sociedad suspiraron con pesar, tal vez limpiándose una o dos lágrimas de verdadera pena; qué terrible pérdida la de esa virilidad tan magnífica aunque irritante.

Un hombre que aseguró ser amigo de Mackenzie soltó una maldición y dio un fuerte puñetazo de pena en el diario.

Su hermanastro Will Masterson, que era el hijo legítimo, se enteró de la noticia unos días después. Lo lamentó sin llorar, pensando si sería cierto que había muerto su exasperante hermano.

La directora de escuela y madre adoptiva de Mackenzie, lady Agnes Westerfield, cerró los ojos y lloró; típico de Loco Mac entenderlo mal; tendría que estar prohibido que los jóvenes murieran antes que sus mayores; era tremendamente injusto.

Mac frunció el ceño al leer su obituario y deseó que su hermano Will no lo viera. Dejando el diario a un lado deseó también no tener que continuar muerto mucho tiempo.

Estar muerto no reportaría ningún beneficio a su negocio.

Capítulo 1

Kent, fines de octubre de 1812

*E*mitiendo una risa cantarina, se recogió la falda del traje de montar y se alejó a toda prisa por el largo corredor antes que el joven de pelo dorado pudiera terminar su proposición. Cuando llegó a la puerta del final del corredor, se detuvo a mirar atrás por encima del hombro, con expresión traviesa.

El honorable Godfrey Hitchcock, rubio y seguro de sí mismo a la luz del sol, que había aparecido después de varios días de lluvia, le sonrió:

—Después hablaremos, lady Kiri, y terminaré lo que comencé a pedirte.

Kiri Lawford le dirigió esa pronta sonrisa que siempre dejaba sin aliento a los hombres y pasó por la puerta. Cuando se encontró fuera de su vista, aminoró el paso, con expresión pensativa. Godfrey era un joven encantador, el pretendiente más atractivo que había tenido desde que llegara su familia a Londres un año atrás.

Pero, ¿de verdad deseaba casarse con él?

Le agradó que él se le hubiera unido para esa cabalgada a última hora de la tarde, aun cuando se arriesgaban a retrasarse para la cena. Había querido aprovechar esa excepcional tarde de sol después de estar atrapada dentro de la casa desde que llegó a Grimes Hall para esa estancia de varios días de vida social. Él era un jinete de primera clase, capaz de ir a su velocidad galopando por las colinas de Kent.

Oficialmente ella sólo era una del grupo de personas invitadas, pero todos entendían que estaba ahí para conocer a la familia de Godfrey mientras se conocían mejor entre ellos en ese ambiente relajado. Su madre tenía pensado acompañarla, pero al caer con sarampión varias personas de la casa, finalmente tuvo que quedarse en Londres.

Por suerte ella estaba alojada en la casa Ashton con su hermano, lo que la salvó de contagiarse, y le permitió viajar a Kent con un matrimonio mayor que estaban invitados a la reunión social.

La visita iba bien. Los Hitchcock la miraban con una minuciosidad que sugería que creían que pronto ella formaría parte de la familia. Los encontraba bastante agradables, a la fría manera inglesa.

El matrimonio no sería lo mejor de lo mejor para ella, ya que Godfrey sólo era el tercer hijo de un conde mientras que ella era hija de un duque, pero él le caía muy bien. En el año transcurrido desde que llegara con su familia de India no había encontrado ningún hombre cotizable que le gustara más.

Godfrey no la trataba como a una vulgar fulana extranjera, exótica, indigna de respeto. Además, besaba muy bien, lo que seguro era un buen rasgo en un marido, y su toque de rebeldía igualaba al suyo. Pero ¿era eso una base lo bastante fuerte para un matrimonio?

Su madre, Lakshmi, descendía de la realeza india y a pesar de su dulzura había desafiado dos veces la tradición casándose con ingleses, las dos veces por amor. Su padre, el sexto duque de Ashton, murió antes que naciera ella, pero había visto el amor entre su madre y su segundo marido, John Stillwell. Su padrastro había sido un famoso general en India, y era el único padre que conocía; un buen padre, además, que la trataba igual que a sus dos hijos.

Godfrey era entretenido y buena compañía, pero comparado con el general Stillwell parecía algo escaso de sustancia. Claro que la mayoría de los hombres lo eran, aunque su hermano Adam estaba bastante a la altura del general, como también lo estaban sus interesantes amigos, ahora que lo pensaba. Una lástima que la trataran como a una hermana pequeña.

Pero tal vez no era justa con Godfrey; simplemente no lo conocía lo bastante bien para saber si tenía profundidades ocultas. Debía aceptar el ofrecimiento de su madre, lady Norland, invitándola a quedarse otra semana después que se hubieran marchado los demás invitados.

Pensando si sus padres podrían venir si ella se quedaba más días, decidió pasar por la sala de estar de mañana de lady Norland, donde sin duda estaría si aún no había subido a cambiarse para la cena, y así podría decirle que aceptaba la invitación a quedarse más tiempo. Sin duda otra semana en compañía de Godfrey le aclararía el asunto de si harían buena pareja.

La sala de estar de mañana de la condesa era acogedora y atractiva, y esta pasaba buena parte de su tiempo ahí con sus amigas. Abrió suavemente la puerta y se detuvo al ver que lady Norland estaba charlando con su hermana, lady Shrimpton. Sentadas en un sofá, de espaldas a la puerta, ninguna de las dos la vio.

Podría hablar con su anfitriona después, pensó. Estaba a punto de cerrar la puerta y alejarse cuando lady Shrimpton dijo:

—¿De veras que Godfrey se va a casar con esa chica, Kiri?

Kiri se quedó paralizada ante ese tono despectivo. ¿Qué diablos...?

—Es probable —contestó lady Norland—. Ella parece bastante enamorada. ¿Qué chica se resistiría a un hombre tan guapo y encantador?

—Me sorprende que tú y Norland vayáis a permitir ese matrimonio —dijo la hermana, desaprobadora—. Yo no permitiría que un hijo mío se casara con una extranjera mestiza. ¡Qué criatura tan vulgar y atrevida! He visto los señuelos que arroja. Vamos, los hombres la olisquean como perros sabuesos. Godfrey no sabrá si sus hijos son suyos.

Kiri se llevó la mano al pecho al sentir el vuelco de conmoción que le dio el corazón. Su hermano Adam había sido objeto de desaprobación por su sangre mixta, pero a ella la habían tratado con más tolerancia porque era una simple mujer, no un duque inglés. Si bien algunos miembros de la alta sociedad la desaprobaban por su raza, normalmente eran discretos al respecto. Nunca había oído esa mala voluntad dirigida a ella.

—La muchacha es medio inglesa y su padrastro es el general Stillwell, así que debería tener ciertas nociones acerca de la conducta decorosa —dijo lady Norland, en un tono que revelaba que no estaba muy segura de eso—. Lo que importa es que es hija de un duque y tendrá una muy generosa dote. Godfrey es de gustos caros y no encontrará una esposa más rica que esta. Si le endilga críos de otros hombres, bueno, él tiene dos hermanos mayores que ya tienen hijos, por lo que su sangre nunca manchará el título.

—Una buena dote compensa mucho, cierto —dijo lady Shrimpton—, pero tendrás que relacionarte con esa horrenda madre que tiene. Una pagana, ¡y tan morena!

—Lady Kiri es menos morena, y su dote es oro —dijo lady Norland, riendo—. Supongo que no debo hacerle un desaire a su madre, pero créeme, habrá poca relación social entre esa familia y la nuestra, a pesar de la presencia del general Stillwell.

A Kiri se le oscureció la visión, se le puso todo rojo, pues se apoderó de ella una rabia asesina. Cómo podían atreverse a hablar así de su madre, que era la mujer más sabia, buena y amable que había conocido en toda su vida; era una verdadera dama, bajo el criterio que fuera. Deseó aplastar, arañar, mutilar a esas dos horrendas mujeres. Ansió borrarles de la cara esas sonrisas despectivas, aplastarles esa intolerancia.

Y era capaz. De niña le fascinaban las historias de antiguas reinas guerreras, así que insistió en acompañar a sus primos indios en el estudio del tradicional arte de la lucha llamado «kalarippayattu; había sido una de las mejores alumnas de la clase, y en ese momento ardía de ganas de usar sus habilidades con esas mujeres malvadas.

Pero estaría mal matar a su anfitriona; tampoco debía asesinar a Godfrey, ese embustero y engañoso cazadotes. Echó a andar a ciegas hacia su habitación, sintiéndose enferma al caer en la cuenta de que había considerado la posibilidad de casarse con él. Se pasó el puño por la boca para borrarse el recuerdo de sus besos.

Casi tanto como las despectivas alusiones a su madre, le enfurecía ese horrible comentario de que ella era una furcia que arrojaba señuelos a los hombres. Se había criado en campamentos militares, entre hombres, y le encantaba su compañía. Desde que tenía edad para caminar los subalternos del general Stillwell la fastidiaban, conversaban con ella y le enseñaron a cabalgar, a cazar y a disparar. Y después, cuando creció, algunos oficiales se enamoraron perdidamente de ella. Y, por supuesto, ella no era una tímida señorita inglesa que les tenía miedo a todos los hombres que no fueran de su familia.

No podía continuar en esa casa ni un solo día más, ni siquiera una hora más. Aliviada entró en su habitación. Podía tomar prestado un caballo de los Norland y cabalgar a campo través hasta Dover, concurrido puerto donde no le costaría nada coger una diligencia para volver a Londres.

Haciendo saltar botones por lo temblorosas que tenía las manos, se quitó el traje de montar nuevo que había llevado en las cabalgadas diarias con Godfrey. Se había esforzado en ser una dama inglesa en todo, pero ya no.

Libre de las yardas de tela, hurgó en su ropero hasta encontrar la bien usada falda dividida en perneras que trajo de India.

Esa falda pantalón le permitía montar a horcajadas, y había pensado que podría usarla ahí.

Se la puso y la tela beis cayó en su lugar con agradable familiaridad; mientras se ponía una chaqueta azul marino entallada se miró en el espejo del ropero.

Pelo negro, ojos verde vivo, altura mayor de la normal, incluso para una chica inglesa; su piel era más morena que la de las inglesas corrientes, pero no tanto que llamara la atención.

Esa era la verdera Kiri Lawford, hija del imperio, medio inglesa, medio india, y orgullosa de los dos legados. Con sari y un bindi pintado en la frente se vería casi totalmente india, tal como con el traje de montar parecía casi totalmente inglesa.

Pero nunca totalmente lo uno ni lo otro. Eso no lo podía cambiar; ni deseaba cambiarlo. Y mucho menos para complacer a mujeres de lengua viperina como lady Norland y su hermana.

Era poco lo que podía llevarse a caballo, así que paseó la mirada por la habitación para ver si había algo imprescindible aparte de su dinero. Había traído algunos de sus mejores vestidos, pero no se quedaría ahí simplemente para proteger su ropa.

Envolvió sus joyas en una muda de lino y luego todo en un chal indio; el envoltorio metido en una bolsa de piel no estorbaría nada detrás de la silla.

Aunque le habría gustado salir de la casa de inmediato y pisando fuerte, la habían educado demasiado bien; no podía irse sin decir palabra. Debía escribirle una nota a la mujer con la que viajó, y eso sería fácil; también debía dejarle una nota a Godfrey, y eso no sería fácil; pero no consiguió decidirse a dejarle una a lady Norland. Se sentó ante el escritorio y escribió la primera nota. En la dirigida a él deseó manifestarle toda su furia, pero un simple papel no podía contener esa furia.

Finalmente se decidió por: *«Debe buscar otra dote para cazar. Envíe, por favor, mis pertenencias a la casa Ashton».* Adrede especificó la mansión ducal de su hermano. Esas personas podían considerarla una furcia, pero, pardiez, era una furcia de alcurnia.

Dado que su doncella no pudo venir por estar atrapada en la casa por la cuarentena del sarampión, le habían asignado una chica de la casa Norland, de poca habilidad y menos personalidad. Le dejó una generosa propina por sus servicios y salió de la habitación.

Afortunadamente no vio a ninguno de los Hitchcock ni de los invitados cuando bajó la escalera, salió de la casa y se dirigió al establo. Sabía qué caballo deseaba: *Chieftain*, un espléndido bayo castrado purasangre que pertenecía al hermano mayor de Godfrey, George. George, el pomposo heredero del título, casado con una sosa rubia y padre de dos niños rubios firmemente ingleses. El hombre no se merecía un caballo tan fino; había estado deseando cabalgarlo.

En el establo reinaba el silencio, así que supuso que los mozos estaban cenando. Daba igual, ya se había hecho amiga de *Chieftain* esa semana. Se detuvo a pensar qué silla usar.

La de Godfrey era de buen tamaño, pero le dio repelús usar algo de él, así que eligió una que no tuviera dueño. Sólo le llevó unos minutos ensillar a *Chieftain* y llevarlo fuera del establo tirando de las riendas. Ahí montó con la misma facilidad que un hombre, lo hizo virar en dirección a Dover y salió de Grimes Hall para no volver jamás.

Capítulo 2

*E*ra una suerte que la rabia la mantuviera abrigada, pensó mordazmente; si no, estaría tiritando. A fines de octubre la noche caía pronto cuando el cielo se nublaba, y la temperatura bajaba como una piedra en caída libre. Aunque *Chieftain* era una montura espléndida, el avance era lento debido a que el suelo estaba pantanoso por la lluvia de varios días. El serpentino camino que seguía hacia el norte, hacia Dover, subía y bajaba por las escarpadas colinas, y eso la enlentecía más aún.

Pero Dover estaba a sólo unas millas. No podía dejar de llegar ahí si seguía ese camino, que discurría paralelo a la costa. Pasaría la noche en una posada, una buena y abrigada posada, y por la mañana cogería una diligencia para volver a Londres. Sería interesante viajar en un coche público en lugar de uno lujoso particular. Le gustaban las nuevas experiencias, aun cuando era probable que fueran incómodas.

Al bajar por una colina el camino se estrechó tanto que apenas cabía un caballo con su jinete. Menos mal que estaba en Inglaterra, relativamente segura, y no en India, donde podría haber bandoleros ocultos al acecho.

Estaba imaginándose un hogar con crepitante fuego cuando al dar la vuelta a un recodo se encontró ante una hilera de ponies bien cargados que iban subiendo. ¿Qué diablos...? Le llevó un momento darse cuenta de que en el enredo había hombres de aspecto tosco, ponies y linternas casi cerradas.

¡Contrabandistas! En el instante en que le pasó la idea por la cabeza intentó girar a *Chieftain* para escapar, pero los librecambistas también se habían recuperado de la sorpresa.

—¡Cogedlo! —gritó una voz dura—. No podemos permitir que nos vea un desconocido.

Un contrabandista se abalanzó a cogerla. Ella movió la fusta y le golpeó la cara, al tiempo que apretaba los talones para poner en movimiento a *Chieftain*; pero se le abalanzaron más hombres y el sendero era tan estrecho que el caballo no pudo girar rápido. Apartó a dos hombres con patadas y golpeó a otros con la fusta, pero antes que lograra escapar una voz dura gritó:

—¡Jed, usa tu red para cazar pájaros!

Por el aire voló una maloliente red con pesos, y cayó encima de ella, encerrándole los brazos y las piernas. Mientras ella intentaba liberarse, los hombres la bajaron del caballo de un tirón. Cayó con fuerza al suelo y furiosa soltó una sarta de maldiciones indias.

Un contrabandista pelirrojo la cogió y exclamó:

—¡Jope, es una maldita mujer!

—¿Con pantalones y montada a horcajadas? —dijo otro, escéptico.

—Conozco una teta cuando la toco.

Un hombre delgado, de cara larga y malhumorada se acercó y se arrodilló junto a ella, que tenía la cara claramente visible al delgado rayo de luz de una linterna.

—De acuerdo, es una mujer —dijo, con voz de jefe—. O más bien una niña. La oí decir algo en un idioma extranjero. ¿Hablas inglés, chica?

—¡Mejor que usted!

Trató de golpearle la ingle con la rodilla, pero la red se lo impidió.

—Con esos pantalones, capitán Hawk, podría ser una puta —comentó uno de los hombres.

—¡No soy puta! —exclamó Kiri, y soltó otra sarta de palabrotas, esta vez en inglés, las palabras más sucias que puede aprender una niñita en un campamento del ejército.

—Puede que no sea una puta, pero seguro que no es una dama —dijo un hombre, con cierta admiración.

—Amordazadla y vendadle los ojos —ordenó Hawk, secamente—. Después atadla y ponedla encima de su silla. Howard, Jed, bajadla a la cueva y vigilad que no se escape. Esta noche viene Mac el Cuchillo, así que atendedlo bien si llega antes que nosotros. Entonces decidiremos qué hacer con ella.

—Yo ya sé que hacer con ella, capitán —dijo un hombre, soltando una risa lasciva.

—No toleraremos nada de eso —dijo Hawk, admirando a *Chieftain*—. Este caballo vale un bonito penique, así que la chica podría ser valiosa también.

—Tenemos que tener cuidado —advirtió un hombre corpulento—. Si su familia es muy importante, pedir un rescate podría traer aquí a una tropa de soldados buscándonos. Es más seguro follárnosla y después arrojarla desde una barca con unas pocas piedras atadas a los pies para que pese.

Kiri se tensó. Si se enteraban de que era hermana de un duque podrían tener tanto miedo de las consecuencias que la matarían para desembarazarse de ella. Llevaba un anillo de diamantes en la mano derecha, así que lo giró disimuladamente con el pulgar hasta dejar los diamantes hacia abajo, de forma que por arriba sólo se viera el sencillo aro.

—No soy ni rica ni importante, así que no hay ninguna necesidad de asesinarme.

—Hablas como una persona adinerada —dijo el capitán, entrecerrando los ojos—. ¿Cómo te llamas?

Rápidamente ella buscó un nombre que se pareciera un poco al suyo.

—Carrie Ford.

—En Deal hay unos Ford —dijo un hombre—. No parece ser una de ellos.

Atente a la verdad todo lo posible, se dijo Kiri.

—Soy de Londres, no de Deal.

—¿Dónde adquiriste este caballo tan fino? —preguntó Hawk.

Ella torció la boca.

—Lo robé para huir de un hombre que me mintió.

Y eso tenía la ventaja de ser cierto.

Los contrabandistas se rieron.

—Parece que es una mujer de nuestro tipo —dijo uno.

—Podría ser mentira —dijo Hawk, ceñudo—. Eso lo resolveremos después. Por ahora, atadla y ponedla en la silla y no le hagáis daño. Tenemos que reanudar la marcha.

A pesar de la enérgica resistencia que presentó, los contrabandistas lograron quitarle la red que le cubría la parte superior del cuerpo y maniatarla con una delgada y dura cuerda. Deseó chillar de frustración por no poder liberarse ella sola para luchar con todas sus fuerzas. Debería haber llevado un puñal encima, pero había deseado presentarse como una dama refinada ante el grupo de invitados a esa maldita casa Norland.

Howard, el corpulento, intentó amordazarla con un sucio trapo cuadrado.

—¡Cerdo canalla! —gruñó ella y le mordió los dedos.

—¡Cerda! —exclamó él y, dándole una palmada en la mejilla, le ató la mordaza tan apretada, que le dolió.

Pero ella tuvo la satisfacción de ver que le había hecho sangre.

Después del mordisco los hombres la trataron con recelosa eficiencia. Jed, el pelirrojo nervudo, le puso la venda en los ojos. Atada como un ganso para asar, la pusieron boca abajo atravesada sobre la silla de *Chieftain* y la amarraron al caballo.

La incomodidad de viajar de esa manera le retorcía las entrañas, sobre todo porque no veía nada; sólo por lo que oía y por lo que sentía sabía que la llevaban bajando por un sendero tan estrecho que de tanto en tanto rozaba una áspera pared de piedra con los pies.

Estaba peligrosamente a punto de vomitar cuando el caballo se detuvo, la desataron del caballo y la bajaron de la silla. Se tambaleó, pero una mano dura la cogió por el codo.

—Puesto que no hay nada que ver aparte de piedras —dijo la voz de Jed—, le voy a quitar la venda de los ojos para que pueda caminar sola.

Aunque era de noche, cuando le quitaron la venda logró hacerse una idea del entorno y se le despejó la cabeza. Estaban en una pequeña explanada rodeada por cantos rodados por todos lados. En un extremo había un sitio cercado, a modo de tosco potrero, con un montículo de heno en el centro, del que estaban alimentándose dos ponies.

Acercándose receloso, Jed intentó desensillar a *Chieftain*, y fue recompensado con un mordisco. Friccionándose el antebrazo en el que ya se le estaba formando un moretón, gruñó:

—Pues entonces puedes quedarte con tus arreos y estar incómodo, caballo.

Kiri vio que *Chieftain* entraba de buena gana en el potrero puesto que ahí lo esperaba el heno. Era un animal fino, así que era de esperar que alguno de los otros contrabandistas supiera cuidar de él. Aunque ella comprendía que Jed le tuviera miedo. *Chieftain* era enorme y fogoso, un aristócrata entre los caballos, y era evidente que no toleraba muy bien a los campesinos.

Jed le cogió el brazo y la llevó hasta dos cantos rodados por entre los cuales se entraba en un sendero que quedaba oculto. Al no poder usar las manos podría haberse caído si él no hubiera ido sosteniéndola. No había la menor posibilidad de escapar viniendo Howard detrás de ellos.

De pronto el sendero se allanó y continuó por una cornisa

rocosa que llevaba a la estrecha entrada de una cueva; de la cornisa bajaba otro sendero hasta una lonja de playa guijarrosa. Había luz suficiente para ver varias barcas amarradas en el pequeño puerto natural. La flota de los contrabandistas, pensó: para llevar pescado durante el día y coñac por la noche. Era un buen escondrijo que los barcos aduaneros que navegaban por la costa tendrían dificultad para encontrar.

Jed la hizo entrar en la cueva, que, después de un corto túnel, se ensanchaba formando un refugio sorprendentemente grande; Kiri calculó que era casi tan grande como el salón de baile de la casa Ashton.

Cuando ya estaban bastante alejados de la entrada, Jed encendió una linterna que iluminó gran parte de la cueva. Todos los huecos de las paredes de roca estaban llenos de mercancía de contrabando, en particular vino y licores en barriles pequeños fáciles de transportar. Había oído decir que los licores eran tan concentrados que beberlos en cantidad mataría a un hombre. Tenían que diluirlos con agua antes de servirlos.

Había fardos envueltos en hule encerado que probablemente contenían té y tabaco. Otros fardos podrían ser de rollos de tela, encajes y otros artículos de lujo. No podría ni hacerse una idea de cuánto podría valer esa mercancía. Muchísimo, seguro.

La llevaron al extremo de la cueva más alejado de la entrada. Antes de que se diera cuenta de lo que estaba haciendo Howard, este le cerró una manilla de esposas en la muñeca de la mano izquierda. A pesar de su indignación por quedar atada a la pared por una cadena, como un animal, se quedó quieta mientras él cortaba la cuerda que le ataba las manos; la cuerda había sido atada con la pericia de un marinero y se le enterraba dolorosamente en las muñecas.

Se estaba friccionando los surcos dejados por la cuerda cuando Howard le puso una pesada mano en un pecho y se lo apretó. Furiosa, retrocedió y le dio una patada en la ingle. No le dio exactamente en el centro, pero la bota de montar golpeó cerca, y tan fuerte que él lanzó un grito y retrocedió, cogiéndose las partes pudendas con las dos manos.

—¡Cerda! —Doblado y boqueando de dolor, levantó su puñal—: ¡Lo lamentarás!

—Tienes que entender que la muchacha no desee que la manoseen —dijo Jed, poniéndole una mano en el brazo y deteniéndole el movimiento—. El capitán sabrá qué hacer con ella. Enciende una fogata mientras yo pongo las guarniciones para preparar el ponche.

Refunfuñando, Howard obedeció, y a los pocos minutos los dos hombres estuvieron sentados junto a una pequeña fogata, turnándose en beber de una botella de gin. A las narices de Kiri llegaba claramente el olor a enebro.

El gin mantuvo quieto y callado a Howard mientras Jed preparaba el ponche; lo primero que hizo fue suspender una enorme olla con agua sobre el fuego. Después añadió azúcar, un limón y una pulgarada de nuez moscada. El contrabando tenía que ser lucrativo, si podían permitirse esos ingredientes.

La nuez moscada y el limón daban un agradable aroma al aire, mientras el humo desaparecía en las grietas del techo. Kiri supuso que cuando estuviera caliente el agua con los ingredientes le añadirían ron o algún otro licor. A ella no le importaría beberse una jarra: tenía una sed horrorosa, además de frío.

Puesto que no podía hacer nada para calmar la sed y aliviar el frío, se sentó con la espalda apoyada en la pared y levantó las rodillas. Apoyando las manos en el regazo, examinó la manilla. La humedad de la cueva había oxidado la superficie del metal, pero este seguía siendo sólido.

¿O no? Con la mano derecha la hizo girar, palpándola, y tuvo la impresión de que el metal estaba más oxidado de lo que creían sus captores. Si lo debilitaba un poco más, podría romperlo y abrirlo doblándolo.

En la mano derecha llevaba el anillo que le regalaron sus padres cuando cumplió los dieciocho años. Era un anillo elegante, nada vulgar, con siete diamantes pequeños, perfectos, engarzados en hilera, el del centro más grande y los de los lados más y más pequeños. Los diamantes son duros, y una hilera de ellos semejaba a una sierra. Si lograba hacer un surco en el metal oxidado, podría doblarlo y romperlo.

Comenzó a rascar la parte más oxidada con los diamantes, contenta de que el ruido de las olas rompientes apagaran el sonido que hacía al rascar. El elemento sorpresa le serviría para pasar por detrás de Jed y Howard, si lograba liberarse antes que llegaran los otros contrabandistas. Una vez que estuviera montada en *Chieftain* estaría a medio camino de Dover antes que ellos se dieran cuenta de lo que había ocurrido.

Los diamantes rascaban el metal, pero el progreso era terriblemente lento. Seguía atrapada ahí cuando llegaron los demás contrabandistas. Estos estaban muy animados por haber desembarcado y transportado hasta ahí la valiosa mercancía sin ningún incidente peligroso. Aun en el caso de que lograra liberarse, tendría que arreglárselas para pasar por en medio de todo el grupo para escapar.

Se apresuró a apoyar las manos en el regazo cuando Hawk se acercó a examinarla, y puso la mano derecha sobre la manilla.

—¿Qué voy a hacer contigo? —masculló él.

Howard soltó un ladrido de risa.

—Cuidado, capitán, que patea tan bien como muerde. Como un caballo, necesita que la domen para ensillarla. Yo estoy dispuesto a cabalgarla.

—Somos contrabandistas, no delincuentes —dijo Hawk, secamente—. Una lástima que no sea una chica del pueblo de la que nos podamos fiar, de la que sepamos que mantendrá cerrada la boca acerca de nosotros.

—Preocúpate de ella después, Hawk —dijo uno de los hombres ofreciéndole una jarra de humeante ponche—. Es hora de celebrar una buena operación.

Hawk le dio la espalda a Kiri.

—Llévale una jarra a Swann, que está arriba esperando a Mac. Se merece un trago caliente.

Kiri los observaba inquieta. La mayoría de los contrabandistas eran hombres de familia y no dados a asesinar. Pero la bebida puede volver violentos incluso a hombres sensatos, y Howard, y tal vez otros, podrían ser capaces de matar a sangre fría. Resueltamente reanudó su trabajo de limar la manilla; tenía que hacer algo, si no quería volverse loca.

Fue pasando el tiempo, los contrabandistas se emborracharon, y de pronto entró en la cueva el demonio del infierno.

Capítulo 3

*L*a conmoción bajó por la columna de Kiri hasta que cayó en la cuenta de que el recién llegado sólo era un hombre alto seguido por un contrabandista con una antorcha. El movimiento de los pliegues de su abrigo oscuro y las parpadeantes llamas eran lo que lo hacía parecer el diablo que venía a buscar a Fausto.

El hombre se adentró en la cueva, acercándose a la luz y se quitó el sombrero, dejando a la vista una cara guapa que tenía el aspecto de preocuparse rara vez con pensamientos profundos.

—Buenas noches —dijo, con una voz tranquila, relajada, que pareció llenar la cueva— ¿Cómo están mis contrabandistas favoritos?

Un coro de exclamaciones recibió su aparición.

—¡Es Mackenzie!

—¡Sí, Mac el Cuchillo en persona!

—¡Apuesto a que dices eso a todos los contrabandistas, diablo pico de oro!

—¡Acerca una piedra y siéntate con nosotros, Mac!

—Lamento el retraso —dijo Mackenzie alegremente—. Divisé una tropa de aduaneros y me pareció que no querríais que les diera una pista para llegar hasta aquí. —Le estrechó la mano al capitán—. ¿Pudisteis traer todo lo que encargué?

—Nos faltó un barril del vino blanco del Rin, pero todo lo demás ya está en camino —contestó Hawk, sirviendo vino en una copa—. Prueba este clarete. Es vino joven pero muy bueno.

Mackenzie cogió la copa, bebió y tragó pensativo, catando el vino.

—Excelente. —Puso la copa para que se la volviera a llenar—. Voy a querer un poco de este la próxima vez.

—Aquí está tu tabaco francés especial —dijo Hawk pasándole un paquete—. Huele bien, pero ningún tabaco vale lo que me pagas por traerlo de contrabando.

Mackenzie olió el paquete y se lo guardó en el interior del abrigo.

—Vale cada penique. Un momento, por favor... —Metió la mano en otro bolsillo y sacó dos bolsas de lona, una grande y la otra pequeña. Tintinearon las monedas cuando se las pasó—. Esta es por el tabaco, y esta por el vino y los licores que van de camino a Londres.

—Es un placer hacer negocios contigo —dijo el capitán, esbozando una excepcional sonrisa.

Kiri observó que no abrió las bolsas para contar el dinero; Mackenzie tenía que ser un cliente habitual y de confianza.

Aunque el hombre era alto, apuesto e iba bien vestido, no era ese el motivo de que todos lo estuvieran mirando, pensó. Por la cabeza le pasó la palabra «carisma».

Un estudiante de Cambridge con el que tuvo un breve coqueteo le aseguró que ella era carismática porque su belleza atraía la atención de todo el mundo siempre que entraba en una sala. Carisma era un magnetismo personal, le explicó, que atraía a los demás, incitándolos a acercarse. Eso daba a los líderes el poder para estimular a sus seguidores. Y entonces la obsequió con un poema escrito en griego, lo cual fue una amabilidad y ocultaba que probablemente era mal poeta. Llamarla carismática a ella fue simplemente un halago, pero Mackenzie sí tenía carisma. A todos los contrabandistas, incluso al enfadado Howard, se les alegraba la cara cuando el recién llegado les dirigía una mirada o una sonrisa.

Mackenzie estaba saboreando su clarete cuando su mirada recayó en ella.

—¿Quién es la muchacha? —preguntó, echando a andar hacia ella.

Hawk, Howard y Jed avanzaron con él.

—Un problema —dijo el capitán, sarcástico—. Venía a caballo y se encontró con nosotros cuando transportábamos la mercancía. Tuve que tomarla cautiva. No sé qué hacer con ella. Tal vez veré cuánto pagaría su familia por recuperarla.

—Serían tontos si pagaran un chelín —gruñó Howard—. Necesita que la domen, y yo voy a ser el primero de la cola.

Jed se rió.

—Menos mal que su patada no dio bien en el blanco, si lo hubiera hecho ya no podrías...

Se oyeron groserías y bromas entre los contrabandistas. Desentendiéndose de ellos, Mackenzie hincó una rodilla delante de Kiri para mirarla más atentamente.

Ella lo miró con los ojos entrecerrados.

Aunque estaba segura de que no lo conocía, que nunca se había encontrado con él, algo de su persona le resultaba conocido, vagamente familiar. Pese a su aire de cordial frivolidad, caminaba con la implacable vigilancia de un soldado, de un hombre que sabe matar. Pero no percibió en él una violencia de perro rabioso.

—Si las miradas pudieran matar, todos estaríamos muertos —dijo él, divertido—. Podría ser guapa bajo esa mordaza. ¿Es necesaria?

—Tuve que amordazarla porque nos estaba avergonzando con su sucio lenguaje —dijo Hawk, malhumorado—. Maldice como un marinero borracho.

Los contrabandistas encontraron divertido eso y un rugido de risas llenó la cueva. Kiri sintió un escalofrío al darse cuenta de que estaban llegando a un estado de borrachera en que no les importarían las consecuencias de sus actos.

—¿Qué vas a hacer con ella? —preguntó Mackenzie.

—No lo sé —dijo el capitán—. Es probable que valga algo para alguien, pero no sé para quién. —Frunció el ceño—. No colabora mucho que digamos.

—Muerde como un gato montés y patea como una maldita mula —masculló Howard.

—Tiene brío —concedió Hawk—. Es del tipo que iría hasta los aduaneros y los convencería de que nos dieran caza. Además, debe de tener bastante buena idea de dónde está este escondrijo. Que me cuelguen si sé qué hacer con ella.

—Atarle piedras y arrojarla al Canal —dijo Howard.

Kiri lo miró con furia asesina. No había tenido la menor intención de causarles daño a esos hombres; aunque no aprobaba el contrabando, sabía que en esa zona era aceptado y casi respetable. No se habría entrometido. Pero ya no se sentía neutral. Dada la manera como la habían tratado, deseaba hacer justamente lo que temía el capitán: que la fuerza de la ley cayera sobre esos sucios secuestradores. Aunque pasaría de eso a cambio de la oportunidad de matar a Howard con sus propias manos.

—Dice que robó ese caballo fino, pero yo creo que viene de gente con dinero —continuó Hawk—. Sus ropas son raras, pero no baratas.

—Devolverla a su familia por un rescate causaría problemas —alegó Howard—. Es mejor usarla y deshacerse de ella.

—Eso sería desperdiciar un bocado sabroso —dijo Mackenzie, sin dejar de mirarla, aunque con mirada fría e indescifrable—. ¿Cómo se llama? Tal vez yo pueda saber lo valiosa que es.

—Dice que se llama Carrie Ford, pero podría ser mentira —dijo el capitán, ceñudo—. ¿Conoces alguna familia Ford rica?

—No, pero tal vez si le quitas la mordaza diga algo más, ahora que ha tenido tiempo para evaluar su situación.

—Cuidado, no sea que te muerda —dijo Jed.

—O te dé una patada en las bolas —añadió Howard—. Es un problema, seguro.

—Problema es mi segundo nombre —dijo Mackenzie, y la miró a los ojos—. Si te quito la mordaza, ¿prometes no hacerme ningún daño ni ofender las delicadas sensibilidades de nuestros acompañantes con tu lenguaje?

Ella deseó borrar de una patada la vaga sonrisa que le pareció ver en su guapa cara; pero deseaba aún más estar libre de la sucia mordaza, así que asintió.

Mackenzie se le acercó y alargó las manos hasta detrás de su cabeza para desatar la mordaza. Ella hizo una inspiración profunda, agradeciendo la bocanada de aire.

—Te estaba dejando un surco en la cara —dijo él.

Le retuvo la cara entre las manos y su cálido contacto casi la desarmó; deseó girar la cara, hundirla en su palma y llorar, porque eso era lo más cercano a la amabilidad que había experimentado desde que la capturaron.

Pero no podía permitirse esa debilidad. Tragándose las emociones, dijo:

—Gracias. —Entrecerró los ojos—. En gratitud por haberme desatado la mordaza, tienes hasta que cuente tres para apartarte y quedar fuera del alcance de mis mordiscos y patadas. Uno..., dos...

—Sí, eres una muchacha guapa —dijo él, admirado, retrocediendo hasta quedar a una distancia segura—. ¿Te llamas Carrie Ford? —preguntó, pasándole su copa de clarete que estaba a la mitad.

Ella bebió un trago, agradeciendo el líquido y el sabor que le limpió la boca de la suciedad de la mordaza.

—Llámame como quieras.

—Muy bien, muchacha. —Sin desviar la mirada de ella dijo al capitán—: Te la compraré, Hawk, y te doy mi garantía personal de que ella guardará silencio respecto a este pequeño episodio.

Hawk pareció sorprendido, y luego interesado:

—¿Cuánto?

Mac lo pensó.

—Llevo cincuenta guineas de oro conmigo. Yo diría que con eso debería bastar.

Era una pequeña fortuna, y una bonificación inesperada por el trabajo de esa noche. El capitán entrecerró los ojos, calculador.

—Para su familia podría valer más.

—Tal vez —concedió Mackenzie—, pero encontrar a su familia podría ser difícil, y tal vez peligroso. —Sacó otra bolsa de un bolsillo interior y la hizo botar en la mano; tintineó atractivamente—. Dinero en mano, y sin ningún problema para ti.

Hawk se rascó la mandíbula con barba de un día, pensativo.

—A mí me parece un buen negocio. —Miró a sus hombres, que estaban escuchando embelesados—. ¿Qué decís vosotros?

Los gestos de asentimiento y síes fueron interrumpidos por Howard, que dijo en tono belicoso:

—Yo no estoy de acuerdo. Deseo a la cerda y desafiaré a este fullero londinense por el derecho de tenerla.

—¡Entonces no tendremos nuestras guineas! —protestó uno de los hombres.

—Yo pagaré cincuenta guineas por ella —replicó Howard.

—¿Tienes ese dinero? —preguntó un hombre, sorprendido.

Howard miró a Kiri con los ojos chispeantes de furia.

—Puedo reunir... treinta guineas ahora, y el resto lo pagaré con mi parte en beneficios futuros.

Kiri intentó disimular el miedo. Debería halagarla que Howard estuviera dispuesto a gastar sus ahorros y empeñar los futuros por ella, pero no, puesto que sabía que no sobreviviría si cayera en sus manos.

Algunos contrabandistas parecían preocupados, pero otros encontraban muy divertido el asunto.

—Ah, pues sí —dijo uno con la lengua estropajosa por la borrachera—, esperaremos a que pagues el resto, pero cuando hayas acabado con ella tendrás que compartirla.

—No estará tan bonita entonces —dijo Howard—. ¿Qué harás, Mackenzie? ¿Pistolas o puñales? ¿O vas a retirar tu oferta puesto que yo la vi primero?

—Acepto tu reto, pero, francamente, con nada tan letal como pistolas o puñales. Me da muchísimo asco la sangre, en particular la mía. —Pensó un momento—. Tú has hecho el reto, así que yo elijo las armas. Y me decanto por las cartas.

Howard sonrió, enseñando unos dientes cariados.

—Entonces la tendré porque soy el mejor jugador de cartas de Kent.

—Hasta los buenos jugadores están sujetos a los dioses de la suerte —dijo Mackenzie, metiendo la mano en otro bolsillo—. Aquí tengo una baraja de cartas nuevas. Puedes examinarlas antes que comencemos. ¿A qué jugaremos?

—El brag es mi juego.

—Muy bien. La mejor de tres, y que la diosa de la suerte decida.

Howard golpeó la baraja en la mano para escuadrarla:

—Con mi habilidad no necesito la maldita suerte.

Había diferentes versiones de brag, así que los competidores negociaron las reglas mientras otros ponían una maltrecha mesa de juego y dos banquetas cerca del fuego. Los contrabandistas comenzaron a hacer apuestas por el resultado, muchos apostando por Howard.

Los dos hombres ocuparon sus puestos en las banquetas y Howard le pasó la baraja a Mackenzie, que volvió a barajar.

—Así que vas a jugar por el derecho de comprar a la dama —musitó Mackenzie—. Es la apuesta más divertida que me han hecho en muchísimos años.

Kiri deseó que no se mostrara tan divertido y se tomara más

en serio lo de ganar la partida. La escena podría haber sido sacada del *Infierno* de Dante, con el vapor de la enorme olla subiendo en espiral por el aire y los contrabandistas apiñados alrededor de la mesa para ver el juego, sus interesadas caras iluminadas por la linterna y el fuego.

Con los labios apretados, rígidos, continuó rascando la manilla con los diamantes del anillo. Era tanto el bullicio que nadie oiría el ruido que hacía ella y por fin estaba progresando. Muy pronto podría doblar el aro metálico, romperlo, pasar junto a los hombres borrachos y escapar antes que se dieran cuenta.

Y por si no conseguía hacer eso, suplicó a todos los dioses cristianos e hindúes que ganara Mackenzie. Era un desconocido, pero tenía que ser menos brutal que Howard. Y evidentemente era más limpio. Además, tenía más posibilidades de escapar de un hombre que de veintitantos.

Veía las siluetas de los hombres perfiladas por el fuego, Howard concentrado y con expresión lobuna, Mackenzie guapo, elegante y al parecer absolutamente despreocupado. Podía seguir el desarrollo del juego por los gruñidos y exclamaciones de aprobación de los mirones.

Al parecer estaban bastante igualados; dado lo aficionados al juego que eran los caballeros ingleses, suponía que Mackenzie sería un buen jugador, pero temía que Howard fuera mejor. Se mordió el labio al comprender que la partida estaba llegando a su clímax.

—¡Tres de una pinta, Mackenzie! —exclamó Howard, satisfecho, poniendo las cartas sobre la mesa—. Necesitarás un milagro para superar eso.

—Parece que tienes razón —dijo Mackenzie, aterrándola—. Pero veamos que me ha dado la diosa de la suerte.

Todos guardaron silencio y la tensión crujió en el aire. Por encima del murmullo de las olas rompientes se oyó el ruido que hicieron las cartas al golpear la mesa. Con los nervios a punto de rompérsele, Kiri continuó limando la manilla, aunque tenía los dedos agarrotados y las manos adormecidas por el cansancio. Le faltaba muy poco, muy poco...

Entre los mirones se elevó una exclamación de sorpresa y Mackenzie dijo con moderado placer:

—Fíjate, yo también tengo tres de una pinta, y las mías son todas naturales, sin usar un comodín. El juego y la dama son míos.

—¡No, maldita sea! —exclamó Howard, levantándose de un salto y arrojando la mesa al suelo—. ¡Has hecho trampas, asqueroso fullero!

Mackenzie se levantó, pero continuó calmado.

—¿Que he hecho trampas? A ver, dime cómo.

Howard titubeó.

—No lo sé, pero has hecho algo y por Dios que no vas a salir impune de esto.

Asestó un puñetazo y Mackenzie lo esquivó sin la menor dificultad.

Entonces estalló la pelea por todos lados, como si hubieran caído chispas sobre un montón de pólvora. Howard continuó lanzando puñetazos hacia Mackenzie, que tenía una extraordinaria habilidad para esquivarlos. Los demás hombres se atacaban entre ellos, al parecer luchando por el puro placer de luchar.

De pronto se inclinó la olla y el agua humeante apagó el fuego. Mientras los hombres se movían de aquí para allá, chocando entre ellos, golpearon las tres linternas, que fueron cayendo una a una. Sólo quedaron un par de brasas iluminando la sofocante negrura.

Esa fue la oportunidad de Kiri. Dobló con fuerza el aro de metal y este se rompió; lo dobló hacia fuera hasta que consiguió abrirlo y liberar la muñeca.

Con la mayor rapidez posible se puso de pie y se dirigió a la entrada de la cueva, rodeando por un lado a los hombres que continuaban peleando. Pero le resultó imposible evitar del todo la refriega. Un hombre que olía a ron chocó con ella; le puso una zancadilla y el hombre cayó al suelo aullando.

Un paso más allá chocó con un hombre más fornido; trató de pasar por un lado y él le cogió un brazo; le enterró el codo del otro brazo; soltando maldiciones, pero el hombre la retuvo.

Más que ver presintió que él levantaba el brazo derecho; suponiendo que tenía un puñal, consiguió cogerle la muñeca y se la dobló hacia atrás. Él aulló de dolor y aflojó la mano.

Actuando por instinto, le arrancó el puñal de la mano aflojada. Contenta por tener un arma, reanudó la marcha hacia la entrada de la cueva. Una vez armada, ya nada ni nadie le impediría escapar.

Capítulo 4

*M*ientras esquivaba los puñetazos de Howard, Mackenzie volcó diestramente la olla para apagar el fuego y luego volcó una linterna. No fue necesario apagar las otras, pues los hombres luchando se las arreglaron para hacerlo sin su ayuda.

Al amparo de la sofocante oscuridad, se dirigió a tientas al lugar donde estaba la chica, con la esperanza de que los choques con los combatientes no lo desorientaran. La pared de piedra estaba más cerca de lo que creía y no tardó en chocar con ella con las manos. Palpó la áspera superficie, seguro de que estaba cerca del lugar donde ella se encontraba encadenada.

No logró encontrar a la maldita chica. ¿Tan lejos estaba?

No, al pasar la mano derecha por la pared hizo tintinear la cadena. Pasó la mano por los eslabones, y tampoco la encontró. ¿Cómo diablos...?

La manilla de esposas estaba rota y doblada. La señorita Carrie Ford era aún más formidable de lo que había supuesto. Se dio media vuelta y se dirigió a la entrada de la cueva, esperando que ella no hubiera quedado atrapada en la lucha.

—¡La muchacha se ha escapado! —gritó un hombre.

—¡Cogedla! —gritó Howard.

Mientras se elevaban más voces, haciendo preguntas o con exclamaciones confusas, Mac llegó a la salida. Encontró a la chica por su olor. Había notado que ella usaba un seductor perfume que lo hacía pensar en lilas y especias sutiles. Agradeciendo que ella se encontrara a salvo, le puso un protector brazo sobre los hombros.

Perdió el equilibrio y se sintió caer, pues ella le rodeó la pierna con las suyas y dio un tirón. Por reflejo la cogió y cayeron los dos al suelo, él encima.

Ella intentó enterrarle la rodilla en la ingle; inmovilizándola con su peso, le siseó al oído:

—Deja de intentar castrarme, muchacha, ya que te voy a rescatar.

Ella dejó de debatirse.

—Entonces vamos para poder salir rápido de aquí.

Al instante él la soltó y los dos se pusieron de pie. Él arrojó la bolsa con las cincuenta guineas en el interior de la cueva y la siguió por el sendero.

Estaba lloviendo, pero la noche parecía luz comparada con la oscuridad de la cueva. Al menos ya era posible ver la forma general del entorno.

Delante de él Kiri corrió temerariamente por la cornisa y luego subió por el rocoso sendero como una cabra montés loca. Mackenzie sonrió, corriendo tras ella a la misma velocidad. La chica debía haber estado asustada allí cautiva, pero no se había dejado paralizar por el miedo. Y eso era bueno, puesto que Howard y tal vez otros contrabandistas no tardarían en seguirlos.

La lluvia hacía peligrosamente resbaladizo el sendero. Kiri ya casi había llegado a la pequeña explanada donde estaban los animales cuando perdió pie, se cayó y se delizó hacia el borde del acantilado, por el que caería sobre las rocas de abajo. Apenas a tiempo, él se agarró de un nudoso arbusto, alargó el brazo y alcanzó a cogerla.

Con la fuerza del brazo consiguió levantarla y aplastarla contra la pared de piedra. Se quedaron inmóviles, los cuerpos muy juntos, apretados a la mojada y fría pared. Los embriagadores aromas a lilas, especias y mujer lo sacudieron con tanta intensidad que se olvidó de que unos contrabandistas borrachos y furiosos venían detrás.

Salió del trance cuando ella ladró:

—¡Suéltame, zoquete!

Soltándose de un tirón, Kiri continuó corriendo por el sendero. Él llegó a la explanada unos cuantos pasos por detrás. Oyó sus jadeos detenida ante la puerta del pequeño potrero, y supuso que se estaba calmando para no inquietar a los animales.

Aún no había llegado a la puerta cuando ella la abrió y entró, pasando por entre los peludos ponies. Un caballo grande con una mancha blanca emitió unos relinchos y caminó hacia ella; ella comenzó a susurrarle palabras tranquilizadoras y le cogió la cabeza. A él lo alegró ver que el animal estaba ensillado, listo para montarlo; eso no hablaba bien del cuidado de los contrabandistas a los caballos, pero en ese momento era conveniente.

Puesto que había supuesto que su visita sería corta, su caballo también estaba ensillado, así que podrían marcharse pronto. Debido a que amenazaba lluvia, había traído una capa enrollada y sujeta detrás de la silla de *César*. Sacó la capa, la abrió sacudiéndola y se la ofreció a su doncella guerrera, que estaba sacando a su caballo por la puerta del potrero.

—Ten, muchacha.

Ella se giró, con un puñal brillando en la mano.

—Te iba a ofrecer esta capa para que no te mueras de congelación.

—Lo siento —dijo ella, como si no lo sintiera, pero hizo desaparecer el puñal y cogió la capa—. Gracias.

Mackenzie creyó oír un suave castañeteo de dientes mientras ella se envolvía con la capa. A la mayoría de las mujeres la capa le arrastraría por el suelo, pero ella era tan alta que sólo le llegaba a los tobillos.

—¿Necesitas ayuda para montar? —le preguntó.

Ella miró hacia la silla del enorme caballo.

—Sí —dijo, de mala gana.

La muchacha no desperdiciaba palabras y su tono era más glacial que la noche. Afirmó la suela de la bota de montar en sus manos unidas y saltó a la silla. Él la observó admirado, pensando si otras mujeres podrían ponerse esas faldas divididas en perneras como la de ella. Sin mirarlo, ella apretó los talones en los ijares del caballo y lo hizo avanzar por el sendero en pendiente con una habilidad que sugería que la habían puesto sobre el lomo de un caballo nada más salir de la cuna.

Moviendo la cabeza divertido, Mac hizo retroceder al par de amistosos ponies, puso el pestillo a la puerta y montó en *César*. La oscuridad y la lluvia enlentecían la marcha de la chica, así que no iba mucho más adelantada que él. Cuando llegó a lo alto del sendero la encontró detenida, mirando la tormentosa noche, con la capa hinchándose a su alrededor.

Suponiendo que no tenía idea de qué camino tomar, puso el caballo al lado del suyo.

—Dover está a varias traicioneras millas —comentó—, no hay ningún pueblo cerca y la lluvia cae oblicua, así que será mejor que busquemos un refugio. Conozco un granero cómodo que está más o menos a media hora de aquí. Más lejos de lo que nos seguirían los contrabandistas.

La cara de ella era un óvalo blanco enmarcado por la tela oscura.

—¿Podrían?

—Dejé las cincuenta guineas de la compra, y eso va a apaciguar a la mayoría. —Recordó la furiosa expresión de Howard—. Pero Howard está tan borracho y furioso que podría seguirnos, y es posible que logre convencer a algunos de sus amigos de acompañarlo. Es mejor que pongamos distancia entre nosotros y ellos.

—No hay ningún «nosotros», señor Mackenzie —dijo ella en tono glacial—. Tengo toda la intención de distanciarme de usted también. De ninguna manera voy a compartir un granero con usted.

—Hay una tempestad azotando el Canal —señaló él—. ¿Continuamos esta conversación en un refugio?

Ella miró la lluvia, tiritando. Pasado un largo silencio, dijo:

—¿Su palabra de caballero de que no me va a dar problemas en ese granero?

—Le doy mi palabra de que no le voy a hacer ningún daño, aunque si no soy un caballero mi palabra no vale nada. Debe fiarse de su instinto.

—Es difícil tenerle miedo a un hombre que reconoce que es perezoso y siente aversión a ver su propia sangre —dijo ella, suspirando—. Estoy tan cansada que acepto correr mis riesgos con su incierto honor. Eso y mi puñal tendrían que mantenerme a salvo.

—No tema, soy inofensivo —dijo él, recurriendo a su tono más inocente—. Las mujeres ya me dan muchísimo trabajo cuando están dispuestas. ¿Por qué iba a desear a una no dispuesta?

Ella emitió un bufido.

—Muy bien, pero recuerde que estoy armada, señor Mackenzie.

No era la aceptación más amable que había oído, pero serviría. Puso en marcha a *César* llevándolo en la dirección correcta, y la doncella guerrera lo siguió.

El granero de Mackenzie estaba aislado, no se veía ninguna dependencia habitada cerca. Kiri detuvo el caballo agradecida. Estaba mojada y agotada, y cualquier refugio iría bien. Le costaba recordar que había comenzado ese día tomando chocolate caliente y pan fresco servidos en un cómodo dormitorio en Grimes Hall.

Su inoportuno acompañante desmontó y abrió de par en par las puertas para que ella pudiera entrar montada en *Chieftain*.

—Dentro tiene que haber heno seco —dijo él—. Revolcarse en él tendría que calentarla un poco. Yo secaré a su caballo.

Ella desmontó, sintiendo crujir los doloridos músculos.

—Yo me ocuparé de mi montura.

—Es usted una verdadera jinete —dijo él, aprobador—. Yo veré si consigo encender un fuego. No hay nadie cerca que pueda verlo.

Pensando dónde encontraría él leña seca, ella desensilló a *Chieftain* y le sacó la manta. Mientras el caballo engullía heno de un montón, cogió un puñado de paja y comenzó a secarlo.

Cuando terminó un lado y pasó al otro, la sorprendió ver a Mackenzie haciendo saltar chispas sobre un montículo de yesca. El fuego prendió inmediatamente y las llamas iluminaron un montoncito de yesca y leña cortada apilada cerca.

—Es conveniente tener leña aquí —comentó, viendo que el humo salía por la puerta, que él había dejado entreabierta—. ¿Sus amigos contrabandistas usan este granero para guardar mercancía?

—A veces, y eso explica lo de la leña. Pero no son amigos míos. —Se guardó la caja de lumbre en el interior del abrigo—. Son simplemente socios de negocios.

—¿Beber es su negocio?

—Tengo un establecimiento que exige vino y licores de la mejor calidad. —Viendo que el fuego iba bien, se incorporó y comenzó a almohazar a su caballo—. Comprarlos directamente al capitán Hawk me asegura la calidad.

—Práctico, aunque no exactamente legal. —Por encima del lomo de *Chieftain* miró el caballo delgado y no bien parecido de él—. Ese caballo es extraordinariamente feo.

—En Rotten Row podrían burlarse de *César*, pero no he conocido ninguno que lo iguale en aguante. —Le dio unas palmaditas en el cuello al caballo—. Lo troqué por una bolsa de tabaco en Portugal. Era un potro tan feo que estaban a punto de convertirlo en carne para estofado. Los dos tuvimos suerte ese día.

Kiri encontró bastante encantador ese evidente afecto por su caballo. Pero *Chieftain* era mucho más guapo.

En el granero había varios corrales vacíos, cómodos para guardar barriles de clarete, así que cuando terminó de almohazar al caballo lo llevó a uno y comprobó que en él había heno y agua. Después se sentó junto al fuego. A la parpadeante luz, examinó el puñal que había robado. Era elegante, bien hecho, lo bastante pequeño para llevarlo en una vaina cogida al brazo o la pierna. El mango estaba laboriosamente tallado y la hoja corta tenía un buen filo.

Estaba probando su peso cuando se le reunió Mackenzie junto al fuego; miró la hoja, que daba la casualidad apuntaba hacia él.

—¿Eso es un aviso para que guarde las distancias?

—Tal vez. —Hizo girar el puñal contemplando los reflejos del fuego en la hoja—. ¿Por qué debería fiarme de usted?

—No fui yo quien la capturó y encadenó en una cueva.

Ella entrecerró los ojos.

—Cierto, pero no pareció molesto al ver lo que habían hecho sus «socios de negocios».

Él arqueó las cejas.

—¿Habría servido si hubiera gritado horrorizado «¡Brutos! ¡Liberad a esa damita inmediatamente!»?

Ella bajó los ojos al puñal, pensando que era fastidiosamente guapo, ahora que lo veía con claridad.

—Se habrían reído en su cara y tal vez lo habrían encadenado a mi lado. Si hubiera intentado liberarme se lo habrían impedido al instante.

—Exactamente. Uno tiene que conocer a su público. Si no hubiera sido por Howard, habría resultado la compra de su libertad, pero puesto que él no estaba dispuesto a soltarla, tuve que recurrir a otro método. Jugarnos su suerte a las cartas los divirtió.

Ella se estremeció.

—Ingenioso, pero fácilmente podría haber perdido. Y aunque ganó, el espantoso Howard lo acusó de haber hecho trampas.

—Es espantoso pero no estúpido —dijo él, divertido—. Hice trampas.

Ella hizo una brusca inspiración, horrorizada por su despreocupado reconocimiento de esa conducta deshonrosa.

—¿Hace trampas a las cartas?

—Cuando es necesario. No habría deseado que perdiera, ¿verdad?

Ella comprendió que debía tener los ojos agrandados, como platos.

—No, pero... usted es un caballero, y ese no es un comportamiento respetable.

—No soy un caballero —dijo él, riendo—. En realidad, no soy en absoluto respetable, lo cual me hace la vida más fácil que si fuera un caballero.

Habiendo pasado su vida rodeada de caballeros muy honorables, ella estaba fascinada por conocer a un hombre tan alegremente no honorable.

—¿Y cómo es que Howard no advirtió que había marcado las cartas cuando sacó esa baraja?

—Porque esa baraja no estaba marcada; era nueva, tal como dije. Pero la baraja idéntica por la que la escamoteé tenía cartas marcadas. Después que gané y Howard se puso difícil le di una patada a la olla y a una linterna para crear confusión de forma que pudiéramos escapar.

Ella no pudo impedir que se le escapara una risita.

—Me alegró que ganara porque sabía que sería más fácil escapar de usted que de una banda de contrabandistas.

—Por la mañana la tormenta debería haber cesado y la pondré en el camino a Dover. Entonces podrá escapar de mí. —Sacó un botellín de otro bolsillo interior—. Beba un poco de coñac; la calentará un poco.

El botellín estaba caliente, por el cuerpo de él. Kiri bebió con cautela y descubrió que el contenido era un fuerte pero exquisito coñac francés.

—El coñac que compra a los contrabandistas es de primera clase.

—Nada menos que lo mejor para mis clientes. —Metió la mano en otro bolsillo interior y sacó algo de forma irregular envuelto en un paño—. Si tiene hambre, aquí hay queso, en el que puede probar su puñal.

Esta vez ella ni intentó evitar una sonrisa.

—Ha sacado dinero, cartas, bebida y ahora comida. ¿Cuántos bolsillos tiene ese abrigo?

—Muchos. —Sacó dos panecillos del interior de un bolsillo y cogió dos palos delgados del montón de yesca—. Voy a tostar mi queso. ¿Le apetece imitarme?

Comida caliente. Cayendo en la cuenta de que estaba muerta de hambre, ella partió el queso en varios trozos y le pasó la mitad a él.

—Voy a cortar los panecillos para que se puedan tostar también.

—Excelente idea. —Le pasó los panecillos para que los cortara—. Ese puñal es hermoso. ¿No tuvo tiempo de sacarlo cuando la capturaron?

—Entonces no lo tenía. —Se puso el puñal en la palma para que él lo viera mejor—. Este se lo quité a un contrabandista que quiso apuñalarme cuando intenté escapar.

Mackenzie la miró horrorizado.

—No sé qué es peor, si saber que podrían haberla apuñalado o saber que usted podría haberme apuñalado a mí. La sola idea de ver mi sangre derramada me hace sentir como si me fuera a desmayar.

Ella se rió.

—Hasta el momento, me alegra no haberlo apuñalado.

La mitad de su panecillo estaba tostado, así que lo sacó del palito e insertó un trozo de queso. Cuando el blanco trozo comenzó a derretirse y a oler delicioso, lo extendió en el pan tostado y tomó un bocado.

El fuerte sabor del queso derretido contrastaba deliciosamente con el de la crujiente tostada, en una sinfonía de texturas y sabores. Se le escapó un suave gemido de placer.

—¡Es ambrosía!

Él tomó un bocado de su tostada con queso y lo saboreó:

—Néctar de dioses, en realidad. Nada como el frío, la lluvia, el hambre y el miedo a perder la vida como para hacer que sepa divina la más sencilla de las comidas.

—Decididamente me alegra no haberlo apuñalado —dijo Kiri—. Si lo hubiera hecho no tendría comida, bebida ni refugio.

—Tengo mis utilidades —dijo él, comenzando a tostar la otra mitad del panecillo—. ¿Cómo es que una damita tan competente como usted cayó en manos de unos contrabandistas?

Ella suspiró, recordando lo que la llevó a ese lugar en ese inoportuno momento.

—Estaba de visita en una casa de campo y por casualidad oí algo que... que me dolió mucho. Inmediatamente me marché en dirección a Dover, con la intención de coger una diligencia para volver a casa. Pero tuve la desgracia de encontrarme con el grupo de contrabandistas transportando sus mercancías y ellos temieron que los delatara. Podría haber escapado si el sendero hubiera sido más ancho para girar a *Chieftain* y ponerlo al galope, pero no lo era. Antes que pudiera escapar, me arrojaron encima una red para cazar pájaros y quedé atrapada.

—Mala suerte —dijo él, comprensivo—. ¿Tomó prestado el caballo para ir a Dover?

—Un puntilloso podría decir que lo robé. Pero es que estaba terriblemente furiosa. Si me hubiera quedado podría haberle hecho daño a alguien. Así que cogí a *Chieftain*. Desde Dover lo enviaré de vuelta.

—No tengo la menor dificultad para creer que podría haberle hecho daño a alguien —dijo él, con una sonrisa indolente, admirada, que le produjo movimientos raros en las entrañas—. Pero si usted no hubiera oído esa conversación, yo no la habría conocido. Soy lo bastante egoísta para alegrarme de que se hayan cruzado nuestros caminos.

—Yo también, puesto que sin su ayuda no habría logrado escapar.

—¿Cómo rompió la manilla de las esposas? ¿Estaba muy oxidado el metal?

—Un poco. —Levantó la mano derecha y los diamantes relampaguearon a la luz del fuego—. También rasqué el metal con las piedras de este anillo hasta que pude quebrarlo.

—De verdad es usted la más asombrosa de las mujeres —dijo él con cálida admiración.

Ella bajó los ojos, sintiéndose tímida.

—Cuando vuelva a Londres me encargaré de que le paguen esas guineas.

A él se le curvaron los labios en una sonrisa.

—Se me ocurre otra forma de pago que iría bien.

Ella tensó la mano sobre el puñal. Si él creía que ella se acostaría con él...

—No lo que está pensando, mi doncella guerrera —dijo él, sonriendo—. Pero sí me gustaría un beso.

Capítulo 5

Carrie Ford no reaccionó a su petición con la indignación de una virgen ni con la evaluación sensual de una mujer experimentada. En lugar de eso entrecerró los ojos y lo contempló detenidamente, como si él fuera un artefacto raro de origen incierto.

—Un beso podría ser interesante —dijo al fin, enterrando el puñal en la paja a un lado—. Pero sólo uno.

—Entonces intentaré que sea bueno.

Se deslizó por el suelo hasta quedar sentado a su lado, el muslo tocando el de ella. Entonces ahuecó una mano en su mejilla.

—Tus ojos son del color verde más extraordinario —musitó, pensando que era apropiado que fueran tan únicos como el resto de ella—. Son como finísimas esmeraldas.

Ella arqueó las cejas, sorprendida.

—Y los tuyos son de distinto color. Uno castaño y el otro azul gris nublado. Qué raro.

—Se ha dicho que mis ojos son una clara expresión de mi extraña naturaleza —dijo él, pensando que era el placer más puro mirarla así de cerca.

Cuando la vio en la cueva estaba amordazada y furiosa, pero ahí, ya relajada, era pasmosamente bella. Se le había soltado el lustroso pelo negro y le caía sobre los hombros en exquisitas ondas. Se lo echó hacia atrás y captó su aroma.

—Lilas y especias —dijo—. Perfume femenino pero un pelín mordaz.

Ella se rió.

—Entiendes de perfumes.

—Los perfumes son más fáciles de entender que las mujeres.

Y deseaba entender a esa mujer, cuyos hermosos y finos rasgos tenían una forma ligeramente exótica. Bajó los dedos por su cuello, suaves como las alas de una mariposa. Su exquisita piel tenía la calidez de nata de Devonshire, no de la leche blanca de una rubia elegante.

—Te encuentro totalmente apetecible.

—Tal vez necesitas más pan con queso —dijo ella, en tono recatado, aunque sus ojos verdes chispeaban de diversión.

Le rozó los labios con los suyos, preparado para saborearlos suavemente. Ella apretó más la boca a la de él con inocente interés. Entonces entreabrió los labios. Ardió el fuego entre ellos. La sensual impresión le recorrió las venas, fuerte, urgente.

La acercó más con los brazos, hasta que sus pechos estuvieron apretados al suyo; ella le puso las manos en la cintura, enterrando las uñas en su abrigo como las garras de una tigresa.

—Buen Dios, Carrie —dijo, con la voz ronca, acariciándole la espalda—. Eres más extraordinaria de lo que creía.

Ella hizo una inspiración, con los labios entreabiertos en una irresistible invitación.

—Decididamente eres preferible a Howard.

—¡Eso esperaba yo!

Volvió a besarla y ella no demostró que ya había tenido bastante. El pulso le latía fuerte, y a ella también. Lilas, especias y el fresco aroma del heno aplastado.

Cayó en la cuenta de que estaban tendidos de costado sobre el heno, la rodilla de él entre las de ella y su mano sobre un pecho. Sus caderas vibraban juntas como intentando disolver las telas que los separaban para poder unirse del todo.

—Esto no es prudente —susurró ella, con una voz que combinaba deseo y duda.

—Tienes toda la razón. —Pero no quería parar. Con la esperanza de que ella tuviera más sensatez que él, dijo con la voz ronca—: Dime que pare, Carrie. O golpéame. No muy fuerte, pero lo bastante para devolverme algo de sentido común.

—En realidad me llamo Kiri, no Carrie —dijo ella, con una risa ahogada—. No quería que los contrabandistas conocieran mi identidad.

—No importa —dijo él, distraído—. Eres hermosa con cualquier nombre.

¡Un momento! ¿Kiri?

Sólo había oído una vez ese nombre. Ahogó una exclamación y la soltó como si fuera una brasa ardiendo.

—¡Dios mío! ¡Kiri! Debes de ser lady Kiri Lawford, la hermana de Ashton.

Condenación, debería haberlo supuesto cuando vio sus ojos verdes. Se parecía mucho a su hermano.

—¿Conoces a mi hermano? —dijo ella, complacida, bajándole la cabeza hacia ella.

Atolondrado, olvidó por qué no debía hacer eso. Necesitó sentir unas duras uñas en la nuca para recuperar la sensatez.

Haciendo acopio de toda su fuerza de voluntad, rodó hasta quedar de espaldas contemplando las vigas y tratando de recuperar el aliento.

—Si vuelvo a tocarte, entiérrame el puñal. Eso será más rápido que esperar a que Ashton me corte en trocitos muy pequeños.

Ella se incorporó apoyada en un codo y lo miró.

—¿De qué diablos hablas? Adam es el mejor y más bueno de los hermanos.

—También es uno de los hombres más peligrosos de Inglaterra si se le ofende —dijo Mac en tono lúgubre—. Y se sentiría muy ofendido si supiera que estuve a medio camino de seducir a su hermana en un montón de paja.

—Sí que es bueno en la lucha cuerpo a cuerpo —concedió ella—, pero no creo que sea una persona que se ofenda fácilmente. Y esto no es una seducción, sino sólo unos buenos besos. ¿No nos está permitido celebrar habernos podido escapar por los pelos?

—¡Pues no! —exclamó él, y se sentó, pensando que ella era más inocente de lo que había creído y no sabía lo que era una seducción mutua. Unos minutos más y se le evaporarían todos los pensamientos de prudencia—. Tenemos que marcharnos de aquí inmediatamente. La lluvia ha amainado.

Kiri lo estaba mirando como si se hubiera vuelto loco.

—¿Sois enemigos mi hermano y tú?

—No, pero eso no significa que él vaya a aprobar que te bese. —Y mucho menos algo más íntimo que besos—. Conocí a Ashton en el colegio. Me adelantaba por un par de cursos.

—Ah, la Academia Westerfield, para niños de buena cuna y mala conducta —dijo ella, divertida—. Entonces «eres» un caballero. Mucho más caballero que el hombre despreciable con el que había considerado la posibilidad de casarme. No creo que haya ningún problema.

Él la miró a los ojos, tratando de hacerle entender que hablaba en serio.

—La mayoría de los alumnos de Westerfield son caballeros, sí. Un buen número de ellos tienen títulos elevados, como el de Ashton. Pero yo no. Soy el hijo bastardo de una actriz, me destituyeron del ejército y soy dueño de un club de juego y restauración. Tu padrastro, el general Stillwell, me azotaría al verme. —Se levantó y le tendió la mano para ayudarla a levantarse—. Si nos marchamos inmediatamente, tendríamos que poder llegar a la Academia Westerfield dentro de una hora más o menos.

—Ya me pareció que te mueves como un hombre del ejército.

—Se puso de pie con el ceño fruncido—. Es cierto que al general no le gustaría saber que te destituyeron. ¿Por qué?

—Es complicado —dijo él.

No sólo era complicado sino además una historia sórdida que no le contaría a una joven que, a pesar de su fogosidad y valor, había llevado una vida muy resguardada.

Ella se quitó la paja de la falda.

—¿Por qué necesitamos ir a la casa de lady Agnes?

—Para proteger tu reputación. Tienes un rango elevado, lady Kiri. Siempre habrá personas buscando maneras de manchar tu nombre.

—¿Debido a mi sangre mestiza? —preguntó ella, francamente.

—Sí —contestó él, igual de franco—. Siempre serás juzgada con un criterio más elevado. Hay muchas personas que desaprueban a aquellos que son diferentes.

Le resultaba difícil imaginar que alguien pudiera desaprobar a una mujer tan extraordinaria y hermosa como Kiri Lawford, pero sabía bastante del mundo para comprender que ella sería blanco de los envidiosos y de criterio estrecho.

Ella torció la boca, en un rictus.

—He notado esa desaprobación.

¿Cuál sería la causa de ese gesto?, pensó él.

—Con suerte, el mundo no se enterará de que te capturaron unos contrabandistas. Pero por si acaso, será mejor que pases el resto de la noche al irreprochable amparo de lady Agnes.

—Lady Agnes tiene alma de rebelde —señaló ella—. ¿Cómo alojarme con ella va a salvar mi delicada reputación?

—Es hija y hermana de duques y muy respetada en todas partes, así que se la considera una encantadora excéntrica, no una rebelde. —Le puso la capa sobre los hombros: aromas a lilas, especias y mujer. Hizo una inspiración profunda y continuó—: Así que sí, alojarte con ella te protegerá de las posibles consecuencias.

—¿Por qué, entonces, no me llevaste a Westerfield Manor ya de partida?

—Era una hora más de cabalgada en una fea noche de mal tiempo. Además, pensé que cuantas menos personas te vieran, mejor. Saber quién eres ha cambiado la situación. —Hizo un gesto hacia la puerta—. Ha dejado de llover, así que otra hora a caballo no será tan desagradable.

Ella se subió la capucha, cubriéndose el pelo negro.

—Me pareció que te conocía cuando te vi en la cueva. ¿Nos presentaron brevemente en casa de mi hermano?

Él negó con la cabeza.

—No formo parte de lo que se llama la buena sociedad. Pero habrás conocido a lord Masterson, mi hermanastro. Es fuerte el parecido entre nosotros.

—¡Claro! Will Masterson. Es un hombre encantador. —Lo recorrió con la mirada—. Vuestras personalidades son muy diferentes.

Él sonrió de oreja a oreja.

—Tal vez eso es un insulto, pero tienes razón. Will es sobrio, fiable y honorable. No como yo.

—Pero los dos sois buenos —dijo ella, dulcemente.

—Will lo es, sin duda —dijo Mac, desentendiéndose del inquietante cumplido—. Si no fuera por su bondad, a saber dónde habría acabado yo. Probablemente en la prisión de Newgate.

—¿Por hacer trampas con las cartas?

—Hay muchísimas maneras de acabar en Newgate. —Sacó el caballo de ella del corral y comenzó a ensillarlo—. Después que murió mi madre podrían haberme enviado al asilo de la parroquia, pero su doncella me envió a mi padre. Will me tomó afecto y no permitió que me alejaran. El heredero Masterson necesitaba una buena educación, pero nuestro padre no deseaba que su bastardo acompañara a Will a Eton. De ahí lady Agnes.

Kiri revisó la silla y la cincha.

—Por lo que me han dicho otros de los nobles extraviados que ha acogido lady Agnes, mejor que estuvieras con ella.

—Sin la menor duda. Y tú estarás mejor con ella también.

Ella hizo un mal gesto.

—La sinceridad me obliga a estar de acuerdo.

Él sonrió.

—Consuélate con saber que tendrás una cama e incluso un baño caliente si lo deseas.

—Háblame de tu club de juego y restauración —dijo ella, mientras él ensillaba a *César*.

Él vaciló. Pero puesto que ella sabía su apellido, no le costaría nada averiguar lo del club cuando volviera a Londres.

—El Damian's —dijo—, y supongo que nunca has oído hablar de él. Mi club no es un lugar para damitas.

—¡Pues claro que he oído hablar! —exclamó ella—. El Damian's es muy elegante. ¿Cómo puede no ser respetable si el príncipe regente es cliente de él?

—El príncipe no es un modelo de respetabilidad. —Abrió la puerta a la fría noche azotada por el viento; un cuarto de luna brillaba muy alto en el cielo arrojando una luz plateada sobre los campos. Se giró a apagar el fuego aplastándolo con las botas—. Aparte de eso, sólo estoy un peldaño más arriba que un sirviente. No sólo soy ilegítimo y me destituyeron del ejército, sino que además soy comerciante.

—Dicen que el Damian's tiene al mejor chef de Londres, y los caballeros pueden llevar damas ahí a cenar —dijo ella mientras estaban sacando a los caballos.

—Cierto que mi chef es extraordinario, pero por mis puertas sólo entran damas muy disipadas. Y un buen número de ellas ni siquiera son damas.

—Tus bailes de máscaras son famosos.

Puso el pie en sus manos unidas, se dio impulso y montó en la silla.

Él se quedó inmóvil, paralizado, pues lo único en que podía pensar era en lilas, especias, y en esa mujer. La muy maldita era peligrosa.

—O infames —dijo, pasado un momento, cuando se le despejó la cabeza.

Ella lo miró pensativa.

—Comprendo por qué necesitas lo mejor de lo mejor de esas bebidas ilegales. ¿De dónde viene el nombre de Damian's?

—Mi nombre de pila es Damian.

Diciendo eso, cerró la puerta del granero y montó a *César*. Ella se estaba riendo.

—Cierto que no pareces ser un George o un Robert. Pero, ¿Damian?

—Recuerda que mi madre era actriz. Tenía gustos teatrales.

Puso a su caballo al trote en dirección a la Academia Westerfield. Necesitaba alejarse, estar muy, muy lejos de la peligrosamente deliciosa lady Kiri Lawford.

Capítulo 6

*K*iri observó incrédula a Mackenzie arrojar un guijarro a una de las ventanas de arriba de Westerfield Manor.

—¿Así es como se comunica uno con la muy noble y respetable lady Agnes Westerfield, la que debe salvar mi reputación?

—No olvides que también es una excéntrica y directora de escuela. No soy el primero que la despierta de esta manera. —Arrojó otro guijarro—. Esta es una de esas ocasiones en que es mejor no despertar a toda la gente de la casa.

Estaba eligiendo otra piedrecilla cuando se abrió la ventana y una voz suave pero penetrante dijo:

—¿Cuál de mis jóvenes pícaros es?

—Damian Mackenzie, lady Agnes. Tengo conmigo a una damita cuya reputación necesita salvación.

—Si está contigo, señor Mackenzie, su reputación ya está arruinada sin remedio —dijo la directora, con voz más divertida que horrorizada—. Os recibiré en la puerta.

—Por aquí —dijo él entonces a Kiri, mientras se cerraba la ventana.

Le cogió el brazo y la llevó hacia una pequeña puerta lateral cercana a la esquina de atrás de esa ala.

Kiri pensó si él le habría cogido el brazo, porque vio que su agotamiento era tal que estaba punto de caerse al suelo; cuando entraron en el espacioso establo a dejar a los caballos, estaba dispuesta a envolverse en una manta de caballo y acostarse sobre la paja.

Y él tuvo razón al no traerla antes al colegio. La cabalgada había sido dura aun bajo un cielo nocturno despejado; así que bajo la lluvia habría sido horrorosa.

Se abrió la puerta y apareció lady Agnes con una lámpara en la mano. Era tan alta como ella, y llevaba una bata color escarlata que llegaba al suelo y una gruesa trenza le pasaba por encima del hombro. Cuando ellos entraron, exclamó:

—¡Lady Kiri! ¿Cómo has llegado a caer en manos de este pícaro?

Durante un horroroso momento ella no supo qué decir. Aunque había estado brevemente con lady Agnes en la casa de su hermano, en realidad no la conocía.

Pero Adam se fiaba totalmente de lady Agnes, así que ella podía fiarse también.

—Me capturaron unos contrabandistas y el señor Mackenzie me ayudó a escapar. En nombre del decoro, pensó que lo mejor era traerme aquí.

Lady Agnes se echó a reír.

—¿Decoro, Mac? Eso podría arruinar tu reputación. Pero pasad. ¿Os llevo a la cocina a comer algo o a un dormitorio a descansar?

—A mí a un dormitorio, por favor —contestó Kiri—. Con una palangana para lavarme, si es posible.

—Sí que parece haber sido una cabalgada con mucho barro —concedió la directora—. ¿Y tú, Mac?

—Me iría bien comer algo, lady Agnes.

—Entonces me reuniré contigo en la cocina después que haya instalado a lady Kiri.

Luego de encender una vela y pasársela a Mackenzie, le hizo un gesto a ella indicándole que la acompañara.

—Actúa con mucha naturalidad, lady Agnes —comentó Kiri

mientras subían la escalera—. ¿Este tipo de cosas ocurre con frecuencia?

La mujer mayor se rió.

—Llegan diversas formas de alboroto con cierta regularidad. Haber sido madre adoptiva de toda una generación de chicos briosos y rebeldes hace que me cueste mucho escandalizarme.

A Kiri le habría encantado saber cómo era Mackenzie de pequeño, pero estaba demasiado cansada para preguntar. Aunque el evidente afecto de lady Agnes hablaba bien de él.

—Dado que Westerfield está de camino a Dover, normalmente tengo preparadas una o dos habitaciones para huéspedes, por si acaso. Iré a sacar una jarra con agua de mi dormitorio.

La directora entró en su dormitorio, salió con la jarra y la llevó a un dormitorio bien amueblado pero no lujoso. Si no hubiera estado tan embarrada se habría arrojado de bruces sobre la colcha.

Lady Agnes dejó la jarra sobre el lavabo y encendió el fuego con la leña ya dispuesta en el hogar.

—Calentar agua llevaría tiempo y retrasaría tu descanso; ¿supongo, entonces, que el agua fría irá bien?

—Será estupenda. —Exhaló un suspiro—. Esta mañana la comencé de una manera normal. No tenía ni idea de lo que me traería el día.

—Algún día les contarás esta historia a tus nietos y te parecerá una alegre aventura. Pero llevará tiempo ver ese día. —Sonrió—. Encontrarás camisones limpios en el ropero. Que duermas bien, lady Kiri. Mañana descubrirás que el mundo está nuevamente normal.

Acto seguido se marchó y cerró la puerta. Medio aturdida, Kiri se quitó la ropa, colgando la capa mojada de Mackenzie y su falda pantalón embarrada en los respaldos de los sillones junto al hogar. Con suerte, por la mañana estarían secos. Las dos prendas necesitaban un buen cepillado para estar presentables.

Se lavó rápidamente y se puso el camisón. Le quedaba corto, pero qué más daba. Se metió en la cama y se cubrió con las mantas hasta la cabeza. La cama le pareció la más cómoda en que había dormido, tal vez porque le dolían todos los músculos.

Pero a pesar del cansancio la cabeza le seguía trabajando, dándole vueltas a las cosas. De tanto en tanto, se había dejado besar por sus pretendientes más atractivos. Los besos de Godfrey los había disfrutado muchísimo. Eso era parte del motivo de que hubiera considerado la posibilidad de casarse con él.

Pero el no respetable Damian Mackenzie estaba en una categoría totalmente diferente. Incluso en ese momento, pensar en su abrazo y en sus besos le hacía discurrir un calor líquido por toda ella. ¿Sería porque era más experimentado? ¿Un hombre mundano que sin duda había tenido un buen surtido de amantes mundanas?

¿O se debía a que entre ellos se había establecido una conexión vital, inesperada, como combinar rosas con incienso para crear algo que era más que la suma de sus partes? Dado lo aturdido que parecía él después de la sesión de besos, se inclinaba a pensar que podría haber algo especial entre ellos. La única manera de estar segura sería dejándose besar más, pero eso podría ser difícil de arreglar, ya que por la mañana se separarían.

Si había que hacer algo, tenía que ser esa noche.

Mac estaba a la mitad de un plato de lonchas de jamón y queso cuando entró lady Agnes en la cocina. Al ver que hacía ademán de levantarse movió la mano indicándole que continuara sentado.

—No interrumpas tu cena de medianoche. Tienes aspecto de necesitar sustento. —Se sentó en una silla al otro lado de la limpitísima mesa de pino—. A no ser que quieras beber dos copas de este clarete tan fino que me proporcionas, una de esas copas tiene que ser para mí.

—Perspicaz como siempre, lady A. —Le pasó la copa—.

Mantenerla bien provista de vino y licores es un pequeño precio por el refugio que me ofrece cuando lo necesito.

Ella bebió del clarete con placer.

—¿La desventura de esta noche va a dañar la relación con tus amigos contrabandistas?

—Soy demasiado buen cliente. Una vez que duerman la borrachera con su ponche, el único que continuará furioso será el desagradable individuo que deseaba violar y asesinar a lady Kiri.

Lady Agnes hizo un mal gesto al pensarlo.

—Muchas veces has llegado aquí inesperadamente, pero nunca acompañado por una damisela en apuros. ¡Y la hermana de Ashton, nada menos!

—Al principio no sabía quién era, pero me pareció evidente que era una damita necesitada de ayuda. —Recordó cómo ella rompió las esposas y consiguió salir atravesando toda la cueva—. Aunque ella podría habérselas arreglado sola para escapar. Es pasmosamente intrépida.

—Bueno, es hermana de Ashton, y se parecen muchísimo. Como él, es una experta en kalarippayattu. —Cogió un trozo de queso de la fuente—. La familia de su madre sigue la muy antigua tradición de emplear a un maestro de kalarippayattu para que enseñe a los hijos y a las hijas si a ellas les interesa.

—O sea, que lady Kiri aprendió del mismo maestro que le enseñó a Ashton. Eso explica muchas cosas. —Sonrió de oreja a oreja—. Casi me dejó lisiado de por vida antes que yo la convenciera de que intentaba ayudarla. Me hace pensar en las historias de antiguas reinas guerreras indias que a veces nos contaba Ashton por la noche.

—Kiri es descendiente directa de esas reinas guerreras —dijo lady Agnes muy seria—. Un motivo de que su familia se trasladara a Inglaterra fue que las chicas encontraran maridos británicos, pero aquí no hay muchos hombres capaces de valorar del todo las cualidades únicas de Kiri.

Era lógico que una joven hermosa y con una buena dote estuviera en el mercado del matrimonio; perfectamente lógico, pero Mac descubrió que la comida había perdido su sabor. Envolvió el trozo de jamón en la estopilla y fue a dejarlo en la despensa.

—Estoy listo para acostarme, lady Agnes. ¿Mi habitación de siempre?

Ella asintió.

—No hagas ruido. A lady Kiri la he puesto en la habitación contigua, puesto que eran las únicas que tenía preparadas.

Con la vela en una mano, él se inclinó a darle un abrazo.

—Gracias por estar siempre aquí, lady A.

Ella le correspondió el abrazo.

—Y mil gracias por no permitir que mi vida se vuelva aburrida, Mac.

—Dirigiendo la escuela nunca le falta alboroto —dijo él, riendo.

Tenía justo la energía para subir la escalera y entrar en el refugio de su habitación habitual. Debido a sus actividades poco honrosas, con cierta regularidad acababa ahí. Siempre era agradable ver a lady Agnes, aun cuando a ella no la entusiasmaban nada sus tratos con los contrabandistas. Pero sabía que estos eran del todo necesarios.

Encendió el fuego en el hogar con la leña ya preparada, se desvistió hasta quedar con la camisa y los calzoncillos, y encima se puso la bata reversible de lanilla gris que estaba colgada en el ropero. Después se sentó en el cómodo y desgastado sillón de orejas junto al hogar, estiró las piernas e intentó sosegar la mente.

Siempre había llevado una vida complicada que discurría en los márgenes mellados del bello mundo. Los amigos que había hecho en Westerfield eran verdaderos y lo habrían acogido bien en su mundo social; otros no habrían sido tan caritativos. Puesto que había comenzado su vida sin riqueza ni título, y ni siquiera como hijo legítimo, prefería vivir en el estrato social menos elevado o altanero en el que podían aceptarlo tal como era.

No echaba en falta asistir a las aburridas fiestas y otros eventos de la alta sociedad, pero mentiría si dijera que no les envidiaba a sus amigos la seguridad de saberse miembros legítimos de esa sociedad. La vida era interesante en el margen, pero a veces... cansada.

Pensando que necesitaba más coñac fue a coger su botellín, y cuando ya volvía al sillón se golpeó con una silla de madera. No había bebido tanto para estar tan torpe, así que debía ser el cansancio. De todos modos continuó contemplando las parpadeantes llamas, resistiéndose a acostarse.

Sabía quién y qué era. Pero era lo bastante humano para lamentar no tener lo que nunca podría ser suyo.

Capítulo 7

*K*iri despertó de un profundo sueño por el sordo ruido de un golpe en la habitación contigua. Le llevó un momento recordar dónde estaba. Ah, sí, el insulto, el robo del caballo, contrabandistas, captura, escapada, y Damian Mackenzie, el hombre al que había estado dispuesta a apuñalar, y que se había transformado en protector y aliado.

El cielo seguía oscuro, así que calculó que no había dormido mucho rato. A alguien, tal vez a Mackenzie, se le había caído algo al suelo, o tal vez había chocado con un mueble, y eso la despertó.

Mackenzie. Damian. Saber que estaba en la habitación contigua, probablemente desvistiéndose, le hizo pasar una ola de calor por todo el cuerpo.

Era una mujer normal que siempre había admirado a los hombres atractivos. Pero aunque disfrutaba de los abrazos y besos, nunca antes había comprendido el poder de la pasión. Deseaba entrar en su habitación, arrancarle la ropa que cubría ese potente cuerpo y envolverlo con el suyo. La idea era excitante y alarmante en igual medida.

Se mordió el labio. Una mujer decente no hace esas cosas, y a pesar de su vena rebelde, ella era decente. O al menos la habían criado bien. Pero no podía permitir que el hombre más atractivo que había conocido en su vida se marchara y no volviera a verlo nunca más.

Mackenzie le había dejado claro que los separaba un abismo social inmenso, infranqueable. Ella concedía que el abismo era grande, pero ¿infranqueable? De eso estaba menos segura.

Si había que franquear la distancia que los separaba, era ella la que debía dar el primer paso. Y esa noche podría ser la única oportunidad que tuviera, a pesar de su cansancio y de la pasmosa falta al decoro que debía cometer.

Se le aceleró de ansiedad el corazón. Sería... difícil soportar que él se riera de su insinuación. No, no sería cruel, pero bien podría rechazarla amablemente. Tenía que conocer a innumerables mujeres atractivas y experimentadas. ¿Por qué iba a desear liarse con una mujer no experimentada y mestiza?

Sin embargo, estaba esa ardiente reacción cuando se besaron; estaba segura de que esa pasión era algo excepcional.

Estaba por ver si esa pasión sería suficiente. Diciéndose que era hija de reinas guerreras, se bajó de la cama y encendió una vela en el fuego del hogar. Se puso una bata para atenerse al decoro. Con la vela en una mano, salió de la habitación y golpeó la puerta contigua. Retuvo el aliento, deseando que todavía estuviera despierto.

Casi con igual intensidad, deseó que estuviera durmiendo.

Su tímido golpe recibió respuesta: una invitación a entrar, en voz baja. Haciendo una honda inspiración, abrió la puerta.

Mackenzie estaba sentado junto al hogar, con las piernas estiradas, bebiendo de su botellín de coñac plateado; su cara revelaba cansancio; también llevaba una bata que le quedaba corta. Con la luz del fuego marcándole los fuertes rasgos, estaba mucho más guapo de lo que era conveniente y seguro para ella.

Él levantó la vista, y se atragantó con el coñac. Pasado un breve acceso de tos, la miró feroz:

—Deberías estar durmiendo el sueño de los inocentes, lady Kiri.

Ella entró y cerró la puerta.

—Esta noche soy menos inocente que anoche.

Él pareció incómodo.

—Lamento haberte besado.

Ella alzó el mentón.

—Yo no lo lamento.

—Muy bien, yo tampoco lo lamento —dijo él, irónico—. Pero no debería haberlo hecho.

—Tal vez no. —No estaría ahí descalza, con los pies fríos, si no hubiera sido por esos besos—. Pero lo hecho no se puede deshacer. Me... me intrigas, señor Mackenzie. Me gustaría volver a verte en Londres.

A él se le desvaneció la diversión.

—El sentimiento es mutuo, lady Kiri. Pero no, no podemos vernos en Londres.

—¿Tienes esposa? —preguntó ella, preparándose para oír una respuesta que no le gustaría.

—¡Buen Dios, no! —exclamó él, horrorizado—. Pero somos de mundos diferentes, separados. Deben continuar separados.

—¿Por qué?

Avanzó hacia él. Ella descendía no sólo de un linaje de reinas guerreras, sino también de mujeres bellísimas, maravillosamente atractivas. Habían luchado una guerra por el derecho a casarse con una de sus tatarabuelas. Llamando en su ayuda a toda la sensualidad ancestral, se visualizó hermosa, deseable.

—¡Santo Dios, lady Kiri! —Levantándose de un salto, retrocedió como si ella estuviera blandiendo su nuevo puñal robado—. No me pones nada fácil lo de hacer lo correcto.

—Llámame Kiri. —Sonrió con pícaro placer al ver cómo lo afectaba; al parecer había heredado algo del atractivo de su familia—. No me interesa ponértelo fácil. Lo que deseo es saber si esto... significa algo.

Lo arrinconó junto a la ventana y levantó la cara hacia la de él para que la besara, y apoyó levemente las manos en sus brazos.

—¡Condenación!

Maldiciendo, soltó el botellín y la estrechó con fuerza en sus brazos.

Volvió a arder el fuego, las llamas atizadas por estar los dos sólo con ropa para dormir. Ella sentía sus huesos, sus músculos y... más, mucho más.

La besaba con avidez, sin darle cuartel. A ella se le disolvió el miedo, dejando sólo deseo y una excitación en aumento. No se había imaginado esa pasión tan intensa, tan correcta. Era real, más real que todo lo que había experimentado en su vida.

A Mac lo abandonó el sentido común cuando Kiri se apretó a él con sobrecogedora intimidad; era embriagadora, tan irresistible como el aire para un hombre que se está ahogando. Aspiró su deliciosa y fogosa esencia acariciándole las suaves curvas de su cuerpo. La cama estaba a sólo unas yardas.

¡No! Siempre se había enorgullecido de su autodominio, pero necesitó hasta la última pizca de disciplina para ponerle las manos en los hombros y apartarla a la distancia de los brazos. A ella se le meció el cuerpo, mirándolo con esos ojos verdes agrandados, vulnerables.

—¿Qué pasa?

Él no supo si reír o llorar. Bajando las manos, dijo:

—Te ha enviado el demonio a tentarme por mis pecados, lady Kiri.

Ella se mordió el labio.

—¿Por qué no puedo ser una recompensa en lugar de una tentación? ¿O tus pecados son tan grandes que no tienen perdón?

—Muchas personas no perdonan fácilmente. —Se alejó hasta una distancia que les impidiera tocarse, pensando en todas las cosas que había hecho y deseaba no haber hecho. Y revisando su pasado, continuó—: Lo mejor que puedo decir de mí es que nunca he matado a un hombre sin un buen motivo, ni me he acostado con una mujer que no me gustara de verdad.

Ella frunció las oscuras cejas.

—¿Los hombres se acuestan con mujeres que no les gustan?

Pues sí, era una inocente, a pesar de su naturaleza fogosa.

—A veces —dijo, sarcástico—. Tal como hacen las mujeres de vez en cuando. Deseo no es lo mismo que amistad, afecto o aprecio.

Ella lo pensó.

—Yo diría que el afecto aumenta el deseo.

Él trató de no distraerse por sus elegantes pies descalzos.

—Sí. Por eso sólo elijo mujeres a las que les tengo aprecio.

Ella ladeó la cabeza y su sedoso pelo negro se deslizó por sus hombros.

—A mí me parece que la... la atracción que hay entre nosotros es algo excepcional, especial, y no hay que desaprovecharla, pero tengo poca experiencia. ¿Estoy equivocada? ¿Es común un deseo tan potente?

—Es excepcional —dijo él, consciente de que sólo serviría la verdad—. Pero la pasión es dolor, no placer, si no hay un canal honroso para ella. Con gran pesar debo decir que no lo hay en nuestro caso. —Y lo lamentaba inmensamente—. Nuestra atracción mutua no puede ser más que un radiante momento pasajero.

Ella apretó sus exuberantes labios.

—No estoy convencida de que no pueda haber nada entre nosotros.

—Un importante inconveniente de la pasión es que ablanda el cerebro —dijo él, secamente—. Sólo hay dos posibilidades, lady Kiri. ¿Deseas tener una aventura? Una virgen de buena crianza que lo hiciera arruinaría su vida. ¿Un galanteo, cortejo? Toda tu familia se alzaría como una sola persona para arrojarme fuera de tu puerta, y tendrían razón al hacerlo.

—Yo sencillamente no veo un abismo social infranqueable.

—Frunció el ceño—. Sí, eres comerciante, pero no un trapero o pescadero. Tu padre era un lord y fuiste al colegio con mi hermano. Te ves y hablas como un caballero. ¿No podemos encontrarnos y bailar en un baile? ¿Cabalgar juntos por el parque?

Mac negó con la cabeza.

—Tu hermano es un importante motivo para acabar con esto esta misma noche. Lo respeto muchísimo y no deseo herirlo ni herirte a ti. Por no decir que una vez me salvó de que me mataran a golpes un aristócrata mal perdedor y sus amiguetes. —La miró a los ojos, necesitaba convencerla de que él tenía la razón—. La capacidad de sentir pasión es un don, lady Kiri. Lo que sientes por mí puedes sentirlo también por otro hombre que sea la pareja honorable que te mereces. Espera a conocerlo.

—¿Ni siquiera podemos ser amigos? —preguntó ella, tranquilamente.

Si su puntería era tan buena con las palabras como con un puñal, cualquier hombre con el que se enfrentara moriría. Cuando estuvo seguro de que la voz le saldría calmada, dijo:

—Ojalá fuera posible eso. Pero dada la fuerza de la atracción entre nosotros, no, lady Kiri, no podemos ser amigos. Nadie creería que no hay nada más entre nosotros. Y tendrían razón, porque yo no sería capaz de no ponerte las manos encima.

Ella palideció al oír eso, y pasado un largo rato, inclinó la cabeza con airosa aceptación.

—Entonces agradezco tu sinceridad, Damian Mackenzie. Como agradezco tu ayuda para escapar de los contrabandistas. Que duermas bien.

—Yo ya no estaré cuando te levantes por la mañana. —Titubeó y añadió—: Ha sido un placer conocerte.

—Un placer y también muy instructivo. —Lo obsequió con un amago de sonrisa—. Es una lástima que seas honorable pero no respetable. Lo habría preferido al revés.

Él casi se rió.

—Vete, picaruela. Dentro de una semana agradecerás mi autodominio para refrenarme.

A ella se le desvaneció la sonrisa.

—Ojalá estuviera segura de eso.

Dicho eso salió de la habitación.

Él combatió el desesperado deseo de salir tras ella, traerla de vuelta a su habitación y meterla en su cama. No sólo porque era hermosa y absolutamente deseable, sino también por su ingenio, fuerza y vitalidad, que iluminaba cualquier lugar en que entrara. Jamás había conocido a una mujer como ella.

Una mujer hermosa, pero no suya.

Capítulo 8

Después que salió de la habitación de Mackenzie, Kiri consiguió dormirse, pero sus sueños estuvieron plagados de contrabandistas, amenazantes puñales y embriagadores besos. No fue un sueño reparador.

La despertaron gritos de jóvenes enérgicos y supuso que el patio de juegos estaba detrás de la casa. Aunque no se sentía ni joven ni enérgica, se obligó a levantarse y enfrentarse al día. Descubrió que una criada se había llevado la falda y la capa y las había devuelto cepilladas y presentables.

Impulsivamente cogió la capa y hundió la cara en sus gruesos pliegues oscuros; la tela tenía el olor de Mackenzie, trayéndole una clara imagen de sus hombros anchos y potentes y de sus traviesos ojos de distinto color. Una vez que dejó de considerarlo una amenaza le había encantado estar en su compañía. El fuerte deseo y la simpatía formaban una combinación peligrosamente potente.

Pero él tenía razón al decir que no había ningún futuro para ellos, maldito fuera. No lo iba a tener ni como amante ni como marido. Podría ser diferente si las circunstancias permitieran un galanteo decente, en el que tuvieran tiempo para conocerse mejor. En lugar de eso, debía agradecer su autodominio.

Suspirando, dejó la capa en el sillón. Si fuera una prenda cara, la devolvería, pero era una sencilla capa de lana que igual podría pertenecer a un trabajador, y, además, estaba bastante raída. A menos que Mackenzie se la pidiera, la guardaría como un recuerdo del radiante momento pasajero que tuvieron.

La criada también había dejado una jarra con agua que todavía estaba caliente. Cuando se estaba lavando, una criada joven asomó la cabeza por la puerta; al ver que estaba levantada, entró.

—Ahora que se ha despertado, señorita, ¿la ayudo a vestirse?

—Me las puedo arreglar sola con la ropa, pero agradecería muchísimo algo para desayunar.

—Bajando la escalera a la izquierda —dijo la chica al instante—. Se lo diré a lady Agnes para que vaya a acompañarla al comedor de la familia.

La criada hizo su reverencia y desapareció antes que ella pudiera decirle que no quería interrumpir el trabajo de su anfitriona. Diciéndose que no era probable que lady Agnes hiciera algo que no deseaba hacer, terminó de vestirse y se dirigió a la escalera para bajar.

Sopesó su situación. El interesante Damian Mackenzie había desaparecido de su vida; no había ni que pensar en Godfrey Hitchcock, y no tenía ni una sola perspectiva de matrimonio que le interesara. Pero estaba viva y bien, y la esperaba el desayuno. Tenía mucha suerte, así que no debería sentirse desanimada.

Comenzó a animarse tan pronto como vio las fuentes cubiertas y la tetera con humeante té esperando en el comedor. Se sirvió huevos, beicon, legumbres, tostadas y una ración extra grande de pescado desmenuzado con huevos y arroz, un plato llamado *kedgeree*. Ya estaba sentada y había comenzado a comer cuando entró lady Agnes.

—¿Cómo estás esta mañana, lady Kiri? —Sonrió—. Aparte de muerta de hambre.

Kiri se levantó educadamente.

—Sí que estoy muerta de hambre. El señor Mackenzie tenía un poco de pan y queso que compartió conmigo, pero esta es la primera comida decente que he tenido desde ayer por la mañana. —Se sentó ante el gesto que le hizo lady Agnes—. Estoy muy bien, y agradecida de que no me ocurriera nada peor. ¿El señor Mackenzie ya se ha marchado a Londres, supongo?

—Sí. —Lady Agnes se sirvió té y se sentó en la silla de enfrente—. Mi pregunta no era para establecer una conversación educada, lady Kiri. Ser capturada por un grupo de contrabandistas tuvo que ser aterrador. Cuando yo andaba viajando por India nos asaltaron unos bandoleros; varios hombres quedaron malheridos y un guardia resultó muerto. Fue una experiencia muy... perturbadora. —Sonrió sarcástica, como burlándose de sí misma—. Me llamaban la Loca Inglesa Audaz, pero después del ataque pasé varios meses siendo mucho menos audaz de lo que proclamaba mi fama.

Kiri bajó los ojos a su plato, recordando su miedo, su furia y su impotencia.

—Tiene razón. Fue... perturbador. —El tipo de experiencia que cambia para siempre la visión del mundo en una persona—. Aterrador, en realidad.

—El terror es la reacción racional al peligro —dijo la directora—. Pero si te produce pesadillas no vaciles en pedir ayuda. Nunca estoy tan lejos que no me pueda llegar una carta.

—Gracias. —Le miró atentamente la cara pensando qué edad tendría; en realidad no era muy vieja; unos cincuenta y tantos tal vez—. Comprendo por qué sus nobles extraviados la adoran.

Lady Agnes se rió.

—Yo también los adoro. Muchos dan una coz ocasional al galopar, pero son buenos chicos. Sólo necesitan atención extra y aceptación. —Continuó en tono más serio—: ¿Tu caballo hay que devolverlo a alguna parte, supongo?

—A Grimes Hall.

—Yo me encargaré de eso. Mi coche está esperando para llevarte a Londres. Te acompañará una doncella, por el decoro.

—¡Gracias! Esperaba volver a Londres en una diligencia pública. Es muy generosa con una huésped no invitada.

—Cualquier amiga de Mackenzie es bienvenida aquí.

—No soy su amiga —dijo Kiri, irónica—. Soy una damisela en apuros que tuvo la suerte de ser rescatada por él.

—La amistad se desarrolla rápidamente en circunstancias difíciles.

Kiri pensó si eso sería una discreta advertencia de que no le tomara demasiado cariño a Damian Mackenzie. Buen Dios, ¿acaso Mackenzie le habría contado a su ex directora que ella había entrado en su dormitorio? No, seguro que no. Mejor hablar del caballo.

—Después que me despida de *Chieftain* estaré lista para partir. Es un excelente caballo.

—Estará en su casa al final del día —prometió lady Agnes, levantándose y tendiéndole la mano—. Me alegra haber tenido la oportunidad de conocerte mejor, lady Kiri. Nos volveremos a ver en Londres, estoy segura.

Puesto que no tenía prácticamente nada que llevar aparte de la bolsa que contenía sus joyas, cuando terminó de desayunar salió y se dirigió al establo. *Chieftain* parecía contento, aunque cansado. Delicadamente lamió azúcar de su palma cuando ella le ofreció un trozo y luego le hocicó el hombro, con la esperanza de que le diera más.

Mientras acariciaba el lustroso cuello del caballo, pensó en su inesperada aventura. Tal vez fue imprudente huir de Grimes Hall, pero dado lo que había oído por casualidad, tenía lógica. Tenía un historial de temeridades, aunque la salvaba que era tan buena para librarse de los problemas como para meterse en ellos.

Pero la temeridad se había transformado en locura pura cuando Mackenzie la besó. ¿En qué estaría pensando? Mirado a la fría luz del día, su comportamiento con Mackenzie había pasado de temeridad a loca estupidez.

No había estado pensando sino simplemente gozando de esa radiante y fuerte pasión. Olvidando las consecuencias, sólo le había importado el momento. Si no hubiera sido por el autodominio de Mackenzie, adquirido a duras penas, se habrían hecho amantes. Y eso podría haber sido maravilloso, pero las posibilidades de desastre hubieran sido muy, muy elevadas.

Le dio una última palmadita a *Chieftain*, se giró y salió hacia donde la esperaba el coche, delante de Westerfield Manor. En circunstancias normales, no se habría encontrado nunca con Mackenzie. Y lo más probable era que no volvieran a encontrarse nunca más.

Pero si se encontraban, bueno, pensaría en las consecuencias que estaba dispuesta a enfrentar antes de portarse como una condenada idiota.

Aún no había transcurrido media hora cuando Kiri ya estaba de camino a casa en el lujoso coche de lady Agnes. La criada que la acompañaba era una callada mujer mayor que aprovechaba para remendar alguna prenda cuando el camino era lo bastante llano. Ella pasó la mayor parte del trayecto contemplando el verde paisaje por la ventanilla.

Los acontecimientos del día anterior le parecían casi como un sueño. Las despectivas palabras de lady Norland seguían doliéndole, aunque ya no tanto. Supuso que a la familia Hitchcock le dolería más la pérdida de un caballo que de una heredera mestiza.

Tenía suerte de volver a casa sin ningún daño en su persona ni en su reputación. Pero no podía dejar de pensar en Mackenzie; si no fuera el dueño de un escandaloso club de juego, tal vez sería posible un galanteo.

Pero dada su ocupación, cualquier tipo de relación con él arriesgaría no sólo su reputación sino también la de su familia.

Sus hermanastros menores, Thomas y Lucia Stillwell, eran mestizos también, como ella, y Lucia ya estaba cercana a la edad para casarse. Cualquier cosa que hiciera ella los desprestigiaría a ellos y a su madre.

¿Por qué la lógica era tan convincente y al mismo tiempo la dejaba con esa intensa sensación de vacío?

Cuando Mac llegó a su club de Londres estaba agotado hasta los huesos. No había podido dormir después de la visita de Kiri, así que se marchó de Westerfield Manor al despuntar el alba. Le dejó una nota a lady Agnes agradeciéndole que los hubiera alojado, explicándole que debía volver a Londres inmediatamente y diciéndole que sabía que ella cuidaría bien de lady Kiri. Todo cierto, pero una cobardía. ¿Kiri habría dormido mejor que él?, pensó al salir.

Fue a hablar con su administrador, Jean-Claude Baptiste, para asegurarse de que no hubiera ocurrido ningún desastre en el Damian's durante su ausencia. Baptiste se rió y lo envió a su casa, lo que no le planteó ninguna dificultad, puesto que vivía en la casa contigua al club.

Estaba recuperándose de dos días y medio sin dormir cuando unos pasos sigilosos lo sacaron de su bendita inconsciencia. Despertó con una daga en la mano y paseando la mirada por la habitación en busca de un posible peligro. Se relajó y volvió a apoyar la cabeza en la almohada.

—Ah, eres tú, Kirkland. No deberías acercarte a mí con tanto sigilo.

—Soy muy bueno en eso —dijo su viejo amigo, con moderada indignación—, y no creí que te despertaría. Pero puesto que lo he hecho, ¿dónde está mi más preciado tabaco?

Mac se cubrió la boca con una mano para disimular un bostezo; a juzgar por la luz, ya comenzaba a caer la oscuridad y pronto tendría que levantarse.

—En el bolsillo interior de arriba del lado derecho de mi abrigo.

Kirkland encontró el abrigo, que había dejado sobre una silla, y localizó la gorda bolsa de tabaco francés. La abrió y pasó la mano por entre las fragantes hojas secas. Pasado un momento dijo:

—Eureka.

Sacó de la bolsa un delgado tubo del mismo color marrón del tabaco; con un rápido giro desenroscó un extremo del tubo y sacó un trozo de papel delgado. Ceñudo, pasó la mirada por las diminutas letras.

—¿Malas noticias? —preguntó Mac, bajando las piernas de la cama, sintiéndose un desastre.

—Más o menos lo que suponía. —Envolvió el tubo con el papel en un pañuelo y se lo guardó—. Después leeré esto con más detenimiento.

—¿Hay algo sobre Wyndham? —preguntó Mac.

Siempre preguntaba por su compañero de colegio que llevaba tanto tiempo perdido. Estaba en Francia cuando terminó la Paz de Amiens, y desde entonces nunca más se supo nada de él. Pero aun así siempre preguntaba, y Kirkland, también como siempre, contestó:

—No. Aunque mi informante me ha dicho que había oído un rumor sobre un inglés cautivo que podría calzar con la descripción de Wyndham. Están buscando más información.

Mac se negó a sentir esperanza. A lo largo de los años había habido muchas otras pistas falsas.

—Si una de estas pistas resulta ser real alguna vez, ¿qué haremos?

—Liberarlo —dijo Kirkland lisa y llanamente—. Rescatarlo de Francia sería difícil, pero es un reto que aceptaría al instante.

—Tendrías muchísima ayuda.

Fue hasta el lavabo y se echó agua en la cara para despejarse la cabeza. Animoso, travieso y gracioso, Wyndham había sido popular entre los demás alumnos de Westerfield; todavía se lamentaba su desaparición después de tantos años.

Sería más fácil si se supiera de cierto su suerte; pensando de modo realista, Mac suponía que tenía que haber muerto; la Paz de Amiens terminó de forma muy brusca y apresaron a todos los ingleses de entre dieciocho y sesenta años que estaban en Francia. Wyndham debió presentar batalla, y esa resistencia le habría costado la vida. Pero sin tener la confirmación de su muerte, la esperanza nunca moría del todo.

—¿Tu visita a los contrabandistas transcurrió sin incidentes, supongo? —preguntó Kirkland.

—En realidad, no. Habían capturado a una damita que tuvo la mala suerte de ir cabalgando por el sendero y se encontró con uno de los grupos que transportaba la mercancía. —Se pasó la mano por el áspero mentón, y cogió sus implementos para afeitarse; el dueño del Damian's debía estar siempre elegante e impecablemente pulcro—. La cautiva resultó ser lady Kiri Lawford.

—¡Buen Dios! —exclamó Kirkland, enderezando bruscamente la espalda en el sillón—. ¿Cómo está?

—Lady Kiri está muy bien. —Puso espuma en la brocha de afeitar y se la pasó por las mandíbulas, mejillas y mentón—. Estaba bien encaminada para escapar sola cuando aparecí yo. Con una modesta ayuda mía lo consiguió, y la acompañé a casa de lady Agnes.

Kirkland se relajó.

—Ah, eso está bien. Si está involucrada lady Agnes supongo que el asunto se puede encubrir. Kiri no necesita más manchas sociales negras en su nombre.

—¿Ya tiene algunas? —preguntó Mac, más interesado de lo que debía—. Yo no la conocía de antes, así que no tengo ni idea de lo que se dice de ella.

—Hija de duque, bueno; dote, excelente; sangre india, lamentable —dijo Kirkland sucintamente—. La mitad masculina de la sociedad valora que sea una beldad, mientras que muchas mujeres, en especial las madres de chicas que también andan buscando marido, piensan que hay algo claramente vulgar en ser tan hermosa.

Mac se rió.

—No me parece el tipo de chica que oculte su luz debajo de un barril.

Kirkland puso el tabaco francés recién llegado de contrabando en su pipa hasta llenarla.

—No lo es. No sólo es tan inteligente como hermosa, sino que además es más extrovertida que Ashton. Aunque sus modales son encantadores y totalmente británicos, en ciertos círculos se la considera muy atrevida. Supongo que también hay hombres que la consideran una tentadora morena que recibiría bien sus atenciones.

Mac tiró cuatro veces del cordón para llamar, la señal para que le llevaran café y bocadillos; después abrió su navaja y comenzó la tarea de afeitarse.

—Supongo que anda buscando marido. ¿O ya ha encontrado uno?

—Todavía no —dijo Kirkland—. La búsqueda le resultaría más fácil si tuviera la voz tan suave como su madre y fuera igualmente modesta, pero lady Kiri no es así. —Sonrió—. Cualquier hombre que tenga medio cerebro se da cuenta de que es una buena pieza.

Para no cortarse el cuello, Mac alejó la navaja, recordando la muy hermosa buena pieza que era Kiri. Después hizo una honda inspiración y reanudó la tarea.

—Si algún hombre inconveniente anda olisqueando alrededor de ella y de su dote, seguro que Ashton y el general Stillwell lo harán huir corriendo.

—Creo que eso ha ocurrido una o dos veces. Dudo que haya una chica en Londres que tenga tutores más formidables.

Eso era bueno, se dijo Mac. Lady Kiri era una chica vivaz, única. Se merecía protectores fervientes que mantuvieran alejados de ella a hombres como él.

Lo alegraba que estuviera tan bien protegida; eso lo protegería a él de su yo más bajo, y eso era bueno.

¿O no?

Capítulo 9

Dado que el sarampión podría continuar desmandado en casa de sus padres, Kiri ordenó al cochero que la llevara a la casa Ashton. La residencia de su hermano en Londres era tan inmensa que podía vagar por ella durante días sin estorbar. Era su segundo hogar, y se había hecho muy amiga de Adam y de Mariah.

El mayordomo la saludó afectuoso:

—Cuánto me alegra verla de vuelta en Londres, lady Kiri. La duquesa salió, pero si quiere ver a su hermano, está en su despacho.

—Siempre quiero ver a mi hermano, Holmes —dijo ella alegremente.

Llevaba puesta la capa de Mackenzie y debería habérsela entregado al mayordomo, pero no quería quitársela. Era una idiota.

Golpeó la puerta del despacho ducal, y entró al oír el «Adelante» de Adam. Él levantó la vista de su escritorio y al verla se levantó sonriendo.

—Kiri, qué placer inesperado. ¿Cómo fue tu visita a la casa de ese posible marido?

Ella había pensado hacer un despreocupado comentario acerca de cómo decidieron que no harían buena pareja, pero, ante su horror, se echó a llorar.

—¡Uy, Adam!

Su hermano atravesó el espacio que los separaba y la envolvió en sus brazos. Era de altura normal, no mucho más alto que ella, pero su fuerza y cariño hacían de él un puerto seguro en una tormenta emocional.

Cuando era niña sabía que tenía un hermano mayor que era duque en el otro lado del mundo; soñaba despierta con ese hijo perdido de su madre, pensando si alguna vez se encontrarían. Pero no se había imaginado que un hermano mayor pudiera darle tanta amistad y consuelo, además de sabios consejos.

Él le dio unas palmaditas en la espalda pues ella tenía hundida la cara en su hombro.

—Colijo que las cosas no fueron bien.

—Te quedas corto. —Mientras él la llevaba a sentarse en su mullido sofá de piel, se obligó a parar el torrente de lágrimas—. Oí a la madre de Godfrey decirle a su hermana que mi dote me hace aceptable como esposa de un hijo menor, pero no más. Dijeron que yo soy vulgar y que arrojo señuelos a los pretendientes y que siempre tengo alrededor a hombres oliscándome. Y dijeron cosas horrendas de mi madre.

Adam le pasó su pañuelo, maldiciendo en voz baja.

—Tenía la esperanza de que nunca te encontraras ante ese grado de prejuicio, pero supongo que era inevitable.

Kiri se limpió las lágrimas.

—Lady Norland siempre se mostraba algo fría, pero yo pensé que sólo estaba preocupada por la felicidad de su hijo. No tenía ni idea de lo mucho que me desprecia.

—Las personas inferiores desprecian a aquellos que son diferentes —dijo Adam tranquilamente—. Esa es la única manera que tienen de sentirse superiores.

Kiri emitió una acuosa risa de sorpresa.

—Supongo que tienes razón. Pero de todos modos fue humillante descubrir que soy una mujer vulgar sólo tolerada por mi dote. Tal vez no deberías ser tan generoso con la dote que pretendes darme.

—Tonterías. Eres tan hija del sexto duque como yo, así que tienes derecho a una dote equivalente a tu rango. El dinero atrae a cazadotes, pero tú tienes buen sentido común. —Le sonrió haciéndole un guiño—. Y una familia protectora que necesita estar convencida de que un pretendiente es digno de ti.

Ella recordó el comentario de Mackenzie acerca de que su hermano era uno de los hombres más peligrosos de Inglaterra. Tendía a olvidar eso, dado que él era tan pasmosamente ecuánime y apacible, y muy afectuoso con la familia que acababa de descubrir. Pero Mackenzie tenía razón. El duque de Ashton era un hombre al que no convenía fastidiar.

—Esa protección es una bendición dudosa —dijo, irónica—. Vuestros criterios podrían ser demasiado elevados. ¿Y si tú y el general no estáis de acuerdo con mi concepto de dignidad?

Él sonrió.

—Entonces podemos negociar. El tiempo suele curar los enamoramientos lamentables, mientras se encuentra la fuerza de los verdaderos sentimientos.

Eso le pareció juicioso. Dentro de dos semanas ya se habría olvidado de Mackenzie. Pero por el momento...

Vio que había dejado caer la capa de este cerca de la puerta cuando se echó a llorar, y tuvo que refrenarse para no correr a recogerla.

—Hay más que contar aparte de lo de los insultos de lady Norland y de su igualmente horrenda hermana. Me enfurecí tanto que de inmediato cogí el mejor caballo del establo para cabalgar hasta Dover y ahí tomar una diligencia para volver a Londres. Pero ya era tarde cuando partí, cayó la noche y me encontré con un grupo de contrabandistas transportando mercancía ilegal.

Adam se quedó inmóvil.

—¿Y...?

—Me capturaron y me llevaron a un escondrijo en la costa. Estaban bebiendo y discutiendo acerca de qué podían hacer conmigo cuando apareció uno de sus clientes londinenses, y me ayudó a escapar. Lo interesante es que es uno de tus compañeros de colegio.

Adam sonrió de oreja a oreja.

—Déjame adivinar. ¿Damian Mackenzie?

Ella frunció el ceño.

—No puede ser bueno para Mackenzie que en Londres todo el mundo sepa que adquiere mercancía de contrabando.

—Dudo que alguien tenga pruebas de eso. Lo importante es saber que de ninguna manera podría servir vinos y licores tan excelentes si no los adquiriera de los contrabandistas. Pero no tienes por qué preocuparte mucho por él. Muchísimos de los principales políticos y diplomáticos de Londres van con bastante frecuencia al Damian's y alegremente hacen la vista gorda a la fuente de sus bebidas porque se lo pasan muy bien ahí.

Era de esperar que Adam tuviera razón, pensó ella. Haciendo las debidas modificaciones, le contó los acontecimientos de esa noche, y concluyó:

—Mackenzie me llevó a la Academia Westerfield tan pronto como pudo y me entregó al cuidado de lady Agnes. ¿Mi reputación puede quedar manchada sin remedio por haber pasado varias horas cabalgando con él? Me pareció un caballero.

—Es hermano de Will Masterson, así que es esencialmente formal, digno de confianza, pero el club es muy popular y no del todo respetable. Fue bueno que te llevara a casa de lady Agnes y luego desapareciera discretamente para no manchar tu reputación.

—Lady Agnes tiene buena opinión de él —dijo Kiri, algo a la defensiva.

—Quiere a todos sus antiguos alumnos, lo que agradezco profundamente. —Frunció el ceño—. ¿Les vas a contar a tus padres lo que ocurrió?

Ella titubeó.

—No me gusta mentir, pero no quiero inquietarlos. Mamá se sentirá herida por lo que oí, y el general va a querer ir a Grimes Hall a romper cabezas. Tal vez sea mejor que sólo les diga que decidí que Godfrey no me convenía y que me marché rápido para no causar embarazo o incomodidad.

—Una versión de la verdad suele ser lo mejor —concedió Adam—. Creo que dentro de uno o dos días se va a levantar la cuarentena por el sarampión, pero es mejor que te alojes aquí esta noche, por lo menos.

—¡Eres el mejor de los hermanos! —exclamó ella, conmovida.

Adam se rió.

—Tú y Thomas os conocéis tan bien que es difícil que haya admiración entre vosotros, así que no tengo mucha competencia para ser considerado el mejor.

Se abrió la puerta y entraron dos hermosas rubias vestidas de colores verde primavera muy similares. La duquesa de Ashton y su hermana gemela idéntica venían de vuelta de una excursión de compras.

Kiri se levantó a abrazar a su cuñada.

—Cada vez que os veo, me resulta más fácil distinguirte de Sarah.

Mariah se rió y se dio unas palmaditas en el vientre abultado.

—Vivo mirando a Sarah y diciéndome que algún día podría volver a verme tan delgada y hermosa como ella.

—Cuando llegue ese día ya no necesitarás echar tantas siestas —dijo firmemente Sarah Clarke-Townsend—. Adam, Mariah venía dando cabezadas en el trayecto de vuelta a casa. Necesita subir a reposar.

—¡Eso no es necesario! —protestó Mariah, exasperada—. Tanto alboroto que armáis todos. Tener hijos es de lo más natural. Kiri, necesito a alguien que se ponga de mi parte.

—No seré yo —dijo esta, sonriendo—. Tener hijos es natural, y también es natural sentirse cansada durante el embarazo. Resígnate a que te mimen, excelencia.

—Y si te niegas a ser mimada, te llevaré arriba en contra de tu voluntad —dijo Adam, con un travieso destello en los ojos—. Eso me gustaría bastante.

Riendo, Mariah se cogió del brazo de su marido y se dejó llevar por él fuera del despacho. Después que salieron, Sarah dijo suspirando:

—Es terriblemente malvado de mi parte envidiar a mi hermana por tener un marido tan maravilloso y amoroso.

—Ah, pues entonces yo también soy mala —dijo Kiri; sintió una punzada que la hizo pensar en el maldito Mackenzie—. Hay otros hombres buenos por ahí. Sólo lleva tiempo encontrar al correcto.

A Sarah se le ensombrecieron los ojos. Kiri recordó que la chica había estado comprometida en matrimonio y su prometido había muerto antes que pudieran casarse. Buscando una distracción, tiró del cordón para llamar.

—Tomemos el té. Debes de estar cansada si has andado de compras.

—Excelente idea.

Cuando se sentó en el sofá, Sarah miró con curiosidad la capa de Mackenzie, que seguía en el suelo.

Kiri fue a recogerla, la dobló y la puso en el respaldo del sillón. Cuando entró un lacayo, pidió la bandeja del té y después dijo:

—Me fijé que las notas naranja comienzan a dominar en el perfume que te hice. ¿Es hora de volver al cuenco para hacer una nueva mezcla?

Sarah se olió la muñeca.

—Tienes razón, cuanto más lo uso más huele a naranja. Tienes un olfato extraordinario. En realidad me gusta bastante este, al menos para el día, pero si tienes tiempo, ¿me harías una versión más potente, más seductora, para la noche?

—Me encantaría. Toda mujer debe tener un armario de perfumes que convengan a sus diferentes estados de ánimo. Es interesante ver cómo este huele diferente en ti y en Mariah. —Se rindió a la curiosidad—. Hablando de gemelas idénticas, esta es una pregunta terrible y siéntete libre para no contestarla si no deseas. Pero he estado pensando, dado lo mucho que os parecéis tú y Mariah, ¿estás un poco enamorada de Adam?

Sarah pareció sorprendida, y sin duda eso la distrajo del recuerdo de su amado perdido.

—No en lo más mínimo. O, mejor dicho, lo quiero, pero como a un hermano. Es maravilloso y se lleva maravillosamente bien con Mariah, pero no me hace latir más rápido el corazón.

—Eso es una suerte.

Llegó la bandeja con el té, así que Kiri lo sirvió.

Sarah bebió un poco de té, pensativa.

—Con Mariah nos parecemos mucho y tenemos muchas similitudes, como esto de elegir el mismo color de vestido para la misma ocasión. —Se señaló el vestido de mañana verde claro que era casi exactamente del mismo color del que llevaba su hermana ese día—. Pero dado que nos criamos separadas, crecimos de maneras diferentes. Mariah tiene ese radiante encanto que deslumbra a todos los que la ven. Y como Adam es reservado, se equilibran bellamente.

—Si el equilibrio es tu ideal en la relación —dijo Kiri, curiosa—, ¿qué significa eso en cuanto al tipo de marido que te gustaría?

—Mariah se crió de una manera bastante irregular y siempre tuvo que adaptarse a circunstancias nuevas, así que le encanta que Adam sea tan serio y fiable. En cambio yo tuve una crianza de lo más sosegada y respetable, y tengo un carácter bastante tímido, así que me atraen hombres que son algo alocados. —Hizo un mal gesto—. Supongo que eso no es bueno.

—¡No eres tímida! —exclamó Kiri—. Pero veo que has pensado seriamente en el tema. Yo todavía estoy tratando de decidir qué tipo de hombre me convendría más.

Sarah cogió una galleta de jengibre.

—Puesto que sigues buscando, colijo que has decidido que Godfrey no te convenía.

—Decididamente, no —dijo Kiri, con un filo en la voz.

Sarah frunció el ceño.

—¿Qué ha pasado? —Al ver que Kiri titubeaba, continuó—: Si ha ocurrido algo terrible y se lo contaste a Adam, él se lo contará a Mariah y ella me lo contará a mí, así que bien puedes decírmelo tú misma.

Kiri se rió.

—Tienes razón. Siempre que no se lo digas a nadie.

—No lo diré. Tu historia acabará en mí.

Sabiendo que podía fiarse de su palabra, Kiri le hizo un escueto resumen del motivo para marcharse de Grimes Hall y de lo que ocurrió después.

Sarah la escuchaba fascinada, y cuando terminó, dijo, melancólica:

—Imagínate, ¡ser rescatada por el mismísimo Damian Mackenzie! He oído hablar de su club desde que se inauguró hace tres años. Es el lugar nocturno más popular de Londres. —Se comió una galleta de almendras en dos bocados—. Los bailes de máscaras del Damian's son famosos. El último del año va a ser pasado mañana. Me encantaría ir, pero mi madre se horrorizaría.

—La mía también —dijo Kiri. Detuvo la taza a medio camino hacia la boca al venirle la inspiración—. Se me acaba de ocurrir una idea fabulosa. Podríamos ir juntas al baile de máscaras. Debo pagarle a Mackenzie el dinero que gastó para comprar mi libertad, y podemos aprovechar la oportunidad para ver el club.

También necesitaba ver al hombre en su mundo normal si quería superar su atracción por él.

Sarah agrandó los ojos, horrorizada.

—No podría hacer una cosa así.

—Pues claro que puedes. El Damian's está en Pall Mall, cerca de la realeza y los otros mejores clubes, no en un barrio horrendo junto al río —dijo Kiri, persuasiva—. Con un dominó para cubrirnos el cuerpo y un antifaz en la cara, nadie nos reconocerá. Ya nos marcharemos antes que se quiten los antifaces.

—Ir ahí en secreto sería una picardía tremenda —dijo Sarah. Se mordió el labio—. Me muero de ganas de ser pícara. Pero ¿cómo podríamos hacerlo?

—Aunque las dos somos mayores de edad y podemos hacer lo que queramos, sería mejor que no nos descubrieran —dijo Kiri, pensativa—. Puesto que yo estaré alojada aquí los próximos días, ¿por qué no dices que deseas alojarte aquí también para hacerme compañía?

—¡Eso resultaría! Dado que Mariah está esperando, normalmente ella y Adam se retiran a sus aposentos poco después de la cena. Podríamos salir después que ellos se vayan.

—Le pediré a Murphy, el jefe de los mozos, que nos lleve en coche al club y nos espere. Creo que puedo convencerlo de que no nos delate hasta el día siguiente.

Sarah frunció el ceño.

—¿Arriesgaría su puesto si nos ayuda?

Kiri negó con la cabeza.

—No, Adam se fía del juicio de Murphy. Le ha garantizado su empleo de por vida por su ayuda en el pasado.

—Estupendo, entonces. Podremos decírselo a Mariah y a Adam al día siguiente. No creo que se lo digan a nuestros padres.

—La siguiente pregunta es dónde conseguimos los dominós; yo no tengo ninguno —dijo Kiri. Se miró tristemente la falda pantalón, que necesitaba algo más que un buen cepillado para estar decente—. Dado que huí de Kent sin mi equipaje y no puedo ir a buscar ropa a mi casa mientras no acabe la cuarentena por el sarampión, no puedo presentarme ante la sociedad a no ser que sea completamente cubierta por un dominó.

—Yo puedo coger prestados los de mis padres. Puesto que eres alta puedes ponerte el de mi padre. —Sonrió de oreja a oreja—. ¡Esta será toda una aventura!

Kiri hizo un mal gesto, pensando en las palabras de lady Agnes.

—He descubierto que las aventuras no son tan agradables mientras las estás viviendo.

—Ser capturada por unos rufianes es demasiado —concedió Sarah—. Asistir a un baile de máscaras en un club picante, pero seguro, es una aventura de la medida correcta. ¿Qué podría ir mal, aparte, tal vez, de que un caballero nos robe un beso?

A Kiri se le ocurrieron un montón de cosas que podrían ir mal, pero sin duda Sarah tenía razón en este caso. Le pagaría a Mackenzie, borraría su imagen de la mente y tendría una noche de diversión.

Picante pero seguro.

Capítulo 10

*K*iri abrió el ropero y se asomó a disfrutar de la vista de su dominó. Todo había ido de acuerdo al plan; Sarah había venido a alojarse trayendo los dominós de sus padres en su equipaje. Esa noche era el baile de máscaras y las dos estaban a rebosar de entusiasmo. Una aventura agradable y segura, y para ella un motivo justificado para ver a Mackenzie.

Decidiendo que necesitaba pensar en otra cosa, se instaló ante su escritorio a escribir cartas. Un golpe en la puerta la interrumpió. Dio el permiso para entrar y apareció Holmes, el mayordomo.

—Ha venido a verla un caballero, lady Kiri. No quiso dar su nombre pero parece ser muy respetable. —En la voz del mayordomo se detectó una nota de desaprobación por la negativa del visitante a decir su nombre—. Está en la sala de recibo pequeña.

A Kiri le dio un vuelco el corazón. ¡Mackenzie! ¿Se habría pasado esos dos días pensando en ella tal como ella había pensado en él? Lo más probable era que sólo deseara la devolución de su dinero.

—Creo que sé quien es, así que le veré —dijo, con voz tranquila.

Antes de bajar se miró pesarosa en el espejo. Llevaba el pelo pulcramente peinado, pero su limitado guardarropa significaba que llevaba un sencillo vestido de mañana verde que había dejado ahí antes de irse a Kent.

Diciéndose que Mackenzie la había visto con peor apariencia, bajó la escalera. Intentando no parecer ilusionada, entró en la salita de recibo y se encontró ante el honorable Godfrey Hitchcock, que se veía tan rubio y guapo que le recordó por qué había considerado la posibilidad de casarse con él.

Se quedó inmóvil, desgarrada entre el deseo de soltar una sarta de palabrotas en indi y el de darse media vuelta y dejarlo plantado. Tenía una mano en el pomo de la puerta y estaba a punto de escapar cuando Godfrey exclamó:

—Por favor, lady Kiri, dime qué hice mal. —Avanzó un paso hacia ella—. Creí que estábamos llegando a un entendimiento. Entonces te marchaste, dejándome una nota que decía que cazara otra dote. Cierto que mi patrimonio no se compara con el tuyo, pero no soy pobre, y los dos sabemos eso. ¿En qué debo cambiar? Si te ofendí de alguna manera, dame la oportunidad de corregir mi error.

Ella decidió no marcharse, pero dijo con voz fría:

—¿Has hecho todo el camino desde Kent para decir eso?

—Pedías que enviaran aquí tu equipaje, así que decidí traerlo personalmente. En este momento lo están descargando de mi coche. —Sus ojos azules se veían preocupados—. Pero también necesitaba hablar contigo. Deseo muchísimo entender qué ocurrió.

O era un mentiroso magnífico o de verdad no conocía las opiniones de su madre, aunque eso era difícil de creer.

—Decidí que no era conveniente un matrimonio entre nosotros, así que quedarme más tiempo ahí habría sido incómodo. Me pareció que lo más sencillo era marcharme.

—¿Tan incómodo que cogiste un caballo y te marchaste a última hora de la tarde cuando amenazaba tormenta? —Negó con la cabeza, nada convencido—. Habíamos pasado un día muy agradable. Yo estaba decidido a proponerte matrimonio y me pareció que estabas dispuesta a escuchar. Pero aunque hubieras decidido decir no, sé que me habrías rechazado de forma tan amable que no habría habido ninguna incomodidad. Pero en lugar de eso, huiste como si te persiguieran los demonios.

Ella exhaló un suspiro, pensando que él era más perspicaz de lo que había creído.

—¿De veras deseas saberlo? Dudo que saberlo te haga feliz.

—Ahora tampoco estoy feliz —dijo él, con voz tensa—. Si me lo explicas, al menos lo entenderé.

—Muy bien. Después de nuestra cabalgada pasé a la sala de estar de mañana a decirle a tu madre que aceptaría su invitación a quedarme más días. Estaba considerando tu proposición, pero pensé que necesitábamos pasar más tiempo juntos.

—No creo que ella retirara su invitación a que te quedaras más tiempo —dijo él, perplejo—. Estaba muy esperanzada de que me aceptaras.

—Debido a mi dote —dijo Kiri amargamente—. Estaba a punto de entrar en la sala cuando oí la conversación entre tu madre y tu tía, lady Shrimpton. Dijeron... —Se interrumpió, sintiendo las dolorosas palabras en las entrañas.

—¿Qué dijeron?

Kiri hizo una inspiración profunda.

—Que yo soy una vulgar furcia extranjera, apenas redimida por mi dote. Bastante buena para un hijo menor. Y que era una suerte que tus dos hermanos mayores ya tuvieran hijos porque así a los futuros lores Norland no los mancharía mi sangre india.

Godfrey hizo una brusca inspiración de horror, pero ella continuó implacable:

—Eso ya de por sí fue terriblemente ofensivo, pero lo que dijeron de mi madre fue... imperdonable. Comprendí que debía marcharme inmediatamente, que si no, comenzaría a destrozar la porcelana. La cortesía no era posible. ¿Lo entiendes ahora?

Godfrey parecía sentirse enfermo.

—Me cuesta creer que mi madre haya dicho esas cosas.

—¿De verdad no lo crees?

Él abrió la boca, la cerró y luego movió la cabeza.

—Es... muy anticuada en muchos sentidos. Muy orgullosa del linaje de la familia. Pero yo creía que te tenía simpatía. Eres una chica hermosa y vibrante, capaz de hechizar a las piedras del campo. Tu linaje es mejor que el mío y, naturalmente, una dote se valora. —Tragó saliva—. Tal vez debido a que deseaba que ella te acogiera bien en nuestra familia no vi nada más.

—Ella acogería bien mi dote. Sin duda habría sido cortés conmigo hasta el día en que se enfureciera o bebiera demasiado jerez y explicara lo mucho que me desprecia. —Se giró hacia la puerta—. Lamento decirte esto, pero tú preguntaste.

—No te vayas todavía —suplicó él—. Juro que no comparto los prejuicios de mi madre. ¿Intentarás creer eso?

Ella recordó los muy placenteros besos que habían compartido. ¿De verdad no tenía prejuicios o simplemente la deseaba tanto que pasaba por alto su sangre mixta? Tal vez algo de las dos cosas; tal vez ni él mismo lo sabía de cierto.

—Acepto tu palabra —dijo, deseando poner fin a la desagradable escena—. Ya no hay nada más que decir. Adiós, Godfrey.

—¿Yo he de sufrir el castigo por los pecados de mi madre, entonces? —Había verdadera pena en sus ojos—. Te casarías conmigo, no con mi madre. No tenemos por qué tener algo que ver con ella.

Era sincero, pensó ella, pero al mirarlo vio a un niño, no a un hombre. Esos últimos días había comprendido que deseaba a un hombre.

—Un matrimonio une a las familias tanto como une al hombre y la mujer. No quiero entrar en una familia que no me desea, y no deseo que te distancies de tu madre. —Le tendió la mano—. Vete en paz, Godfrey.

Él le estrechó la mano y se la retuvo un buen rato hasta que finalmente se la soltó.

—Gracias por tu sinceridad y gentileza, lady Kiri. Lamento que hayas sido herida por la estrechez de miras de mi madre.

Ella se encogió de hombros.

—Yo agradezco que se me revelaran los verdaderos sentimientos de la condesa antes que fuera demasiado tarde.

Él exhaló un suspiro, pero inclinó la cabeza en gesto de asentimiento, y se marchó. Sólo era cuestión de tiempo que encontrara a una guapa chica inglesa rubia que su familia considerara conveniente.

Kiri volvió a su habitación y encontró a una doncella deshaciendo el equipaje que había traído Godfrey.

Sonrió irónica. Por lo menos ya tenía más vestidos para ponerse.

Sarah retuvo el aliento al mirar maravillada la brillante cúpula que formaba el cielo raso del salón de baile del club.

—El Damian's es todo lo que he oído y más.

Kiri estaba de acuerdo. Incluso para una persona que ha estado en los suntuosos templos hindúes, el club de Mackenzie era deslumbrante. El salón de baile era una sala circular coronada por una cúpula con llamativas pinturas e iluminada por una inmensa araña con luz de gas. Había visto algunas de las nuevas farolas con luz de gas en las calles, pero esa era la primera vez que estaba en un interior iluminado por ese tipo de lámparas.

El baile estaba en pleno apogeo, el salón lleno de asistentes charlando y riendo. Algunos llevaban el dominó puesto sobre los hombros a modo de capa, dejando ver sus rutilantes vestimentas y joyas. Otros, como ella y Sarah, iban ocultos bajo los dominós con capucha y antifaces.

Sarah se había recogido el pelo en la nuca bien tirante, así que no asomaba ningún brillante rizo que delatara su identidad. Ella llevaba una falda pantalón y botas y, siendo tan alta, podrían considerarla un hombre. Las dos parecían una pareja, lo que era preferible a parecer dos mujeres en busca de aventura.

Se adentraron en el salón y se situaron en un lugar junto a la pared circular a contemplarlo. Comunicadas por puertas en arco había otras salas, para jugar a las cartas o servirse refrigerios. Arriba, en un balcón, estaban los músicos tocando, y Kiri marcaba el ritmo de la música con el pie. La música, como todo en el club Damian's, era de primera calidad.

Por las salas circulaban hombres en traje negro de noche, con antifaz pero sin dominó, llevando bandejas con copas de champán. Todos eran hombres de aspecto fornido, por lo que Kiri supuso que parte de su trabajo era impedir situaciones desagradables, además de servir champán.

¿Sería Mackenzie uno de ellos? Le pareció que no; ninguno tenía su constitución ni su manera de andar y moverse. Aunque tal vez se engañaba creyendo que lo reconocería entre esa multitud de enmascarados.

Se les acercó un caballero e hizo una galante y profunda reverencia ante Sarah.

—¿Me concedería este baile, bella dama? —dijo con la voz traviesa de un hombre joven.

Parecía un chico recién salido de Oxford y tan encantado por la ocasión como ellas. No era un peligro. Sarah la miró y ella le hizo un gesto de asentimiento.

Ya habían hablado de eso. El dominó de Sarah era azul oscuro, no negro, que era lo más habitual; su antifaz brillaba por las lentejuelas, y llevaba un silbato para pitar si se encontraba con algún problema. El sonido le avisaría a ella para que corriera a auxiliarla, y tal vez le ofrecería la oportunidad de aplicar sus conocimientos de kalarippayattu. O si no, la de usar el puñal robado al contrabandista, que llevaba en una vaina cogida al antebrazo.

Pero dudaba que fuera necesario usar armas ahí, dado lo bien organizado que estaba el baile. Había unas pocas parejas dándose besos ardientes, pero no veía ninguna otra cosa que fuera impropia.

Había quedado con Sarah de encontrarse en el vestíbulo de entrada un cuarto de hora antes de la medianoche, para poder marcharse antes que todos se quitaran los antifaces. Aunque Murphy, el mozo de Ashton, arqueó las cejas cuando ella le pidió que las trajera, dijo que estarían seguras en el club. Tendría el coche listo delante de la puerta antes de la medianoche.

Y si no salían a medianoche, dijo, él entraría a buscarlas. Y entraría, seguro. Siendo ex soldado, era un buen protector para una salida nocturna.

Viendo que Sarah estaba feliz bailando con su hombre misterioso, comenzó a explorar en busca de Mackenzie, admirando al mismo tiempo el lujoso entorno. El ambiente no era muy diferente del de un grandioso baile en una casa particular, la diferencia estaba en los antifaces y los dominós. Sí que contenía un sobrecogedor elemento de misterio, porque ahí podía estar cualquier persona; desconocidos, guapos o amigos, convertidos en desconocidos. Nobles importantes, damas pícaras, o damas respetables como Sarah Clarke-Townsend, que anhelaban un poco de aventura en sus vidas.

Eran tres las salas comunicadas con el salón de baile, dos para juego y la otra un salón comedor provisto de una inmensa mesa con el bufé y las mesas para cenar. Cuando entró en la sala de juego de la izquierda se le acercó un criado a ofrecerle champán. Cogió una copa y le dio las gracias, enronqueciendo la voz para hacer ambiguo su sexo.

Bebiendo lentamente, continuó caminando, absorbiendo la atmósfera con todos los sentidos, en particular el olfato. Tenía un olfato equivalente al oído absoluto en música, lo que era un fabuloso don para una perfumista. Era capaz de reconocer e identificar olores complejos, y normalmente los recreaba en su laboratorio.

En ocasiones como esa había aprendido a bloquear los olores habituales porque, si no, podían ser muy dominantes o agobiantes. En las fiestas y bailes disfrutaba intentando identificar los perfumes que llevaban los invitados. Era fácil captar los perfumes comunes, como el agua de Colonia, el de violeta francés y el agua de Hungría.

Más difícil era discernir los sutiles cambios que experimentan los perfumes según la persona que los lleva. Por ejemplo, en algunas personas el agua de Hungría tendía a oler a lavanda o menta; en otras eran más pronunciadas las notas cítricas.

Arrugó la nariz al pasar junto a una mujer que olía a chipre rancio. Algunas pobres desafortunadas no deberían usar perfume, porque algo de su cuerpo agriaba hasta las fragancias más finas.

Cuando entró en el comedor, una persona chocó con ella, derramándole champán en el dominó.

—¡Oh, perdón, cuánto lo siento!

La voz era de una chica bien educada pero nerviosa. Llevaba un dominó de un color púrpura tan oscuro que era casi negro. Aunque llevaba un perfume hecho de encargo con ingredientes caros, la mezcla era torpe, demasiado fuerte para una mujer joven. Tal vez se había puesto un perfume de su madre.

—No pasa nada —dijo con su voz normal, pensando que una voz femenina sería menos alarmante para la chica—. Un poco de champán derramado sobre un dominó negro no se nota.

—Es usted muy amable. —Le brillaron los ojos a la chica en los agujeros del antifaz—. ¿No es fascinante esto? Me gusta poder hablar con alguien sin que nos hayan presentado.

—Sí, hay mucha libertad —concedió Kiri—. Esta es mi primera visita al Damian's.

—¡La mía también!

La chica parecía encantada por haber encontrado una compañera que también estuviera ahí por primera vez.

A Kiri la alegró que el Damian's fuera un lugar seguro, pues aquella chica se veía tan ingenua que en un entorno menos controlado podría meterse en dificultades. Después de charlar unos minutos, cada una siguió su camino, ella para ir a ver cómo le iba a Sarah, y la chica del dominó púrpura a buscar más champán y probar las empanadillas de langosta.

Kiri buscó a Sarah con la mirada y vio que estaba bailando y riendo, sin duda se lo estaba pasando bien. Seguía sin ver ni señales de Mackenzie. Había esperado entregarle la bolsa con las cincuenta guineas que llevaba colgada debajo del dominó. Aunque más que pagarle la deuda deseaba satisfacer su curiosidad.

Pero primero tenía que encontrar al muy maldito.

Capítulo 11

*M*ac caminaba sin rumbo por en medio de la muchedumbre, disfrutando del último baile de máscaras de la temporada, al tiempo que observaba y escuchaba para asegurarse de que nada perturbara la paz. El Damian's era uno de los pocos lugares públicos de Londres donde podían reunirse hombres y mujeres a bailar, beber y jugar a las cartas. No permitía que ocurriera nada que pudiera alejar a las mujeres puesto que estas eran lo que hacía al Damian's algo más que cualquier otro club.

Paseó la mirada por el salón de baile buscando a su administrador, Jean-Claude Baptiste. Delgado y moreno, Baptiste había huido de Francia durante el Terror, cuando era muy joven, y con todos los años que llevaba en Londres ya sólo tenía un leve acento francés. Vestía traje negro de noche y antifaz, y le resultó fácil encontrarlo; estaba conversando con su amigo lord Fendall, caballero muy elegante que era cliente habitual y lucrativo del club.

Anónimo con su dominó, caminó sin que nadie lo reconociera hasta que se detuvo al lado de Baptiste.

—¿Algún problema? —preguntó.

Baptiste se sobresaltó y se estremeció violentamente.

—Si perezco de un ataque al corazón será por culpa tuya, *mon ami*. Ningún problema, aparte de que ha venido más gente de lo que esperábamos.

—Pero claro —dijo Fendall, con una sonrisa indolente—.

Puesto que este es el último baile de máscaras del Damian's hasta la primavera, debemos absorber cada bocado de placer.

—Cada último bocado de empanadilla de langosta está desapareciendo rápido también —dijo Mac.

—Van a traer más de la cocina —dijo Baptiste—, y están subiendo vino y licores extras de la bodega. Es bueno que la última remesa llegara hoy.

—¿Y los lacayos? —preguntó Mac—. Estos no son de nuestro personal habitual.

—Invité a varios actores con dificultades —contestó Baptiste—, prometiéndoles comida y bebida gratis por lo menos, y un pago por su tiempo si los necesitaba para trabajar. —Hizo un gesto hacia el hombre de negro con bandeja más cercano—. Ha sido necesario ponerlos a todos a servir.

—Buena idea —dijo Mac, pensando que tuvo suerte el día que contrató a Baptiste; el francés era un excelente administrador y le quitaba de los hombros gran parte del trabajo rutinario—. Iré a dar otra vuelta por las salas de juego.

Baptiste asintió y se separaron. Mac iba con los oídos aguzados para escuchar retazos de conversaciones, pero sólo oía los habituales coqueteos, comentarios sobre el baile y sobre la reciente redecoración.

En los bailes de máscaras pasaba la mayor parte de su tiempo en las salas de juego observando las diferentes mesas. Normalmente no iban alborotadores al Damian's, pero él sabía por experiencia que los antifaces y dominós aumentan las oportunidades de hacer diabluras o daño.

Casi había terminado el circuito y estaba pensando en probar algo del bufé cuando le captó la atención una mesa en la parte de atrás de la segunda sala. Había dos personas jugando al piquet y la atmósfera era tan tensa que casi se veía el aire vibrando por encima de la mesa. Se dirigió a la mesa, analizando la situación con su experimentada mirada.

A uno de los jugadores se le había ido hacia atrás la capucha, dejando ver un pelo rubio y una frente sudorosa. A juzgar por las partes de la cara visibles, era un chico joven y estaba asustado. Su contrincante estaba dándole más cartas con suma pericia, y en su lado de la mesa había varios papelitos, probablemente cada uno un pagaré por el dinero ganado al joven.

Entrecerró los ojos observando atentamente las manos y la habilidad del repartidor de cartas. Habiendo confirmado su identidad por una pequeña cicatriz en el dorso de una mano, se allegó a la mesa.

—Buenas noches, Digby. Qué amabilidad la tuya de darle una clase a este joven caballero sobre cómo hacer trampas con las cartas. —Aparentemente despreocupado le puso una mano en el hombro y le enterró con fuerza los dedos—. ¿Le dijo Digby que su intención era formarle? —le preguntó al joven.

Este levantó la cara y por los agujeros de su antifaz Mac vio el angustioso destello de esperanza en sus ojos.

—No, no dijo nada. ¿Quiere decir que esto no es un juego de verdad?

—La lección es más eficaz si el miedo es de verdad —dijo Mac jovialmente, cogiendo los pagarés; leyó la firma en el de más arriba—. Espere un momento aquí, señor Beaton. Le diré algo más sobre nuestro programa educacional después que hable con el señor Digby.

El chico asintió, aturdido por su buena suerte, al tiempo que Digby mascullaba una sucia palabrota en voz baja porque Mac le cogió el brazo y lo obligó a levantarse. Pasándole despreocupadamente el brazo por los hombros, Mac lo llevó hacia una puerta lateral.

—¡Qué lenguaje! —dijo—, no quiero ver ofendidas a las damas. —Sonrió al oír una palabrota más sucia aún, pero en voz tan baja que nadie aparte de él pudo oírla. Cuando ya estaban en un corredor de servicio, le preguntó con voz sedosa—: Cuando te expulsé del Damian's, señor Digby, ¿no fui lo bastante claro? ¿Dije algo que sugiriera que las noches de baile de máscaras eran una excepción?

Digby se soltó el brazo emitiendo un gruñido.

—Alguien va a aliviar a ese chico de su dinero y bien podía ser yo.

—Tal vez, pero eso no ocurrirá en el Damian's. —Frunciendo el ceño lo hizo avanzar por el corredor—. En realidad no es mala idea dar clases de fullerías a los muchachos inocentes del campo; eso les enseñaría a tener más cuidado. Los más inteligentes aprenderán a proteger mejor sus monederos.

—Otros simplemente aprenderán a hacer trampas —gruñó Digby.

—Entonces estarás igualado —dijo Mac. Cuando llegaron a una puerta de salida le cogió una muñeca y se la torció—. Considera esto un último aviso. Aparece por aquí otra vez, con el disfraz que sea, y descubrirás el motivo de que me llamen Mac el Cuchillo.

Digby se soltó la muñeca de un tirón.

—No te preocupes —Se quitó el antifaz, revelando una cara parecida a la de un hurón—. No volveré a ensuciar tu precioso club.

—Qué suerte que hayamos llegado a un acuerdo.

Sostuvo abierta la puerta hasta que Digby salió; entonces la cerró y le dio la vuelta a la llave. Era el momento de hablar con el idiota víctima de Digby.

Encontró al joven George Beaton sentado a la mesa sosteniendo una copa de champán vacía. Se sentó en la silla que había ocupado Digby y le preguntó amablemente:

—¿Qué se apoderó de usted para jugar apostando tan fuerte con un desconocido en un baile de máscaras? Aun conociendo al contrincante, el antifaz no permite interpretar bien las expresiones de la cara, y eso hace más fácil perder.

La parte visible de la cara del chico se puso roja.

—Comenzó como un juego amistoso.

Mac sacó los pagarés del bolsillo, se los pasó y emitió un suave silbido cuando terminó de sumar las cifras.

—Pues no continuó siéndolo mucho rato. —Miró lo que se podía ver de la cara del chico—. ¿Eres hijo de Alfred Beaton? —Al verlo asentir, continuó—: Supe que murió recientemente. Mis condolencias.

Después que el chico musitó las gracias, le puso delante el fajo de pagarés.

—¿Estaría orgulloso de ti por esto? —La cara roja se volvió blanca como el papel. Mac continuó, implacable—: Supongo que estos no se podrían pagar sin hipotecar la propiedad de la familia. Tienes hermanas menores, ¿verdad? ¿Y una madre que acaba de quedar viuda? ¿Disfrutarán viviendo en un tugurio si te juegas su casa? Espero que a tus hermanas les guste ser institutrices porque es posible que nunca logren casarse si las privas de sus dotes.

—¡No era mi intención hacer daño!

Mac exhaló un suspiro.

—Los jugadores nunca tienen esa intención. Y, en general, nunca es culpa suya cuando arruinan a sus familias. Son las cartas, los dados, o la Dama Suerte.

—Fui tonto, lo reconozco —dijo Beaton, mirando los pagarés que tenía Mac en las manos—. No volveré a ser tan tonto. ¿Me va a devolver los pagarés?

Mac decidió que la lección necesitaba refuerzo.

—Los guardaré yo durante, mmm, tres años. Si vuelves a jugar con tanta imprudencia, tarde o temprano me enteraré, y entonces enseñaré estos pagarés para que los vea todo el mundo. Quedarás al descubierto como un tonto poco honrado que ha jugado apostando dinero que ya ha perdido.

—¡Eso arruinaría mi reputación!

—¿Sería diferente a arruinar la de todos tus seres queridos?

—dijo Mac, irónico—. ¿Se te ha ocurrido pensar que sería más juicioso dejar de jugar?

—Todo el mundo juega —dijo Beaton, a la defensiva—. Mi padre visitaba el Damian's siempre que estaba en Londres.

—Y nunca perdió más de lo que podía permitirse —replicó Mac. Supuso que la escapada del chico esa noche tenía que ver con la pérdida de su padre, y deseaba demostrar que era un hombre—. Si crees que jugar es necesario para tu vida social, te diré cómo hacerlo sin arruinarte. Es el método de tu padre.

El chico frunció el ceño.

—¿Cómo puedo hacer eso?

—Decide cuánto puedes permitirte gastar en una noche de diversión. ¿Diez libras? ¿Cincuenta? Seguro que no más de eso. Lleva ese dinero en efectivo, y no apuestes más de eso. Mientras ganes, puedes jugar todo el tiempo que quieras. Pero cuando hayas perdido el dinero que llevabas, pon fin al juego. No firmes ningún pagaré, no hagas ninguna promesa. —Miró hacia la copa de champán vacía—. Y no bebas más de dos copas mientras juegas, aunque tengas que hacerlas durar toda la noche.

—¡Eso es apostar como un cobarde! —exclamó el chico—. Seré el hazmerreír de mis amigos.

—Tal vez necesitas nuevos amigos. Aquellos que te instan a arruinarte para divertirse ellos, no son dignos de ser llamados amigos. —Agitó el fajo de pagarés—. Y si te propasas y pierdes una fortuna de verdad, yo estaré feliz de arruinar tu reputación.

—Eso es chantajearme —dijo Beaton, más sorprendido que enfadado.

—Pues sí —dijo Mac alegremente—. ¿Da resultado?

Beaton hizo una inspiración profunda.

—Creo..., creo que sí. Nunca en mi vida me había sentido tan mal como cuando comprendí lo mucho que había perdido. —Tragó saliva y se le movió la nuez de la garganta—. Ahora comprendo por qué hay hombres que se matan después de perderlo todo. Pero seguí jugando porque la única solución que vi era ganar hasta recuperarlo todo.

—No es la mejor estrategia, y mucho menos ante un capitán Trampa.

—¿Hacía trampas?

Mac cogió las cartas y las fue pasando expertamente, observando que varias tenían partes raspadas.

—Sí, pero aún en el caso de que no hubiera hecho trampas, podría haber ganado debido a su habilidad. Por muy bueno que sea un jugador, siempre hay alguien mejor. O tiene más suerte.

Beaton esbozó una sonrisa sesgada.

—Ha triunfado en su lección. No volveré a dejarme guiar por aquellos que no miran por mis intereses. ¿Usted es Damian Mackenzie, supongo? Gracias por tomarse el tiempo para sacarme del hoyo que yo había cavado, y darme un buen tirón de orejas.

—Metafóricamente hablando. Es mal negocio golpear físicamente a los clientes sin un verdadero buen motivo. Ve a disfrutar del bufé. La comida te pondrá de mejor humor que el juego.

Haciéndole una inclinación de la cabeza, se alejó. En el Damian's se ganaban y perdían grandes sumas de dinero, pero él no permitía que tontos menores de edad cayeran en el desastre. Al menos este muchacho podría haber aprendido realmente la lección.

Se detuvo en la puerta que comunicaba con el salón de baile a mirar a las parejas de bailarines. Le gustaba ver a sus clientes pasándolo bien, y le gustaba bailar. Tal vez después que todos se quitaran los antifaces se complacería con uno o dos bailes, si todo continuaba yendo tan sobre ruedas.

Una persona toda de negro se detuvo a su lado, también a observar a los bailarines. Mac se quedó inmóvil cuando la sensación pasó ardiente por todo él, llegándole directamente a las entrañas. Aroma a lilas en flor, sutiles especias y a irresistible mujer.

Sin pensarlo, le rodeó la cintura con el brazo y la atrajo hacia sí dejándole la espalda apoyada en su pecho. Era esbelta y tan fuerte como una pantera bajo los ocultadores pliegues de la tela. Sintiendo correr la sangre desbocada por las venas, le susurró al oído:

—¿Qué travesura te ha traído aquí esta noche, lady Kiri?

Capítulo 12

Kiri se tensó cuando Mackenzie apareció como salido de la nada y la apretó a su duro y sólido cuerpo; sentía su calor desde los omóplatos al trasero. No sabía si apartarse o apoyarse más en él. Decidiendo no hacer ninguna de las dos cosas, dijo en voz igualmente baja:

—He venido a devolverte las cincuenta guineas, señor Mackenzie.

—No fue un préstamo, lady Kiri —dijo él, sorprendido—. Hice lo que haría cualquier hombre. No esperaba devolución.

—Tal vez no, pero yo no deseo estar en deuda contigo, y cincuenta guineas son una suma importante. ¿O eres tan orgulloso que no aceptas dinero de una mujer?

—Jamás soy orgulloso tratándose de dinero. —La soltó, y al reírse le echó el cálido aliento en la oreja—. Pero no debes entregarme esa suma en público. Podemos ir a mi despacho, donde tengo una caja fuerte.

Cogiéndole firmemente el codo, la llevó hasta el otro extremo de la sala de juego de la izquierda y ahí la hizo pasar por una puerta que se confundía con los paneles de la pared. La puerta daba a un largo corredor iluminado por candelabros con luz de gas. Cuando cerró la puerta, el ruido de las conversaciones y la música se redujo a un sordo murmullo, por lo que ya pudieron hablar con voz normal.

—La luz de gas es impresionante —comentó Kiri, mirando a lo largo del corredor—. Mi hermano está estudiando la posibilidad de instalarla en la casa Ashton. Lo alentaré.

—La luz es más fuerte y uniforme que la de cualquier vela o lámpara. Dado que Pall Mall fue la primera calle de Londres en que pusieron luz de gas, conseguí que la instalaran aquí al mismo tiempo. —Sin soltarle el brazo la llevó por el corredor, en el que cabían justo los dos—. ¿Has venido sola?

Ella negó con la cabeza.

—Tengo una acompañante y contamos con transporte muy fiable cuando salgamos del club.

Él esbozó una sonrisa sesgada.

—Es irónico que me tome tanto trabajo para hacer seguro este club para todo el mundo, y sin embargo me sienta preocupado por una damita tan capaz.

—No hay ninguna necesidad de preocuparse por mí —dijo ella, mordaz.

Tomaron por un corredor que salía a la izquierda y más allá otro hacia la derecha.

—Tienes un laberinto de corredores —dijo ella, mientras caminaban por otro corredor.

Él se quitó el antifaz.

—El club se hizo aprovechando tres casas. Muchos corredores y no mucha lógica. Esa puerta de la derecha es la de mi despacho.

En lugar de entrar, la miró detenidamente. Entonces le quitó el antifaz y le pasó la mano por el pelo, suave como la caricia de una pluma. El aire entre ellos llegó a punto de ebullición.

—Cuando estábamos en el granero cogí una recompensa no monetaria —dijo con la voz ronca—. Pero puesto que tú me vas a devolver el dinero, yo debo devolverte lo que tomé.

La atrajo a sus brazos y le devolvió el beso con intereses.

¡Vamos, condenación!, pensó Kiri impotente, abriendo ansiosa los labios bajo los de él. La ardiente reacción que sintió cuando se conocieron no era pura casualidad; deseaba fusionarse con él, hablar con él, reír con él, y la atracción era tanto mental como física.

Pero él era un hombre de mundo que sin duda había deseado a muchas mujeres; y actuaba según el deseo, si no no sería tan experto en disolverle los sesos. Ni para encontrarle lugares sensibles, acariciarle la lengua y friccionarle la espalda para derretírsela.

Se obligó a recordar que algunas de las beldades más célebres de Londres eran sus clientas asiduas, entre ellas mujeres casadas deseosas de escarceos amorosos. Reconocer eso le dio la fuerza de voluntad para decir, resollante:

—Beso devuelto en toda medida. —Se desprendió de sus brazos y se apartó—. Una vez que yo devuelva el dinero, nuestras cuentas quedarán a cero.

Él la miró durante un largo y tenso momento, y luego abrió la puerta. Ella entró y se sobresaltó al ver a un hombre de pelo moreno de pie junto al escritorio, examinando papeles de una carpeta. Su primera impresión al verlo fue de alerta y peligro.

El hombre levantó la vista y al instante cambió su expresión a cálida amabilidad. Buen Dios, era el amigo de colegio de su hermano, ¡lord Kirkland! Rico naviero escocés, Kirkland venía a Londres con frecuencia y siempre iba a visitar a Adam y Mariah. Ella siempre lo había encontrado cortés, divertido y algo enigmático; jamás se le habría ocurrido que pudiera ser peligroso.

Él se inclinó en una elegante venia.

—Lady Kiri. Supongo que no debo preguntar por qué estás aquí. —Sonrió y su piel bronceada formó arruguitas en las comisuras de los ojos—. Mackenzie me contó la historia de tu aventura, por si te hubiera extrañado mi presencia.

—Me extrañó —reconoció ella, tendiéndole la mano—. He venido a pagar una deuda, pero también deseaba ver el deslumbrante Damian's del que tanto he oído hablar.

—¿Has disfrutado de la visita, espero?

—Ah, sí. El club está a la altura de su fama.

—No creí que te encontraría aquí esta noche, Kirkland —comentó Mackenzie, moviendo hacia un lado un dibujo satírico, dejando a la vista la puerta de una caja fuerte con una sofisticada cerradura.

—Ha surgido algo que necesito hablar contigo —explicó Kirkland—. Es un pequeño asunto de trabajo.

Su tono era ligero, pero sus ojos estaban serios.

—En general no se sabe —dijo Mackenzie, abriendo la caja fuerte—, pero Kirkland y yo somos socios en el Damian's.

Kirkland se encogió de hombros.

—Mac hace todo el trabajo. Yo lo ayudé con una sosa financiación para poner en marcha el club, que ha resultado ser una lucrativa inversión.

Mackenzie sonrió de oreja a oreja.

—Puede que el dinero pareciera soso, pero fue esencial.

Recordando el dinero, Kiri se desabotonó el dominó para poder sacar la bolsa que contenía las guineas. Haciéndole entrega del dinero dijo, en tono formal, abandonando el tuteo:

—Señor Mackenzie, muchas gracias por su valor y por su disposición a hacer trampas con las cartas.

Él se rió, cogiendo la bolsa con el dinero, pero el roce de su mano con la de ella le produjo una especie de golpe de electricidad. Sería mucho más fácil si la atracción sólo fuera la consecuencia de la aventura compartida, pero era mucho más que eso. Se sentía conectada con él de cierta manera. Tratando de sacar una voz tranquila, despreocupada, preguntó:

—¿No las va a contar para comprobar que son cincuenta guineas?

Mackenzie arqueó las cejas.

—Es más probable que haya puesto más que menos. —Hizo botar la bolsa en la mano, pensativo—. Pero dada mi experiencia en el manejo del dinero, diría que aquí hay exactamente cincuenta guineas.

Era condenadamente sagaz, pensó ella. Se le había ocurrido poner más dinero en la bolsa, pero no logró poner precio a lo que él había hecho por ella.

—Puesto que ya he hecho lo que vine a hacer, les dejo, señores —dijo. Al ver que Mackenzie se disponía a acompañarla, levantó una mano—. No es necesario, señor Mackenzie. Sabré encontrar el camino de vuelta. Ya es casi la hora de ir a buscar a mi acompañante para marcharnos.

—Me alegra que se haya recuperado de la captura —dijo él amablemente, pero en sus ojos se reflejaba un preocupado deseo que igualaba al de ella.

Al menos no era la única a la que perturbaba esa importuna atracción entre ellos.

Abrió la puerta pensando qué importantes cosas masculinas se hablarían ahí cuando ella estuviera lo bastante lejos para no oír. Al salir le captó la atención un movimiento a la derecha, cerca del final del corredor, donde se cruzaba con otro. Miró y retuvo el aliento, espantada. Cinco hombres enmascarados llevaban a rastras a una persona más bajita, que iba vestida con un dominó púrpura oscuro.

—¡Mackenzie! ¡Kirkland! —exclamó—. Están atacando a una mujer.

Echó a correr por el corredor; sin dejar de correr se soltó el último botón del dominó y lo dejó caer al suelo para liberarse de los pliegues que la envolvían. Atrás oyó el ruido de la puerta cuando salieron Mackenzie y Kirkland para seguirla.

Los asaltantes y su víctima habían desaparecido por la derecha del corredor transversal. Cuando llegó a la intersección vio que el corto corredor terminaba en una puerta que salía al callejón de atrás del club. Los secuestradores casi habían llegado a la puerta, y a esa distancia comprobó que la víctima era la chica con la que había hablado antes.

La chica se debatía, le habían quitado el antifaz y uno de los hombres le tenía tapada la boca con una mano. ¿Por qué cinco hombres capturarían a una niña inocente? ¿Una apuesta entre borrachos? ¿Una violación en grupo?

Aunque no podía detener a cinco hombres ella sola, sí podía enlentecerlos unos segundos esenciales hasta que llegaran Mackenzie y Kirkland. Con la exaltación de una guerrera lanzó el grito de hada agorera, que era el reto del kalarippayattu, para desconcertar y desorientar a los secuestradores.

Los hombres se giraron a mirar, sobresaltados por el grito; ella corrió y dando un salto enterró la punta de una bota en la entrepierna del último hombre del grupo, exclamando:

—¡Matón!

El hombre lanzó un chillido horrible y cayó al suelo sujetándose las partes con las dos manos. Agradeciendo haberse puesto una falda pantalón para cabalgar y botas, sacó el puñal que le quitara al contrabandista. Cuando lo enterró en el siguiente hombre, este aulló de dolor y retrocedió, con el cuchillo tan enterrado en el músculo del brazo izquierdo que a ella se le escapó la empuñadura.

—¡Fuera inmediatamente! —ladró un hombre alto con voz autoritaria.

Parecía ser el jefe, y tenía a la chica secuestrada junto a la puerta.

No había tiempo para recuperar el puñal estando los otros hombres a punto de sacar a la chica de la casa. Entonces cuando empezó a correr hacia ellos se encontró mirando el cañón de una pistola sostenida por el más grande y amenazador de los hombres.

Dado que en el corredor no había ningún lugar para esconderse, avanzó caminando en zigzag, rogando que el hombre errara el tiro. Él esbozó una cruel sonrisa y apuntó.

El ruido de un disparo resonó en el corredor y la cara del hombre quedó convertida en una sanguinolenta masa; la bala le había dado justo en el centro. Se le disparó la pistola y el proyectil se enterró en la pared.

Kiri miró hacia atrás y vio a Kirkland en la intersección con una pistola humeante en la mano, recargándola con la cara glacialmente calmada. Mackenzie ya había dado alcance a los secuestradores y estaba repartiendo puñetazos, con la implacable profesionalidad de un boxeador.

El jefe alargó la mano hacia el pomo, sujetando a la chica por el brazo con la otra mano. Kiri llegó hasta él y le dio una patada en el brazo que sostenía a la chica.

Él la soltó, maldiciendo. Entonces ella le pasó un brazo por la cintura a la chica y la apartó.

—¡No, maldita sea! —exclamó el jefe, abalanzándose a coger a su cautiva—. Eres una paloma demasiado valiosa para volar.

Algo de él le dijo a Kiri que era un hombre rico y elegante; le golpeó la garganta con el canto de la mano bien recta.

Emitiendo un sonido ahogado, con la amarga derrota reflejada en sus furiosos ojos claros, el hombre abrió la puerta y salió a trastabillones. Sus dos secuaces salieron detrás de él.

Mackenzie tronó de furia cuando se le escaparon los hombres.

—¡Malditos cabrones! —gritó saliendo detrás de ellos al oscuro callejón—. No van a salir impunes de esto.

Cuando se cerró la puerta con un golpe, Kiri rodeó firmemente con un brazo a la temblorosa chica.

—¿Cómo estás?

La niña hizo un gesto de asentimiento, con las mejillas mojadas por las lágrimas a pesar de sus valientes esfuerzos por contenerlas. Aunque era atractiva, no era una beldad deslumbrante como para volver locos a los hombres; y se veía muy, muy joven.

—No... no me han hecho daño.

Kirkland llegó hasta ellas con la pistola apuntando hacia el suelo.

—Por lo menos los detuvimos antes que...

Se quedó en pasmado silencio al mirar a la chica del dominó púrpura. Hincó una rodilla en el suelo e inclinó la cabeza.

—Vuestra Alteza Real. Gracias a Dios que estáis a salvo.

¿Vuestra Alteza Real? Kiri miró a la chica sorprendida y luego paralizada por la repentina comprensión.

Acababan de rescatar a la princesa Charlotte, la única hija legítima del príncipe regente, y heredera del trono de Inglaterra.

Capítulo 13

*K*iri no conocía a la princesa Charlotte, no la había visto nunca, dado que la chica sólo tenía dieciséis años y llevaba una vida muy resguardada, como era bien sabido. Pero tenía los rasgos de los miembros de la casa real de Hanover. Era alta, rubia y rellenita.

Más al caso, la actitud de Kirkland indicaba que no tenía la menor duda de su identidad. Dado que la princesa ya parecía capaz de sostenerse sola, la soltó y se inclinó en una profunda reverencia.

—Vuestra Alteza Real, perdonadme si mi comportamiento no fue decoroso.

—Os debo gratitud por lo que habéis hecho por mí —dijo Charlotte, y le brillaron los ojos azul claro—. No sabía que una mujer pudiera luchar así.

—Me entrenaron en un antiguo arte marcial indio —explicó Kiri, enderezándose, con el corazón acelerado por la lucha y por ese asombroso encuentro—. Pero sin lord Kirkland y el señor Mackenzie, las dos habríamos estado en dificultades.

La princesa bajó la mirada al ensangrentado cadáver del hombre al que le disparó Kirkland. Más allá otro hombre estaba tendido en el suelo boca abajo, inconsciente y rodeado por un charco de sangre, pero respiraba. Kiri comprendió que ese tenía que ser el secuestrador al que ella le enterró el puñal en el brazo, pero no soportó mirarlo más detenidamente para ver si el puñal seguía enterrado en él.

Charlotte palideció al ver el cadáver y al otro hombre, y se le meció el cuerpo. Kiri le cogió el brazo.

—Llevaré a Su Alteza al despacho. ¿Hay coñac ahí?

—En el armario —dijo Kirkland—. Después de servirle una copa, tira tres veces del cordón, fuerte. Eso traerá a dos guardias. —De todo él parecía emanar una conmoción rígidamente controlada—. Es necesario llevar a la princesa a su casa bien protegida. ¿Cómo viniste al club, Kiri?

—Vine con Sarah Clarke-Townsend, y nos trajo el jefe de los mozos de Adam.

—Envía a uno de los guardias a buscar a Sarah y que la lleve al despacho. El otro puede localizar el coche de Murphy y decirle que lo lleve al callejón lateral de la casa. Tú y Sarah podéis acompañar a la princesa a su casa, protegidas por Murphy y los guardias. —Miró a los hombres caídos con mirada acerada—. Veré si logro enterarme de algo acerca de estos individuos y de sus objetivos.

Fue un alivio doblar por el corredor principal, fuera de la vista de la sangre y los cuerpos caídos. Kiri llevó a la princesa hacia el despacho, sosteniendo parte de su peso. Recogió el dominó que se había quitado, helada al comprender que ese no había sido un asalto al azar. Los cinco hombres reconocieron a la princesa y tenían la intención de secuestrarla. Pero ¿por qué? ¿Y cómo supieron dónde encontrarla?

Cuando entraron en el despacho, llevó a Charlotte al sillón más cómodo.

—Me imagino que vinisteis aquí para tener un poco de aventura, y esto ha sido más de lo que esperabais.

Charlotte esbozó una sonrisa sesgada.

—Me tratan como a una niña y no me permiten alternar en sociedad, pero se dice que el Damian's es un lugar seguro. Vivo muy cerca de aquí, en la casa Warwick, así que después que mi institutriz y el resto del personal se fueron a acostar salí a hurtadillas con un dominó y un antifaz de mi madre.

—¿Vinisteis a pie sola? —preguntó Kiri, tratando de no parecer horrorizada.

—Nadie me abordó en la calle —dijo la princesa con expresión ilusionada—. Fue fascinante salir sola en lugar de vivir eternamente encerrada en una jaula. Cuando llegué al Damian's pensé que estaba segura. Lo estaba pasando muy bien. Estaba en una de las salas de juego cuando se me acercó un hombre y dijo «¿Vuestra Alteza?», y yo miré, claro, olvidando que nadie debía saberlo. Entonces me rodearon, ese hombre y varios otros, así que nadie vio cuando el jefe me cogió y me tapó la boca con una mano. Me sacaron a un corredor. Yo intenté liberarme, pero no podía contra todos ellos. —Se estremeció—. Si no hubiera sido por vos...

—Momento para ese coñac —dijo Kiri. Abrió la puerta de un armario que le pareció un licorero y encontró botellas de licores y copas. Cogiendo una botella con cuello plateado con una etiqueta en que decía «Cognac», sirvió una dosis generosa y le pasó la copa a la princesa—. Es mejor que bebáis lentamente. Estoy segura de que es fuerte.

Charlotte bebió un sorbo con cautela, se atragantó un poco, y bebió más.

—Teníais razón, pero es muy vigorizador.

Kiri sirvió otra copa.

—¿Con vuestro permiso? —Sin esperar respuesta bebió un trago y agradeció el electrizante ardor que le bajó por la garganta—. Como para vos, la aventura ha sido más de lo que yo esperaba.

Charlotte vació la copa y la puso para que le sirviera más.

—Presentaros, por favor, y a mis otros valientes salvadores.

Mentalmente Kiri se dio de patadas por ese fallo elemental.

—Soy lady Kiri Lawford, hermana del duque de Ashton.

Charlotte la miró fijamente.

—¿O sea, que sois medio india como él? No me extraña que seáis tan bella y sepáis técnicas exóticas de lucha.

Parecía envidiarla. Kiri se ruborizó.

—Gracias, Vuestra Majestad. Los dos hombres son lord Kirkland, el que os reconoció, y el señor Mackenzie, dueño del Damian's. —Tiró fuerte del cordón para llamar y se sentó a concentrarse en su coñac—. Antes que lleguen los guardias tal vez os convendría poneros el antifaz.

Charlotte se lo puso inmediatamente.

—Si esto se sabe será un escándalo terrible, ¿verdad?

—Escándalo e indignación pública, por vos. —Titubeó, pensando si la princesa estaría tan protegida que no sabía su situación—. Sois inmensamente popular entre la gente, Vuestra Alteza. Mucho más que vuestro padre.

A Charlotte se le iluminó la cara.

—¿Sí?

—Sí.

La felicidad de la chica por su popularidad conmovió a Kiri. Sus padres, el príncipe regente y su prima alemana Caroline de Brunswick no deberían haberse casado. Se odiaban y se separaron no mucho después del nacimiento de Charlotte. En muchísimos de sus conflictos habían utilizado a su desventurada hija como instrumento.

No tardaron en llegar los dos guardias, los dos altos, fornidos, vestidos con traje negro de noche. Kiri reconoció en ellos a dos de los lacayos que servían champán en los salones. Se veían inteligentes además de fuertes.

—Lord Kirkland desea que uno de ustedes localice un coche particular cuyo cochero se apellida Murphy.

Describió el pequeño y desvencijado coche que usaron para venir, y les explicó adónde tenían que llevarlo.

—Sí, señorita —dijo uno de los hombres y haciendo una venia salió del despacho.

Kiri miró al otro lacayo, que tenía la cara aporreada de un ex boxeador.

—Su tarea es localizar a una de las asistentes al baile y traerla aquí. Es bajita y menuda, lleva un dominó azul oscuro y el antifaz está adornado con brillantes lentejuelas doradas.

El hombre frunció el ceño.

—Es improbable que acepte salir del salón con un desconocido.

Tenía razón.

—Dígale que el mensaje es de Mumtaz.

Cuando se quedaron solas, Charlotte le preguntó:

—¿Qué es Mumtaz?

—Mumtaz Mahal fue la más amada esposa de un gran gobernante mogol, Shah Jahan. Él quedó destrozado cuando ella murió de parto. Hizo construir el Taj Mahal en memoria de ella, y sin duda es la tumba más hermosa del mundo.

Charlotte agrandó los ojos.

—¡Qué historia más romántica!

—Yo creo que sería más romántica si hubieran vivido felices hasta avanzada edad —dijo Kiri, irónica—. Dado que Mumtaz fue objeto de un gran amor y lealtad, le puse ese nombre al perfume que creé para la señorita Clarke-Townsend.

—¿Hacéis perfumes? —La mirada de la princesa ya parecía de admirada fascinación—. ¡Hacéis muchas cosas interesantes!

—Las mujeres de la familia de mi madre hacen perfumes siguiendo una tradición muy antigua. En India, muchos de los perfumes se hacen de incienso, así que es un inmenso placer para mí explorar las esencias florales de Europa.

Casi se ofreció a explicarle cómo se hacían los perfumes, pero se refrenó. A Charlotte no le permitían recibir muchas visitas, y ella no sería una de las mejor consideradas. Después de esa noche era posible que su padre encerrara en la Torre de Londres a la princesa.

Su copa estaba vacía, así que la dejó a un lado.

—Estoy preocupada por el señor Mackenzie, que salió en persecución de los secuestradores. Espero que haya vuelto sano y salvo. ¿Estaréis bien si os dejo sola unos minutos? Estaré cerca, así que oiré si me llamáis.

Charlotte puso su copa de coñac para que se la volviera a llenar.

—Con más coñac estaré muy bien.

Kiri cogió la botella, pero le advirtió:

—Si bebéis mucho más no os sentiréis bien por la mañana.

—No os podéis imaginar cuánto anhelo disipación —dijo Charlotte, con un brillo en los ojos que indicaba que estaba algo achispada.

Hablaba igual que Sarah. Las chicas de buena crianza estaban horrosamente protegidas, y las princesas reales más que nadie.

Después de servirle más coñac, Kiri salió del despacho y se dirigió rápidamente a la escena de la matanza en el corredor transversal. Kirkland estaba arrodillado junto a uno de los secuestradores y con expresión lúgubre le cerró los ojos. El otro hombre estaba de costado y no se le veía la cara destrozada, menos mal.

—¿El señor Mackenzie no ha vuelto?

—Todavía no, pero no te preocupes —dijo Kirkland, en tono tranquilizador—. Mac es muy bueno para cuidar de sí mismo.

—Espero que tenga razón. —Desvió la mirada de los hombres, sintiendo agitarse el coñac en el estómago—. Este hombre todavía respiraba cuando nos fuimos al despacho. ¿Estaba mortalmente herido?

Se cerró la expresión de Kirkland.

—Sí, pero conseguí enterarme de algunas cosas antes que muriera.

A Kiri se le revolvió el estómago al pensar que ese hombre podría seguir vivo si Kirkland no hubiera necesitado sonsacarle información. Pero en realidad no deseaba saberlo. El incidente de esa noche le había dejado claro que el encantador amigo de su hermano tenía una vena despiadada. Si el interrogatorio había apresurado el fin del secuestrador, bueno, sin duda se lo merecía.

Kirkland cogió un puñal del suelo.

—Tenía esto en el brazo. ¿Es tuyo?

Ella asintió.

—Se lo arrebaté a un contrabandista y lo traje por si me hacía falta un arma. Pero suponía que no habría problemas.

Kirkland limpió con sumo cuidado la hoja del puñal en la chaqueta del hombre muerto y se lo pasó por la empuñadura.

—Es una buena arma.

Ella miró el puñal, indecisa.

—No murió de mi puñalada, ¿verdad?

—No —la tranquilizó él—. Pero lo debilitaste e igualaste las probabilidades. Aun en el caso de que no desees volver a llevar este puñal, deberías guardarlo en recuerdo de tu valentía. Sin ti, la princesa Charlotte habría desaparecido sin dejar rastro.

—Pero ¿por qué? —preguntó ella.

Cogió el puñal, que por suerte se veía limpio, aunque lo haría hervir en una olla antes de llevarlo en el futuro. Se levantó la manga para devolverlo a la vaina que llevaba sujeta al antebrazo.

Se abrió la puerta, que estaba más o menos a una yarda y entró Mackenzie. Se veía cansado y exasperado, pero su expresión cambió al verle el brazo desnudo.

—La noche ha mejorado.

Ruborizada aunque no disgustada, ella introdujo el puñal en la vaina y se bajó la holgada manga.

—¿Los villanos escaparon?

—Los esperaba un coche, uno grande, con cabida para los

cinco hombres y la chica si hubieran tenido éxito. Casi cogí a uno, pero los tres se abalanzaron a atacarme, y eso fue demasiado.

Kirkland se incorporó con expresión grave.

—La chica que intentaron secuestrar es la princesa Charlotte.

Mackenzie lo miró sorprendido.

—¿«La» princesa Charlotte? ¿La hija del príncipe regente?

Kirkland asintió.

—Ella. Y tranquilo ahora, Mac. Te sangra el brazo.

Mackenzie se miró el brazo y la sangre.

—No... es nada. —Tragó saliva—. Sólo es un rasguño.

Y entonces cayó al suelo inconsciente.

Capítulo 14

*M*ackenzie! —La melodiosa voz de lady Kiri. Unos pasos rápidos. Aroma a lilas y especias cuando se arrodilló junto a él—. ¡Lo han herido!

Saliendo de la oscuridad de su inconsciencia, Mac pensó irónico si habría algo peor que desmayarse por ver su propia sangre delante de una chica guapa a la que se desea impresionar.

Dejó de lado la humillación, ya habría tiempo para eso después. Estaba tan débil que no podía abrir los ojos y mucho menos levantarse del frío suelo en que estaba tendido. Pero oía y olía. La capacidad de hablar le volvería pronto.

—Tal vez la herida no es grave.

Esa era la voz de Kirkland, tranquila como siempre, aunque detectó un hilillo de preocupación. Entonces lo sintió arrodillarse a su otro lado y hacerle un examen con manos competentes. Después de palparlo y hurgalo unos dos minutos, dijo:

—Tiene un corte en el brazo, pero nada más, creo. —Improvisando una venda comenzó a vendarle el brazo fláccido—. Mackenzie siempre reacciona mal a la visión de su sangre.

Lady Kiri se iba a reír, seguro. Deseó estar totalmente inconsciente para no oír su risa. Pero entonces ella dijo, amablemente:

—Un cirujano del ejército en India me dijo una vez que no es infrecuente desmayarse al ver la sangre. Suelen ser los hombres más corpulentos y fuertes los que se desmayan.

Mac sintió una suave mano en la frente. Intentó hablar y le salió un susurro rasposo:

—Qué consolador.

Haciendo un esfuerzo consiguió abrir los ojos. Kiri retiró la mano pero continuó inclinada sobre él, su hermosa cara preocupada pero no aterrada. Sólo la cantidad correcta de preocupación. Un ataque de histeria femenina habría sido demasiado.

Femenina... princesa Charlotte. ¡Buen Dios! Consiguió incorporarse hasta quedar sentado.

—¿La princesa estaba aquí y casi la secuestraron? ¿Está ilesa?

—Está bien —dijo Kirkland—. Dentro de unos minutos lady Kiri y la señorita Clarke-Townsend la acompañarán de vuelta a la casa Warwick. Irán en el coche Ashton anónimo en que vinieron. Un par de guardias de la casa irán con ellas.

Mac se frotó la frente, tratando de armar las piezas.

—Condenación —masculló—. Ahora que sé a quién intentaron secuestrar, veo la lógica. Los franceses están detrás de esto, y volverán a intentarlo.

Kirkland se quedó muy quieto.

—Eso confirma lo que alcanzó a decir el hombre herido antes de morir.

Movido por la urgencia, Mac se puso de pie y con la mano apoyada en la pared calculó qué era necesario hacer. Miró los dos cadáveres tendidos en el suelo. Uno era un individuo alto, fornido, el otro más bajo y de constitución más delgada. Los dos vestían caros trajes negros de noche.

Se oyeron voces en el corredor principal. Kiri levantó la cabeza.

—Sarah ha llegado al despacho. Iré inmediatamente para que llevemos a la princesa a su casa.

—Un momento —dijo Mac, ceñudo, como si estuviera contemplando un plan—. ¿No bastaría con que la acompañara la señorita Clarke-Townsend? Por favor, quédese para que podamos hablar, lady Kiri. Nos encargaremos de que vuelva a casa sana y salva. —Nuevamente miró los cadáveres—. Y... no me mencionéis a mí. Por lo que sabéis, aún no he vuelto de mi persecución de los secuestradores.

Kirkland lo miró pensativo.

—¿Qué tienes pensado?

—Tal vez nada, pero no lo sabré mientras no hayamos hablado.

Cuando Kirkland y Kiri se alejaron, miró ceñudo los dos cadáveres, pensando si su plan sería necesario. Esperaba que no, pero le daban mala espina los acontecimientos de esa noche.

Cuando Kiri llegó al despacho encontró a Charlotte explicándole el intento de secuestro a Sarah, que la escuchaba con horrorizada fascinación. Sabiéndose a salvo, ya pasado el peligro, y habiendo bebido dos copas de fuerte coñac, la princesa lo estaba pasando en grande explicando la historia. Tal vez era la experiencia más emocionante que había tenido en su vida. Era de esperar que no se hubiera divertido tanto que volviera a eludir a sus guardianes en el futuro.

—Vuestra Alteza —dijo al entrar—, es hora de que volváis a casa, antes que noten vuestra ausencia. Sarah, ¿la acompañas? Yo tengo que hablar de unos asuntos con lord Kirkland.

Sarah se levantó y le tendió la mano a Kirkland. Como Kiri, lo había visto con frecuencia en la casa Ashton.

—No debo marcharme sin Kiri, lord Kirkland.

—Yo la acompañaré personalmente hasta la casa Ashton —prometió este.

—No me pasará nada —dijo Kiri respondiendo a la mirada de Sarah—. Tú lleva a casa a la princesa.

—Muy bien —dijo Sarah, dudosa—, pero cuando llegues ve a mi habitación para que yo sepa que has vuelto, por tarde que sea.

—Iré —prometió Kiri, y se inclinó en una reverencia ante la

princesa Charlotte—. Espero que tengamos la oportunidad de volvernos a ver, Vuestra Alteza.

Charlotte la miró triste.

—No pueden tenerme enjaulada eternamente. Esperaré con ilusión el día en que nos encontremos en público, lady Kiri.

Salieron la princesa y Sarah, seguidas por los dos capaces guardias que habían localizado a Sarah y al coche.

Entonces Kiri le preguntó a Kirkland:

—¿Tiene alguna una idea de lo que desea hacer el señor Mackenzie?

—Podría aventurar una suposición, pero será mejor esperar para ver qué nos dice. —Se dirigió a la puerta—. Iré a decirle que ya puede venir al despacho sin que lo vean.

Kirkland salió y Kiri fue a sentarse en un sillón, cansada. En la pelea con los secuestradores se había hecho chichones y magulladuras, y ya comenzaba a sentirlos.

Cuando entraron los hombres en el despacho, Mackenzie estaba más serio de lo que ella habría imaginado posible, y la expresión de Kirkland era francamente lúgubre. Se levantó y abrió nuevamente el armario.

—¿Coñac para los dos? ¿O algo diferente?

—Yo beberé whisky escocés —dijo Mackenzie—. Kirkland es capaz de absorber infinitas cantidades de coñac.

Kiri miró a Kirkland y este sonrió levemente:

—No lo voy a negar.

Kiri sirvió whisky para Mackenzie, coñac para Kirkland y clarete para ella, porque no sería juicioso beber más licor. Cuando los tres estuvieron sentados, preguntó:

—¿Por qué los dos seguís con esas expresiones tan feroces después de haber impedido el secuestro? ¿Y por qué desea hablar conmigo, señor Mackenzie?

—Necesitamos saber más, lady Kiri. Usted estuvo cerca de los secuestradores. ¿Podría describirlos?

Ella frunció el ceño, intentando recordar.

—Ocurrió muy rápido y todos llevaban antifaz. El jefe es bastante alto, pelo castaño claro que ya comienza a ralear. Me dio la impresión de ser un caballero y tal vez un dandi.

Mackenzie asintió.

—Algo en su manera de moverse me pareció conocido. Es probable que haya estado en el Damian's antes. ¿Notó algo más?

—Llevaba una colonia comprada en Les Heures, una tienda muy cara de Saint James. Se llama Alejandro. Los perfumes cambian en el cuerpo de la persona que los usa y tal vez yo podría reconocerlo por el olor si volvemos a encontrarnos.

Los dos la miraron fijamente.

—¿Puede hacer eso?

Ella asintió.

—No es imposible que la colonia reaccione de la misma manera en otro hombre, pero la Alejandro es muy cara, así que no es muy común. Siendo pocos los usuarios, es improbable que el olor cambie exactamente de la misma manera en otro.

Viendo que ellos seguían dudosos, se levantó y se acercó a Kirkland.

—Usted huele a agua Imperial, coñac y secretos. —Lo miró a los sorprendidos ojos—. El agua Imperial ha cambiado, haciendo más pronunciado el clavo de olor de la mezcla.

—¿Cómo huelen los secretos?

—Oscuros. Profundos. Como el fondo del mar donde acechan cosas extrañas. —Sonrió—. El agua Imperial contribuye a darle la imagen del caballero alegre y desenfadado que le gusta que vea el mundo. Un perfume superficial puede cambiar de hora en hora o incluso de momento a momento, pero hay un olor individual que siempre está presente, tan distintivo como la voz.

—Eres desconcertante, lady Kiri —dijo él, entrecerrando los ojos.

—Kirkland ya está pensando en cómo puede usar su capacidad —dijo Mackenzie.

Ella se rió y se volvió hacia él. Su olor individual lo conocía íntimamente y lo reconocería en cualquier parte, pero para continuar con la demostración se atuvo a lo que podía describir fácilmente:

—Huelo una pizca de romero, del jabón, creo. —Se miraron a los ojos, ella pasmada ante sus ojos de distinto color; el ojo azul se veía más gris esa noche—. Huele a romero, sangre, whisky y problemas.

—No sabía que un problema tuviera olor —dijo él, inquieto.

—Huele a especias fuertes que fascinan a la nariz, pero hacen arder la boca.

—No sé qué significa eso —dijo él; hizo una respiración profunda y rompió la conexión con ella—. Claro que problema es mi segundo nombre.

—Y eso no es broma —terció Kirkland—. Damian Pe Mackenzie. De verdad, Problema es su segundo nombre.

Kiri pestañeó.

—Qué clarividentes sus padres.

Mackenzie se desentendió de eso.

—¿Qué puede decir de los otros secuestradores?

Ella volvió a su sillón, se sentó y cerró los ojos para pensar.

—Uno tiene el pelo moreno y olía a... ¿francés? Un amante del ajo perfumado con agua de Hungría. El otro es muy macizo y compacto, parecido a un boxeador; olía a trabajador no muy aficionado a bañarse. —Abrió los ojos—. Lo siento, no puedo deciros más. Tal vez después recuerde algún otro detalle. ¿De qué os enterasteis vosotros, caballeros?

—El trabajador macizo luchaba como un boxeador profesional —dijo Mackenzie—. Más fuerte con el puño izquierdo que con el derecho. Reconoceré su estilo si lo vuelvo a ver.

—El hombre al que le disparé en la cara podría haber sido

boxeador también —dijo Kirkland—. Encontré algo conocido en su manera de moverse. Intentaré recordar su nombre. ¿Alguna otra cosa?

—Cuando salí a perseguir a los otros tres, los oí hablar en francés entre ellos —contestó Mackenzie—. El intento de secuestro no fue una casualidad. Forma parte de una conspiración de largo alcance, aunque no sé ninguno de los detalles. Pero volverán a intentarlo.

—¿Qué podrían desear los franceses de una chica de dieciséis años?

—Hasta cierto punto esto es una suposición —contestó Kirkland—, pero entre lo que oyó Mac y la información que me dio el secuestrador herido antes de morir, parece que los conspiradores suponen que si los franceses toman de rehén a la princesa Charlotte, Gran Bretaña podría estar dispuesta a firmar la paz con Francia para asegurar su regreso.

Kiri se atragantó con el clarete.

—¡No creerán que nos rendiríamos!

—No rendirnos, hacer la paz —dijo Kirkland—. Las tropas de Napoleón han sido vapuleadas en la Península este año. Hace tres años habría acogido bien la paz. Tuvo conversaciones secretas con nuestro primer ministro, aunque no llegaron a nada.

—O sea, que Napoleón podría aceptar bien un tratado por el cual Gran Bretaña pone fin a las hostilidades a cambio de la retirada total de los franceses de España y Portugal —dijo Mackenzie, pensativo—. Naturalmente, Francia retendría sus otros territorios conquistados.

—Es decir, se quedaría con gran parte de Europa —terció Kiri, y negó con la cabeza—. Me cuesta creer que Napoleón sea tan estúpido para pensar que eso resultará. Incluso suponiendo que Gran Bretaña aceptara, estoy segura de que los otros enemigos de Francia no aceptarán mansamente las conquistas de Francia.

—No, pero Gran Bretaña ha sido la más perseverante y exitosa de los enemigos de Napoleón —dijo Kirkland—. Con nosotros fuera de la ecuación, el emperador estaría en mejor situación para negociar o batallar con sus otros enemigos.

—Podría ser que la conspiración no fuera idea del propio Bonaparte —dijo Mackenzie, mirando caviloso su whisky—. Me parece que el asesinato no es su estilo. Mi suposición es que un subalterno ambicioso espera obtener un éxito inesperado para mejorar su posición.

—¿Hay alguna posibilidad de que dé resultado capturar a la princesa? —preguntó Kiri—. Charlotte es muy popular entre la gente. Dada la mala salud del rey y del príncipe regente, podría heredar el trono en cualquier momento.

—Muchas personas no apoyan la guerra, pero el gobierno se ha comprometido a derrotar a Napoleón —dijo Kirkland—. Aunque el concepto sea tonto, los conspiradores lo hicieron en serio y estaban bien preparados. Podrían conseguirlo la próxima vez.

Kiri se estremeció al pensar en ese horrible destino para esa jovencita entusiasta y trágica.

—Es necesario protegerla —dijo.

—La residencia de la princesa —dijo Kirkland—, la casa Warwick, no es segura. Además, los conspiradores deben de tener un informante entre su personal. Esta persona podría haberle dado la idea a la princesa de asistir al baile de máscaras en el Damian's. Como mínimo, alguien avisó a los secuestradores cuando ella salió furtivamente de la casa esta noche, y también del color de su dominó.

—Hay buenas posibilidades de que alguien de aquí, del Damian's, esté confabulado con ellos —dijo Mackenzie, con los ojos fríos—. Los secuestradores no sólo eludieron a los guardias de seguridad, sino que también conocían la disposición de la casa como no puede saberla nadie de fuera. Por eso estuvieron tan cerca de tener éxito.

Kiri retuvo el aliento.

—O sea, que no sabe de quién fiarse. Si hay un traidor entre el personal de la princesa, podría dejar entrar a los secuestradores en la casa Warwick.

Kirkland asintió.

—Tendrá que mudarse a un lugar más seguro. Tal vez al castillo de Windsor, con el rey, la reina y sus tías. A ella no le gusta vivir ahí, pero está mucho más protegido que la casa Warwick.

Absorta en sus pensamientos Kiri sacó el puñal de su vaina en el brazo y comenzó a hacerlo girar, inquieta. Sin levantar la vista, dijo:

—Sospecho que los dos trabajáis en asuntos secretos. ¿Espionaje, por ejemplo?

—Hay cosas de las que es mejor no hablar —dijo Kirkland.

Mackenzie negó con la cabeza.

—Es mejor que se lo expliques todo a lady Kiri para satisfacer su curiosidad, si no podría meterse en problemas al intentar enterarse de más cosas.

—Es muy perspicaz —dijo Kiri, irónica—. De hecho, se me ha despertado la curiosidad, y esta cualidad es muy peligrosa.

Resignándose a lo inevitable, Kirkland explicó:

—Como sabes, tengo una gran flota mercante. Con los años, mis barcos comenzaron a transportar información además de mercancías. Me he convertido en algo así como en un especialista en transmitir e interpretar informaciones militares.

—Él hace el trabajo serio —continuó Mackenzie—. Yo sólo soy un mensajero. Un motivo para fundar el Damian's fue darme un pretexto para tratar con los contrabandistas que hacen viajes periódicos a Francia. Esto permite llevar y traer mensajes entre Kirkland y los agentes británicos que están en el Continente. La noche que nos conocimos traía uno.

—Mackenzie infravalora su trabajo —dijo Kirkland—. No sólo ideó la ruta de los contrabandistas para pasar mensajes, sino que además ha hecho del Damian's un club tan elegante que diplomáticos y funcionarios del gobierno son clientes habituales. A veces dicen más de lo que deberían bajo la influencia de la bebida y la fiebre del juego.

—Y el simpático anfitrión siempre va de aquí para allá por el club, resolviendo problemas, escuchando y tal vez oyendo informaciones útiles —dijo Kiri, divertida—. Cuidado, señor Mackenzie; si se llegan a conocer sus actividades, la gente podría considerarlo un héroe en lugar de solamente un pícaro encantador.

—No sé qué es peor —dijo él, azorado.

Kiri hizo ademán de guardar el puñal en su vaina, Mackenzie se fijó y dijo:

—Ese es el puñal que le arrebató a uno de los contrabandistas, ¿verdad? Ahora que lo veo con más claridad, el diseño me recuerda otro que vi una vez. ¿Puedo?

Kiri le pasó el puñal, por la empuñadura.

—Este juguetito es tan bonito como peligroso. Podría ser turco, pero eso es sólo una suposición.

Mac examinó la empuñadura esmeradamente tallada. Después la cogió con las dos manos y trató de doblarla, con fuerza. Al no ocurrir nada, probó de doblarla en el otro sentido; la empuñadura se separó en dos partes, a lo largo de un surco que parecía una línea decorativa. En el interior había un papel muy bien enrollado.

—¡No tenía ni idea de que tuviera una cámara secreta! —exclamó Kiri.

Mac desenrolló el papel y miró la escritura diminuta.

—Esto parece un código francés. ¿Qué te parece, Kirkland? Este examinó las pulcras líneas.

—Tienes razón, y es un código con el que ya he trabajado. Tu alegre banda de contrabandistas es un grupo muy ocupado. Dame un momento y tal vez pueda descifrar una parte.

Mackenzie olió la cavidad de la empuñadura.

—Hay trazas de perfume aquí. ¿Podría identificarlo, lady Kiri? —preguntó, pasándole las dos partes del puñal.

Ella cerró los ojos para concentrarse en el olor.

—Es muy suave. Tal vez podría obtener más del papel.

Kirkland le pasó el mensaje. Ella lo enrolló bien apretado, cerró los ojos y olió. Abrió los ojos.

—La colonia es Alejandro, y el olor es exactamente el mismo del jefe de los secuestradores.

Mackenzie emitió un suave silbido.

—Si su olfato de sabueso no se equivoca, los secuestradores también utilizan al grupo de contrabandistas de Hawk como conducto para enviar y recibir mensajes de Francia. ¿Cree que el jefe estaba en la cueva cuando estuvimos nosotros ahí?

Kiri trajo a la memoria la noche en que la capturaron. Durante el tiempo que estuvo encadenada a la pared había observado atentamente a los contrabandistas, aunque en su mayoría no se le acercaron lo suficiente para poder olerlos; y no le habría gustado tampoco, porque eran un grupo que apestaba a pescado.

—Es posible —dijo—, pero no vi ni olí a nadie que se moviera como el jefe. Usted era el único que me pareció un caballero.

—Es probable que el individuo no estuviera ahí —dijo Mac—. Me gustaría saber cuál de los contrabandistas es su mensajero. La mayoría son ingleses leales, pero algunos harían cualquier cosa por dinero.

Kirkland había recuperado el papel y luego de examinarlo detenidamente soltó una maldición:

—¡Condenación! Mis disculpas por el lenguaje, lady Kiri. Esta conspiración es mucho más importante y seria de lo que creíamos. No sólo desean secuestrar a la princesa Charlotte, sino que también pretenden asesinar al príncipe regente y a todos los hermanos de este que sea posible.

—Con eso Gran Bretaña quedaría sumida en un caos —exclamó Kiri.

Mackenzie parecía tan horrorizado como ella.

—El rey loco, el príncipe regente y los duques reales muertos, y la heredera al trono prisionera en Francia. Es inimaginable.

—Ni siquiera los conspiradores pueden predecir lo que ocurriría si consiguieran sus objetivos —dijo Kirkland, lúgubremente—. Pero sería un caos. Tal vez esperan derrocar al gobierno *tory*. Los *whigs* siempre han apoyado menos la guerra.

—Son idiotas —dijo Mackenzie, secamente—. Si tienen éxito en su ataque a la familia real, todo el mundo se alzará en armas para atacar a Francia. Los niños pequeños arrojarán piedras, las abuelas blandirán bastones y sartenes. La guerra no acabará hasta que haya caído París y Napoleón esté encadenado.

—No entienden la tozudez británica —dijo Kirkland—, pero que sean tontos en sus tácticas no significa que no puedan conseguir matar al príncipe regente y a algunos de los duques reales. Hay que cogerlos.

—Tendrás que poner a todos tus hombres a buscar a los conspiradores —dijo Mackenzie. Exhaló un suspiro—. Creo que será mejor que yo me muera.

Capítulo 15

*K*iri miró a Mac consternada.

—Espero que no haya dicho eso literalmente.

—No, pero podría ser mejor si el mundo creyera que esta noche me mataron aquí. —Hizo un mal gesto—. Por eso me mantuve fuera de la vista hasta que pudiéramos hablar. El hombre que recibió la bala en la cara es bastante similar a mí en tamaño y constitución, y va vestido igual que yo. Si lo identificas diciendo que soy yo, Kirkland, nadie lo dudará.

—Posiblemente no —concedió Kirkland, ceñudo—. Pero ¿para qué simular que estás muerto?

—Tontamente maldije a los secuestradores en francés, así que tienen que saber que oí lo que dijeron de raptar a la princesa Charlotte en otra ocasión. Si creen que estoy muerto se sentirán más seguros. Hubo disparos, así que es posible que me hirieran.

—Pero van a echar en falta al hombre que murió —señaló Kiri—. ¿No se van a dar cuenta de que el muerto no era usted sino su hombre?

—Mi suposición es que los boxeadores van a desaparecer en los barrios bajos de Londres y el jefe no sabrá quién murió y quién huyó. Si cambio mi identidad puedo ir a lugares en los que Damian Mackenzie sería demasiado llamativo.

—Sí, usted es un personaje conocido en Londres —concedió

143

Kiri, detestando la idea de que se hiciera pasar por muerto, aunque fuera simulación—. Esos ojos suyos lo delatan.

Mackenzie puso más whisky a su vaso.

—Mi madre era actriz y soy bueno para disfrazarme. El secuestrador jefe me pareció un caballero y un jugador, y al menos uno de sus hombres podría ser boxeador profesional. Hay buenas posibilidades de encontrarlos en antros de juego, combates de boxeo u otros eventos deportivos.

Kiri se lo imaginó entrando en esos lugares, preparado para derrotar a cualquier hombre, pero dudaba que tuviera mucha suerte en encontrar a los conspiradores; no los había visto lo suficientemente bien.

La asaltó una idea, tan alarmante como fascinante. Le dio vueltas en la cabeza, analizándola. Sí, deseaba hacerlo.

—Va a necesitar mi ayuda —dijo—. A mí me parece que no podrá identificar a ninguno de esos hombres por la vista, puesto que estaban enmascarados y sólo tuvo un breve atisbo de ellos. Yo debo de ir con usted porque los vi mejor y puedo identificarlos mucho mejor por sus olores.

Mac la miró fijamente, horrorizado.

—¡De ninguna manera puede ir a los lugares donde voy a ir a buscarlos!

—¿Por qué no? —preguntó ella, divertida por su reacción.

—¡Porque es una dama! Muchos de los establecimientos que voy a visitar no son seguros ni respetables.

—Supongo que habrá notado que no soy inexperta en cuidar de mí misma —dijo ella, calmadamente—. Si vamos juntos, los dos estaremos más seguros que si acudimos por separado. Y tenerme a mí podría ser la diferencia entre el éxito y la pérdida de tiempo.

Antes que Mackenzie pudiera protestar más, Kirkland dijo, pensativo:

—Su capacidad podría ser útil. De momento tenemos muy poco para guiarnos.

—Su familia lo prohibiría —exclamó Mackenzie—. Ashton y el general Stillwell son muy protectores.

Al parecer también lo era Mackenzie, pensó Kiri.

—Soy mayor de edad —señaló—. Pueden desaprobarlo, pero no pueden impedírmelo.

—Destacaría como un cisne en un gallinero —alegó Mackenzie.

Kiri pensó con afecto en el sargento O'Neil, el sargento mayor del regimiento del general. Había aprendido mucho de él. También había observado a las prostitutas que seguían al regimiento, las que se encuentran cerca de cualquier ejército. Sólo le llevó un instante cambiar su postura, encorvando la espalda y separando las rodillas, sugiriendo ordinariez, vulgaridad, lo que la transformó de una dama en una furcia.

—¿Te crees que no puedo parecer una chica irlandesa? —preguntó, con un acento irlandés perfecto.

Mac la miró sorprendido.

—¿Dónde diablos aprendió a actuar y a hablar como una prostituta dublinesa?

—Recuerde que me crié en acantonamientos del ejército en India, y muchos de los soldados eran irlandeses. —Sonrió traviesa—. Les gustaba mi pelo moreno y mis ojos verdes. Decían que parecía una verdadera muchacha irlandesa. Yo pasaba una buena parte de mi tiempo con los soldados rasos y aprendí muchísimas cosas interesantes.

—¿Y el general Stillwell permitía eso? —preguntó Kirkland, fascinado.

Ella enderezó la espalda y adoptó la postura de una damita inocente otra vez.

—Mi padre era un hombre muy ocupado. No podía saber dónde estaba yo en todo momento.

—Si hubiera tenido algo de sensatez la habría tenido encerrada con llave en una habitación hasta que tuviera veinticinco años —gruñó Mackenzie—. Mejor aún, hasta los cincuenta.

—Si el general hubiera hecho eso lady Kiri no sería ni de cerca tan interesante —dijo Kirkland, observándola con ojos fríos, calculadores—. Tiene más posibilidades de identificar a los secuestradores que tú o que yo, Mac.

Mackenzie se pasó la mano por el pelo, suspirando exasperado.

—Puede que la teoría sea buena, pero no logro imaginarme a lady Kiri saliendo de la casa Ashton cada noche para acompañarme a diferentes antros.

—Adam y Mariah se van a ir pronto a su casa de campo, y mi familia irá con ellos —dijo Kiri—. Yo puedo quedarme discretamente en Londres y cualquiera que se interese por saber mi paradero supondrá que me fui a Ralston Abbey con todos los demás.

—Yo tengo una casa en Exeter Street, cerca de Covent Garden —dijo Kirkland—, que está disponible para mis colegas que necesiten un refugio discreto. Los dos os podríais alojar ahí, puesto que tú también vas a necesitar un refugio para desaparecer, Mac.

Mackenzie miró a Kiri, más consternado aún.

—De ninguna manera podemos vivir bajo el mismo techo. Si eso se supiera, ella quedaría deshonrada para siempre.

—Se preocupa de mi reputación más que yo —dijo Kiri, mordaz—. Supongo que los destinos de Gran Bretaña y de la familia real son más importantes que mi reputación.

—No estaríais solos en la casa —añadió Kirkland—. Además de la pareja que se ocupa de cuidarla, Cassandra está ahí. Le voy a pedir que continúe en Londres y nos ayude a localizar a los conspiradores. Así lady Kiri tendrá una carabina adecuada.

—Cassandra es una agente fabulosa, pero... ¿carabina? —dijo Mackenzie, con tanta incredulidad que inmediatamente Kiri deseó conocer a la mujer.

—Su presencia disiparía cualquier duda sobre el decoro si se conociera la situación —dijo Kirkland—, y reforzaría la protección de Kiri.

El bufido de Mackenzie manifestó su opinión sobre eso. Captando la mirada de Kiri, dijo, vehemente:

—Esta será una investigación peligrosa, lady Kiri. No es un juego ni una aventura. Arriesga muchísimo, incluso su vida. A menos que realmente crea que puede ayudarnos a coger a estos villanos, debe abstenerse. Debido a quién y qué es, Kirkland, yo y los demás intentaremos protegerla, lo que aumenta mucho el riesgo. ¿Está segura de que desea eso para nosotros?

A Kiri se le desvaneció la diversión. La idea de que Mackenzie resultara muerto por defenderla le oprimió el corazón. Pero eso, en lugar de cambiar su resolución, le encendió el genio.

—¿Por qué sólo a los hombres les está permitido correr riesgos por un bien mayor? No soy una muñeca de porcelana que haya que poner en un estante y dejar olvidada. Creo que os puedo ayudar, y vosotros, señores, vais a necesitar toda la ayuda que podáis conseguir.

—Tiene razón —dijo Kirkland—. Tenemos que trabajar rápido y bien. Lady Kiri es hermosa y de buena crianza, pero también tiene un corazón guerrero y una capacidad muy valiosa.

Suspirando, Mackenzie se rindió.

—Supongo que tienes razón, pero no tiene por qué gustarme. —Se levantó y miró a Kiri enfurruñado—. Sinceramente deseo que el general Stillwell la encierre con llave en su habitación, pero supongo que eso no ocurrirá. ¿Por lo menos hablará de esto con su familia? Tal vez alguien sea más persuasivo que yo.

—Por supuesto que lo hablaré con ellos —exclamó Kiri.

Aunque no conseguirían hacerla cambiar de opinión.

—Me voy, entonces —dijo Mackenzie—. Kirkland, ¿me harás el favor de escribirle a Will diciéndole que no dé crédito a los obituarios? A un oficial que está luchando en el ejército en España no le hacen falta distracciones.

—Le enviaré una nota circunspecta —prometió Kirkland—. ¿Qué planes tienes para simular tu muerte?

—Llevaré los cadáveres al callejón de atrás y los pondré de forma que parezca que se mataron entre ellos.

—Una vez que hagas eso tendrás que esconderte rápidamente —dijo Kirkland, sacando una llave de un bolsillo interior—. Sabes dónde está la casa. Esta es la llave.

Mackenzie sonrió de oreja a oreja.

—Ya me he alojado en Exeter Street. ¿Creías que no me mandaría a hacer una para mí?

Riendo, Kirkland se guardó la llave.

—Qué descuido el mío, no habérseme ocurrido.

Llegada a su fin la aventura de esa noche, Kiri cayó en la cuenta de que estaba agotadísima. Se cubrió la boca para ocultar un bostezo.

—¿Me puede acompañar a casa ahora? —preguntó a Kirkland—. Voy a necesitar todas mis fuerzas para convencer a mis padres de que me necesitan el rey, la princesa y el país.

—Si siempre hubiera sido una hija obediente no estaría aquí esta noche —dijo Mackenzie, sarcástico.

Kiri sonrió traviesa.

—Cierto, pero intento no alarmarlos más de lo absolutamente necesario.

Kirkland también se levantó.

—Iré a buscar un coche. Mac, nos vemos en Exeter Street. Cuando veas a Cassandra explícale lo de esta conspiración. Podría tener buenas ideas.

—Siempre tiene buenas ideas —contestó Mac. Cuando hubo salido Kirkland, fue a abrir su caja fuerte oculta y sacó las cincuenta guineas que había puesto ahí antes. Girándose hacia ella, dijo, volviendo al tuteo—: Si me disculpas, debo ir a cambiar de sitio unos cadáveres.

Kiri se levantó, haciendo un mal gesto.

—Eso va a ser horripilante. ¿No te pasará nada?

A él se le curvaron los labios.

—¿Quieres decir si me volveré a desmayar? No me va a gustar, cierto, pero la sangre de otras personas no me afecta tanto como la mía.

Pero se quedó con la mirada fija en ella. Daba la impresión de que estaba desgarrado entre los deseos de salir corriendo y de besarla. Ella acogería bien el beso, aunque sería increíblemente tonto alentar esa desmandada atracción entre ellos, sobre todo cuando iban a estar bajo el mismo techo durante un tiempo.

—Me marcharé antes de meternos en problemas a los dos —dijo él—. Kirkland te tendrá informada.

—Cuídate. —Le tendió la mano—. No me gustaría verte más muerto de lo que estás ahora.

Él le cogió la mano entre las dos suyas, en gesto cálido y protector.

—No tienes por qué preocuparte. He demostrado repetidamente que a los impíos les resulta difícil matarme.

—Los impíos sólo tienen que hacerlo bien una vez, señor Mackenzie.

—De verdad eres fuera de serie, lady Kiri —dijo él, irónico—. No es necesario que te preocupes por mí esta noche. Vivo en la casa de al lado y hay una entrada secreta a un cuarto donde tengo todo lo que necesito para cambiar mi identidad. Cuando salga de ahí para ir a Exeter Street, sólo podría reconocerme una persona que me conozca muy bien.

—Si no cambias tu olor, sabré quién eres —dijo ella, con los ojos brillantes.

—Las únicas narices que se pueden comparar con la tuya son las de los sabuesos. —Sonrió—. Y la tuya es mucho más bonita.

Ella se mordió el labio, peligrosamente cerca de descontrolarse.

—Será mejor que te vayas. Mientras más rato estés aquí, más posibilidades hay de que te vean.

—Correcto. Me marcho. Ahora mismo. —Le apretó la mano—. No sea que haga algo que no debo. Sí, me marcho inmediatamente.

—Mackenzie —dijo ella temblorosa—. No me has soltado la mano.

—Pues no. —En lugar de soltársela, se la levantó y depositó un suave beso en el dorso. Soltándosela de mala gana, añadió—: Espero que la próxima vez que nos encontremos sea menos trágica. Cuídate, mi doncella guerrera.

Diciendo eso fue hasta la puerta, salió y la cerró suavemente.

Capítulo 16

*K*iri cerró la mano en un puño, como si así pudiera retener la sensación de su beso. Estaba mirando la puerta cuando entró Kirkland.

—Nos espera el coche, lady Kiri.

Sintiéndose terriblemente cansada, ella cogió su dominó y salió detrás de él. Él la llevó hasta una puerta lateral delante de la cual esperaba un coche. Al pescante iba uno de los guardias de negro del Damian's.

Mientras Kirkland la ayudaba a subir al coche, ella le dijo:

—No es necesario que me acompañe, lord Kirkland. No me cabe duda de que se puede fiar de que su cochero me llevará a casa, y me imagino que tendrá muchísimo que hacer esta noche en el club.

Él subió y se sentó en el asiento de enfrente.

—Le prometí a la señorita Clarke-Townsend que te llevaría personalmente a casa. —Y no era un hombre que faltara a sus promesas—. ¿Quieres que esté presente cuando hables con tu familia de lo que vas a hacer?

—¿Un aliado? Voy a necesitar uno. Hablaré con Adam a la hora del desayuno, si está disponible. Su presencia dará un aire de seriedad a la conversación.

—Pasaré a esa hora, entonces.

Cuando el coche ya estaba en marcha, ella contempló a

Kirkland a la tenue luz. Era extraordinariamente guapo, y tenía más facetas interesantes de las que había creído. Sin embargo, cuando la tocaba, era como si la tocara uno de sus hermanos. Era Mackenzie el que le convertía el cerebro en gachas calientes.

Suspirando en silencio se acomodó en el asiento de piel. La vida sería fácil si ella y Kirkland se enamoraran. Él era rico, de buena cuna y uno de los mejores amigos de su hermano. Un matrimonio entre ellos sería bien aceptado por todos.

Había bastante que decir en favor de los matrimonios arreglados, comprendió. Fiarse de la atracción y el amor era mucho más lioso. La mujer se siente atraída por hombres inconvenientes, que no tienen nada que los recomiende aparte de inteligencia, humor y un atractivo deslumbrante.

Poniendo firme freno a sus divagaciones, preguntó:

—¿Cree que podremos coger a los conspiradores antes que asesinen a los miembros de la familia real? La mayoría de los duques reales son tan inútiles como caros, pero la princesa Charlotte ofrece esperanzas para el futuro.

—Si se traslada a Windsor, creo que estará segura —dijo Kirkland—. Su padre y sus tíos corren más peligro porque van de aquí para allá por la ciudad. También son un grupo tozudo y es posible que se nieguen a creer que están en peligro. Lo único que podemos hacer es actuar bien. Aunque esta conspiración está bien organizada, no puede haber muchas personas involucradas en ella.

—Supongo que va a buscar a los conspiradores usando todos los medios posibles —dijo ella, tratando de interpretar sus austeros rasgos—. ¿Qué lo llevó a meterse en el espionaje? ¿El desafío de derrotar otras inteligencias? ¿El deseo de colaborar?

—Todas esas cosas, supongo. —Suspiró—. Alguien tiene que hacer este trabajo.

—Pero ¿por qué usted?

—Principalmente fue una casualidad —dijo él, pasado un largo silencio—. ¿Has oído hablar de Wyndham, a Ashton u a otro ex alumno de Westerfield?

—¿El compañero que se perdió cuando terminó la Paz de Amiens? Os obsesiona a todos.

Kirkland esbozó una leve sonrisa sin humor.

—Es el fantasma que podría estar vivo o muerto. Wyndham era un chico exuberante, muy simpático; alocado pero sin una pizca de maldad. Antes de emprender su viaje a Francia dejó organizada una reunión de ex alumnos de Westerfield para cuando él volviera. Todos habíamos tomado rumbos diferentes después de salir del colegio de lady Agnes, así que nos hacía ilusión volvernos a reunir. También estaban invitados los alumnos de los dos cursos siguientes, ya que el alumnado era tan reducido que todos nos conocíamos bien.

—Pero Wyndham no volvió —dijo ella en voz baja.

—Francia era un caos cuando terminó la tregua. —Guardó silencio un momento y ella supuso que estaba decidiendo cuánto decirle—. Aprovechando las conexiones de mi familia con otras compañías navieras, fui a Francia a investigar por si podía encontrar el rastro de Wyndham. Aunque no tuve éxito, descubrí otras informaciones que podrían interesarle al Foreign Office.

—Y una cosa llevó a la otra.

—Cuando transmití las cosas de las que me había enterado, me dijeron que en Whitehall se sentirían muy contentos si yo continuaba dándoles información. —Se encogió de hombros, aunque en la oscuridad, más que ver el movimiento ella lo sintió—. Esas casualidades cambian la vida.

—Pero nunca se ha enterado de la suerte de Wyndham.

—No. —Pasado otro largo silencio, añadió—: Tal vez algún día.

Kiri detectó en su voz que creía que nunca descubriría lo que le ocurrió a su amigo. Pero no renunciaría jamás.

Decidió que prefería con mucho tener a Kirkland como amigo que como enemigo.

Kiri entró sigilosa en la casa Ashton, contenta de que todos estuvieran durmiendo, pues estaba demasiado cansada para dar explicaciones. Pero le había prometido a Sarah ir a verla cuando volviera, así que fue hasta su habitación y golpeó suavemente la puerta.

Sarah la abrió casi al instante. Estaba en camisón de dormir, pero daba la impresión de que no había estado durmiendo. Con expresión de alivio le indicó que entrara.

—Menos mal que has vuelto. Me estaba dando de patadas por haberte dejado ahí.

—De verdad no había ningún peligro —dijo Kiri, cerrando la puerta—. Lord Kirkland sólo deseaba preguntarme si había observado en los secuestradores algo que pudiera ser útil. ¿Conseguiste llevar a la princesa Charlotte a su casa sin causar ningún alboroto?

Sarah asintió.

—Tiene una ingeniosa ruta secreta para entrar y salir de la casa Warwick. ¿Sabías que sus ventanas dan directo a Carlton House? Su padre puede verla en su casa si se toma la molestia.

—Aunque haya vuelto a su casa sin que la vean, el secuestro le va a cambiar la vida —comentó Kiri. Durante el trayecto había pensado cuánto decirle a su amiga: lo bastante para explicar el secuestro, y nada más—. Kirkland tiene motivos para creer que tras este intento de raptarla están los franceses, y que lo van a volver a intentar.

—¡Qué horroroso! —exclamó Sarah—. ¿La llevarán a un lugar más seguro?

—Es posible. Al castillo de Windsor, lo más probable. Ahí tendría que estar segura.

—Eso espero. Ahora que la conozco me cae bien. A pesar de la horrenda manera como ha estado atrapada entre sus padres y sus abuelos, tiene una naturaleza dulce y un corazón generoso.

—Espero que tenga buena cabeza también —dijo Kiri—, porque bien podría llegar a ser la reina de Inglaterra algún día. —Ahogó un bostezo—. Ahora me voy a la cama.

—Yo también, ahora que estás en casa sana y salva. —Arrugó la cara—. Creo que ya he tenido aventura suficiente para una buena temporada.

Para Kiri la aventura estaba recién comenzando.

Mac colocó ingeniosamente los dos cadáveres en el callejón de atrás, procurando que el hombre más corpulento se pareciera en todo lo posible al difunto Damian Mackenzie. Después caminó la corta distancia hasta la puerta de acceso al jardín amurallado de su casa.

La principal entrada a la casa desde el jardín era un par de puertas cristaleras en el centro, pero había también una discreta puerta cerca de la esquina derecha, por la que se entraba en un cuarto que habría servido para guardar herramientas y otros trastos. Dado que se podía entrar en el cuarto desde la casa y desde el jardín, había instalado muy buenas cerraduras en las dos puertas y convertido el cuarto en su cuartel general para actividades inicuas.

De niño le encantaba observar a su madre cambiar su apariencia, y su juego predilecto era disfrazarse para parecer otra persona. Tal vez esa era su manera de escapar de su identidad nada satisfactoria.

Aunque con los años ya se sentía más cómodo en su piel, su trabajo con Kirkland a veces le exigía parecer un labrador, o un marinero o un cochero, si quería andar por Londres sin que lo reconocieran. Tenía ropas y accesorios para cambiar su apariencia y parecer lo que fuera, desde un petimetre hasta un trapero.

Le habría convenido ser menos alto y menos fornido, pero había aprendido unos cuantos trucos para hacer menos notorias su altura y constitución. Uno era ponerse un chaleco acolchado que lo hacía verse más bajo y más barrigudo. Tenía el pelo de un color castaño normal que para esa noche le iría bien, pero cogió una bolsa de tinte para después teñírselo más oscuro y apagado.

Después se puso un parche marrón en el ojo castaño. Era bastante común llevar un parche en un ojo, así que no llamaría mucho la atención, y el parche ocultaba que tenía los ojos de colores distintos. El otro ojo tenía un color mudable, que cambiaba de azul a gris e incluso a verde según la ropa que llevara. Era un rasgo útil para un camaleón.

Se puso ropas de cochero, puesto que estaban bien usadas y eran cómodas, y de calidad lo suficientemente buena para indicar que era un hombre respetable de su oficio. Las botas también eran cómodas, y había conseguido que le modificaran las suelas de forma que le cambiaban sutilmente la manera de andar.

Como todos sus abrigos, el chaquetón de cochero con muchas esclavinas tenía abundantes bolsillos por dentro y por fuera. A las cincuenta guineas que le devolvió lady Kiri añadió un fajo de billetes. Aunque tenía una cuenta bancaria con un nombre falso y podía retirar dinero de ella si era necesario, nada como dinero en efectivo para sobornos o para comprar una salida airosa de cualquier problema.

Se guardó varias armas en diferentes bolsillos, llenó un bolso con otras ropas y cosas esenciales, y quedó listo para salir. Teniendo a mano varias identidades falsas se decidió por Daniels, nombre lo bastante parecido a Damian, al que le resultaría fácil responder.

Cuando salió por la puerta de atrás y la cerró, pensó si lady Kiri Lawford sería capaz de identificarlo. Probablemente sí, ya que no se había bañado en colonia para cambiarse el olor.

Sus pensamientos se tornaron irónicos mientras caminaba por

la oscuridad. Aunque su misión era proteger a la familia real, si tenía que elegir entre salvar a la princesa Charlotte o a Kiri Lawford, tanto el rey y la princesa, como el país, podían irse al garete.

—Milord, debe venir rápidamente —dijo a Kirkland el lacayo vestido de negro, muy pálido—. Hay dos hombres muertos detrás de la casa, y creo que salieron del club.

—¡Condenación! —exclamó Kirkland, echando atrás el sillón del escritorio y levantándose. Después de dejar a Kiri en su casa había vuelto al despacho del club a esperar que alguien encontrara los cadáveres. El lacayo era un empleado del club, apellidado Borden—. ¿Cómo los encontraste?

—Salí a tomarme un descanso del salón de baile. Pensé que el callejón de atrás sería un buen lugar para relajarme unos minutos. —Hizo una inspiración entrecortada—. Entonces... los vi.

—No muy relajante —dijo Kirkland, echando a andar por el corredor junto al lacayo—. ¿Se lo has notificado a Mackenzie? Si los cadáveres son de clientes habituales, él los reconocerá.

—Señor... —El lacayo estaba tan pálido que parecía a punto de desmayarse—. Me parece que... el señor Mackenzie... —Tragó saliva—. Me pareció mejor venir al despacho y le encontré a usted.

—Vamos entonces —dijo Kirkland enérgicamente.

No vio rastros de sangre que revelaran dónde habían muerto los dos hombres. Mac había hecho una buena limpieza en el corredor.

Borden había dejado una linterna junto a la puerta de atrás, y la cogió para iluminar el callejón. Los cadáveres estaban muy cerca de la puerta. Uno tenía una pistola en la mano; el otro había dejado caer un arma a su lado.

—Da la impresión de que se mataron entre ellos —dijo Kirkland—. Tal vez tuvieron una discusión por una partida de cartas y decidieron arreglar el asunto aquí mismo en lugar de retarse en duelo. ¿Tienes idea de quiénes podrían ser?

—Señor... —susurró Borden—, mire más de cerca al alto.

Kirkland obedeció, tratando de actuar tal como actuaría si la situación fuera inesperada. Se acercó al hombre alto con la cara destrozada, que la tenía hacia el otro lado. El individuo tenía el pelo castaño, similar en largo y color al de Mac.

Borden bajó la linterna y la luz hizo brillar un anillo de oro en la mano izquierda del muerto. Kirkland lo miró y la conmoción le oprimió el corazón.

—¡Buen Dios!

No, no era posible. Había visto a Mac vivo y hacía menos de una hora.

Con el estómago anudado se arrodilló junto al cadáver. La pistola que tenía en la mano se parecía a la de Mac, y el grabado del anillo...

Le cogió la mano fláccida para examinar el blasón de familia grabado en el oro. Era el blasón de los Masterson, con una banda de ónice en diagonal; era la barra de bastardía, llamada «siniestra», que tradicionalmente se ponía para señalar la rama ilegítima de una familia.

—Es el anillo de Mackenzie —dijo, con la garganta apretada—. Fue un regalo de su hermano, lord Masterson.

A Mac le había encantado esa descarada proclamación de su bastardía, dado que venía de Will; los dos se reían muchísimo del anillo.

—Tenía la esperanza de que me hubiera equivocado —dijo Borden, con una voz que indicaba que estaba a punto de echarse a llorar—. El señor Mackenzie me salvó la vida, señor. Estaba en dificultades, a punto de que me embarcaran a Botany Bay deportado cuando él me acogió y me dio empleo. No puedo creer que haya muerto.

Las palabras de Borden sacaron a Kirkland de su parálisis.

Lógicamente Mac sabía que su anillo sería una identificación perfecta. Además, el angustioso momento que pasó cuando creyó que su amigo había muerto de verdad lo hizo reaccionar de una manera condenadamente convincente.

—Ve a buscar a Baptiste y que vengan otros dos hombres y traigan un par de mantas para cubrir los cadáveres. Y envía a alguien a llamar a un magistrado. —Sabiendo que Mac querría conservar el anillo y que no se lo robara algún ladrón fortuito, lo sacó de la fría mano—. Lord Masterson va a querer esto.

Borden entró en la casa, claramente contento de alejarse de la escena de muerte. Kirkland se incorporó cansinamente. Mac estaba vivo y bien por el momento, y pronto debería poder volver a su vida, pero había otros a los que él había enviado a su perdición, y ese conocimiento le pesaba fuerte en una noche como esa.

Su amigo Wyndham había sido uno de ellos.

Aún no habían pasado cinco minutos cuando Baptiste salió corriendo de la casa, acompañado por su amigo lord Fendall y dos hombres fuertes trayendo mantas.

—¡Kirkland, dígame que esto no es cierto! —exclamó Baptiste, desesperado.

—Me parece que lo es —dijo Kirkland, abriendo la mano para enseñar el anillo—. Le dispararon en la cara y no es fácil reconocerlo, pero saqué esto de su dedo.

Baptiste miró el anillo horrorizado.

—¡No, no! ¡No es posible que Mackenzie haya muerto!

La mirada del administrador del club pasó al ancho y potente cuerpo cuando los lacayos lo cubrieron con una manta. Emitiendo un sonido ahogado, se alejó unos pasos y les dio la espalda, para vomitar, afirmándose en la pared con la mano temblorosa.

Fendall se acercó a Kirkland.

—¿Qué ha ocurrido? —preguntó en voz baja, como si no quisiera perturbar a los muertos.

—Mi suposición es que Mackenzie sorprendió a un ladrón y este lo mató cuando intentó cogerlo. —Movió la cabeza—. Es probable que nunca lo sepamos de cierto.

—Qué enorme lástima —dijo Fendall, pesaroso, y dio la espalda a los cadáveres—. ¿Estás esperando a los magistrados?

Kirkland asintió.

—Me pareció mejor no mover nada hasta que lleguen.

Baptiste se apartó de la pared y se limpió la boca con un pañuelo. Seguía muy pálido, pero había logrado serenarse.

—Encuentro imposible que Mackenzie haya muerto. Parecía indestructible.

Kirkland asintió, con los nervios todavía de punta.

—El club —dijo Baptiste, vacilante—. El Damian's. ¿Qué va a ser de él? ¿Lo heredará lord Masterson, el hermano del ejército?

La vida continúa, pensó Kirkland. Baptiste podía estar afligido por la pérdida de su amigo y empleador, pero estaba comprensiblemente preocupado por su trabajo.

—No —dijo—, Mackenzie y yo éramos socios, con derecho de supervivencia; si uno moría, el otro heredaba. —Miró el cadáver cubierto por la manta, pensando con qué facilidad podría haber sido realmente Mac—. Ninguno de los dos esperaba... esto.

Baptiste movió la cabeza, apenado.

—¡Pensar que lo mató un vulgar ladrón! Habría sido mejor que dejara escapar al villano en lugar de perder la vida persiguiéndolo.

—Una maldita lástima que no podamos ver el futuro —concedió Kirkland—. Por ahora, no cambia nada. Continúa administrando el club como siempre. —Movió la cabeza—. Pero el Damian's no será el mismo sin Mac.

Baptiste asintió, manifestando un silencioso acuerdo.

—Jamás. Pero..., si decidiera venderlo, ¿me daría la oportunidad de comprarlo?

Kirkland asintió.

—Te has ganado ese derecho. Pero por el momento, continúa administrándolo.

En el silencio que siguió, pensó cuánto tiempo tardaría Mac en volver a su verdadero puesto.

Capítulo 17

*K*iri se acostó, pero los pensamientos que le giraban por la cabeza le impidieron dormir bien. Cuando por la mañana bajó a la sala de desayuno iba bostezando. Adam ya estaba ahí, leyendo un diario, casi terminando su desayuno.

Se levantó sonriendo cuando entró ella.

—Buenos días, Kiri. Tienes cara de haber pasado una noche inquieta.

Ella se acercó a darle un fraternal beso en la mejilla.

—Pues sí. ¿Mariah no se ha levantado aún? Normalmente está tremendamente despierta a esta hora.

—Decidió aprovechar su delicado estado para tomar el desayuno en la cama. Sarah está desayunando con ella. —Sonrió—. Oí risitas cuando salí, así que supongo que ninguna de las dos va a bajar muy pronto.

Mientras él se sentaba, Kiri dijo:

—Pronto estará a rebosar de energía. Al menos eso dice lady Julia. Qué fantástico que su mejor amiga sea comadrona. —Cogió una de las teteras de plata y se sirvió el fragante café en la taza, ya que esa mañana necesitaba algo más fuerte que el té—. Vivo temiendo que te canses de mi compañía y me arrojes a las calles de Mayfair.

—Jamás —rió él—. He llegado tarde a la categoría de cabeza de familia, así que no me cansaré pronto. Espero con ilusión tener a toda la familia en Ralston Hall la próxima semana. —Se sirvió más té—. Ayer me llegó una nota del general Stillwell. Se ha enterado de que se pondrá en venta una propiedad cercana a Ralston. Como sabes, ha estado pensando en comprarse una propiedad en el campo. Durante esta visita irá a echarle una mirada a Blythe Manor.

—¡Ese es un nombre alegre! Y el lugar me parece perfecto. Estaremos cerca, pero no tropezándonos entre nosotros. Podremos compensar el tiempo perdido cuando estábamos en los lados opuestos del mundo.

Sirviéndose de la fuente de pescado desmenuzado con arroz y huevos, o *kedgeree*, pensó si ese sería buen momento para decirle que no iba a viajar a Ralston con el resto de su familia.

Antes que pudiera decidirse, se abrió la puerta y entraron sus padres. Lakshmi vestía al estilo inglés, menuda, morena y pasmosa, mientras que el general se veía exactamente como era: un hombre alto, guapo, con un aire de autoridad, que seguía en buena forma para cabalgar todo el día y la mitad de la noche si era necesario.

Dejando su plato, corrió a echarse en los brazos de su madre, pensando en las cosas que habían ocurrido desde la última vez que la vio.

—Uy, mamá, que maravilloso que ya estéis libres de la prisión de la cuarentena.

—Ha pasado casi un mes desde que no te veo. Demasiado tiempo.

Lakshmi Lawford Stillwell, duquesa de Ashton viuda, aunque jamás usaba ese título, tenía ojos risueños y se veía tan joven que parecía imposible que tuviera ya hijos adultos. También era posiblemente la madre más buena del mundo, y abrazarla la hizo sentirse mejor.

—Ahora me toca a mí —dijo Adam—. Yo tampoco la he visto desde hace un mes.

Kiri se giró hacia el general mientras su hermano abrazaba a Lakshmi.

—Cuánto me alegra que por fin estéis libres de la cuarentena —dijo Adam—. ¿Thomas y Lucia han venido con vosotros?

—Están recuperados del sarampión —dijo Lakshmi con su melodiosa voz—, pero se cansan fácilmente. Me pareció mejor que se quedaran en casa. Puedes visitarlos si quieres.

—Eso me gustará —dijo Adam, estrechándole la mano al general—. ¿Habéis venido a desayunar?

—Ya comimos —contestó el general, abrazando a Kiri—, pero no diría que no a un té y a un par de esos panecillos con canela que veo en el aparador.

Mientras Adam llevaba a sentarse a su madre y su padrastro, Kiri les sirvió té y puso los panecillos delante de ellos. No escaseaba el personal en la casa Ashton, pero a ella le gustaba la sencillez de que estuviera solamente la familia en la sala de desayuno.

Volviendo a sentarse, comenzó a comer en silencio mientras los demás conversaban. Estando presentes su hermano y sus padres, era el momento perfecto para decirlo todo de una vez.

Pero ¿cómo se interrumpe una conversación para decir: «Por cierto, anoche me escapé a hurtadillas para ir a un club tremendamente elegante y ayudé a frustrar el secuestro de un miembro de la realeza, y tengo la intención de mudarme a una casa de un barrio no respetable a vivir con unos desconocidos peligrosos y vestirme como una prostituta para poder ir a antros de juegos a oler a los hombres para ver si son conspiradores franceses»?

No sería fácil iniciar esa conversación.

Estaba buscando las palabras convenientes cuando volvió a abrirse la puerta y entró lord Kirkland, que se veía tan sereno y controlado como siempre a pesar de su ajetreada noche. Adam se levantó a recibir a su amigo sonriendo y tendiéndole la mano.

—¿Es que mi sala de desayuno se ha convertido en un lugar de reunión de moda?

—Eso parece —dijo Kirkland, paseando la mirada por los presentes, deteniéndola brevemente en Kiri—. Lady Kiri, señora Stillwell, general Stillwell —saludó.

Kiri sintió un cobarde alivio porque tendría el apoyo de Kirkland para la conversación inminente. Después de servirse café, él se sentó frente al general y Lakshmi.

—Me alegra que estén todos aquí, ya que tengo algo importante que decir referente a lady Kiri.

El general lo miró sorprendido pero complacido.

—¿Deseas casarte con mi niñita? Es una buena pieza, pero no lo lamentarás.

Lakshmi y Adam también estaban sorprendidos, pero sus expresiones no eran nada comparadas con la horrorizada de Kirkland.

—¡Buen Dios, no! —exclamó. Cayendo tardíamente en la cuenta de lo insultante que había sido eso, se apresuró a añadir—: Lady Kiri es hermosa, encantadora, hábil y ocurrente, pero no tengo ninguna intención romántica hacia ella. Se trata de que debido a sus capacidades, Gran Bretaña la necesita. —Miró a Kiri—. ¿Quieres contarles toda la historia?

Sintiendo todos los ojos fijos en ella, Kiri se serenó y la alegró que la voz le saliera tranquila:

—He tenido una semana de muchos incidentes —dijo, mirando a sus padres—. En lugar de intentar escribiros lo ocurrido, he preferido esperar hasta poder decíroslo en persona.

Habría preferido no decir nada de los contrabandistas, pero eso ya no era posible, pues esa captura fue lo que la llevó luego al Damian's. Explicó brevemente cómo se marchó de Grimes Hall después de oír la conversación sobre su dote. Sobre la intolerancia racista no dijo nada, aunque una sombra que pasó por la cara de su madre le indicó que esta comprendía lo que no había dicho.

Como era de suponer, el general estalló cuando les contó la captura por los contrabandistas, moviendo instintivamente la mano hacia armas que no llevaba. Lakshmi le puso una mano en el brazo, y Kiri se apresuró a decir:

—Como veis, estoy aquí ilesa. Dejadme continuar, por favor.

—¿Hay más? —preguntó Adam, haciendo un mal gesto.

—Pues sí.

Explicó sucintamente su visita al Damian's, siguiendo la norma de Kirkland de no decir más de lo necesario; a Sarah ni la mencionó. Su hermano y sus padres manifestaron diversos grados de sorpresa y desaprobación, que se convirtieron en horror cuando llegó al intento de secuestro de la princesa Charlotte. Terminada la historia, concluyó:

—Debido a que tuve la oportunidad de oler a los secuestradores, lord Kirkland dice que mi ayuda sería valiosa para encontrar a los conspiradores antes que puedan hacer un grave daño.

Por la expresión de Adam, supuso que este sabía algo de las actividades secretas de su amigo. Él preguntó receloso:

—¿Y en qué consistiría esa ayuda?

—En lugar de ir a Ralston Abbey, me quedaré en Londres y visitaré establecimientos donde se podría encontrar a los conspiradores —contestó ella, tratando de hablar como si esas actividades fueran de lo más normales—. Aprovecharé mi don para identificar olores para localizar a los secuestradores. Si los encontramos, ellos podrían conducirnos a sus colegas conspiradores.

Antes que pudiera decir más, el general se levantó de un salto y dio un puñetazo sobre la mesa, haciendo tintinear las tazas.

—¿Antros de juego y estafadores? ¡Lo prohíbo!

Retorciéndose las manos, Kiri dijo:

—Soy mayor de edad, señor. No puedes impedírmelo.

—¿Qué no? Puedo llevarte bien atada a Ralston Abbey y encerrarte en una de las celdas de los monjes.

Bajo su indignación, ella vio miedo.

—Supongo que tienes otros medios para localizar a los conspiradores, Kirkland —dijo Adam, con voz más tranquila, aunque tensa—. Mi hermana no debería tener que hacer un trabajo tan peligroso.

—Su don para identificar y reconocer olores es único —contestó Kirkland—. Juro que estará bien protegida. Se alojaría en una casa mía en que hay varios agentes entrenados, y no iría a ningún sitio peligroso sin un guardaespaldas.

—¡Por muchos guardias que tengas ahí, no puedes garantizar su seguridad! —ladró el general—. Y aún en el caso de que no sufra ningún daño, ¿qué me dices de su reputación?

Entonces intervino Lakshmi, por primera vez:

—Olvidas de quién hablas, John. Kiri no es una frágil florecilla de invernadero. Es una guerrera, descendiente de guerreras, educada en una casa del ejército, donde ha aprendido acerca del deber y del honor. Si la necesitan, ¿cómo podría negarse?

El general la miró sorprendido.

—¿No te va a preocupar lo que podría ocurrirle si se pone en peligro?

—Me preocuparé, por supuesto, pero la vida viene sin ninguna garantía —repuso Lakshmi, tranquilamente—. Si el sarampión hubiera sido grave, podríamos haber perdido a Thomas o a Lucia o a los dos. Kiri podría ir con nosotros al campo y romperse el cuello cabalgando. —Hizo un gesto hacia Kiri—. Mírala. Está deseosa de hacer este trabajo que ninguna otra persona puede hacer, tanto para servir como para ponerse a prueba a sí misma en un asunto de inmensa importancia. ¿Le negarías esa oportunidad? No puedes —sonrió brevemente—. Ni aunque quieras.

El silencio fue absoluto en la sala durante unos cuantos segundos. Típico de Lakshmi comprender a su rebelde hija. Kiri rompió el silencio diciendo alegremente:

—Ahora que «eso» está decidido, ¿a alguien le apetece más té?

Todos se rieron, aliviando la tensión; todos a excepción del general, que continuó mirándola con lúgubre tristeza.

—Papá —dijo ella dulcemente, adrede llamándolo como cuando era pequeña—. Una vez me contaron la historia de un joven que pertenecía a una familia de curas. Era muy inteligente y su familia tenía grandiosos planes para él. Oxford, un buen beneficio en una parroquia, tal vez algún día incluso llegaría a ser obispo. Pero el chico estaba loco por ser soldado, y se resistió a todos los intentos de guiarlo hacia su bien. Organizó a los muchachos del barrio en ejércitos y los llevó a la guerra. Hacía prácticas de maniobras de caballería con su viejo poni. Aprendió latín hasta dominarlo sólo para poder leer los comentarios de César en la lengua original. Con gran pesar de sus padres, no llegó a ser obispo; pero se convirtió en un general muy bueno y recibió muchos honores, ¿verdad?

Su padrastro exhaló un ronco suspiro.

—Muy bien, querida mía, me rindo. No es correcto intentar obligar a una hija a hacer algo que va en contra de su naturaleza. No naciste para pasarte la vida bordando y pintando acuarelas. Pero si debes hacer esto, ¡ten cuidado! Son aguas peligrosas esas en las que vas a entrar.

Ella se levantó de un salto y rodeó la mesa para darle un fuerte abrazo.

—Tendré mucho cuidado, de verdad, papá. Y voy a estar rodeada de personas resueltas a mantenerme a salvo.

—Señor —dijo Adam—, puedo asegurar que Kirkland tiene muchísima experiencia en estos asuntos, y es muy respetado en las esferas más altas del gobierno. También tiene a personas excelentes trabajando con él. Confío en que él se encargará de que Kiri esté tan segura como sea humanamente posible.

Su fría mirada dio a entender que Kiri estaría segura, pues si no...

—¿Cuando debe Kiri comenzar esto? —preguntó el general.

—Lo antes posible —contestó Kirkland—. Hoy mismo.

Lakshmi exhaló un suspiro.

—¿Irás a casa a ver a tus hermanos antes de embarcarte en tu misión?

¡Hoy!, pensó Kiri, y el corazón le dio un vuelco de expectación.

—Por supuesto —dijo—, quiero verlos, y tengo que preparar algo de equipaje también.

Kirkland la miró receloso.

—No demasiados vestidos. Casi cualquier cosa que te pongas va a destacar mucho en el barrio donde vas a estar.

—Eso lo entiendo. Pero deseo llevar algunos de mis materiales para hacer perfumes, porque podrían ser útiles.

Kirkland pareció desear preguntarle cómo, pero puesto que él mismo la había proclamado experta en olores, se refrenó.

—¿Te paso a recoger en la casa de tus padres esta tarde a las cuatro?

Kiri hizo unos rápidos cálculos y asintió;

—Puedo irme a casa ahora mismo si estáis listos —dijo a sus padres.

Ellos asintieron y se envió a una criada a hacerle el equipaje. Kiri subió a despedirse de Mariah y Sarah y después salió de la casa Ashton con sus padres.

Se sentía inquieta, con una extraña sensación mezcla de miedo y entusiasmo. Estaba bastante segura de que sería capaz de protegerse y continuar viva, pero en lo más profundo de su ser sabía que esa misión significaría un cambio decisivo en su vida.

Kirkland rompió el silencio que se hizo después que se marcharon los Stillwell y Kiri:

—Yo también debo irme. Tengo mucho que hacer.

—Me lo imagino —dijo Adam, mirándolo con inquietante

intensidad—. ¿De veras reclutar a mi hermana era la única opción?

—No, pero era la mejor —repuso Kirkland sinceramente—. Es muy capaz, y podría ser la diferencia entre el éxito y el fracaso en parar esta conspiración de asesinato.

—¿Rob Carmichael va a formar parte de tu equipo?

—Por supuesto.

—Eso es tranquilizador. Es el mejor.

Ashton era la imagen misma de un duque poderoso al coger un diario que había estado mirando cuando los demás se marchaban. Un titular en negritas proclamaba: «FAMOSO PROPIETARIO DE CLUB MUERTO EN UN INTENTO DE ROBO». Otros diarios tenían titulares similares. El asesinato de un personaje tan conocido en el mundo elegante sería tema de sorprendidas conversaciones en muchísimas casas de la ciudad y del país.

—Es una pena que Mackenzie haya sido víctima de tus conspiradores —añadió.

Kirkland detectó una pregunta en su tono. Titubeó, por la costumbre de guardar secretos, pero qué diablos, se trataba de Ashton, uno de sus más viejos amigos y muy digno de confianza.

—No siempre hay que creer lo que se lee en los periódicos.

Diciendo eso se dio media vuelta y se marchó de la casa Ashton, rogando que nada saliera mal e hiciera sufrir a las personas que se fiaban de él.

Capítulo 18

*L*a noche cae temprano a comienzos de noviembre, y ya estaba casi oscuro cuando el pequeño y ordinario coche de alquiler traqueteó en dirección a Exeter Street 11. Mirando por la ventanilla Kiri observaba cómo las calles se iban haciendo más estrechas y pobretonas.

—No es demasiado tarde para que cambies de decisión, Kiri.

Ella se giró a mirarlo, y preguntó curiosa:

—Si yo decidiera irme a casa, ¿qué haría para coger a los conspiradores?

—Lo mismo que estamos haciendo ahora, sólo que con probabilidades de tardar más en tener éxito. En mi oficio, trabajamos con lo que tenemos. Si trabajan suficientes personas buenas en el problema, finalmente hay progreso. —Pasado un largo silencio, añadió en voz baja—: A veces este llega demasiado tarde.

Era más fácil ser soldado que espía, concluyó ella. Más sencillo.

—¿Podría decirme qué otras personas estarán alojadas en su casa aparte de Mackenzie, lógicamente? ¿Habló de una pareja que se ocupa de la casa?

—Sí, el señor y la señora Powell. Son muy capaces y absolutamente discretos. Si necesitas algo, pídeselo a uno de ellos.

—¿Y mi carabina, Cassandra?

Él se rió.

—Normalmente no la considero una carabina. Es una de mis mejores agentes, y no hace mucho que volvió de Francia. Se aloja en Exeter Street siempre que está en Londres. Si ella desea que sepas más, te lo dirá.

El coche se detuvo delante de una casa de ciudad bastante grande.

—Es más grande de lo que suponía —comentó Kiri.

—Tiempo atrás este era un barrio elegante. Los aristócratas se trasladaron hacia el oeste, pero han quedado algunas de las casas bien construidas. La mayoría las han dividido en pisos o habitaciones para alquilar. Esta, la número once, se considera una pensión, ya que van y vienen personas. —Abrió la puerta del coche, bajó y se giró a ofrecerle una mano—. De verdad espero que no tengas que lamentar tu valentía al aceptar esta determinada misión.

—Dudo que lo lamente —dijo ella, cogiéndole la mano y bajando del coche. Nuevamente sintió fraternal su contacto, aunque claro, no había nada malo en que fuera fraternal—. Normalmente no miro atrás. Cuando tomo decisiones tontas, pongo las consecuencias en la carpeta de lecciones aprendidas y me ordeno no volver a ser tan estúpida.

Él se rió.

—Eres una jovencita extraordinariamente sabia.

—Mi abuela decía que soy un alma vieja, pero no era objetiva. Si de verdad fuera un alma vieja, no cometería tantos errores —dijo Kiri candorosamente.

—Si no fueras hija de un duque, te reclutaría como agente al instante —dijo él, con convicción—. Ahora entra para que conozcas a las personas con las que vas a convivir durante un corto tiempo. Es mejor que no uses tu nombre. Mackenzie dijo que a los contrabandistas les dijiste que te llamabas Carrie Ford. ¿Servirá ese nombre?

—Lo encuentro deliciosamente corriente. —Subiendo la escalinata, dijo pensativa—: Será interesante no ser lady Kiri Lawford.

—Tal vez —dijo Kirkland—, pero te alegrará volver a serlo cuando acabe esta misión. —Sacó una llave del bolsillo y abrió la puerta—. Nuestros propios problemas tienen la virtud de la familiaridad.

La hizo pasar al vestíbulo de entrada. La mesa y las dos sillas que la flanqueaban eran modestas y el cuadro que colgaba encima era una mediocre acuarela del Támesis, pero todo estaba muy limpio. Aparecieron un hombre y una mujer de edades maduras, seguidos por un hombretón que parecía ser un criado.

—Señorita Ford —dijo Kirkland—, le presento a la señora y al señor Powell. Ella y su marido cuidarán bien de usted.

La señora Powell era baja y regordeta, tenía unos ojos azules sagaces y una expresión imperturbable.

—Bienvenida, señorita Ford. Normalmente nuestros huéspedes cuidan de sí mismos, pero yo limpio las habitaciones una vez a la semana, y su señoría ha dispuesto que usted haga sus comidas aquí. Además, tiene libertad para entrar en la cocina a prepararse té siempre que lo desee.

—Sé que estaré muy cómoda, señora Powell. Y el señor Powell... —Lo miró—. ¿Sería sargento Powell, retirado?

Él sonrió de oreja a oreja.

—¿Tan evidente es eso, señorita Ford?

—Una afortunada suposición —dijo ella, correspondiéndole la sonrisa.

—Daniels —dijo la señora Powell—, entra el equipaje de la señorita Ford y llévalo a la habitación de atrás de la primera planta.

El criado inclinó la cabeza y se dirigió a la puerta con fuertes pasos. Cuando pasó junto a Kiri ella captó su olor. Pasado un instante de sorpresa, se giró a mirarlo y dijo:

—Buenas tardes, señor Daniels. ¿No nos conocemos de nada?

El hombre llevaba un parche en un ojo, pero el otro ojo le brilló de diversión. Era Mackenzie, se veía mayor y más ancho, y muy distinto al gallardo dueño del club.

—Lo dudo, señorita —dijo él, con una voz ligeramente diferente a la suya—. Sin duda recordaría a una dama tan fina como usted.

Hizo un leve guiño con el ojo visible y salió por la puerta a buscar el equipaje.

Mientras Kiri sonreía de oreja a oreja, Kirkland le tendió la mano.

—Puede fiarse de todos los residentes de esta casa, señorita Ford. Buena suerte y buena cacería.

—Haré todo lo que pueda. —Ladeó la cabeza—. ¿Ahora soy una agente británica oficial?

—Ciertamente —dijo él, mirándola muy serio—. Ten cuidado. No me haría ninguna gracia tener que enfrentarme a tu hermano si te ocurre algo.

—Intentaré ahorrarle eso —prometió ella.

Entonces Kirkland se marchó y ella se quedó sola. Debía triunfar o fracasar por sus propios méritos, no porque fuera la hija del general ni de sangre real india ni la hija de un duque inglés. La perspectiva era... estimulante.

Mackenzie ya había dejado la mayoría de sus bolsos en su habitación, así que Kiri comenzó a sacar sus cosas y a ordenarlas. La habitación era sencilla pero agradable; de tamaño mediano, muy limpia, una cama cómoda y una alfombra desgastada pero confortable.

Mientras colocaba la ropa doblada en los estantes del ropero, cayó en la cuenta del esmero con que estaba amueblada y decorada la casa. No había nada grandioso que pudiera atraer la atención inconveniente en ese barrio pobre.

Pero los modestos muebles estaban bien hechos, y había de todo lo que podría necesitar un huésped, entre otras cosas un biombo en un rincón, un lavabo, un escritorio y material para escribir. Había incluso un par de libros, uno de ellos la Biblia del rey Jacobo. Kirkland había creado un refugio para los agentes que pudieran estar agotados o desgastados emocionalmente por su trabajo. La casa ofrecía una grata acogida sin complicaciones.

Le dio un vuelco el corazón cuando sonó un golpe en la puerta. ¿Mackenzie con el resto de su equipaje? Pero cuando abrió la puerta se encontró ante una mujer de apariencia tan neutra que no necesitaba una multitud para desaparecer.

La joven parecía ser unos años mayor que ella, tal vez menos de treinta, aunque era difícil calcularlo. De altura media, pelo castaño normal, un vestido de percal bien usado en tonos tostados y unos ojos azules corrientes no dignos de mención. La apariencia perfecta para una agente.

Adivinando su identidad, dijo:

—Debes de ser Cassandra. Bienvenida a mi humilde morada.

La chica entró silenciosamente.

—Llámame Cassie. Tú eres Kiri, llamada Carrie, y me han dicho que debo ofrecerte orientación y evitar que te metas en dificultades graves.

Se miraron como gatas.

—Cassie y Carrie —comentó Kiri—. Podría volverse complicado. ¿Apruebo el examen?

La chica suspiró.

—No puedes hacer este tipo de trabajo. Puede que lleves un vestido de corte sencillo, pero tu porte dice que eres aristócrata y rica.

Kiri la miró con más atención y vio que los ojos de Cassandra no eran en absoluto corrientes; sus profundidades azules bajaban hasta el infierno. Golpeada por esa comprensión, dijo:

—Todavía soy lady Kiri. Puedo hacerlo mejor.

—Eso espero —dijo Cassie, en tono pesimista—. ¿Sabes actuar como una londinense pobre?

—Pues claro —contestó Kiri, con la pronunciación barriobajera del East End—. ¿Hay por aquí tiendas de trapos usaos onde me puea comprar ropa?

Cassie la estaba mirando con las cejas arqueadas.

—Tienes buen acento —reconoció—, pero eso no basta. Actúas como una mujer bella, segura de ti misma, que sabes que todos los ojos se vuelven hacia ti cuando entras en una habitación. Eso está muy bien para lady Kiri, pero en este barrio vas a destacar como un caballo en un corral de vacas.

Kiri había trabajado muchísimo en adquirir ese porte y actitud, porque vivir con el general le había enseñado el valor de la seguridad en sí misma. Parecer temerosa o débil sacaba a relucir a los chacales en algunas situaciones, por ejemplo en los salones de Londres. Tan pronto como llegó a Inglaterra había decidido que era mejor ser despreciada por ser presuntuosa que por ser débil.

Cerró los ojos y también la puerta de su mente al conocimiento de que era una aristócrata e hija de un general; evocó momentos como aquel en que lady Norland habló con desprecio de su mestizaje. Su madre podía ser princesa y brahmana, su padre y su hermano duques ingleses, pero Carrie Ford era una mestiza que no estaba en su casa en ninguna parte.

Sus únicos dones eran su ingenio, su belleza, suficiente para captar la atención de un hombre, y una fiera resolución de sobrevivir en un mundo duro. Muy temprano había aprendido a ser atractiva, pero no parecer demasiado disponible; a simular seguridad en sí misma para mantener a raya a los chacales.

Y Carrie era tan real como Kiri. Abriendo los ojos y aflojando la postura dijo:

—¿Quién dise que una chica como yo no puee tené un vestío fino? Lo compré por seis chelines en una trapería, y me lo arreglé cortando las partes manchadas con sangre y dejándomelo señío. Me alegra que pienses que me hace parecer rica y bien nacía. Igual debería subir mi precio. —Meneó las caderas como una prostituta seguidora de un ejército en busca de cliente—. Una chica tiene que usá lo que tiene mientra' está joven pá sacá un buen precio.

Pasado un momento de asombro, Cassie se echó a reír.

—Tienes talentos inesperados. Tendría que haber sabido que Mackenzie no me iba a endosar una aficionada. Pero sí que necesitas ropa diferente. En la próxima calle hay una buena tienda que todavía estará abierta. Podemos ir ahora si no estás demasiado cansada.

—No estoy cansada en absoluto. —Pensó en la vulnerable princesa Charlotte, que no estaría segura mientras no hubieran cogido a los conspiradores—. Cuanto antes comience, mejor.

Sonó otro golpe en la puerta. Esta vez era Mackenzie, que traía una caja forrada de piel. Tenía el aspecto de un criado cansado. Para practicar, Kiri adoptó una voz indiferente para decir:

—Deja eso ahí en la mesa, Daniels, por favor.

Cuando él hizo el ademán para obedecer, Cassie dijo:

—Todos sabemos quién eres, Mackenzie, así que bien podrías enderezar la espalda. ¿Se te ha ocurrido hacer algo útil hoy?

Mackenzie sonrió de oreja a oreja y su postura se transformó en la de un ex oficial.

—Con Carmichael estuvimos haciendo listas de los antros de juego y centros deportivos más probables, basándonos en lo poco que sabemos de los secuestradores.

Carrie arqueó las cejas.

—Eso es una tarea inmensa.

Él dejó la caja en el escritorio.

—Por eso estamos reduciendo las posibilidades.

—¿En vuestra lista está la perfumería Les Heures? —Al ver

en su cara que no entendía, añadió—: Es la tienda de Saint James en que hacen la colonia que llevaba el jefe de los secuestradores. Puesto que es lo único que sabemos, es un buen lugar para empezar.

—En una tienda cara no revelan quiénes compran sus productos —advirtió Mackenzie.

—Tal vez no, pero vale la pena intentarlo. Mañana por la mañana. —Sonrió—. Ven vestido como mi leal lacayo.

Él se inclinó en gesto de sumisión, como un labrador.

—Sí, milady.

—Carrie o Kiri, pero no milady.

—Tiene razón —dijo Cassandra—. Lo sabes muy bien, Mac. Debemos vivir los papeles que representamos.

—Reconozco mi error —dijo él. Dio una palmadita sobre la caja que había traído—. ¿Qué hay dentro, Carrie? Tintinea. ¿Es una licorera portátil? Me pareces demasiado joven para esa disipación.

—Demasiado joven y muy juiciosa —replicó ella, desabrochando la hebilla que cerraba la caja—. Esta es mi caja de perfumes para viajes. —Levantó la tapa, quitó una delgada almohadilla rectangular y dejó a la vista hileras de frascos bien ordenados sobre delgados anaqueles de rejilla—. Las mujeres de la familia de mi madre han sido perfumistas desde que se rompió el huevo del mundo. En el taller de nuestra casa tengo mucho más material y equipo, pero necesitaba algo que fuera fácil de transportar.

—¿Para qué la has traído aquí? —preguntó Cassie, ceñuda.

—Dado que mi bien educada nariz fue el motivo de que me reclutaran para esta misión, me pareció que podría ser útil. Y si no, bueno, me gusta jugar con mis perfumes.

Mackenzie estaba con el ceño fruncido dándole vueltas a lo que ella había dicho antes:

—¿Qué es el huevo del mundo?

—Un mito hindú de la creación. En la familia de mi madre se

dice «desde que se rompió el huevo del mundo» para indicar muchísimo tiempo.

Aunque Adam no empleaba esa frase, cayó en la cuenta. Ella había pasado la mayor parte de su vida en India y se sentía a gusto con su ser indio. Adam, que heredó el título cuando aún era un niño, había tenido que esforzarse en demostrar lo muy inglés que podía ser y para eso tuvo que negar la mitad de su historia. Todavía estaba aprendiendo a equilibrar los dos lados de su legado.

Cassie estaba mirando los frascos con interés.

—¿Puedo abrir uno?

—Faltaría más. —Señaló la hilera de arriba—. Estos contienen mezclas que he ideado para que sirvan de base para un perfume. —Señaló la hilera del medio—. Este grupo contiene las esencias que se pueden añadir a una base. Los de la hilera de abajo contienen perfumes terminados que a mí me gustan en particular. Ese que has cogido se llama Flores de Primavera.

Cassie le quitó el tapón y olió con cautela; entonces sonrió, con un placer encantador que la hizo parecer mucho más joven.

—Sí que huele a un jardín en primavera. —Con sumo cuidado puso el tapón al frasco y cogió otro de la hilera de arriba.
—Cuando lo olió se le movieron las ventanillas de la nariz—. Este es muy fuerte. Almizcleño.

—Ah, es que esa es una mezcla base, no es un perfume terminado todavía. Muchos perfumistas simplemente combinan esencias similares para intensificarlas. A mí me gustan las fragancias más complejas. Mi especialidad es hacer perfumes únicos que sean apropiados para la personalidad de una mujer. Claro que tiene que reaccionar bien en la mujer que lo usa, así que es necesario experimentar. Más o menos como afinar un violín hasta que dé las notas perfectas.

Cassie cogió un frasco con esencia de rosas, y después de olerlo exhaló un melancólico suspiro.

—¿Podrías hacer un perfume sólo para mí?

—Me encantaría, pero para eso necesito conocerte mejor. —La observó atentamente, pensativa—. Tienes muchos secretos, muchas capas de carácter. Me imagino que eso es habitual en tu oficio. El perfume adecuado para ti reflejaría eso.

Cassie borró toda expresión de su cara y tapó el frasco.

—Es mejor que no intentes conocerme más. Vamos, te llevaré a la tienda de ropa de segunda mano.

—Yo también iré —dijo Mackenzie—. Para traer vuestras compras a casa, como un buen lacayo.

—No creo que necesite mucha ayuda —señaló Kiri—. Voy a comprar ropa de lo más elemental.

—Tal vez necesitéis protección.

Cassie emitió un bufido.

—Si creyera que has insultado adrede mi capacidad para proteger, Mackenzie, me las pagarías por ese comentario.

Al instante él cambió su expresión a una de miedo.

—¡No, no! ¡No ha sido mi intención insultarte! —Relajó la cara y esbozó una sonrisa—. Deseo ir principalmente porque estoy aburrido.

—Ese motivo lo entiendo —dijo Kiri.

—Muy bien —concedió Cassie—. Ven, pero intenta no hacer diabluras.

Mackenzie cambió la expresión a una dolida.

—¿Yo causando algún problema?

—¡Problema es tu segundo nombre¡ —dijeron Kiri y Cassie al unísono, luego se miraron y se echaron a reír.

—Tal vez me cambie el segundo nombre —dijo Mackenzie, haciéndolas salir de la habitación—. Pe de Paul, tal vez, o Peter, o Patrick, o Phillip, o...

—Problema es el mejor —dijo Kiri, con los ojos bailando de risa.

La presencia de Mackenzie no era necesaria esa noche, pero

se sentía pecaminosamente contenta de que él estuviera con ellas.

La tienda era pequeña y mal iluminada, y estaba tan atiborrada con ropa de segunda mano que parecía la cueva de Aladino. Mientras Kiri intentaba hacerse una idea de qué ropa había en el revoltijo, Cassie gritó:

—¡Clientas, señora Be! Le he traído a una muchacha que necesita bastante de todo.

Un frufrú en la parte de atrás anunció la aparición de una anciana enjuta y fuerte con una pipa de arcilla sin encender entre los dientes.

—¡Eres tú, Cassie! Sí, y esta tiene que ser tu muchacha. —Se detuvo ante Kiri y le pellizcó la manga izquierda, frotando la tela entre el índice y el pulgar—. Muy bonito. ¿Quieres trocarlo? A cambio te daré al menos dos vestidos, tal vez más, según cuáles elijas.

Kiri se consideraba adaptable, pero la idea de ponerse uno de esos vestidos sin lavar la crispó.

—Primero voy a ver qué tiene. Mi madre me hizo este justo antes de morir, y le tengo mucho cariño.

La pipa de la mujer se movió hacia un lado de su boca.

—¿Te hizo alguna otra cosa que estés dispuesta a vender?

Kiri vio un destello satírico en los ojos de Cassie y comprendió que esta quería ver cómo se las arreglaba ella en la vida y en las compras fuera del bello mundo. Negó con la cabeza, tristemente.

—No tengo nada más hecho por ella. Acabo de escapar de mi hombre, sólo con lo que llevaba puesto. Por eso he venido aquí. —Metió la mano en el bolsillo y sacó una guinea de oro—. Esto es lo que tengo para gastar. ¿Cuánto puedo comprar con una guinea?

A la tendera le brillaron los ojos. Justo entonces Mackenzie cogió un vestido de satén verde.

—Pruébate esto. Te verás guapa con él.

—Si crees que ando buscando otro hombre, Daniels —dijo Kiri muy fresca—, tus sesos están para alquilar. Necesito vestidos de diario, no un vestido chillón que ha usado una mujer no mejor de lo que debiera.

—Venga, pruébatelo —insistió él, mimoso—. Te verás la mar de fina en seda verde. Te llevaré al teatro.

—Si insistes —dijo Kiri, fingiendo renuencia.

Estaban coqueteando como londinenses pobres, lo que ponía una distancia prudente entre ellos. Carrie Ford podía comportarse de maneras que Kiri Lawford no podría. La cosa se ponía interesante.

—¿Hay algún lugar donde me pueda probar esto, señora Be? No quiero que este se haga ideas si me lo pruebo delante de él. —Miró a Mackenzie agitando las pestañas y cogió el vestido, rozándole la muñeca con las yemas de los dedos. Cuando él intentó cogerle la mano, la retiró, diciendo—: Cassie, ¿me ayudas?

—Ahí en el rincón —dijo la señora B., guiándolas hasta un pequeño espacio entre ropa vieja colgada.

En el espacio entraba muy poca luz de la tienda, y sólo cabían Kiri y Cassie. La señora B. se retiró e inició un estridente coqueteo con Mackenzie, quien le contestaba en el mismo tono.

—¿Cómo lo estoy haciendo? —preguntó Kiri a Cassie en voz baja, mientras esta la ayudaba a quitarse el vestido con enérgica eficiencia.

—Bastante bien, pero sólo han sido cinco minutos. La señora Be tiene buena mercancía, pero te advierto, es dura en el regateo.

—Intentaré no ponerle las cosas demasiado fáciles. —Una vez que Cassie le ató los lazos de atrás, se vio el pecho muy desnudo—. Si el escote fuera un poco más bajo enseñaría el ombligo.

Cassie se rió.

—Es un vestido que te permitirá acercarte a los jugadores cuando visites un antro de juego. ¿Qué tal se te da lo de defender tu virtud?

Kiri frunció el ceño, reconociendo otro problema.

—Demasiado bien. Si no voy con cuidado podría romperle un hueso a alguien. Tal vez tú puedas enseñarme maneras más suaves de desalentar a hombres desmandados.

Cassie la miró sorprendida y luego curiosa.

—Después hablaremos de eso. —Miró su figura más modesta—. Nunca he tenido que luchar por mi virtud tanto como tendrás que defenderte tú. Pero ahora es el momento de salir a deslumbrar a tu aspirante a pretendiente.

Otro rasgo de la mujeres de su familia, desde que se rompió el huevo del mundo, era la capacidad de conectar y desconectar su atractivo. Aplicando todos sus conocimientos para verse seductora, volvió a la parte principal de la tienda.

Mackenzie la miró fijamente y se le movió un músculo de la mandíbula.

—Si no te compras eso te lo compraré yo.

Ella sonrió dulcemente, pensando cuánto de su reacción sería real y cuánto simulación por el juego que estaban jugando.

—¿Y dejarte creer que te debo algo? ¡No soy tan tonta! —Pasó las manos por la seda de la falda; había unos cuantos nudos en la tela y una pequeña mancha, pero era sin duda un vestido espectacular, y le sentaba bien, en cierto modo grosero—. Necesito otro tipo de ropa más de lo que necesito este vestido.

Mackenzie pareció apenado.

—Tal vez cambies de opinión.

Tal vez sí, pero por el momento era más divertido fastidiar a Mackenzie.

Al final, Kiri salió de la tienda de la señora B. con el vestido de satén verde, un vestido de noche dorado que no era tan de puta como el verde, un vestido de mañana y otros más. Su habilidad para regatear dejó asombradísimos a Mackenzie y a Cassie.

Cuando había exprimido hasta el último penique de su guinea, cogió los vestidos doblados y los puso en los brazos de Mackenzie.

—Hazte útil, Chico Danny, que si no no volverás a ver ese vestido verde en mí.

—Sí, señorita Ford —dijo él mansamente, pero su ojo visible bailaba de diversión.

Cuando ya iban a la mitad del camino a la casa, Cassie preguntó:

—¿Dónde aprendiste a regatear así? Pensé que la señora Be se iba a echar a llorar antes que hubieras acabado con ella.

Kiri sonrió de oreja a oreja.

—Lo disfrutó tanto como yo. En cuanto a dónde aprendí, no hay escuela mejor que un bazar oriental.

Los dos se rieron y Kiri tuvo la impresión de que Cassie tenía menos dudas respecto a su capacidad para hacer ese trabajo. Había aprobado su primer examen.

Capítulo 19

Mac dudaba que Kiri se fuera a poner el vestido de satén verde para su visita a Les Heures, pero un hombre puede tener esperanzas. Su primera reacción fue de decepción cuando la vio bajar la escalera para reunirse con él, toda de negro.

Su segunda reacción fue de parálisis. Llevaba un elegante vestido negro de luto que había traído con ella. Supuso que el vestido debía llevar una pañoleta en el escote, por recato. Pero no la llevaba, y el escote enseñaba bastante de su magnífico busto como para asegurar que cualquier hombre que estuviera vivo la deseara y se sintiera culpable por desearla.

La negra papalina estaba cubierta por yardas de velo negro que le bajaba por alrededor de los hombros. El velo le hacía borrosa la cara, dándole una belleza trágica, angustiada, al tiempo que hacía difícil identificarla.

Respira, Mackenzie, respira.

Cuando volvió a funcionarle el cerebro, dijo:

—Pareces salida de una novela gótica. *La Viuda Libertina*.

—¡Espléndido! —exclamó ella, abriendo su abanico de encaje negro y agitándolo suavemente—. Mi objetivo era una viuda doliente pero sabrosa, con la esperanza de que una mezcla de compasión y lujuria pudiera soltar alguna información.

—Esos pobres diablos de Les Heures están perdidos, no tienen la más mínima posibilidad contigo.

—Eso espero. —Sacando un brazalete de luto de su ridículo, se lo prendió alrededor del brazo—. Lógicamente, mis criados también deben llevar luto. Un lacayo muy caro no llevaría un parche en el ojo, pero es un buen detalle que te hayas puesto uno gris a juego con tu librea.

—Detesto las pelucas empolvadas, pero los detalles son lo que importa cuando uno simula ser otra persona.

La hizo salir por la puerta hacia el coche que esperaba. Kirkland tenía varios coches en la ciudad. Uno era el llamativo con su blasón pintado en las puertas; otro era el desvencijado que parecía de alquiler y que usaba cuando era preferible el anonimato. El que había ido a buscar él esa mañana era uno con aspecto de caro pero sin ningún adorno que lo hiciera digno de recordar.

Le hizo un gesto al cochero, que era uno de los hombres de Kirkland, y ayudó a Kiri a subir al coche. Después de subir los peldaños y cerrar la puerta, ocupó su lugar en el peldaño de atrás del vehículo. Sería mucho más entretenido viajar en el interior con la dama, pero era un criado. Necesitaba recordar la distancia social que los separaba en el mundo real, porque su cerebro tendía a funcionarle mal cuando estaba con ella.

Cuando llegaron a Les Heures, la ayudó a bajar del coche. Ella le pasó un papel doblado y un lápiz, diciéndole en voz baja:

—Prepárate para anotar.

¿Anotar?

—Sí, milady —dijo, obedientemente.

A la manera de un lacayo muy formal, abrió la puerta de la tienda y la sostuvo mientras ella entraba, toda una gran dama segura de que fuera donde fuera su criado la seguiría. Bajo el velo negro su rostro se veía imperioso y vulnerable, el de una mujer mayor que ella.

Les Heures era una tienda exquisitamente perfumada y discretamente lujosa. Detrás del mostrador estaba un hombre de edad madura bien vestido, que se despabiló al instante cuando ella entró, seguida por él.

—Buen día, señor —dijo Kiri con voz seductora—, me han dicho que aquí venden las fragancias más finas de Londres.

—Desde luego. Soy el señor Woodhull, ¿y usted es lady...?

Kiri agitó una mano para silenciarlo.

—Por favor, nada de nombres, señor Woodhull, aunque sin duda me ha reconocido. No es del todo decente que yo venga a comprar algo tan frívolo como un perfume cuando mi amado marido apenas se ha enfriado en su tumba.

Mac admiró la manera como se le entrecortó levemente la voz al final; la viuda aniquilada, que valientemente continúa con su vida.

—He descubierto —continuó ella— que las fragancias deliciosas sirven para mantener a raya la tristeza.

—No sólo usted, milady —dijo Woodhull en tono untuoso—. Otras personas me han dicho exactamente lo mismo. Es su deber usar cualquier cosa que le sirva para conservar sus fuerzas en un momento tan difícil.

—Muy cierto —dijo ella, con cálida gratitud—. ¿Cuál considera su mejor perfume?

Él frunció los labios, pensativo.

—Para usted, milady, sugeriría Violetas Reales. —Giró una llave y abrió una vitrina con el frente de cristal y sacó un bonito frasquito con hojas doradas grabadas en él—. Este es justamente el perfume que usa y aprecia mucho la emperatriz Josefina.

Kiri exhaló un suspiro de felicidad.

—Maravilloso. Permítame que lo pruebe.

Lentamente se quitó el guante de la mano izquierda, dejando ver su piel blanca en exquisito contraste con el guante negro.

El señor Wood la observaba fascinado. Mac estaba igual de fascinado, pero también divertido. Al quitarse el guante quedó a la vista un sencillo anillo de bodas de oro, que confirmaba su condición de viuda. También entendía la necesidad de los detalles adecuados.

Kiri extendió elegantemente la mano hacia el señor Woodhull, con la palma hacia arriba.

—¿Me hace el favor de ponerme una pizca de Violetas Reales justo sobre el pulso?

Él obedeció, tragando saliva. Ella levantó la mano y olió delicadamente el perfume en su muñeca a través del velo.

—Exquisito, muy sutil. Pero no es sólo de violetas, me parece. Capto un toque de claveles y ¿de lirios del valle, creo?

Él arqueó las cejas, sorprendido.

—Su señoría tiene una percepción extraordinaria.

Ella agitó recatadamente sus largas pestañas negras, muy visibles a pesar del velo.

—Me gustaría probar otros más, si me lo permite.

El señor Woodhull estaba muy bien dispuesto. Sacó varios frascos de la vitrina cerrada con llave, y se los aplicó en diferentes lugares del antebrazo izquierdo, para luego comentárselos. Kiri no sólo demostraba su conocimiento de perfumes, sino que también estaba haciendo sudar al hombre de deseo reprimido. Mac se habría reído si él no hubiera estado igualmente cautivado.

Finalmente, Kiri eligió un perfume por el que pagó un precio astronómico, con guineas de oro. Mac estaba pensando cómo les serviría eso para encontrar al jefe de los secuestradores cuando ella se inclinó hacia el señor Woodhull y le dijo casi en un susurro, como algo confidencial:

—Hay otro asunto del que deseo consultar. ¿Aquí se hace la colonia llamada Alejandro?

—Sí, nosotros la hacemos. Es la fragancia más fina del mundo para caballeros: lo digo yo. —Hizo el intento de mirarla a los ojos en lugar de al escote—. ¿Era la preferida de su difunto y lamentado marido?

—Prefería el Agua de Colonia, que es un aroma exquisito,

aunque tal vez demasiado corriente. —Pareció pesarosa—. ¿Podría probarla para ver si el aroma es el que recuerdo?

—Por supuesto, milady.

Abrió otra vitrina. Nuevamente Kiri puso su esbelta muñeca y él le aplicó una pizca de la colonia.

Ella se acercó la muñeca a la cara, cerró los ojos, y aspiró el aroma, reverente.

—Ah, sí, este es el que recuerdo. Me llevaré un frasco.

—Por supuesto, milady —dijo él, recaudando un precio más alto aún que el que ella había pagado por el frasco de Violetas Reales. Cuando estaba envolviendo la colonia en un grueso papel, preguntó—: ¿Es para regalo?

Kiri bajó tímidamente los ojos al meter el frasco en su ridículo, junto al otro.

—Es... difícil de explicar. Conocí a un caballero en circunstancias bastante difíciles. Fue muy amable conmigo en mi aflicción. Me gustaría encontrarlo para agradecerle su amabilidad, pero nos interrumpieron antes que yo pudiera enterarme de su nombre. Me pareció que usaba Alejandro, y ahora gracias a usted lo he confirmado.

—¿Está segura de que era Alejandro? —preguntó el señor Woodhull.

Kiri arqueó delicadamente las cejas.

—Yo no cometo errores con los aromas, señor.

—No, no, claro que no —se apresuró a decir él—. Su capacidad para identificar olores es igual al de un perfumista profesional. ¿Ha comprado la colonia para recordar su amabilidad? Los olores tienen un efecto potente en la memoria.

—En realidad, espero localizar al caballero. Dado que Alejandro es una colonia muy poco corriente y cara, me imagino que tiene pocos compradores habituales. —Lo obsequió con una encantadora sonrisa—. No haría ningún mal en decirme quiénes son.

El señor Woodhull frunció el ceño, desgarrado entre la discreción profesional y el deseo de complacer a la dama.

—No sé si sería correcto de mi parte revelar los nombres de los clientes.

—¿Por qué se podría considerar un asunto secreto una colonia masculina cuando se usa en público para que la aprecie todo el mundo? —señaló Kiri.

—Eso es cierto —dijo él, indeciso—. Pero el número de clientes es lo bastante numeroso para que resulte difícil hacer una lista de todos. ¿Me podría describir al caballero?

—Es bastante alto —dijo Kiri, indicando la altura con la mano—, bien hecho, de hombros anchos y buena figura. De edad madura, creo, de pelo castaño que comienza a ralear.

—Eso reduce algo las posibilidades —concedió el señor Woodhull.

Renuente, pero incapaz de resistirse a los esperanzados ojos de Kiri, sacó un cuaderno de un cajón. Aunque no estaba cerca, Mac vio el letrero que decía «Alejandro» en la tapa de piel.

Kiri se posicionó de forma que Woodhull la mirara a ella, con lo que Mac quedó libre para sacar el papel y el lápiz que ella le había entregado.

—Veamos quienes encajan con la descripción —dijo el señor Woodhull, pasando las páginas—. Tal vez lord Hargreave. O el señor Sheraton. O tal vez el capitán Hawley. O tal vez...

Continuó dando nombres, mientras Kiri escuchaba atenta y Mac los anotaba. Cuando ya había nombrado a unos doce, el perfumista cerró el cuaderno.

—Esos son, milady. Como ha dicho, son pocos los hombres que usan Alejandro, y menos aún los que podrían ser el caballero que busca.

—Ha sido usted «muy» amable —dijo Kiri, acercándosele más para darle un ligero beso en la mejilla a través del velo—. Tiene mi más profunda gratitud.

El señor Woodhull sonrió, pero en sus ojos había un destello de tristeza. Un perfumista debía sentirse contento por ese ligero beso, mientras que el hombre misterioso, si ella lo encontraba, recibiría mucho más de su atención y su persona.

—Me alegra haberle sido de utilidad, milady.

Obsequiándolo con una última y radiante sonrisa, Kiri se dio media vuelta y se dirigió a la puerta. Mac la abrió y salió tras ella a la calle, todo él un correcto lacayo.

El coche de Kirkland esperaba a corta distancia. Cuando llegaron a él, Mac la ayudó a subir. Entonces, abandonando el decoro, le dijo al cochero «Exeter Street» y subió y se sentó enfrente de ella.

Kiri le sonrió y se apartó el velo de la cara.

—Fue bastante bien, pero ¿no deberías viajar en la parte de fuera?

—Habiendo pasado un par de horas siendo respetable, siento la necesidad de volver a mi conducta habitual.

Miró por la ventanilla, temeroso de mirarla en ese espacio tan estrecho. Por desgracia, no mirar su bellísima persona, lo hacía intensamente consciente de la deliciosa gama de aromas que la envolvía. Hizo una honda y lenta inspiración.

—¿Por qué esos perfumes son tan descabelladamente caros?

—Los ingredientes también lo son, y, además, hay que pagar el alquiler y asegurar que los perfumistas tengan buenos beneficios —contestó ella—. Les Heures sirve a personas que creen que cuanto más caro es un perfume mejor tiene que ser. El Alejandro no está mal, pero el Violetas Reales es bastante soso. Jugaré con él para mejorarlo.

—¿Por qué los compraste? —Era ridículo ir mirando por la ventanilla mientras conversaban, así que giró la cara hacia ella pero sin mirarla directamente—. Aparte de que gastar muchísimo dinero hace feliz al tendero.

—En parte fue por eso, pero pensé que sería útil si todos los participantes de esta búsqueda supieran cómo huele la colonia Alejandro. —Hurgó en su ridículo, sacó el frasco y se lo pasó—. Es bastante distintivo como para que muchas personas lo reconozcan aun cuando no noten sus sutiles variaciones en diferentes usuarios.

Él destapó el frasco y olió.

—Parece una mezcla de almizcle con algo fuerte. —Le puso la tapa y se lo devolvió—. No puedo decir que me guste.

—Tienes buen olfato —dijo ella, guardándolo en su ridículo—. Pero es distintivo, masculino y huele a caro, lo que agrada a algunos hombres. ¿Reconociste algunos de los nombres que nos dio?

—La mayoría han estado en el Damian's en una u otra ocasión. —Frunció el ceño—. Ojalá hubiera visto más de cerca al individuo. Vi lo suficiente para confirmar tu descripción general, pero no para reconocer cuál de mis clientes podría ser.

—Tal vez Kirkland tenga alguna idea cuando vea la lista. ¿Por qué no me miras? —preguntó, y él detectó humor en su voz—. ¿Estás horrorizado por mi coquetería? Mi trabajo es obtener información después de todo.

Mac sintió ganas de hacer rechinar los dientes.

—Llegué a pensar que tumbarías a Woodhull detrás del mostrador para ofrecerle una experiencia que no olvidaría jamás.

—Es bastante agradable coquetear sin consecuencias —dijo ella, pensativa.

—¿Sin consecuencias?

Entonces se permitió mirarla, morena y seductora como Lilith, todo su exuberante cuerpo una incitación al pecado. De dos tirones bajó las persianas de las ventanillas y después la atrajo hacia sí y la besó apasionadamente.

Estaba preparado para el seductor sabor de su boca y la suave presión de sus labios. Pero no lo estaba para que ella se arrojara en sus brazos correspondiéndole el beso con igual pasión; le abrió la boca, invitándolo, y le echó los brazos al cuello. A él comenzó a martillearle el pulso y se le evaporó todo pensamiento racional.

Sin saber cómo, de pronto ella estaba montada en su regazo con las rodillas apoyadas en el asiento por fuera de las de él; se apretaron frotándose los cuerpos, tan deseosos como sus bocas. El sentido común no era ni siquiera un recuerdo lejano. Sólo podía pensar en Kiri, valiente, irresistible, y bastante pícara.

Subió la mano por su pierna izquierda por debajo de la falda hasta ahuecarla en la curva perfecta de su trasero.

—Buen Dios —gimió—. Kiri...

La estrechó en sus brazos, sacudido por un pasmoso placer y por el horroroso conocimiento de su locura. Santo Dios. Aflojó el abrazo lo suficiente para que ella pudiera respirar, y hundió la cara en su sedoso y perfumado pelo. Se le habían caído la papalina negra y las horquillas. En algún momento a él también se le había caído la peluca empolvada.

—¿Eso ha sido lo que creo que es? —preguntó ella, jadeando.

Él intentó serenarse.

—Sí. Mi más sentidas disculpas, Kiri. No me había portado tan mal desde que era niño.

—No lo sientes ni la mitad de lo que lo siento yo. —Con los ojos agrandados, levantó la cabeza y le mordió el hombro, fuerte—. Me estás volviendo loca, Mackenzie.

—Eso es absolutamente mutuo. —La expresión febril de ella indicaba que estaba tan excitada como él, y él tenía la maldita culpa por haber comenzado algo que no debería haber comenzado—. Déjame que te dé satisfacción.

Sosteniéndola con el brazo que le rodeaba los hombros, la levantó y la sentó a su lado; entonces volvió a besarla al tiempo que subía la mano por su pantorrilla, por encima de la rodilla hasta llegar a la suave y firme piel del muslo. Ella lo besaba con avidez, y separó los muslos, invitadora. Él se tomó su tiempo, subiendo poco a poco la caricia mientras a ella se le agitaba la respiración; cuando llegó a la entrepierna sintió el sedoso líquido de la excitación y su exclamación.

Ella gritó y el grito quedó ahogado por la boca de él, llevándola a la culminación con sólo unas pocas y suaves caricias. Cuando a ella le quedó inmóvil el cuerpo, la retuvo abrazada, calmándola y maldiciéndose en silencio por haber sido un tonto sin honor.

Continuaron abrazados, sus cuerpos entrelazados y mojados de sudor, los dos en silencio. Se oían los ruidos de la ciudad: coches traqueteando, un vendedor ambulante voceando el precio de sus ostras, un cochero con su pesado carro gritando sucios insultos; en el interior del coche sólo las respiraciones que se iban calmando poco a poco interrumpían el silencio.

Tener a Kiri en sus brazos era una felicidad más grande que nada que hubiera soñado. Ahora entendía lo que dijo ella acerca de que cada persona tiene un olor propio, porque bajo los olores a perfume y sudor sentía el aroma de Kiri que no olvidaría jamás. Olía a fuerza, humor y travesura.

Pero enroscada en la felicidad había desesperación. No debería haber permitido esa intimidad entre ellos; lo hacía desear más, aun cuando estaba amargamente consciente de que ya había tomado demasiado.

—Explícame por qué algo que se siente tan correcto es supuestamente incorrecto —susurró Kiri, con voz ronca.

—La pasión está fuera de lo correcto o lo incorrecto. Existe para continuar la raza humana. —Suspiró, deslizando los dedos por entre la brillante cascada negra de su pelo, que le llegaba casi hasta la cintura—. Pero había motivos para que la sociedad prohibiera que se satisfaga libremente. Buenos motivos, muchos de los cuales tienen que ver con la protección de las mujeres y los hijos. Y puesto que vivimos en sociedad, no se deben descartar esas reglas.

—Y yo que creía que tú las descartabas a cada rato —dijo ella, irónica.

—Algunas reglas. No aquellas que al quebrantarlas causaría daño a los demás. —Le echó hacia atrás el pelo, dejando libre la hermosa curva de su mejilla—. En especial a las personas a las que les tengo afecto.

—Entonces, ¿a mí me tienes afecto?

La tristeza de su voz le llegó al corazón.

—¿Cómo podría no tenértelo? Eres extraordinaria, y eres hermosa. —Curvó los labios—. Si no te lo tuviera me habría comportado mucho mejor.

—Me alegra que no te hayas comportado. —Apartó la cabeza de su hombro y aunque era muy tenue la luz en el interior del coche, él vio el brillo verde de sus ojos—. Tienes razón en que es arriesgado no hacer caso de las reglas sociales. Pero tenemos este momento en el tiempo en que los dos estamos fuera de nuestras vidas, y es mi intención aprovecharlo. —Hizo un guiño travieso—. Y aprovecharme de ti.

Él se rió, más hechizado aún por su mezcla de mundanería e ingenuidad. Haberse criado en medio de un ejército y poseer una mente curiosa le había dado muchísima más experiencia de la que tenía la mayoría de las damitas de su clase. Era el fuego puro de la juventud que aún no ha sido empañado gravemente por la injusticia y el pesar.

También tenía la arrogancia que viene con la alcurnia, y la creencia de que estaba por encima de las consecuencias si quebrantaba las reglas de la sociedad. Eso podría causar problemas. Procedían de mundos diferentes, que en esos momentos se tocaban sólo por casualidad.

Tomando conciencia de eso, dijo:

—Este tiempo es precioso, pero estoy resuelto a no aprovecharme de ti, y haré todo lo posible para no permitir que tú te aproveches de mí. —La cogió por la cintura y la sentó en el asiento de enfrente, de donde no debería haberla movido—. Será mejor que nos pongamos lo más presentables que sea posible, porque ya debemos de estar cerca de Exeter Street.

Ella subió las persianas.

—Buen Dios, los dos estamos hechos un desastre. Como si hubiéramos hecho exactamente lo que hemos hecho. ¿Ves alguna de mis horquillas en el suelo?

Estaba magnífica, no desastrosa, pero aún en el mundo poco ortodoxo de Exeter Street, debían guardar cierto decoro. Pasó la mano por el suelo y logró encontrar varias horquillas.

—¿Bastan estas? Sé que tenías más pero no las encuentro.

—Con estas ya tengo bastante.

Con manos expertas se recogió el pelo en un moño en la nuca, se alisó el arrugado vestido, se puso la papalina y se bajó el velo sobre la cara. Había que mirarla muy detenidamente para ver las sutiles señales del desorden.

Deseando tener un velo también, Mac recogió la peluca empolvada y se la puso.

—¿Parezco un lacayo correcto o un caballero achispado de una generación anterior?

—No es mucho lo que se puede hacer con una librea anticuada, pero sí se puede arreglar la peluca. —Sentándose en el borde del asiento alargó las manos y se la enderezó con sumo cuidado, su cara a sólo unos dedos de la de él—. Ya está. Mucho mejor.

Se miraron a los ojos y él pensó si los suyos reflejarían tanto anhelo como los de ella. Suavemente acercó la cara y le rozó los labios con un beso dulce y pesaroso.

—Sería mejor si no nos hubiéramos conocido —musitó, saboreando su calor y exquisitez—. Pero no puedo lamentar haberte conocido, por egoísta que sea eso.

—Yo tampoco lo lamento —suspiró ella, echándose atrás en el asiento—. A diferencia de ti, no lamento mi egoísmo. A veces ser egoísta es exactamente lo que hay que hacer.

Él pestañeó y luego se echó a reír.

—Mi hermano Will dice que Ashton es cristiano e hindú, pero tú, mi doncella guerrera, eres pagana pura.

Ella lo obsequió con una sonrisa indolente y traviesa.

—Y tanto mejor.

Capítulo 20

Cuando llegaron a Exeter Street, Mackenzie ya se había transformado en el perfecto lacayo de cara sin expresión. Kiri esperaba que su actuación fuera igual de buena cuando él la ayudó a bajar del coche y entró con ella en la casa.

En el instante en que entraron él se quitó la peluca empolvada y junto con ella la formalidad.

—Detesto esto. Es como llevar un animal muerto en la cabeza.

Kiri alivió la tensión sonriendo.

—¿Un conejo? ¿O tal vez un hurón?

—Un tejón más bien. Áspero. —Volviendo a la seriedad, añadió—: Ahora que tenemos esos nombres enviaré una nota a Kirkland para programar una reunión con él y Cassie.

Kiri se concentró en quitarse la papalina, tarea que le daba un pretexto para no mirarlo. Él siempre estaba condenadamente atractivo, y cuanto más intimaban, más irresistible lo encontraba.

—¿Cuál es el trabajo de Cassie en esto?

—Es medio francesa y pasa gran parte de su tiempo en Francia, así que visitará clubes y tabernas frecuentadas por emigrantes franceses.

—¿Irá sola?

Ella estaba dispuesta a visitar antros de iniquidad, pero aun con sus técnicas de lucha no iría sola a esos lugares a no ser que fuera por un motivo de vida o muerte.

—Llevará un acompañante, probablemente Rob Carmichael. Él es principalmente un agente de Bow Street, pero también trabaja con Kirkland y su francés es excelente.

—Otro alumno de la Academia Westerfield, sin duda.

Ella lo dijo en broma, pero él se rió.

—Pues sí. Somos un grupo grande. Aun en el caso de que no hubiera habido una amistad especial cuando estábamos en el colegio, en general hay confianza mutua entre los que lady Agnes llama sus nobles extraviados.

Kiri se dirigió a la escalera.

—Y la confianza es esencial para esta determinada misión.

—Más esencial aún de lo habitual. En otras circunstancias —continuó, ceñudo—, el administrador de mi club, Baptiste, sería un buen acompañante para Cassie porque es francés y tiene muchos conocidos en la comunidad de emigrados. Le he confiado mi negocio durante años. Pero dado el intento de secuestro, no me atrevo a fiarme de nadie que trabaje en el Damian's.

—Vi a Baptiste en el baile de máscaras —dijo Kiri. Ella había buscado a Mackenzie, sin éxito, pero no le costó nada deducir que ese hombre bien vestido y atento a todas las actividades tenía que ser el administrador—. Debe de estar afectado por tu muerte.

—Kirkland me contó que estaba tan horrorizado que vomitó. —Se le alegró la expresión—. Tan pronto como comenzó a recuperarse, Baptiste le dijo que si vendía el club él deseaba tener la oportunidad de hacer una oferta. Son prácticos los franceses.

Kiri se detuvo al pie de la escalera con una mano en el poste.

—¿Podría ser un bonapartista camuflado y haber ayudado a los secuestradores?

—Eso pensé yo —dijo Mackenzie pasado un momento—. Pero si lo es, es el mejor actor de Londres. Siempre ha odiado la Revolución y al emperador. La mitad de su familia murió durante el reinado del terror, y él escapó con vida por los pelos.

Ella frunció el ceño.

—Pero si tú encuentras que el Damian's es un lugar fértil para captar conversaciones indiscretas, quizás él también.

Mackenzie frunció el ceño, pensándolo; a ella le gustó que él tomara en cuenta lo que ella decía, en lugar de descartarlo por venir de una simple mujer.

—En teoría sí —dijo él entonces—, pero conozco muy bien a Baptiste. Cuando se menciona a Bonaparte su odio es visceral; se le nota en el cuerpo.

Puesto que él conocía al francés y ella no, Kiri aceptó su opinión. Con ese trabajo, Mackenzie tenía que ser buen juez de las personas.

—Avísame cuando sepas la hora de nuestra reunión de estrategia. Si me das la lista de nombres haré copias.

—Eso es buena idea —dijo él devolviéndole el lápiz y el papel en que había anotado los nombres.

Entonces ella subió, sin volver la cabeza atrás para no mirarlo, porque si lo miraba no desearía alejarse.

Cuando estaba a punto de llegar a su habitación, vio que la seguía un gato atigrado de aspecto tímido. Era gata, gorda, de pelaje lustroso, estaba bien alimentada, así que tenía que ser la gata de la cocina. Le gustaban los gatos, así que al abrir la puerta, la sostuvo y se hizo a un lado.

Mirándola recelosa, la gata pasó por su lado, entró en su dormitorio y de un salto se subió a la cama, donde se dio varias vueltas y finalmente se echó a los pies.

—Veo que no tendré que dormir sola —dijo Kiri—. Gracias, *Minina*.

La gata abrió los ojos verdes, la miró y volvió a cerrarlos. Kiri tuvo la impresión de que estaba acostumbrada a ir a esa habitación, y no iba a permitir que un ser humano le alterara las costumbres.

Agotada por las actividades e incidentes de la mañana, se

sentó en el sillón de madera. No quería pensar en lo que sentía en los brazos de Mackenzie, pero no podía pensar en ninguna otra cosa. La recorrió un estremecimiento, minando su resolución de ser prudente.

Mackenzie tenía razón en que la pasión está separada de las reglas sociales. Ella tenía una vena rebelde, pero su familia no acogería bien como miembro a un jugador de reputación dudosa. Al general en particular lo horrorizaría incluso que ella hablara con un hombre al que han destituido del ejército.

Podría estar dispuesta a luchar con su familia por un hombre inconveniente, pero no debía hacer nada que los perjudicara. En especial, no debía hacer nada que disminuyera las opciones a su hermana menor, más tímida y modosita. Con Lucia se fastidiaban mutuamente con frecuencia, pero estaban muy unidas. Ella adoraba a su hermana pequeña desde que nació; también adoraba a Thomas, aunque, claro, nunca los haría pasar vergüenza a ninguno de los dos diciendo eso en voz alta.

Lucia y Thomas eran Stillwell, cuerdos y prácticos. Pero Adam era su hermano de padre y madre, y aunque se criaron en lados opuestos del mundo, tenían en común una vena de romanticismo que debía venir de su padre, que fue el duque de Ashton durante un breve periodo. Detestó tanto la idea de tener que volver a Inglaterra por su título, que murió de una fiebre para no tener que abandonar India. Al menos esa era la teoría de Adam.

Si ella fuera la única persona que iba a sufrir las consecuencias, se arrojaría en los brazos de Mackenzie, que era exactamente lo que había hecho cuando él la besó en el coche. Si hubiera demostrado que tenía una pizca de sensatez, no habrían llegado tan lejos.

Pero la avasalló su vehemente deseo de él y los dos se sumergieron en una relación más intensa. Era una pena que no tuviera que pensar solamente en ella.

Pero tenía una familia a la que amaba y no deseaba deshonrar.

Aun así, dominarse sería difícil. Menos mal que Mackenzie no parecía ser el tipo de hombre que se casa. Ella creía que él le tenía afecto, que ella le importaba. Pero también creía que había querido a muchas mujeres en su vida, y eso no significaba que deseara casarse con ninguna de ellas; si no, ya lo habría hecho.

Para un hombre como Damian Mackenzie, el matrimonio sólo sería una distracción molesta, por no decir innecesaria. Si deseaba a una mujer, tenía dónde escoger. Si alguna vez tomaba esposa, tal vez elegiría a una actriz, tan extravagante y poco respetable como él.

Pero ella dijo en serio eso de aprovechar ese breve tiempo fuera del tiempo. Durante unos días o semanas, estarían unidos en una misión común y viviendo bajo el mismo techo. No empeoraría su situación si se quebrantaban otras pocas reglas.

Teniendo sólo unas pocas semanas, las aprovecharía al máximo.

—Kirkland dijo que vendría tarde y que debíamos comenzar a comer sin él —informó Mackenzie a Kiri, Cass y Rob Carmichael, el agente de Bow Street.

Este agente era alto, delgado y de expresión controlada, más o menos como Kirkland, pero con las aristas más visibles. Observándolo, Kiri concluyó que si se encontraban en un callejón oscuro, preferiría que él estuviera de su lado.

La reunión de estrategia tendría lugar mientras cenaban, comiendo un suculento estofado de pescado con verduras y pan fresco, preparados por la señora Powell. Por acuerdo unánime, se concentraron en la comida en lugar de hablar de trabajo. Habiendo pasado la tarde en su habitación, ahora tenía apetito, y estaba terminando su segundo plato de estofado cuando llegó Kirkland.

Después de un lacónico saludo, dijo:

—Me alegra que hayáis podido comer antes de que yo os estropeara el apetito. Esta tarde ha habido un intento de asesinar al príncipe regente.

Kiri retuvo el aliento. El regente podía ser inmoderado y derrochador, pero seguía siendo el gobernante de Inglaterra.

—¿Lo han matado o herido?

—Escapó ileso, aunque está comprensiblemente afectado. Ahora se toma mucho más en serio esta conspiración. —Se le entristeció la expresión—. Pero uno de mis hombres resultó mal herido por proteger al regente.

—¿Quién? —preguntó Carmichael—. ¿Muy mal herido?

—Edmund Stevenson. El cirujano cree que podrá salvarle el brazo.

—Pobre diablo —musitó Carmichael—. Menos mal que estaba ahí.

—¿Cogisteis al asesino? —preguntó Mackenzie.

—Eran tres. Dos escaparon y al tercero lo mató Stevenson de un disparo. Al parecer era francés.

—¿Quieres que reconozca el cadáver? —preguntó Cassie—. Yo podría identificarlo.

—Eso espero —dijo Kirkland y frunció el ceño—. Detesto pedirte esto, Kiri. ¿Podrías acompañarnos a Cassie y a mí después de la cena para ver si es uno de los secuestradores que viste en el club?

—Por supuesto.

Si Cassie podía identificar cadáveres, ella también.

—Sí habéis terminado de comer, podemos ir inmediatamente —dijo Kirkland.

Cassie lo miró fijamente.

—Siéntate y come, Kirkland. La inanición no te va a hacer funcionar mejor el cerebro.

Kirkland abrió la boca para protestar y enseguida sonrió cansinamente.

—Tienes razón —dijo y cogió el plato con estofado que le sirvió Cassie.

Cuando Kirkland comenzó a comer, como un hombre que se ha saltado muchas comidas, Mackenzie dijo:

—Tenemos que hablar de otro asunto también. —Dirigió a Kiri una cálida sonrisa secreta—. ¿Te acuerdas que lady Kiri identificó la colonia que llevaba el jefe de los secuestradores? Esta mañana fuimos a la tienda que la fabrica, y ella hechizó al dueño consiguiendo que le diera los nombres de los clientes que usan esa colonia y concuerdan con la descripción general.

Kirkland levantó la vista de su plato y la miró aprobador.

—Eres una agente innata, Kiri.

Ella se rió.

—Es estupendo saber que mis cualidades alborotadoras tienen sus utilidades. —Sacó del bolsillo unos frascos diminutos que contenían dos gotas de Alejandro cada uno—. No hay ninguna garantía de que nuestro hombre vaya a usar esta colonia en cualquier determinado momento, pero es un elemento más para añadir a la descripción.

Mientras cada uno olía su frasquito, Kirkland dijo:

—Quiero ver los nombres que te dio.

—Esta tarde hice copias de la lista —dijo Kiri, pasándole a cada uno una hoja—. He conocido a varios de estos hombres en reuniones sociales, pero no sé mucho acerca de ellos.

—Al menos cinco son franceses o tienen fuertes lazos con la comunidad de emigrados —aportó Cassie.

Kirkland miró la lista.

—Merrit está en las Indias Occidentales desde la primavera, Palmer está en la armada y rara vez viene a Inglaterra, lord Wellston es un noble irlandés que rara vez cruza el Mar de Irlanda.

Sacó un lápiz y comenzó a hacer anotaciones junto a los nombres.

—La mayoría de estos tíos han ido al Damian's con una frecuencia que me permite reconocerlos —dijo Mackenzie—. Sé de cuál sospecharía primero, pero sería una pura suposición.

—Un hombre que dirige una casa de juegos es mejor para hacer suposiciones que la mayoría —dijo Kirkland—. ¿A cuáles considerarías más sospechosos?

Mackenzie los enumeró y durante la hora siguiente conversaron, cada uno aportando opiniones, conocimientos y percepciones. Cuando terminaron, la lista se había reducido a seis hombres que parecían los más probables: sir Wilbur Wilks, George Burdett, Jacques Masson, lord Fendall, el *compte* Vasseur y Paul Clement. Kiri dibujó estrellitas junto a esos nombres en su lista.

—Claro que podría ser que ninguno de ellos fuera el culpable.

—Así es como se hacen las investigaciones —dijo Carmichael—. Pieza por pieza, hasta que comienza a armarse el rompecabezas. —Sonrió—. No es trabajo para personas impacientes.

Kirkland echó atrás su silla.

—La siguiente pieza del rompecabezas que vamos a considerar es el difunto y no lamentado asesino. ¿Estás lista, Kiri?

—Le sigo, lord Kirkland —dijo ella, con expresión impasible.

Él era muy caballeroso al preocuparse por sus tiernas sensibilidades, pero preferiría ser considerada al mismo nivel que Cassie: dispuesta y lista para cualquier cosa.

El cadáver del asesino estaba tendido sobre una sucia mesa de una fría habitación de una casa junto al río. Kiri intentó desconectar su nariz para que no la agobiaran los muchos olores de esa vieja casa. Mientras atravesaban la mal iluminada habitación para mirar el cadáver, Mackenzie le susurró:

—Tranquila, muchacha.

Ella agradeció su cálida mano en la cintura, deseando que

ninguno de los otros notara su nerviosismo. Diciéndose que era capaz de hacerlo, se puso a un lado de la mesa mientras Cassie la rodeaba para ponerse al otro.

El cadáver se veía bastante apacible, tapado hasta el cuello por una manta. Parecía ser de altura media, o tal vez más bajo. Delgado, flaco en realidad.

Mackenzie levantó la linterna para iluminar la cara del asesino.

—¿Lo reconoces?

Kiri miró atentamente la cara surcada de arrugas, intentando imaginársela medio cubierta por un antifaz. Debía tener alrededor de cuarenta años, aunque era posible que fuera más joven y aparentara esa edad por haber llevado una vida dura. Le vino un recuerdo y dijo, ceñuda:

—El hombre que vi en el club tenía una cicatriz en la mejilla izquierda que le bajaba de aquí hasta aquí —indicó con el dedo—. Acabo de recordarlo.

—¿Y tú, Cassie? —preguntó Kirkland.

Cassie estaba observando atentamente la cara del hombre.

—Lo reconozco. Le he visto en tabernas frecuentadas por franceses. Se apellida Hervé. Es uno de esos tipos de mala fama que rondan en torno a la comunidad de emigrados de Londres. Me han dicho que estuvo en el ejército de Napoleón hasta que desertó.

—Dicho con otras palabras —dijo Kirkland—, Hervé era el tipo de hombre al que contratarían para actividades delictivas como el asesinato.

—Exactamente. Haré averiguaciones —dijo Cassie, encogiéndose de hombros de ese modo tan francés—. Eso podría darnos una idea de quién lo contrató.

—Si nadie tiene nada más que decir —dijo Kirkland, cubriendo la cabeza del muerto con la manta—, pues entonces, señoras y señores, es hora de comenzar nuestra búsqueda.

Capítulo 21

Visualizándose en el papel de una prostituta de pocas luces, Kiri bajó la escalera a reunirse con Mackenzie para su primera incursión en los locales nocturnos más turbios, deslizando una mano por la baranda y recogiéndose la falda del escandaloso vestido de satén verde con la otra. Se había puesto una buena cantidad de joyas de bisutería para menguar un poco el efecto del amplio escote, y uno de los perfumes hechos especialmente para ella. No de lilas, pues para esa noche convenía un aroma menos inocente.

También llevaba un abanico. Cassie le había enseñado los lugares donde se podía enterrar un abanico plegado en los hombres impertinentes cuando era necesario defenderse.

Mackenzie la esperaba al pie de la escalera, con la mirada fija en ella. Lo vio tragar saliva antes de preguntarle con el acento de Lancashire:

—¿Estás preparada para tu primer antro de iniquidad, Carrie, mi muchacha?

—Claro que sí, Chico Danny —dijo ella, con la melodiosa entonación irlandesa, observándolo.

Vestía con afectada vulgaridad, la piel tostada como la de un hombre que pasa demasiado tiempo al sol; el parche le cubría el ojo azul, dejando libre el castaño que hacía juego con el color de su piel; llevaba canas en el pelo y algo almohadillado alrededor del talle que lo hacía más voluminoso. Incluso una persona que lo conociera muy bien tendría dificultades para reconocerlo.

Antes ya habían dejado claros sus papeles. Él era Daniel Mackey, próspero molinero de un pueblo de los alrededores de Manchester, que estaba de visita en Londres por trabajo y por placer. Ella era Carrie Ford, su amante. Él era provinciano, pero listo. Ella sería una puta de risitas tontas y bastante corta; eso sabría hacerlo muy bien.

Coquetona le dio un golpecito en el brazo con el abanico plegado.

—Esta es la primera vez que estoy en Londres y tú eres un hombre de mundo, así que supongo que sabrás hacerle pasar un buen rato a una muchacha.

—Haré todo lo posible. —La ayudó a ponerse la capa, pues después que fueron a mirar el cadáver del francés se había levantado niebla—. Espero que seas pájaro nocturno, porque los lugares que vamos a visitar sólo se animan a medianoche o más tarde.

—Soy más búho que alondra —dijo ella.

Se cogió de su brazo y salieron de la casa. Fuera los esperaba un desvencijado coche de alquiler, sumergido en la móvil niebla. Mientras Mackenzie la ayudaba a subir al coche, miró hacia el pescante.

—Uno de los hombres de Kirkland —explicó él—. Absolutamente digno de confianza y buena ayuda si hubiera problemas.

Después que él se sentó a su lado y el vehículo se puso en marcha, ella dijo:

—Ahora que ha llegado el momento, me siento como si estuviera buscando una aguja en tres pajares. Y la aguja podría no estar en ninguno de los tres. ¿Y si a nuestro hombre no le apetece jugar esta noche, o tiene tanto trabajo que carece de tiempo para diversiones, o frecuenta otros antros? ¿O se le ha acabado la colonia Alejandro y no quiere pagar una pequeña fortuna por otro frasco?

—Todo nuestro trabajo sería inútil —dijo él, en tono atípicamente serio—. En este tipo de búsqueda se va muchísimo trabajo en eliminar posibilidades. Pero si no se examinan bien los pajares, no hay la más mínima posibilidad de éxito. —Le cogió la mano—. Y si no tenemos suerte, de todos modos siempre hay compensaciones.

Ella se rió en voz baja, entrelazando los dedos con los suyos.

—Sí que las hay.

—Hay otro pajar en el que he estado pensando —dijo él cuando el coche estaba entrando en el Strand—. ¿Podrías identificar al contrabandista al que le quitaste el puñal?

Kiri recordó la refriega en la cueva oscura como boca de lobo. Recordó que la impresionó su tamaño, un olor apestoso a pescado, y una voz rasposa.

—No lo sé. Ocurrió muy rápido y no había nada que lo definiera, ya que su colonia era Eau de Pescado. ¿No sería peligroso volver? Nos marchamos bajo algo así como una nube.

Él se rió.

—Delicadamente expresado. Al día siguiente de volver a Londres le escribí a Hawk para saber si mis negocios con él seguían siendo bienvenidos. Traducida libremente, su respuesta decía que la mayoría de los contrabandistas encontraron muy divertida la refriega, estaban contentos con el pago extra por la muchacha y que yo estoy muy valorado como cliente. Mientras cumpla mi promesa de impedir que la señorita Ford lleve una tropa al escondrijo, todo está perdonado.

—Dudo que Howard esté de acuerdo con esa última parte —dijo ella, irónica.

—Probablemente no, pero es un solo hombre. No habría peligro si visitáramos el escondrijo bajo la protección de Hawk.

El coche se detuvo a la puerta de una casa corriente en Jermyn Street. En una pequeña placa de latón junto a la puerta se leía: «JOHNSON'S».

Mackenzie se apeó y bajó los peldaños.

—Si fuera necesario que viajáramos a Kent, ¿estarías dispuesta o ya has tenido bastante de contrabandistas?

Kiri reprimió un estremecimiento al recordar el momento en que fue capturada y encadenada a la pared.

—¿Cómo reaccionarían si me volvieran a ver? Mi presencia podría enfurecerlos.

—Cassie podría disfrazarte de forma que no te reconocieran. Podrías ir disfrazada de chico. —Sonrió de oreja a oreja—. Aunque por tu figura habría que fajarte muchísimo. Lo comprenderé si prefieres no ir a buscar otra aguja en un pajar que huele a pescado.

Pesarosa, Kiri cayó en la cuenta de que sólo tenían que sugerir que no era lo suficientemente fuerte o valiente para hacer algo, para que al instante ella decidiera hacerlo.

—Iré —dijo.

—Buena chica.

Colocándole la enorme mano en la espalda a la altura de la cintura, la hizo pasar junto a un par de fornidos guardias de ojos vigilantes y entraron en la casa. Ella prefería con mucho tenerlo de acompañante que de criado.

Entraron en un vestíbulo que comunicaba con una amplia sala de juegos en la que había bastantes mesas y una ruleta. La sala y la clientela eran menos elegantes que el Damian's, gente de la clase media. Había unas cuantas mujeres, algunas jugando a las cartas; las más jóvenes y llamativas eran acompañantes igual que ella.

Un caballero de ojos perspicaces se les acercó e hizo una venia.

—Buenas noches, soy el señor Johnson. ¿He tenido el placer de recibirles en otra ocasión?

—No, acabo de llegar del norte a pasar unos días —dijo Mackenzie, con el acento cerrado de Manchester—. Me llamo Mackey.

A ella no la presentó.

Una vez que miró a Mackenzie y decidió que era respetable, el señor Johnson les dio la bienvenida, los invitó a servirse una copa de vino y se alejó a saludar a otro cliente.

Kiri se desabrochó la capa, dejó que Mackenzie se la quitara, sintiendo la caricia de sus seductores dedos en la nuca. Se estremeció de placer, mientras todas las cabezas se giraban hacia ella.

—Tenías razón en que este vestido atraería la atención.

Lo oyó gruñir.

—Tengo unas fuertes ganas de aplastar a todos los hombres que te están mirando.

Ella se metió en su papel soltando una risita gutural.

—Sólo recuerda quién me va a llevar a casa.

Lo miró agitando las pestañas y en sus ojos vio humor, correspondiendo el de ella, y deseo. Estupendo. Usaría eso después.

Las dos horas siguientes Mackenzie jugó en diferentes mesas, sin quedarse mucho rato en ninguna.

Kiri observó que su juego no tenía nada de extrardinario, con apuestas ni grandes ni pequeñas. Sus ganancias también eran mediocres, ganaba un poco, perdía otro poco, ganaba un poco más. Supuso que aplicaba sus habilidades para no destacar.

Ella pasaba el tiempo deambulando por el salón bebiendo muy lentamente su vino. Mientras Mackenzie jugaba en las diferentes mesas podía observar a sus contrincantes. Después coqueteaba con los caballeros que se estaban tomando un descanso del juego.

El coqueteo le ganó una amenaza siseada de otra mujer, que creyó que ella pretendía robarle a su hombre.

—No te preocupes, cariño —ronroneó—. Yo ya tengo al mío, y no necesito robar otro.

Se alejó meneando las caderas provocativamente. Después de pasar un rato observando las tiradas de dados en la mesa del hazard, fue a la mesa donde estaba Mackenzie jugando al whist. El club se estaba llenando, pero no había olido ni trazas de la colonia Alejandro. Muchos usaban agua de Hungría, pero ninguno que pudiera ser de los secuestradores.

Cuando volvía de una visita al tocador de señoras, un jugador borracho la arrinconó en el corredor.

—Eres la más bonita aquí, preciosa —le dijo, con ñoña admiración—. ¿Me das un beso?

Ella se rió e intentó pasar por un lado.

—No regalo mis besos, señor.

—Entonces llámalo degustación, porque podría estar dispuesto a pagar tu precio una vez que pruebe el género.

Rápidamente la aplastó contra la pared buscándole los labios con los suyos.

Asqueada por su aliento hediondo a whisky ella le enterró con fuerza el abanico en las costillas, pero él estaba tan borracho que ni lo notó. Cuando le plantó una regordeta mano en un pecho, se le encendió el genio y estuvo a punto de enterrarle la rodilla en la ingle.

Antes que pudiera castrarlo, el hombre voló hacia atrás soltando un graznido. Mackenzie lo tenía cogido por el cuello de la camisa.

—Quítale las manos de encima a la dama —ladró, con una voz que habría helado a un hombre más sobrio.

El borracho simplemente lo miró pestañeando.

—No es una dama —dijo, en tono de reproche—. Es un dulce bocadito como ningún otro. Sólo quería conocerla mejor.

Emitiendo un gruñido de asco, Mackenzie lo arrojó hasta la otra pared de un empujón. El hombre se deslizó hasta el suelo gimiendo.

Mackenzie le dio un puntapié en las costillas, no como para rompérselas, pero lo bastante fuerte como para dejarle un moretón.

—La dama es mía. Y agradece que no le haya dejado destruir tus posibilidades de engendrar hijos en el futuro.

—Sólo le dije que es bonita —alegó el borracho malhumorado.

Mackenzie le dio otro puntapié en las costillas, más fuerte.

—¡Es mía! —Se giró hacia ella y le ofreció el brazo—. ¿Nos marchamos, muchacha?

Algo estremecida, ella asintió.

—Una vez que recoja mi capa. —Miró despectiva al borracho—. Me irá bien tomar aire fresco.

Volvieron al salón. Si alguien había notado el altercado, no lo consideró lo bastante importante para reaccionar. Mackenzie recogió la capa y se la puso sobre los hombros como si fuera una princesa de cristal.

Cuando salieron se arrebujó bien la capa, pues el aire estaba aún más frío que antes y estaban cayendo gotas de lluvia.

—¿Has tenido bastante por una noche? —le preguntó él mientras esperaban que llegara el coche.

Ella hizo una inspiración profunda.

—Estoy dispuesta a ir a otro establecimiento. Sabía que habría hombres como ese borracho. La parte difícil fue recordar que no debía hacerle demasiado daño.

—Eres una muchacha fuerte.

Llegó el coche y él la ayudó a subir. Después le dio la dirección al cochero, subió, se sentó a su lado y le pasó un brazo por los hombros.

—¿Descubriste a algún sospechoso?

Ella se acurrucó apoyada en su cálido cuerpo.

—Había varios que olían a agua de Hungría, pero ninguno que se pareciera a los secuestradores. ¿Te enteraste de algo interesante?

Él negó con la cabeza.

—Tendríamos mucha suerte si nos enteráramos de algo tan

pronto. Podríamos pasar semanas o incluso meses visitando lugares como este y no descubrir nada. O igual podríamos encontrar a nuestro villano en la próxima parada.

—No tengo temperamento para espiar —dijo ella—. La paciencia está muy singularmente ausente de mi naturaleza.

—Yo soy igual. Pero ayudo a Kirkland cuando lo necesita. No siempre está claro si el espionaje es útil, pero impedir un asesinato es importante.

—¿Cómo se llama el próximo lugar?

—El Captain's Club. Es un antro, no un verdadero club, pero atrae a muchos militares ya licenciados y en activo. Habrá menos mujeres.

—Entonces tendré menos posibilidades de que me arranquen los ojos.

—Tengo la más absoluta fe en que ganarás en cualquier riña de gatas —dijo él con simpática seguridad—. A no ser que te enfrentes a Cassie. Estaríais igualadas en posibilidades.

Ella se rió.

—Sí que me vigilas, ¿eh? Apareciste bastante pronto cuando ese borracho se desmandó.

—Mi primer deber es tenerte a salvo. Todo lo demás es secundario.

Ella le cogió la mano, confortada por saber que formaban un equipo.

—Gracias. ¿Mañana más de esto?

—Sí. Visitaremos una sala de juego en casa de una mujer. Madame Blanche lleva su negocio más como un salón de fiestas particular que como un club, así que hay baile y comida decente, además de juego. Va a ser necesario que Cassie te ayude a disfrazarte bien. —Frunció el ceño, pensativo—. En algún momento podríamos tener que ir a un combate de boxeo si ahí es posible encontrar al tercer secuestrador superviviente.

—Eso sería interesante. Nunca he visto un combate de boxeo

normal. Sólo peleas entre soldados en las que no se ceñían a ninguna regla.

—Que los combates normales se ciñan a las reglas de Broughton no significa que no sean sangrientos —advirtió él.

Qué más daba. Ella y Mackenzie estarían a salvo juntos.

El Captain's Club era más pequeño y, como dijera Mackenzie, sólo había un par de mujeres presentes, además de ella. El salón de juego estaba silencioso, sólo se oían murmullos de comentarios sobre el juego y los sonidos apagados de las cartas al caer sobre los tapetes verdes.

Se acercó el dueño a saludarlos.

—Soy el señor Smythe —dijo amablemente—. Bienvenidos al Captain's Club. ¿A qué les gustaría jugar esta noche?

—Buenas noches, señor —dijo Mackenzie con su robusto acento norteño—. Soy Dan Mackey, y estoy en ánimo de jugar al ombre.

—Está de suerte. Justamente en este momento se está formando una mesa de ombre y hay lugar para un jugador más. —Los llevó hasta una mesa redonda hacia la parte de atrás a la que estaban sentados cuatro hombres—. Señores, el señor Mackley va a tomar parte en este juego. Señor Mackey, ellos son el teniente Hardy, el comandante Welsh, el capitán Swinnerton y el señor Reed.

Kiri sintió que Mackenzie se ponía rígido como una piedra. Supuso que conocía bien a uno de esos hombres y temía que lo reconociera. Pensó que él pretextaría que prefería jugar en otra mesa.

Pero los jugadores apenas levantaron la vista de sus cartas y bebidas para reconocer su presencia; Mac, el recién llegado, era civil y norteño, así que no les interesaba; además, iba muy bien disfrazado. Aplastando sus dudas, él se sentó a jugar.

Mientras daban las cartas Kiri rodeó la mesa para captar los olores de los jugadores. No olió Alejandro; un hombre llevaba Jockey Club y dos llevaban Guard's Bouquet. El cuarto no se había puesto colonia, pero olía fuertemente a caballo.

Después que pasó por detrás de su silla, Swinnerton, el hombre que olía a Jockey Club, la miró enfadado y le ladró a Mackenzie:

—Controla a tu puta si no quieres que la acusen de mirar las cartas de los otros hombres.

Kiri lo miró con inocente indignación.

—¡Yo no haría eso!

Mackenzie arrastró una silla de una mesa vecina, la puso a su lado y dio una palmadita en el asiento.

—Siéntate aquí, muchacha. —La miró con sonrisa de enamorado—. Tráeme suerte.

Ella se fijó en que había hablado con acento más cerrado y la voz más aguda.

Obedeció haciendo un coqueto morro. La mesa era pequeña, lo que le dio un pretexto para sentarse tan pegada a él que le presionaba el muslo con el suyo. Puesto que no había conversación aparte de la que exigía el juego, tuvo tiempo de sobras para observar a los jugadores de las otras mesas. Aunque no estaba lo bastante cerca para captar los olores, no vio a ninguno del tamaño, figura y movimientos que había visto entre los secuestradores.

Finalmente, su mirada se posó en Swinnerton, que estaba sentado enfrente. Se le despertó el interés al observarlo más detenidamente. Era un hombre de aristas duras, aunque en ese momento estaban ablandadas por la mitad de la botella de coñac que tenía delante. Y a pesar de no llevar la colonia Alejandro, su figura y movimientos le recordaron al jefe de los secuestradores. ¿Podría ser él su presa? Un hombre no tenía por qué ponerse la misma colonia todos los días.

Cuando estaban dando la segunda mano, el teniente Hardy dijo despreocupadamente:

—Swinnerton, ¿supiste que la otra noche mataron al dueño del Damian's? Dicen que salió a perseguir a un ladrón y eso le ganó que el hombre le disparara.

Kiri agudizó su atención y notó que a Mackenzie se le tensaba el muslo, pero su expresión no cambió. Tenía que sonar raro oír comentarios sobre tu propia supuesta muerte.

Notó que a él le aumentaba la tensión cuando habló Swinnerton:

—No es una pérdida, Hardy. A ese cabrón de Mackenzie lo destituyeron del ejército, ¿sabes? ¡Que se pudra!

Hardy movió las cartas que tenía en abanico en la mano, con un ceño que indicaba que no le gustaban nada.

—Eso no lo sabía. Estuve con Mackenzie una o dos veces en su club. Me pareció un tipo simpático. ¿Por qué lo destituyeron?

—Violó y asesinó a la esposa de un oficial compañero nuestro —dijo Swinnerton, con la cara como el granito.

Capítulo 22

Todos hicieron una brusca inspiración ante esa dura afirmación.

—¡Qué diablos dices! —exclamó uno, horrorizado.

Mac se sentía paralizado, con el corazón retumbando. Era pura mala suerte que lo hubieran puesto en la misma mesa con Rupert Swinnerton. Pero aún así, no había supuesto que iba a arrojar ese horror sobre el tapete de juego; aunque debería haberlo pensado: el anuncio de su muerte lo hacía atractivo.

Aunque habían pasado más de tres años, Swinnerton no dijo que él era el hombre a cuya esposa asesinaron. La historia no los favorecía a ninguno de los dos.

Cuando todos los ojos, incluidos los de Kiri, estaban dirigidos a Swinnerton, Hardy preguntó con la voz ahogada:

—Si eso es cierto, ¿cómo es que no lo colgaron?

—El asesinato ocurrió en Portugal; es más fácil acallar un crimen en un país lejano —dijo Swinnerton amargamente—. Mackenzie era un bastardo de la familia Masterson. Su hermanastro y otro amigo elegante consiguieron que retiraran la acusación a cambio de embarcarlo de vuelta a Inglaterra y quitarle la comisión.

—Entonces que haya muerto por un disparo tal vez fuera lo que se mereciera por justicia —musitó el comandante Welsh jugando una carta.

—Por justicia o por el marido de la mujer deshonrada —dijo en tono grave el señor Reed.

—Cuesta creer que se pueda acallar el asesinato de la esposa de un oficial —dijo Hardy, ceñudo—. ¿Tal vez la historia se distorsionó al contarla?

Swinnerton negó con la cabeza.

—Me lo contó un oficial que estaba ahí y lo presenció todo. Feo asunto. La mujer estaba liada en un romance con Mackenzie, así que su marido no tenía muchos deseos de proclamar el asunto a voz en cuello.

Welsh movió la cabeza.

—Comprendo por qué no. Pobre diablo. Perder a su mujer de una manera tan horrenda y luego que se le niegue la justicia. Supongo que a Mackenzie lo hicieron salir de Portugal antes que el marido pudiera retarlo a duelo.

Antes que Swinnerton pudiera contestar, Reed dijo, impaciente:

—Un asunto lamentable, pero basta. Hemos venido aquí a jugar a las cartas.

Aunque se acabó la conversación, Mac seguía estremecido hasta la médula. Ombre, el juego español que dependía más de las tácticas que de la suerte, era uno de sus favoritos, pero en ese momento casi no veía las cartas.

Una fuerte mano femenina le apretó el muslo, y la voz de Kiri ronroneó en su oído:

—Tengo sueño, cariño. ¿Nos vamos a casa para acostarnos?

Entonces le lamió el borde de la oreja y aunque él pegó un salto que casi lo hizo salirse de la piel, le había dado un buen pretexto para marcharse. La partida estaba terminando, así que dijo:

—Puesto que mi dama está cansada, me retiro, caballeros. Gracias por el juego, y buenas noches.

Los hombres se despidieron con expresiones maliciosas, y

una cierta envidia, al mirar a Kiri. Mientras se alejaban, ella se cogió de su brazo, adoradora, e hizo un meneo extra con las caderas. Ninguno de los hombres presentes se acordaría de su cara, puesto que le habían mirado otras partes de su anatomía.

Pensando que Kiri le haría preguntas acerca de la historia de Swinnerton, Mac le puso la capa sobre los hombros y la llevó fuera hasta donde los esperaba el coche. Subieron, y cuando el coche se puso en marcha, ella le preguntó en voz baja:

—¿Qué ocurrió en realidad?

—¿No lo oíste? —dijo él, con la voz frágil—. Violé y maté a la esposa de un compañero oficial y escapé de un ahorcamiento bien merecido.

—No digas tonterías. Eres un protector, no un violador ni un asesino.

Encontró su mano en la oscuridad y se la cogió. Él cerró la mano sobre la de ella, estremecido.

—Pero he matado —dijo tristemente, sintiendo el peso de todos los errores que había cometido en su vida—. Con mucha frecuencia.

—Claro que has matado —dijo ella tranquilamente—. Eso es lo que hacen los soldados. Y hay otros tipos de guerra que no se luchan en el campo de batalla, como, por ejemplo, nuestra búsqueda de asesinos. Pero ¿violar y matar a una mujer indefensa? Nunca.

Él cerró los ojos, inmensamente agradecido por su fe.

—Gracias. Fue horrible verme acusado de un crimen tan espantoso. Y peor aún que algunas personas se lo creyeran.

—¿Qué ocurrió?

—Harriet Swinnerton fue la mujer asesinada; era la esposa de Rupert Swinnerton, el que contó la historia.

Kiri ahogó una exclamación.

—¿Estuviste con él en el ejército?

—Apenas. Cuando me alisté en el ejército quedé a las órdenes de Alex Randall. Después que nos enviaron a Portugal, me cambié a otra unidad en que necesitaban a un oficial subalterno joven. Aunque Swinnerton era teniente, superior a mí, rara vez lo veía. Normalmente estaba ocupado en sus aventuras amorosas. —Suspiró—. Yo cumplía con mi deber, pero no tenía mucho de soldado, Kiri. Sólo me alisté porque mi padre se ofreció a comprarme una comisión para establecerme en el mundo. Eso es más de lo que hacen muchos hombres por sus bastardos.

—Y podría haberte gustado luchar —observó ella—. A mí no me parece que estuvieras hecho para ser cura párroco.

Él casi se rió.

—Muy cierto. El combate propiamente dicho era... interesante. Uno se siente muy vivo. Aterrado, exaltado y desafiado. Pero la batalla es una pequeña parte de la vida de un soldado, y el resto, bueno, detestaba las reglas, las restricciones, obedecer las órdenes de unos tontos.

—¿Como Swinnerton?

—Él no sólo era tonto, sino un tonto brutal. Corría el rumor de que tuvo que casarse con Harriet después que la sedujo. Estaba claro que no había amor entre ellos. Los dos eran archiconocidos por sus aventuras extraconyugales. —Movió la cabeza; todavía le costaba creer en su estupidez—. Yo sabía que era un error liarme con ella, pero me lié de todos modos.

—¿La amabas? —preguntó Kiri, dulcemente.

Aun pasados tres años, no sabía la respuesta.

—Un poco, creo. Era hermosa y estaba furiosa. Pero también tenía una especie de fragilidad que me hacía desear cuidar de ella. Yo me sentía solo y cuando ella me hizo insinuaciones, no me alejé como habría hecho un hombre más juicioso.

«Era muy hermosa después de todo y una experta amante.»

—Me parece bastante trágico. ¿Cómo murió?

Él tenía grabados en la memoria todos los momentos de esa noche.

—La visité en su alojamiento. Swinnerton estaba ausente y

me pareció que no había riesgo. Ella se sentía inquieta esa noche, y cuando estaba a punto de marcharme, de repente me pidió que me fugara con ella.

La tenue luz que entraba por la ventanilla enmarcaba el fino perfil de la hermosa y atenta cara de Kiri.

—¿Te sentiste tentado?

—No, en absoluto. Había estado pensando en poner fin al romance y su sugerencia me hizo ver que había llegado el momento. Ella no estaba enamorada de mí, sólo deseaba marcharse de Portugal. Eso nos habría deshonrado a los dos. —Torció la boca en un rictus—. Pero si hubiera dicho que sí, aún hoy podría estar viva.

—¿Por qué piensas eso?

—Se enfureció conmigo, estaba fuera de sí de furia, me arrojó un jarrón y me amenazó con decirle a su marido que yo había intentado forzarla. Eso me hizo mucho más fácil marcharme y comprender que había hecho lo correcto.

—O sea, que estaba viva cuando tú te marchaste.

—Muy viva. —Hizo una honda inspiración; detestaba hablar de lo que venía a continuación—. Entonces esa noche, ya tarde, llegó Swinnerton inesperadamente y se armó la gorda. Él dijo que había encontrado a Harriet y a su doncella portuguesa brutalmente golpeadas y moribundas. —Kiri ahogó una exclamación, pero él continuó, pues deseaba dejar el tema lo más pronto posible—: Swinnerton aseguró que Harriet seguía viva cuando la encontró y que con su último aliento me acusó de haberla violado y de haberlas golpeado a ella y a su doncella.

—Buen Dios —susurró Kiri, apretándole la mano con una fuerza como para dejarle moretones—. ¿Crees que Swinnerton se enteró del romance y esa fue su venganza?

Él asintió.

—Yo creo que Harriet estaba tan furiosa que le dijo lo mío y tal vez lo de sus otras aventuras también, y él perdió los estribos. Después que ella murió él se basó en esa supuesta acusación de ella antes de morir para justificar un consejo de guerra sumarísimo a la mañana siguiente. Me declararon culpable y me condenaron a ser azotado y luego ahorcado hasta morir, morir, morir.

Kiri se estremeció.

—¿Cómo escapaste de la horca?

—Gracias a Alex Randall y a mi hermano Will. Mi sargento le envió un mensaje a Will, que fue corriendo a hablar con Wellington mientras Randall iba a toda prisa a nuestro campamento a ver lo que ocurría. —Sonrió sin humor—. Si Swinnerton no hubiera tenido tantas ganas de verme azotado, yo ya habría muerto para cuando llegó Randall. Pero estaba vivo y pude alegar mi inocencia ante Randall y explicarle lo que yo creía que había ocurrido realmente.

—Gracias a Dios que llegó ahí a tiempo y te creyó —dijo ella, vehemente.

—Y que fuera Randall —dijo Mac, moviendo la cabeza maravillado—. Se plantó ante la casa en que me tenían encerrado y dijo que no creía que yo fuera culpable, y que si intentaban colgarme basándose en simples suposiciones, tendrían que pasar a través de él.

—He visto lo bastante de Randall para creerlo capaz de mirar fijamente a todo un destacamento de infantería y hacerlos desviar la vista —dijo Kiri, reverente—. ¿Cómo reaccionó Swinnerton?

—Estaba gritándole y amenazándolo cuando entraron Wellington y Will al galope en el campamento. Mientras Wellington ordenaba a todos que abandonaran el estado de alerta para explicarle lo ocurrido, Will encontró una testigo de la paliza. La doncella de Harriet estaba mal herida pero viva y aún capaz de hablar. Declaró que su señora había estado liada en una aventura conmigo, pero que cuando me marché esa noche estaba bien e ilesa.

—¿Identificó al verdadero asesino?

—Dijo que no vio al hombre con claridad, pero que estaba bastante segura de que era bajo y portugués; un ladrón seguramente —añadió irónico.

—¿Tú crees que reconoció a Swinnerton pero no se atrevió a decirlo?

—Esa es mi teoría, pero podría estar equivocado. No había más pruebas en contra suya que en contra mía. Él no tenía nada ni una gota de sangre encima, pero no registraron sus habitaciones, así que podría haberse cambiado la ropa antes de salir a dar la alarma. —Estiró los labios—. Otra teoría que se barajó fue que yo me acostaba con la doncella además de con la señora, así que la doncella mintió para protegerme.

—¿Por qué iba a mentir para proteger al hombre que asesinó a su señora y casi la mató a ella? Eso no tiene lógica.

—Esas cosas no tienen nada que ver con la lógica —dijo él, más irónico aún—. Lord Wellington dictaminó que no se podía ejecutar a un oficial británico sin pruebas. Aun en el caso de que Harriet hubiera asegurado que fui yo, una mujer tan herida y lesionada podría haber estado delirando, mientras que la mujer que sobrevivió dijo claramente que yo no fui el asesino. Después de descartar la acusación, Wellington recomendó encarecidamente que me retirara del ejército, vendiera mi comisión y volviera a Inglaterra lo más pronto posible. Y eso hice.

Y no podría haberlo hecho sin la ayuda de su hermano, pensó; Will era sólo un par de años mayor que él, pero siempre había sido el protector hermano mayor.

—Juiciosa medida. Aun cuando no te declararan culpable, te habría sido imposible continuar en el mismo regimiento.

—Me alegró volver a Londres, aun cuando no tenía ni idea de qué haría. Entonces fue a verme Kirkland y me sugirió otra ocupación.

Le pareció irresistible la idea de hacer un trabajo útil en lugar de continuar siendo el vergonzoso bastardo de los Masterson. Y había resultado ser mucho mejor dueño de un club de juego e informante que soldado.

—¿El asesinato de Harriet sigue sin resolverse, supongo?

—Oficialmente. El incidente arruinó dos carreras. Swinnerton no caía muy bien, así que muchas sospechas recayeron sobre él tanto como sobre mí. Su familia pagó para que lo trasladaran a un regimiento en las Indias Occidentales, para que pudiera escapar de lo peor del escándalo.

—Eso es un castigo en sí mismo, dada la cantidad de enfermedades que hay ahí —dijo Kiri—. Me pareció que estaba bastante amarillento bajo su bronceado. Tal vez se retiró del ejército por motivos de salud.

—Yo no sabía que estaba de vuelta en Londres —dijo Mac—, por lo que es posible que haya llegado hace poco. —Hizo un mal gesto—. No lamenté dejar el ejército, pero de cualquier otra manera habría sido mejor.

—Cuanto siento que hayas tenido que soportar eso —dijo Kiri, girándose hacia él, apoyando la cabeza en su hombro y rodeándole la cintura con el brazo libre. Cálido y maravilloso abrazo femenino—. Creo que Rupert Swinnerton es un monstruo. También podría ser uno de los secuestradores.

Mac se despabiló al instante.

—¿Olía a Alejandro?

—No, pero se parece al secuestrador jefe. Más que todos los demás hombres que hemos visto esta noche.

—¿Qué seguridad tienes de que él es nuestra presa?

—Ninguna. Pero creo que habría que vigilarlo.

Mac reflexionó sobre lo que sabía de Swinnerton. Era frío como una serpiente, y en el ejército había adquirido conocimientos y técnicas útiles para cualquier asesino.

—Quiero ser imparcial en esto, pero creo que Rupert Swinnerton es capaz de cualquier cosa.

—Yo espero que sea culpable —dijo Kiri, pensativa—. Fue muy desagradable.

—O sea, que hemos conseguido algo esta noche después de todo. Un buen comienzo para nuestra investigación.

Contento por haber hecho cierto progreso y agradecido de la comprensión de ella, inclinó la cabeza para besarla. Sus labios se posaron en la suave curva de su mejilla.

Ella giró la cara para corresponderle el beso y la gratitud se transformó en pasión. Ese vestido de satén verde lo había vuelto loco desde la primera vez que ella se lo puso, y en ese momento no deseaba otra cosa que quitárselo. Sus pechos, tan llenos, tan perfectos; su aroma, su esencia, estaba realzada por un perfume exótico que le hizo salir volando la razón de la cabeza.

Ella introdujo la rodilla entre las de él y sus manos lo exploraron por todas partes tal como las de él a ella. De pronto el coche se detuvo con un crujido, sobresaltándolos. Habían llegado a Exeter Street 11.

Con el cuerpo vibrando, Mac puso fin al abrazo.

—¿Qué tienen los trayectos en coche? —resolló—. Mi sentido común se escapa por la ventana cuando viajo contigo.

—Es absolutamente lógico —dijo ella, riendo—. En un coche estamos cerca y solos. Siempre que ocurre eso deseamos saltarnos encima.

—Razonas con buena lógica. —Le acunó tiernamente la cabeza en su hombro—. Y eres francamente buena para saltar encima también.

—Eso me viene de observar a los gatos. —Deslizando la mano por entre sus muslos le cogió el miembro con paralizante precisión—. Habiendo llegado a este punto, lo lógico es que subamos a mi habitación a hacer el amor desenfrenada y apasionadamente.

Capítulo 23

*L*as palabras de Kiri le bajaron en línea recta del cerebro a la ingle. Se le tensaron todos los músculos del cuerpo con el esfuerzo de recuperar el autodominio. Estaban en un coche, por el amor de Dios. Delante de su casa provisional. Debían apearse y entrar en la casa.

Por la mente le pasó una fugaz imagen de los dos haciendo el amor ahí, haciendo temblar todo el liviano coche. El humor de ese pensamiento le despejó un poco la cabeza.

—Vamos a bajar de este coche y olvidarnos de esta locura —dijo en tono firme—. Vamos a entrar en la casa y a subir cada uno a su habitación a dormir el sueño de los justos.

Claro que él estaría despierto toda la noche con el intenso deseo frustrado que su mano derecha no podría aliviar del todo.

—No seas ridículo —dijo ella, mordaz, arreglándose la ropa y buscando su papalina—. Puede que no tengamos un futuro, pero tenemos un presente. Nos deseamos y estamos viviendo fuera de nuestras vidas normales. Mientras dure esta investigación podemos hacer lo que deseemos sin censura social.

La necesidad de ahogar esa tentadora visión lo impulsó a abrir la puerta del coche y a saltar a la acera. No se giró a ofrecerle la mano para ayudarla a bajar porque no se atrevía a tocarla, y ella era muy capaz de bajar de un coche sola.

Ella demostró que era capaz, pero hizo trizas sus buenas intenciones cogiéndose de su brazo. Sin decir palabra subieron la escalinata y él abrió la puerta. En el pequeño vestíbulo habían dejado una lámpara que daba una tenue luz para guiarse. En la mesa sólo quedaba una vela, lo que significaba que los demás ya habían vuelto y se habían ido a acostar.

—El jardín del Edén contenía a Adán, a Eva y a la serpiente —dijo en voz baja—. Tú, Kiri, sin duda desciendes de la serpiente, que ofreció la tentación a cambio de las almas de Adán y Eva.

Sin sentirse insultada, ella se rió.

—He leído que la sexualidad era la verdadera tentación que ofreció la serpiente, y desde entonces los adanes y evas han cogido esa manzana con infinito entusiasmo. —Dejó de reír quitándose los guantes, dejando a la vista sus elegantes manos de dedos largos—. ¿Por qué no debemos hacer lo mismo? ¿Dónde está el mal?

La idea de esos hermosos dedos desnudos sobre su cuerpo lo hizo tragar saliva y desviar la mirada.

—Eres demasiado inteligente como para no comprender que la sexualidad es volátil y a veces peligrosa. Puede causar muchísimo sufrimiento y aflicción. A mí casi consiguió que me mataran.

—Yo no tengo un marido loco y tú no tienes una esposa loca, a no ser que la tengas oculta —señaló ella.

Él torció la boca.

—No me he acostado con una mujer desde que murió Harriet.

Ella retuvo el aliento ante la sorpresa.

—Eso no puede ser por falta de oportunidades.

—No. El motivo es... sentimiento de culpabilidad, supongo. —Se obligó a explicar por qué había evitado liarse con mujeres—. Con Harriet fui descuidado y eso desencadenó un desastre que la mató e hizo daño a muchos otros. A mí me volvió... receloso.

—Yo creo que ella iba por el camino del desastre. Si Swinnerton no le hubiera dado la paliza esa noche, seguro que se la habría dado en otra ocasión. ¿No es hora de que vuelvas a vivir tu vida plenamente?

Él la miró a los ojos, verdes aún con esa tenue luz.

—De verdad eres pagana. Pero eres demasiado inteligente como para no saber que las consecuencias son reales. Aun cuando no me dispare ni tu padre ni tu hermano, siempre está la posibilidad de que quedes embarazada.

—Reconóceme el mérito de haber hecho planes por adelantado —dijo ella sonriendo traviesa—. Cuando estaba considerando la posibilidad de casarme con Godfrey Hitchcock, le pregunté a Julia Randall si conocía algún método para evitar embarazos no deseados. Es utilísimo conocer a una buena comadrona. Vine a Exeter Street preparada porque deseo muchísimo estar contigo mientras pueda.

—Me siento profundamente halagado —dijo él sinceramente—. Pero aunque tú puedas tomártelo con despreocupación, yo no sé si puedo.

Antes de Harriet Swinnerton, se había especializado en tener aventuras poco serias, despreocupadas, pero ya no era ese hombre.

Ella le pasó las yemas de los dedos por la mandíbula en una suavísima caricia.

—Dado que tu último romance acabó en desastre y has vivido tres años en solitaria abstinencia, ningún nuevo romance puede ser despreocupado para ti. ¿O tienes la intención de llevar toda una vida de abstinencia?

Él se estremeció por la suave caricia.

—Noo, claro que no. Pero es mejor que cometa los pecados de la carne con una mujer mayor y más experimentada, para que haya menos consecuencias.

—No tiene por qué haber consecuencias entre nosotros, aparte de la comprensible cantidad de pena cuando llegue el momento de separarnos. —Se quitó la papalina revelando que el apasionado beso en el coche le había dejado el lustroso pelo en un encantador desorden—. ¿No crees que el placer que podemos compartir antes de separarnos valdrá esa pena?

Él no supo si echarse a reír o a llorar.

—Eres distinta a todas las mujeres que he conocido en mi vida. Si yo tuviera una pizca de sensatez, subiría corriendo a mi dormitorio y me encerraría ahí con llave.

A la tenue luz su morena belleza tenía un aire exótico.

—Me consideras inglesa porque ese es el lado que ves, pero también soy hija de India. Mi mente no siempre funciona como tú podrías esperar.

—Eso lo he notado. —Trató de no mirar mientras ella se quitaba la capa, dejando a la vista sus curvas y su piel desnuda—. ¿En India todas las mujeres son peligrosas seductoras?

—Muy pocas. —Sonrió traviesa—. Sencillamente, tú has tenido mucha suerte.

El vestíbulo era pequeño y no había lugar para apartarse cuando ella le echó los brazos al cuello. Su voz, su aroma, su hermoso y flexible cuerpo le inundaron los sentidos.

—También me crees una doncella inocente que necesita protección —continuó ella en voz baja—. Pero no soy inocente.

Y eso se lo demostró con un beso que lo abrasó hasta la médula de los huesos.

—Me has quitado la última pizca de conciencia, Kiri —dijo él con la voz ahogada cuando interrumpió el beso para respirar—. Casi creo que podemos ser amantes sin desencadenar otro desastre. Y aunque no pudiéramos, en este momento no me importa.

Ella retrocedió y le cogió la mano.

—Podemos unirnos sin destruirnos mutuamente. Eso te lo prometo. Ahora vamos.

Él encendió la vela en la lámpara de noche y se dejó llevar por la escalera. La llama parpadeaba por la corriente de aire haciéndola parecer más un sueño que una realidad. Una increíble mujer hermosa diferente de cualquier otra. Una mujer fuerte, no necesitada. Una mujer capaz de dar sin pedir su alma a cambio.

Demasiado bueno para ser cierto. Pero por esa noche, deseaba creerlo, con bastante desesperación.

Atrapada entre la euforia y el terror por su osadía, Kiri llevó a Mackenzie hasta su dormitorio. Lo había considerado espacioso, pero él lo hacía parecer más pequeño, con sus anchos hombros y su altura.

Tan pronto como se cerró la puerta, él la envolvió en un embriagador abrazo. La había fascinado cuando intentaba refrenarse con tanto valor; ahora que había liberado su deseo, era irresistible.

Con la luz de una sola vela lo percibía más por el olor y el contacto que por la vista. Delicioso, y deseaba aspirarlo, inhalarlo, saborearlo, devorarlo, introducirlo dentro de su ser.

Él le acarició la espalda con sus hábiles y largos dedos; era tan agradable que no se dio cuenta de que le había desabrochado el vestido hasta cuando este cayó a sus pies en un charco de satén verde. La camisola y el corsé le cubrían la parte superior del cuerpo igual que el vestido, pero él la contemplaba embelesado.

—¿Por qué las prendas interiores son tan tremendamente tentadoras? —preguntó, siguiendo el borde del corsé por encima de sus pechos.

—Porque está prohibido mirarlas —contestó ella con la voz ronca, sintiendo cantar la piel con su caricia—. Pero ahora te toca a ti.

Se le acercó, le soltó la corbata y se la sacó. Acercó la cara para besarle el cuello y sintió en los labios los latidos de su pulso. También captó una traza de sal por encima de la misteriosa esencia que era él.

—Quédate quieto —ordenó—. Quiero volverte loco.

—Ya me has vuelto loco —gimió él.

Pero se quedó inmóvil como una estatua. Ella le quitó la chaqueta, sacó fuera de los pantalones los faldones de la camisa y entonces deslizó las manos por su piel tirante sobre los músculos. Le encantó la figura que formaba su vello en el pecho y los visos rojizo dorados que le daba la luz de la vela.

Rápidamente le sacó la camisa por la cabeza, le quitó el chaleco almohadillado que llevaba para verse con el vientre más abultado. Y mientras hacía todo eso, le rozó la espalda y sintió una sorprendente aspereza. Curiosa, lo rodeó para mirársela.

Retuvo el aliento. Su espalda era un laberinto de cicatrices melladas. Como hija de general del ejército, comprendió la causa. Le puso suavemente la mano en medio de la espalda.

—Supongo que estas son las marcas de los azotes de Swinnerton. Es un milagro que no murieras.

—Cerca estuve —dijo él, con voz apagada—. Ordenó mil doscientos latigazos, el máximo permitido, pero yo me desplomé cuando llevaban más o menos quinientos. Swinnerton deseaba que soportara el total antes de colgarme, así que me llevaron a rastras y me encerraron. Fue un cirujano a remendarme lo suficiente para que pudiera recibir el resto de los azotes.

—¿Entonces fue cuando llegó Randall? Dijiste que si no hubiera sido porque Swinnerton deseaba que te azotaran, te habrían colgado antes de que te llegara la ayuda.

Él hizo una honda inspiración, que le hinchó el ancho pecho.

—Había recuperado el conocimiento lo suficiente para decirle a Randall lo que ocurrió. Cuando llegaron Will y Wellington ya volvía a estar consciente.

Ella contuvo las lágrimas que empezaron a brotarle.

—Entonces me alegro por las cicatrices, porque si no hubiera sido por los azotes habrías muerto antes de que yo te conociera.

—Estarías mejor si eso no hubiera ocurrido, mi muchacha

guerrera —dijo él sombríamente—. Yo no puedo hacerte ningún bien.

—Qué tontería. Eres maravillosamente estimulante. No haberte conocido habría sido una lamentable pérdida.

—No habría sido pérdida alguna si no hubieras sabido nada de mi existencia —dijo él, con la voz seca como un hueso del desierto—. Pero si me hubieran colgado se me recordaría como a un violador y asesino, y no habría querido cargar a Will con esa amargura.

—Comprensible. —Incluso a un hombre tan tranquilo como Will Masterson le disgustaría ese tipo de notoriedad. Le acarició la espalda con las dos manos—. Pero no cometiste ningún crimen.

—Legalmente no, pero las cicatrices son la marca de esa estupidez criminal. Harriet Swinnerton también se insinuaba a otros oficiales. Pero ¿habría aceptado Will sus insinuaciones? ¿Randall? Incluso cuando eran oficiales jóvenes subalternos tenían más juicio.

Ella comprendió que para él las cicatrices no sólo eran una señal de estupidez sino también de vergüenza. Le rodeó la cintura con los brazos y apoyó la mejilla en su mellada espalda.

—Las cicatrices también son una señal de injusticia —dijo dulcemente—. Casi moriste por un crimen que no cometiste, y debido a eso te nació una pasión por la justicia, ¿verdad? Eso es en parte el motivo de que trabajes con Kirkland. Cambiaste y te convertiste en un hombre mejor.

Al cabo de un silencio de varios segundos, él dijo, de mala gana:

—Supongo.

Ella continuó abrazada a él, sintiendo los latidos de su corazón, la expansión y relajación de sus pulmones al respirar. Un hombre fuerte, masculino, y vivo. Sin embargo podría no estar vivo y ella nunca habría sabido lo que se había perdido.

—¿Es mejor nacer sabio? —preguntó él—. ¿O alcanzar la sabiduría sólo a través de la estupidez?

Kiri lo pensó.

—Nacer sabio sería más fácil. Mi hermana Lucia heredó la sensatez de su padre y siempre fue una niña sabia. —A diferencia de ella—. Pero desde el punto de vista teológico creo que es preferible esforzarse y superar la debilidad para ser una persona mejor. —Se rió—. Desde luego es más interesante.

Mac se giró y la estrechó en sus brazos apretándola a su pecho y hundiendo la cara en su pelo.

—No me cabe duda de que Lucia es una damita encantadora y admirable. Sin duda es hermosa si se parece a ti, pero no hechicera, no capaz de reordenar mi mente y mis recuerdos mediante una mezcla de inteligencia y belleza.

—Los hombres rara vez mencionan mi inteligencia, y nunca antes que mi belleza —dijo ella, aprobadora—. Esto es lo que te hace tan hombre que no quiero desaprovechar la oportunidad de estar contigo.

Pero no tan hombre que no se dejara abrazar. Le encantaba la potencia de sus anchos hombros y su musculoso cuerpo; le encantaba su forma de besarla y acariciarla; le encantaba cómo todas las fibras de su ser respondían a él, deseando atraerlo, rendirse y unirse.

Los ágiles dedos de él le desabrocharon el corsé y luego sus manos le friccionaron los costados para aflojarle los músculos. Después deslizó esas manos hacia arriba y las ahuecó en sus pechos. Suavemente le amasó los ansiosos pechos por encima de la camisola de algodón, atormentándole los pezones con los pulgares hasta que ella arqueó la espalda de placer. Consiguió sacar voz para decir:

—Tengo que hacer una rápida interrupción detrás de ese biombo para prepararme. Cuando salga de ahí me gustaría muchísimo encontrar un fuego ardiendo en el hogar y a ti desnudo.

Él sonrió de oreja a oreja.

—Tus deseos son órdenes para mí, mi reina guerrera.

Ella se apartó y se dirigió al biombo, sin mirar atrás, porque si lo miraba no sería capaz de mantenerse apartada.

Optimista como siempre, ya había dejado preparada la esponja con vinagre, así que sólo le llevó un momento insertársela. No fue del todo sincera con Mackenzie al decirle que una relación íntima no tendría consecuencias. Su nombre quedaría grabado en su corazón en letras de fuego hasta que muriera.

Pero haría todo lo posible para evitar consecuencias físicas desastrosas. Si quedaba embarazada, él era tan caballero que se casaría con ella, pero no deseaba un marido no bien dispuesto.

Oyó los ruidos que hacía el carbón mientras él encendía el fuego. Luego el frufrú de la ropa y de las botas mientras se desvestía. Saber lo que estaba haciendo era tremendamente excitante. Se quitó el corsé, luego la camisola y las medias, y formando una bola con cada prenda las fue lanzando por encima del biombo, una a una.

—Sabes añadir combustible a las llamas, ¿eh? —dijo él, admirado.

—Lo intento.

Sintiendo una repentina y ridícula timidez, se soltó el pelo y agitó la cabeza dejándolo caer hasta la cintura en una brillante cascada.

Haciendo una honda inspiración, salió de detrás del biombo. Le habían dicho que era bella desde que era una niña voluntariosa. Esa era la prueba definitiva. A juzgar por la pasmada expresión que vio en la cara de él, había aprobado el examen.

—Uy, milady. ¿Cómo puedes parecer tan inocente como Eva y tan deseable como Afrodita al mismo tiempo?

—No soy ni Eva ni Afrodita, aunque me agrada que lo pienses.

Entrecerrando los ojos lo contempló detenidamente de arriba abajo, las suaves ondas de su abundante pelo castaño, los anchos hombros y pecho, las estrechas caderas y las musculosas piernas. Y claro, vio la prueba de cuánto la deseaba.

Podría ser la obra de un escultor griego al que hubiera servido de modelo, pero vivo en carne y hueso era mucho más fascinante.

—Tú también eres hermoso, Damian, pero creo que no inocente.

—Desde luego, inocente, no. —Se le acercó y le cogió la mano—. Pero esta noche me siento renacido. Como si esta fuera mi primera vez.

Entrelazó los dedos con los de ella y puso las manos sobre su corazón. El movimiento los dejó a una distancia de menos de un palmo; ella sentía el calor de su cuerpo. Sus manos no eran de color muy diferente, pero el cuerpo de ella era todo tostado, en contraste con la blancura inglesa del pecho de él.

Ella avanzó y apretó su cuerpo más blando al de él, de firmes músculos y ángulos. Hombre y mujer, diseñados para aparearse. Se abrazaron y se besaron, acariciándose en dulce exploración.

Bastaron unos segundos para que la dulzura se transformara, como un reguero de pólvora, en ardientes lenguas y manos impacientes. Era el momento de sugerir que no desperdiciaran esa desnudez, ahí de pie, cuando les sería más útil aún en la cama.

Pero antes que ella lo dijera, él la levantó en los brazos, uno rodeándole las costillas y el otro bajo sus muslos desnudos, haciéndole brotar el líquido de la excitación en sus partes ocultas.

Antes de depositarla en la cama se las arregló para echar atrás las mantas, de forma que quedó sobre la suave sábana. Ella intentó hacerlo caer encima, pero él le apartó los brazos.

—Estoy famélico —dijo, mirándola intensamente—, así que me voy a alimentar de ti antes del plato final.

Se puso sobre ella afirmándose de forma que su pecho, muslos y miembro masculino apenas la tocaban, con un resultado terriblemente erótico. Entonces le lamió la oreja, tal como hiciera ella antes. Mientras ella retenía el aliento por la sensación, él deslizó la boca hasta su cuello. Se retorció intentando apretarse a él, medio loca de deseo.

Él continuó deslizando la boca hacia abajo y le succionó los pechos. Ella introdujo los dedos por su pelo suavemente ondulado. Casi no notó la suave caricia hacia arriba por el muslo hasta que él introdujo los dedos en el mojado lugar secreto de su entrepierna.

Mientras ella estaba oscilando a punto de estallar en trocitos, él le fue dejando una estela de besos por el abdomen, le lamió el ombligo, continuó bajando por el vientre.

¡Cielo misericordioso! Cuando el calor de sus hábiles boca y lengua le cubrieron el increíblemente sensible centro de placer, le vino el estallido incontrolable, y arqueando violentamente las caderas le enterró las uñas en la cabeza. Él le cubrió la boca con una mano para ahogar su grito cuando el éxtasis le obnubiló todos los sentidos.

Al tiempo que ella recuperaba poco a poco los sentidos, él se incorporó y se instaló entre sus muslos. La penetración fue un acto de suave posesión; después de sólo un instante de dura resistencia, quedaron trabados en la unión íntima definitiva. Ella abrió los ojos atolondrados y vio sorpresa en la cara de él. Esta desapareció cuando ella se arqueó, adentrándolo más, llenándola y produciéndole sensaciones totalmente nuevas.

Su movimiento le desencadenó el orgasmo a él, tan rápido y pasmoso como había sido el de ella, y la llevó a otra culminación. Gimiendo sin poder contenerse, él continuó embistiendo, una y otra vez hasta saciar plenamente la pasión y el deseo mutuos. Ella cerró los ojos gozando de los exquisitos aromas del sexo y de la paz después de la tormenta.

Había soñado con eso y Damian Mackenzie había superado todos sus sueños.

Capítulo 24

*E*stremecido en todas las partículas de su ser Mac consiguió a duras penas rodar hacia un lado para no aplastar a Kiri. Aun tomando en cuenta sus tres años de abstinencia, esto había sido una pasión y satisfacción inimaginables.

Compartían una almohada, así que pudo admirar los elegantes contornos de su perfil. Se le oprimió el corazón al ver brotar lágrimas de sus ojos cerrados. Buen Dios, ¿es que había cometido otro desastroso error con una mujer? Le había parecido que ella deseaba eso tanto como él.

—Kiri, ¿que te pasa? —preguntó, preocupado—. ¿Te he hecho daño?

Lo del daño le recordó un pensamiento que dejó de lado cuando ella abrió los ojos y lo obsequió con una gloriosa sonrisa.

—No son lágrimas de pena, sino de felicidad.

—Me alegra oír eso. De todos modos, son desconcertantes.

Apoyando la cabeza en una mano la miró atentamente, subiendo las mantas para cubrirlos a los dos. El calor del fuego no era suficiente para calentar la habitación cuando ellos ya no creaban su propio calor.

Su mente volvió a coger el pensamiento anterior, repasando cada intenso instante de su unión. Incrédulo, dijo:

—No soy experto en estas cosas, pero me pareció... yo diría que eras virgen. Pero tú dijiste que no lo eras, ¿verdad?

—Dije que no era inocente. —Le sostuvo firmemente la mirada—, pero técnicamente era virgen, supongo.

A él se le evaporó la relajación y el bienestar.

—¡Condenación! Si lo hubiera sabido me las habría arreglado para atenerme a mi conciencia y mantener la distancia.

—Por eso te induje a error, Damian. —Le sonrió, tímida—. Lamento no haber sido totalmente sincera, pero no puedo lamentar los resultados.

Él sintió entrar un frío más y más profundo en sus huesos.

—Agradecería una explicación. No voy a creerte si me dices que te has enamorado tan perdida e irrevocablemente que decidiste seducirme para que me casara contigo. No soy ningún premio.

La expresión de ella se tornó triste.

—Sé que no eres el tipo de hombre que se casa, y aunque estaba dispuesta a engañarte para que vinieras a mi cama, no te engañaría para obligarte a ir al altar.

—¿Por qué, entonces? —preguntó él, perplejo—. ¿Por puro deseo? El deseo es potente. —Increíblemente potente, como para ablandar el cerebro—. Pero eso no es creíble en el caso de una damita tan resuelta como tú.

—La respuesta es complicada —dijo ella, desviando la mirada hacia el cielo raso.

—Pues, acláramelo, por favor, para saber si debo enfadarme o no —dijo él, irónico.

—Espero que no te enfades, aunque tienes el derecho. —Sin mirarlo, continuó—: En India me enamoré de uno de los oficiales jóvenes de mi padre. Era ese tipo de amor total de juventud, la primera pasión. Charles era todo honor, y se negaba a deshonrarme, pero nos deseábamos ardientemente. Descubrimos maneras de encontrarnos en secreto.

La vulnerabilidad de su expresión era muy diferente a su alegre seguridad. Comenzando a ver adónde llevaba eso, él dijo en voz baja:

—¿O sea, que juntos explorasteis las variedades de la pasión sin llegar al coito?

Ella asintió, mordiéndose el labio.

—Era maravilloso. Embriagador.

—¿Él cambió de opinión?

Esperaba que su Charles no la hubiera condenado por ser mestiza; si era eso lo que había ocurrido buscaría a ese sinvergüenza y le retorcería el pescuezo.

Ella se rió sin humor.

—Ojalá hubiera sido eso. No. El condenado se mató. Dirigía una patrulla por la montaña cuando el estrecho sendero se derrumbó, y la mitad de sus hombres cayeron en el torrentoso río que corría debajo. Él era buen nadador y fuerte y se lanzó al agua una y otra vez consiguiendo salvarlos a todos menos a uno. Iba siguiendo a este último hombre para rescatarlo cuando se le acabaron las fuerzas y... y no sobrevivió.

—Uy, cariño. Cuánto lo siento. Pero un buen oficial cuida de sus hombres, y está claro que él era un buen oficial. Murió como un héroe.

Ella contuvo las lágrimas.

—Lo sé, pero ojalá su deber no lo hubiera matado.

Mac la abrazó.

—No creo que acostarte con un hombre al que no amas sea la solución, mi querida niña. Ojalá yo pudiera ser lo que necesitas.

—Es que lo eres. —Lo miró, su cara sólo a un palmo de la de él—. Perder a Charles me dejó un agujero en el corazón y también... rabia. Deseé que hubiéramos sido amantes para haber tenido eso.

—Yo no soy él. Ni siquiera me parezco. —Sonrió irónico—. El heroísmo no está entre mi escaso número de virtudes. Tampoco me gusta la idea de ser un... un Charles sustituto.

Ella negó con la cabeza.

—No es eso. Sois muy distintos. Pero me haces reír tal como

me hacía reír él. —Frunció el ceño—. Además... te deseo como no he deseado nunca a ningún hombre desde que murió Charles. Tal vez incluso te deseo más que a él, aunque decirlo parezca desleal.

Es difícil para un hombre continuar irritado cuando una mujer pasmosamente bella le dice que lo desea tanto.

—Ahora sabes lo que te perdiste —dijo, con la voz más suave—. Aunque con Charles habrías tenido amor también, lo que habría añadido toda una nueva dimensión.

—Es posible que tengas razón, pero... ha pasado el tiempo. No soy la que era entonces. Al menos después de esta noche puedo por fin dejar atrás esa terrible pérdida. —Le acarició el pecho con una mano—. Ahora tú y yo estaremos unidos mientras podamos y después nos separaremos y cada uno seguirá su camino. Cuando sea una anciana seca y sobria te recordaré con una triste sonrisa y ningún pesar.

Él se rió.

—Nunca serás seca y sobria, Kiri.

—Si no puedo ser sobria seré una vieja excéntrica —dijo ella tranquilamente—. Con gatos, como el que acaba de materializarse al pie de la cama.

Él miró y vio a una gata atigrada hecha un ovillo en la esquina, a los pies de la cama como si hubiera estado ahí toda la noche.

—¿De dónde diablos ha salido?

—No lo sé. Creo que *Minina* tiene una ruta secreta para entrar y salir de esta habitación.

Él movió la cabeza.

—Creo que ya has alcanzado la excentricidad, pero eso está bien. Los aristócratas pueden permitirse cosas que los seres inferiores no. —Se sentó y sintió el aire frío en la piel al caer las mantas—. No puedo borrar lo que acabamos de hacer, pero sí puedo impedir que vuelva a ocurrir. Tienes la compleción que deseabas y ahora puedes encontrar a un hombre más digno de ti cuando vuelvas a tu vida real.

Ella le acarició el muslo.

—Como dices, no podemos borrar lo que hemos hecho, así que ¿qué sentido tiene negarnos lo que los dos deseamos tanto? Tenemos dos semanas o más para compartir este placer. ¿No lamentarás después haber sido noble ahora?

—Sí, pero lamentar es mejor que portarse como un sinvergüenza.

Estaba a punto de bajarse de la cama cuando ella subió la mano por su muslo y la ahuecó en su miembro. Se quedó inmóvil. Un minuto antes habría dicho que estaba agotado sexualmente y sería incapaz de volver a hacer el amor al menos durante unas horas.

Se habría equivocado.

—Kiri —dijo, desesperado, incapaz de pensar, sin saber ya qué era lo correcto y qué lo incorrecto—. Cada vez que nos unimos aumentamos el riesgo de dañarnos mutuamente.

—No. No nos haremos daño.

Sintiendo endurecerse el miembro en su mano, con la otra mano le atrajo la cabeza para besarlo.

Era casi el alba cuando él se fue a su habitación.

Ese anochecer la cocina de los Powell ofreció un excelente plato de cordero asado acompañado por patatas cortadas en rodajas hechas al horno con queso. Mac estaba concentrado en su comida, sin atreverse a mirar a Kiri por temor a lo que podría verse en su cara. Ella estaba sentada al otro lado de la mesa, muy recatada, sin mirarlo.

Él seguía desgarrado entre la sensatez y el deseo. Esos grandes ojos verdes fueron muy convincentes cuando ella le aseguró que continuar siendo amantes no la deshonraría más que esa noche que ya habían pasado juntos. Sus instintos le gritaban que no debería volver a tocarla nunca más, pero ella le minaba la fuerza de voluntad como ninguna mujer se la había minado antes.

Debía dominarse para que no ocurriera nada más. Buen Dios, ¿qué diría lady Agnes si se enteraba de que se había acostado con la hermana de Ashton? Se estremeció.

Entró Kirkland, ojeroso y con aspecto cansado. No puso objeciones cuando Cassie le llenó un plato y le plantó una copa de vino delante.

—Mac, ya tenemos vigilado a Rupert Swinnerton, después de recibir tu mensaje esta mañana. Cassie, Rob, ¿habéis averiguado algo interesante?

Cassie asintió.

—Identificamos al boxeador que murió. Era un púgil de Dublin que combatía por los premios y se hacía llamar Ruffian O'Rourke. Vino a Londres a probar fortuna, pero no era lo bastante bueno para tener éxito, así que se dedicó a hacer trabajos menos lícitos.

Kirkland arrugó la nariz.

—Entonces es el momento de pensar en el funeral de Mac. Si se celebra en Londres, querrán asistir demasiadas personas, lo que complicaría las cosas cuando él vuelva a la vida. Pondré un anuncio en el periódico diciendo que el funeral será fuera de la ciudad. El cadáver de O'Rourke se enviará a Dublin, donde podrán enterrarlo bajo su verdadero nombre.

Mac pensó en su hermano. Podía hacer frente a las complicaciones de que los demás lo creyeran muerto, pero no Will, el único familiar que tenía.

—¿Le escribiste a Will? —preguntó.

—A la mañana siguiente de tu supuesta muerte —lo tranquilizó Kirkland—. Tendría que recibir mi carta antes que lleguen a España los diarios de Londres. —Miró hacia Cassie y Carmichael—. ¿Os enterasteis de algo acerca de los socios de O'Rourke que nos dé una pista de los secuestradores?

—Tendríamos que saber más dentro de uno o dos días —contestó Carmichael.

Kirkland asintió y la conversación se generalizó. Cuando terminó la comida y los investigadores empezaron a salir y a prepararse para otra noche de trabajo, Kirkland dijo:

—Mackenzie, ¿podrías quedarte un momento más, por favor? Necesito hablar contigo.

Que lo llamara Mackenzie era mala señal. Receloso, Mac obedeció, pensando qué tendría que decirle Kirkland que no pudieran oír los demás.

Kirkland esperó hasta que se cerró la puerta del comedor y e quedaron solos para decirle con la voz crispada:

—Espero no tener que explicarle a Ashton que es culpa mía que hayas seducido a su hermana.

Mac sintió que la sangre le abandonaba la cara.

—¿Qué te ha hecho pensar eso?

—No soy tonto —dijo Kirkland en tono abrupto—. Los dos prácticamente irradiáis lujuria, y el trabajo que hacéis os obliga a estar demasiado tiempo juntos. Ella es una chica inocente, así que no es sorprendente que esté fascinada por un pícaro apuesto, pero tú sabes que no debes jugar con ella.

Si Kirkland creía que Kiri era inocente, estaba claro que no la conocía realmente. Al parecer tampoco sabía lo ocurrido esa noche pasada, y eso era un alivio. Normalmente Kirkland lo sabía todo.

—Sé qué es lady Kiri —replicó—. Si de verdad respetáramos su juventud y posición, no habríamos aceptado que participara en esta investigación.

Kirkland apretó los labios.

—Lamento que fuera necesario.

—De todos modos, estuviste dispuesto a reclutarla —señaló Mac—. El deber es un tirano. Para ser franco, me alegra no haber tenido que ser yo quien eligiera entre aprovechar su talento de sabueso y dejarla en la seguridad de su mundo. Pero no me eches la culpa a mí de que ella esté aquí.

—No fue una decisión fácil, pero había mucho en juego.

Mac vio el cansancio reflejado en sus ojos. Kirkland había tomado demasiadas decisiones difíciles a lo largo de sus años de servicio secreto.

—Reserva tus seducciones para las mujeres mundanas del Damian's —continuó Kirkland, y a Mac se le acabó la compasión—. Volverás allí dentro de unas semanas. Supongo que puedes pasar ese tiempo sin una mujer.

Aunque no hubiera pasado varios años de abstinencia sexual se le habría encendido igualmente la ira.

—No todos podemos ser felices viviendo como monjes —ladró.

A Kirkland no se le movió ni un músculo de la cara, pero su expresión se transformó en furia.

—Perdona —dijo Mac, dándose de patadas por haber sacado a colación cosas íntimas del pasado—. Ha sido impropio.

—Te quedas corto —gruñó Kirkland.

—Reconócele a lady Kiri la capacidad para saber lo que quiere —dijo Mac en tono conciliador—. Es inteligente, mundana y no tan joven. A su edad la mayoría de las mujeres ya están casadas y tienen hijos.

—Sé que tienes razón —suspiró Kirkland—. Pero no es una jovencita intrépida cualquiera. Es especial.

—Lo es. —Recordando lo ocurrido la noche pasada, Mac continuó—: Si te sirve para sentirte mejor, te prometo que no la voy a seducir. —En realidad había sido al revés—. Mi trabajo es protegerla, no deshonrarla.

Kirkland cogió su sombrero, preparándose para marcharse.

—Perdona que haya desconfiado de ti en esto. Te conozco bien, pero esta ha sido una semana agotadora.

—Lo ha sido para todos. Ahora, si eso es todo, iré a prepararme para ir a más antros de juego con la susodicha dama.

Kirkland asintió y Mac salió del comedor. Esa noche pasada

le dolió comprender que Kiri había elegido muy bien las palabras para dar a entender algo muy diferente de la verdad; una mentira de intención, que no de palabra. Y él acababa de hacer lo mismo con Kirkland.

Contempló severamente su abominable conducta. Esa noche pasada había sucumbido a los deliciosos encantos de Kiri, pero debía evitar que eso volviera a ocurrir.

Sabía qué era lo correcto, pero no sabía si sería capaz de hacerlo.

Capítulo 25

*M*ientras iban subiendo la escalera, Kiri dijo a Cassie:

—Esta noche iremos a un lugar llamado Madame Blanche's, y Mac dijo que debía pedirte ayuda para disfrazarme. ¿Debo ir vestida de puta o de dama?

Cassie frunció los labios.

—Más bien de dama. La casa Blanche's se parece un poco al Damian's en cuanto atrae a gente de alcurnia que desea gozar de sus placeres con refinamiento. Así que podrías encontrar a tu hombre Alejandro ahí, y también hay más posibilidades de que te reconozca alguien que te haya visto en reuniones de la alta sociedad.

—Sólo he estado en Inglaterra desde la primavera y no soy muy conocida.

—Pero tu apariencia es distinguida. Debes volverla más corriente. Iré a buscar unas cuantas cosas para tu disfraz e iré a tu habitación. —Cuando ya se volvía hacia la suya, añadió—: Ponte el vestido dorado. Es más respetable que el verde.

—Pero no mucho más.

Cassie sonrió.

—Lo bastante respetable para madame Blanche. Ahora, a procurar que nadie te reconozca como la hija de un duque.

El vestido dorado era menos escotado que el de satén verde pero de ninguna manera era un vestido que usaran doncellas jóvenes. Pero a Kiri le iba bien porque encontraba sosos los de muselina blanca.

Cassie llegó a tiempo para ayudarla a ponérselo.

—Este te hace ver mayor y más mundana —comentó, atándole un lazo—, y eso es conveniente. También necesitas una peluca para cambiarte la coloración. He traído un par.

Le enseñó las dos. Una era de pelo castaño normal con unas pocas canas. La otra era de pelo castaño más claro, corto y rizado.

—Esta —dijo Kiri, cogiendo la rizada—. Siempre he pensado cómo me vería con el pelo corto.

Cassie sacó un puñado de horquillas del bolsillo.

—Un pelo como el tuyo no debería cortarse jamás, pero tenemos que aplastarlo bien a la cabeza para poder ponerte la peluca. —Una vez que el pelo quedó bien aplastado y sujeto, y hubo puesto la peluca, continuó—: Te voy a empolvar bastante la cara para que tu piel·se corresponda con la peluca. También te hará parecer un vejestorio emperifollado, una oveja vieja disfrazada de ovejita.

—Cuando en realidad soy una joven disfrazada de vieja. —Se tocó la peluca rizada—. Hasta tengo los rizos de ovejita.

Cassie abrió su caja de cosméticos y se puso a trabajar. Cuando quedó satisfecha, le dijo:

—Mírate en el espejo.

Kiri se miró y se le escapó una exclamación de asombro. No se reconocía en absoluto en esa inglesa tan blanca que la miraba desde el espejo. Cassie le había trazado líneas oscuras alrededor de la boca y en las comisuras de los ojos, y luego puesto polvo encima para dar la impresión de arrugas mal maquilladas. Le había hecho algo en los ojos que los hacía parecer menos verdes.

—Me veo como mínimo diez años mayor y muy inglesa. Incluso mi madre tendría dificultades para reconocerme.

—De eso se trata —dijo Cassie, asintiendo satisfecha.

Kiri abrió su caja de perfumes y sacó un frasco.

—Este es mi humilde aporte al cambio de imagen. Es un perfume suave y floral, muy distinto al que uso normalmente. El olor forma parte de lo que notamos cuando reconocemos a las personas, aunque no todo el mundo se da cuenta de eso.

Se puso un poco del perfume y le pasó el frasco a Cassie. Cassie lo olió.

—Es muy agradable y va bien con esos rizos, pero entiendo lo que quieres decir. No hueles como tú. —Pasó tímidamente las yemas de los dedos por encima de los demás frascos de la caja—. No me había dado cuenta de lo poco que sé sobre olores y perfumes.

Reconociendo el anhelo, Kiri sacó uno de sus perfumes terminados.

—Prueba este. Podría irte bien.

La fragancia era compleja, mezcla de jazmín con esencias más misteriosas de cedro e incienso que insinuaban profundidades desconocidas del carácter. A Cassie se le iluminó la cara cuando lo olió.

—¡Es maravilloso! ¿Podría ponerme un poco esta noche?

—Puedes quedarte el frasco. Yo lo llamo Canción del Bosque.

—Es delicioso. —Se puso un poco en el hueco de la clavícula—. Me recuerda a... —Se le cerró la expresión—. Gracias, me lo quedo con mucho aprecio.

—Me gustaría hacerte un perfume apropiado sólo para ti.

—Tal vez algún día. Pero primero tenemos que salvar a Inglaterra —dijo Cassie, en un tono de burla de sí misma.

Era amedrentador pensar que el destino de la nación podría estar en sus inexpertas manos, pensó Kiri. O más bien en su bien entrenado olfato.

—Sólo soy útil en esto porque dio la casualidad que fui testigo del intento de secuestro. Tú y los otros agentes que he conocido sois los verdaderos héroes, aun cuando hacéis vuestro trabajo entre bastidores.

—Hablas de los agentes como si fuéramos más románticos de lo que somos —dijo Cassie. Torció la boca en un rictus—: Es un trabajo monótono, laborioso, muchas veces sórdido. El tipo de trabajo que machaca la juventud y el optimismo.

—Trabajar de fregona hace lo mismo y con menos provecho. —Cogió la capa y se la puso doblada sobre el brazo—. Es hora de partir. Buena cacería.

—Igualmente.

Kiri bajó la escalera y se dirigió al salón que daba a la calle, donde había quedado de encontrarse con Mackenzie. Abrió la puerta y vio a un anciano de aspecto cansado sentado junto al hogar leyendo un diario.

Sabiendo que en esa casa no debía dejarse engañar por la apariencia de nadie, preguntó alegremente:

—¿Es usted mi acompañante para esta noche, señor? Me dijeron que un joven apuesto y viril me llevaría a la casa de madame Blanche esta noche. Parece que me engañaron.

Mackenzie miró por encima del diario dejando ver su sonrisa.

—Y a mí me dijeron que llevaría a una muchacha jovencita de primera calidad —dijo, con voz rasposa—. ¿La ha visto arriba? ¿Bastante alta, de pelo moreno y elegante?

—No hay ninguna muchacha así aquí —contestó ella, admirando su disfraz.

Él dejó el diario a un lado y se puso de pie. Su pelo era muy canoso y la edad le encorvaba la espalda. No llevaba ningún parche, pero unos anteojos le ocultaban bastante los ojos de forma que no se notaba que eran de distinto color. Además, se apoyaba en un bastón.

—Van a pensar que soy tu hija —dijo, sin fingir otra voz.

—Mientras no nos reconozcan a ninguno de los dos. —Cogió

la capa y se la puso sobre los hombros—. ¿Harás pasar una noche de placer a un viejo?

—Sólo si me prometes no morir de un ataque al corazón al final.

Se cogió de su brazo y salieron del salón. La vida respetable no había sido jamás tan placentera como lo que estaba viviendo ahora.

A Kiri la sorprendió descubrir que el exclusivo salón de madame Blanche estaba en el límite del elegante barrio Mayfair. Cuando subían la escalinata, Mackenzie le explicó en voz baja:

—Blanche es una viuda que tuvo que arreglárselas sola para mantenerse ella y mantener a sus hijos después de la muerte de su marido. Esto lo ha hecho mucho mejor de lo que lo hizo jamás el lamentado difunto. Los clientes del Damian's suelen venir aquí también, por eso he puesto especial cuidado en cambiar mi apariencia. Aquí podrías encontrarte con personas del círculo social de tu familia.

—Ah, pues no me reconocerán —dijo ella, con la pronunciación abierta y sin la entonación de las Middlans—. Pero tú das la impresión de conocer bastante bien a la dama. ¿Crees que te reconocerá?

—Es posible. Si me reconoce, no dirá nada. Es muy discreta.

Diciendo eso levantó la pesada aldaba y la dejó caer.

Abrió la puerta un lacayo, que los hizo pasar, cogió el pago de la entrada que le pasó Mackenzie, y le quitó la capa a ella y el abrigo a él. Cuando avanzaban hacia la puerta del salón de juego, lleno de personas riendo y conversando, se les acercó madame Blanche a saludarlos.

La dueña de la casa de juego era de edad indefinible y tenía los ojos sagaces que, como se estaba enterando Kiri, era la característica de esa raza. Su despreocupada mirada se detuvo al posarse en Mackenzie. Brilló un destello en sus ojos, pero su expresión no reveló nada. Los trató como a clientes nuevos, les dio una breve explicación de los placeres que los esperaban en el salón y, deseándoles que lo pasaran bien, los dejó libres.

Continuaron avanzando, Mackenzie apoyado en su bastón con una mano y Kiri cogida de su brazo por el otro lado.

—Menos mal que madame es discreta.

—Desde luego —susurró él, y dijo en voz alta—: ¿Echamos una mirada antes de instalarnos a jugar, querida mía?

—Me encantaría. Esta es una casa muy hermosa.

Girando un poco la cara él la miró divertido a través de sus anteojos y entraron a hacer su exploración. Había casi tantas mujeres como hombres, y la muchedumbre estaba animada, haciendo tanto ruido que ellos podían conversar si hablaban en voz baja.

Kiri pudo acercarse a muchos de los asistentes para identificar sus colonias y perfumes. Se atraía algunas miradas, pero sólo unas pocas y estas eran más indiferentes que cuando era ella misma. Se había vuelto indigna de ser recordada y estaba a salvo.

Cuando entraron en la primera sala para jugar a las cartas captó un indicio de Alejandro. Se despabilaron todos sus sentidos. Le pareció que el olor no era exactamente el del hombre que buscaba, pero de todos modos se acercó a la mesa de donde provenía.

—¿Qué es este juego, cariño? —preguntó con la voz más tonta que pudo.

—Bacará. Es un juego francés. ¿Quieres probar suerte?

Habló en el tono indulgente de un hombre que sabe que su mujer no es muy inteligente y que lo prefiere así.

—Ah, no —dijo ella, reanudando la marcha—. Sólo era curiosidad.

Cuando se alejaron él preguntó:

—¿Qué has olido?

—Alejandro, aunque en una persona que no me habría imaginado. —Se encogió de hombros—. Lo lleva esa mujer de pelo canoso. No hay ninguna ley que prohíba a las mujeres ponerse un perfume para hombres. —Lo miró agitando las pestañas—. ¿Podríamos mirar el baile un rato?

—Muy bien —dijo él y suspiró—. Lo siento, pero estoy demasiado decrépito para bailar.

—No importa.

Pero importaba, comprendió Kiri tristemente cuando entraron en el salón de baile. Se sorprendió marcando el ritmo de la música con la mano libre. Una pena que no pudieran unirse a la cuadrilla, porque era posible que nunca volvieran a tener otra oportunidad. Pero dada la aparente debilidad de Mackenzie, debían quedarse en los márgenes.

Comenzaron a recorrer el salón, por la periferia para no estorbar a los bailarines. La mayoría eran personas bastante jóvenes y enérgicas, pero había unas cuantas parejas mayores. Contemplando a una pareja de ancianos, los dos de pelo blanco, pensó cómo sería llegar a esa edad y continuar bailando juntos.

Eso no les ocurriría a ellos. Él pertenecía a otro mundo y no era el tipo de hombre que se casa. Pero por el momento era de ella. Eso bastaba.

Estaban a la mitad del salón cuando ella captó un olor y se tensó.

—¿Qué? —preguntó él, al sentir el cambio en la presión de su mano.

—Ese grupo de hombres que acabamos de dejar atrás —dijo ella en voz baja—. Desandemos unos cuantos pasos y detengámonos.

Cuando estaban cerca ella hizo una inspiración, concentrándose en el olor y observando a los hombres por el rabillo del ojo.

Cuando estuvo segura, volvió a cogerse del brazo de él y reanudaron la marcha.

—¿Lograste discernir más? —preguntó él cuando ya estaban a una distancia en que no podían oírlos.

—Uno de esos hombres huele a Alejandro, y el olor es casi exacto, pero no del todo. No creo que sea el hombre que buscamos. Además, no es tan alto. Es el hombre de la chaqueta azul oscuro que está de espaldas a la pista de baile.

—Lo conozco —musitó Mackenzie—. Lord Fendall. Está en nuestra lista de sospechosos. Es asiduo del Damian's y amigo de mi administrador, Baptiste, pero no sé mucho de él aparte de que es un jugador que gana y pierde grandes sumas de dinero. Kirkland fue el que lo puso en nuestra lista de sospechosos. No sé por qué.

—Si es amigo de tu administrador, podría conocer los corredores del Damian's —elucubró Kiri—. Pero no es lo bastante alto. Además, es demasiado ancho.

—Es necesario vigilarlo atentamente, como a Rupert Swinnerton. Ya son demasiadas las coincidencias. —La miró ceñudo—. ¿Los perfumes cambian en la persona de un día a otro, de forma que en otra ocasión él podría volver a oler como lo recuerdas?

Ella lo pensó.

—Tal vez, pero de todas maneras no tiene la altura, y simplemente me parece que no es él. No creo que fuera uno de los secuestradores. Pero podría estar asociado con ellos.

—El problema de estar muerto es que no puedo hablar con Baptiste acerca de Fendall. Tendrá que hacerlo Kirkland.

—Parece que estamos haciendo progresos, así que no tendrás que continuar muerto mucho tiempo más.

Eso sería bueno para él, pero no tanto para ella, pues tendría que volver a su rutina normal. La vida en el campo sería muy sosa después de esta experiencia.

A medida que algunas personas se marchaban del salón de madame Blanche entraban otras, tantas que se quedaron hasta pasada la medianoche, para que Kiri pudiera pasar cerca de todas. No encontró ningún otro sospechoso posible.

Cuando ya se marchaban, junto con otras tantas personas, captó uno de los olores que había andado buscando. A ajo y a francés, olor que no sabía cómo llamar pero que recordaba muy claramente.

Le enterró los dedos en el brazo a Mackenzie cuando bajaron la escalinata hasta la acera, y miró alrededor intentando identificar al hombre del que procedía el olor.

—¿Quién? —preguntó él.

Ella fijó la mirada en un par de anchos hombros que pertenecían a un hombre que echó a andar por la acera solo.

—Él —susurró—. Huele exactamente igual al francés que estuvo en el Damian's.

—Me parece que es Paul Clement, uno de nuestra lista de sospechosos. Por suerte va derecho hacia nuestro coche.

Aceleró el paso aunque continuó usando el bastón.

Pasaron a toda prisa junto al coche de ellos. Kiri vio que su cochero se ponía alerta al verlos seguir al hombre que dobló la esquina y entró en una calle desierta.

—Yo le hablaré —susurró—. ¿Señor? ¿Señor? —dijo en voz alta. Creo que nos hemos conocido, ¿verdad? ¿En el salón de fiestas Almack, tal vez?

El hombre se detuvo y pasado un momento se giró hacia ellos, receloso.

—Creo que no he tenido ese placer, señora —dijo en inglés fluido aunque con acento francés. Se inclinó en una elegante venia—. No habría olvidado a una dama tan hermosa. Ahora, si me disculpa...

Ya se habían acercado bastante y ella pudo captar bien su olor. ¡Sí! Y tenía la cicatriz en la mejilla izquierda. De constitución maciza y compacta, y vestido al estilo conservador, no parecía un agente francés, pero ella ya sabía que pasar desapercibido formaba parte del oficio de agente secreto.

—Es él —dijo a Mackenzie—. No me cabe duda.

Al oír su tono duro el francés se apresuró a actuar. Sacó una pistola de un bolsillo interior de la chaqueta y la amartilló.

—No sé quién cree que soy, pero le aseguro que no soy de ningún interés. Si su intención es robarme, le recomiendo que se busque otra víctima, porque no vacilaré en disparar.

Antes que Clement terminara la parrafada Mackenzie blandió su bastón como una porra. Le golpeó la mano con la contundente envergadura, dañándole la piel y los huesos y haciendo volar la pistola, que cayó a la calzada y se deslizó rebotando.

Kiri corrió a recoger el arma, mientras Mackenzie se abalanzaba a coger a Clement, desaparecido todo rastro de vejez y debilidad. Maldiciendo en francés, Clement presentó batalla para escapar, pero Mackenzie paró sus furiosos golpes con el bastón.

La pelea llegó a su fin cuando Mackenzie le dobló los brazos a la espalda y Kiri apuntó la pistola a su corazón.

—Quieto —ordenó—. O no volverá a moverse.

Clement dejó de luchar, con expresión insulsa. Mackenzie hizo sonar algo metálico a su espalda y se apartó.

—Está esposado pero aun así vigílalo mientras lo registro.

—¿Llevabas esposas? —preguntó ella, sorprendida.

—Nunca se sabe cuándo van a ser útiles —dijo él comenzando a cachear al hombre.

Kiri sonrió de oreja a oreja. Algún día le gustaría registrar todos los bolsillos de su abrigo. A saber qué encontraría.

Mackenzie sacó un puñal y unos cuantos papeles y luego hizo un gesto hacia el coche, que los había seguido hasta la calle lateral. El cochero tenía las riendas en una mano y una escopeta en la otra. Un hombre útil, como dijera Mackenzie.

Entonces abrió la puerta del coche.

—Suba. ¿Es Paul Clement su verdadero nombre? ¿O es un *nom de l'espionage*?

—Me llamo Paul Clement, pero no tengo ni idea de qué habla —dijo el francés fríamente.

Cuarentón tal vez, y tenía nervios de acero, pensó Kiri.

Encendida su furia, avanzó y le enterró el cañón de la pistola en el estómago. La cicatriz, el olor, el tamaño, la constitución; era el hombre.

—No intente escapar de esto con mentiras —dijo—. Le vi en el Damian's.

—Es un lugar que frecuento, señora, como muchos otros. No sabía que fuera un delito.

—No lo es, pero el secuestro y el asesinato sí lo son.

—A ti no te dirá nada —dijo Mackenzie—. Pero tenemos colegas muy persuasivos. Ellos podrán descubrir qué sabe. Si *monsieur* Clement colabora, ni siquiera perderá partes de su cuerpo.

Kiri no supo discernir si él dijo eso en serio o con la intención de intimidar al prisionero. Haría falta algo más que palabras para asustar a Clement. Retrocedió y bajó la pistola, aunque la dejó amartillada.

Mackenzie subió al francés al coche como si fuera un fardo y dio la dirección al cochero. Kiri subió, con la pistola apuntando al espía. Este dijo en tono irónico:

—Espero que madame no me dispare por accidente si pasamos por un bache.

—Cuando disparo nunca es por accidente. Uno de sus secuestradores se enteró de eso en el Damian's. —Y no había disparado entonces, pero quería parecer implacable—. ¿Estaba en casa de madame Blanche para hablar con lord Fendall? ¿O para hablar con otra persona?

Él miró por la ventanilla hacia la oscuridad como si no la hubiera oído.

—Siempre he sabido que llegaría el fin —dijo con voz lejana—. Lo que no sabía era que llegaría esta noche.

No dijo nada más. El coche los llevó a una casa normal y corriente cercana a Whitehall. Mackenzie ayudó a Clement a bajar del coche y lo llevó al interior de la casa. Mientras esperaba que volviera, Kiri reflexionó sobre lo que le ocurriría al francés. Siendo urgente la necesidad de información, los métodos del interrogatorio también serían urgentes.

Pensar que era probable que torturaran a ese hombre le revolvió el estómago. Pero si era necesaria la tortura, esperaba que por lo menos obtuvieran la información que necesitaban para acabar con la conspiración.

Capítulo 26

*K*iri estaba bostezando cuando Mac volvió al coche. En cuanto se pusieron en marcha en dirección a Exeter Street, preguntó:

—¿Qué le va a ocurrir a Clement ahora?

—Está encerrado en una celda. Tan pronto como llegue Kirkland comenzará el interrogatorio.

Eso significaba que Kirkland pasaría otra noche más sin dormir, pensó. Sabía que el aguante de su amigo era impresionante. Pero todo hombre tiene sus límites.

—¿Tortura? —preguntó ella pasado un largo silencio—. ¿Empulgueras, el potro, hierros calientes en las plantas de los pies?

—De ninguna manera como primer recurso —dijo Mac—. No creo que la tortura sirva de mucho —añadió, ceñudo—. Me parece que Clement tenía muy claros los riesgos de su ocupación. No creo que se derrumbe fácilmente.

—Esa fue mi impresión.

—Yo participaré en el interrogatorio por la mañana —La miró, sin poder verle la expresión en la oscuridad del coche—. ¿Deseas venir también?

—¿Es necesario?

—No. Ya has hecho la identificación. No se te puede pedir más. A no ser que quieras venir.

—Creo que me quedaré en casa a escribir cartas y a hacer

perfumes hasta que salgamos a investigar por la noche. —Exhaló un suspiro—. Esta noche he caído en la cuenta de que esto no es un juego. Por mi causa un hombre está en prisión y podría morir. Es... da que pensar. Es algo hecho a sangre fría comparado con herir o matar en defensa propia.

—Esa es la naturaleza de este trabajo. El enemigo busca información sobre nosotros y nosotros contraatacamos haciendo lo mismo respecto a ellos. Es una gran partida de ajedrez.

—Yo pongo el asesinato en otra categoría. Robar información es una cosa, robar vidas es otra.

—Coincido contigo. —Aunque robar información puede costar muchas vidas—. En particular la vida de chicas de dieciséis años.

Ella le cogió la mano.

—Que es el motivo de que estemos en esto.

Mac entrelazó los dedos con los de ella, contento por su contacto.

—Si Clement nos dice quiénes son los otros conspiradores esto podría acabar dentro de uno o dos días.

Y entonces lady Kiri Lawford podría volver a su vida y él podría volver a la suya. Solo.

Cuando llegaron a Exeter Street y entraron en la casa, Kiri continuó cogida de la mano de Mackenzie. Después de las emociones de esa noche ansiaba arrojarse a sus brazos, pero pensó que era capaz de atenerse a la discreción hasta que estuvieran seguros y solos en su habitación.

Cuando estaban llegando a lo alto de la escalera miró el corredor por el lado de las habitaciones que daban a la calle, y en la penumbra vio a un hombre golpeando suavemente la puerta de la habitación de Cassie. Era Rob Carmichael. Cassie abrió la puerta, se echó en sus brazos y se besaron. Después entraron en la habitación.

Cuando se cerró la puerta, Kiri susurró:

—¿Están liados en un romance?

—Son amigos y camaradas —dijo él, cogiéndole el brazo y llevándola hacia su habitación—. Lo que hacen detrás de esa puerta es asunto suyo.

—Sí, pero es «interesante». —Mientras él la hacía entrar en su habitación y cerraba la puerta, intentó imaginarse juntos al lacónico Carmichael y a Cassie—. A pesar de la prueba, es difícil imaginárselos como amantes. Los dos son muy serios.

—Hay muchos tipos de amantes —dijo él. Fue hasta el hogar y comenzó a encender el fuego. Cuando prendieron las llamas, se incorporó, una figura alta y oscura enmarcada por la luz del fuego—. Los dos han sobrevivido a cosas que destruirían a almas inferiores. Si por ahora encuentran consuelo el uno en los brazos del otro, es un regalo que no se debe desperdiciar.

Kiri interpretó eso en el sentido de que Cassie y Carmichael compartían cama pero no un compromiso de por vida. Lo mismo podía decirse de ellos, pensó. Esa armonía y pasión podrían ser breves, pero eran muy reales. Antes no entendía realmente el poder del deseo. Ahora les deseaba dicha a los dos agentes durante el tiempo que pudieran encontrarla juntos.

Si coger a Clement ponía fin a la conspiración, sólo les quedaban unas pocas noches para pasarlas juntos. Deseosa de no desperdiciar ni un solo momento, le rodeó la cintura con un brazo y levantó la cara para que la besara.

Él le dio un suavísimo beso y se apartó dejando entre ellos una yarda de distancia.

—Vas a acostarte sola, Kiri.

Ella lo miró boquiabierta.

—Pero creí que habías aceptado que seríamos amantes por ahora.

—En realidad no acepté —dijo él, pesaroso—. Lo que pasó es que no fui capaz de resistirme a ti anoche. Pero mis dudas continuaron. Empeoraron. No mejora las cosas que Kirkland notara que había algo entre nosotros y me arrancara unos trocitos de piel. Por suerte no sabe lo que ocurrió realmente.

—¡Kirkland no es mi padre ni mi hermano! —exclamó ella, sin poder creer que él se retiraría de lo que compartían—. No tiene ningún derecho a condenarme.

—No te condena a ti sino a mí —dijo él irónico—. Tú eres la inocente, yo el despreocupado seductor.

A ella le bajó la mandíbula.

—¡Sabes que no es así!

—Lo sé. Eres una mujer fuerte, independiente, segura de ti misma. —Frunció el ceño, buscando las palabras—. Pero cuando Kirkland aceptó tu ayuda en esta búsqueda, también le prometió a tu familia que te protegería como si estuvieras bajo el techo de tu padre. Se fiaba de que yo no te deshonraría, y yo fallé. Pero no volveré a fallar.

—Yo no sentí ninguna deshonra anoche. —Le cogió las manos, segura de que conseguiría hacerlo cambiar de opinión—. ¿Tú sí?

Él titubeó.

—La pasión nubla el juicio. Anoche no pensé en el honor. Ni en el tuyo ni en el mío. Esta noche no tengo esa disculpa.

Ella se abrazó a él, apretándose a su hermoso y duro cuerpo masculino. Él la deseaba tanto como ella a él; sentía la prueba.

—¿Cómo puede otra noche deshonrarme más de lo que ya estoy deshonrada?

—¡No! —exclamó él, apartándose con la respiración agitada—. Imagínate que fuera al revés. Si tú fueras hombre y yo mujer y me presionaras para que me acostara contigo aunque eso fuera en contra de mi conciencia y honor, ¿cómo le llamarías a eso?

Ella retrocedió de un salto como si la hubiera golpeado. Pasado un largo rato, reconoció, temblorosa:

—Diría que... que mi conducta no es la de un caballero.

—Y tendrías razón —dijo él dulcemente—. Tienes que saber que te deseo tanto como tú a mí. Pero no así.

—¿Qué es el honor? —preguntó ella, desesperada—. ¿Cómo puede ser malo desearnos tanto?

—El deseo no es malo. Actuar según el deseo sí lo es. —Se pasó la mano por el pelo, con los dedos tensos—. Los hombres definen el honor de diferentes maneras, y según muchos criterios, yo no tengo mucho. No tengo un apellido honorable, me retiré del ejército en circunstancias deshonrosas, vivo mi vida en un mundo poco respetable. No me atrevo a arrojar lejos el poco honor que me queda.

Ella comprendió que tal vez conseguiría hacerlo cambiar de opinión. Se notaba su deseo en todos los contornos de su cuerpo. Si recurría al atractivo por el que eran famosas las mujeres de su familia, lograría quebrar su resistencia y muy pronto estarían desnudos en su cama sumergidos en la pasión y la satisfacción.

Pero eso le haría a él un daño inmenso. Él se había forjado arduamente su código de honor, y privarlo de eso sería absolutamente incorrecto por parte de ella. Con las manos fuertemente apretadas, dijo:

—Muy bien. No le haré más daño a tu honor.

Él soltó el aliento, aliviado.

—Gracias a Dios. Porque de verdad no soy capaz de resistirme a ti.

—Lo sé —dijo ella, intentando sonreír—. Para mí es igualmente difícil resistirme a ti. Esta noche dormiré sola y reflexionaré sobre los significados del honor. Pero antes, desabróchame este vestido, por favor. No puedo quitármelo sin ayuda.

Se giró, presentándole la espalda rígida; eso le daba la ventaja de ocultar la cara. El instinto le decía que él sería muy susceptible a las lágrimas. Sólo podrían separarse si ninguno de los dos mostraba debilidad.

—Gracias por comprenderlo —dijo él en voz baja.

Le desató los lazos y le soltó rápidamente los broches. Aunque intentaba tocarla lo menos posible, el roce de las yemas de sus dedos le hacía bajar estremecimientos por la columna. ¿Hacer eso sería tan difícil para él como para ella sentirlo? Muy probablemente.

—Buenas noches, milady —dijo él cuando el corpiño se soltó y le bajó por los hombros.

Antes que ella pudiera girarse oyó el sonido de la puerta cuando él la cerró al salir.

Terminó de desvestirse y se puso el camisón de algodón bordado que no se había molestado en ponerse la noche anterior. Aunque ardía el fuego en el hogar sentía muy fría la habitación por la ausencia de él.

Desolada se metió entre las frías sábanas. Siempre había sido buena para conseguir lo que deseaba, pero también era de naturaleza generosa; le encantaba dar a los demás, ya fueran regalos o palabras amables. Esa generosidad había ocultado su egoísmo. Ahora se veía obligada a aceptar que algunas de las cosas que deseaba no le estaba permitido tenerlas, si el precio era demasiado elevado para otra persona.

Contemplando el cielo raso, se dijo que no debía llorar. Las lágrimas no servirían de nada, y después de una noche de llanto tendría la nariz roja por la mañana. Había deseado hacer el amor con un hombre al que quería como forma de tener lo que nunca tuvo con Charles. Eso ya lo había conseguido. Desear más sería codicia, egoísmo, y destructivo. Malo, incorrecto.

Un suave golpe en la cama fue seguido por pisadas que llegaron hasta su costado izquierdo. Una vez más *Minina* se las había arreglado para reunirse con ella. La gata se echó enroscada debajo de su brazo, ronroneando enérgicamente. Kiri sonrió, rascándole el cuello y se le evaporó parte de la tensión.

Al menos no tendría que dormir sola.

Capítulo 27

*M*ac y Kirkland llegaron al mismo tiempo a la casa.

—Tuvisteis una noche movida —comentó Kirkland cuando entraron empapados por la lluvia—. Encontrasteis a un sospechoso al que hay que vigilar y capturasteis a otro.

Mac se quitó la capa y la sacudió para quitarle las gotas de lluvia antes de colgarla.

—¿Qué sabes de Clement? —preguntó, entrando detrás de Kirkland en el despacho.

—Ha vivido unos años en Londres. Aseguró que venía huyendo de los republicanos franceses y se mantiene con una sastrería. No tiene familiares, y pocos amigos, si es que tiene alguno, pero de tanto en tanto va a hacer vida social a un par de tabernas de emigrantes.

—¿Has descubierto algo que sugiera que ha sido espía todo este tiempo?

Kirkland esbozó su sonrisa de cazador de cuchillo afilado.

—Tengo ciertas pruebas de que estuvo consiguiendo información de alguien de Whitehall. Me imagino que ese es su principal trabajo, pero puesto que está en Londres es posible que lo reclutaran para que ayudara en la conspiración de secuestro y asesinato. ¿Tú puedes decirme algo sobre él?

—Sólo que es duro y controlado y no dará información fácilmente.

—Los que lo hacen por dinero son mucho más asequibles —masculló Kirkland—. Sólo hay que ofrecerles una paga más elevada. Los patriotas, en cambio, son mucho más reservados.

Tocó una campanilla y pasado un momento entró un silencioso criado trayendo una bandeja con una humeante cafetera, tres tazas de peltre, un plato con bollos, un azucarero y una jarra con leche.

—Mac, ¿traes tú la bandeja? Quiero tener las manos libres para romper uno o dos huesos si Clement intenta escapar.

Mac cogió la bandeja. Era bueno en eso de romper huesos, pero Kirkland, a pesar de su apariencia impecable y civilizada, era mejor.

La pequeña casa era el cuartel general de la muy secreta agencia de inteligencia de Kirkland. Se comunicaba con un alto cargo del gobierno, y ni siquiera él sabía quien era; tampoco deseaba saberlo. Ayudaba cuando era necesario, pero era Kirkland el que tenía el cerebro frío y calculador de un jefe de espías.

Llevando una linterna, Kirkland bajó por delante al sótano, donde había dos celdas de paredes macizas con las mejores puertas y cerraduras que existían. Ningún prisionero había escapado jamás. Le hizo un gesto al guardia y luego abrió la puerta de la derecha con su llave.

La celda era pequeña y oscura, pero no húmeda; por una ventanuca en lo alto de la pared entraba una franja de luz. Clement, que estaba echado en el camastro, se puso de pie al instante, con expresión recelosa.

—Ha llegado el verdugo.

—Ser francés no significa que tenga que ser melodramático —dijo Kirkland, mordaz—. ¿Le apetece un café?

—Cualquier cosa caliente me irá bien.

Mac dejó la bandeja en un extremo de la cama y sirvió tres tazas, contento de tener una para él. Pasaron varios minutos mientras cada uno ponía leche y azúcar a su café.

Clement se bebió toda la taza en unos cuantos tragos y se sirvió más.

—Buen café, para ser de un inglés.

—Lo preparó un emigrante francés —dijo Kirkland—. Un verdadero emigrante, no de los falsos que son espías.

Se cerró la expresión de Clement.

—¿Ahora que estoy fortalecido comenzará a golpearme para que dé respuestas?

—Infligir dolor no es mi método preferido. Aunque, como ve, he traído a mi torturador.

Mac casi se atragantó con el café al oír que lo llamaban así, pero se las arregló para disimular su sorpresa. Entrecerró los ojos y trató de poner cara de despiadado.

No le resultó. Clement, que no le había prestado atención al principio, lo observó atentamente.

—Ah, el caballero que me capturó y que ya no es un viejo. ¿Es un torturador? Yo habría creído más peligrosa a su amiga.

—Lo es —dijo Mac—. Agradezca que he venido yo en lugar de ella.

—Es usted un agente profesional, monsieur Clement —continuó Kirkland—. Siempre ha sabido que ser capturado es enfrentar una muerte casi segura.

Clement cogió un bollo del plato, tratando de parecer despreocupado, pero le tembló un poco la mano.

—Lo sé. Puesto que de todos modos me va a matar, prefiero que lo haga rápido. No traicionaré a Francia y, puestos a elegir, prefiero evitar el dolor inútil.

—¿No lo preferimos todos? —dijo Kirkland—. Respeto su lealtad a su país. Eso lo hace más difícil de manejar que un hombre que sólo desea dinero, pero más fácil de admirar. Preferiría no tener que hacerlo matar, así que tal vez podamos entendernos.

Clement arqueó las cejas, pero no pudo evitar que en sus ojos se reflejara un destello de esperanza.

—Puesto que no voy a traicionar a mi país, ¿qué motivos tenemos para negociar?

—Los países en guerra normalmente se roban información mutuamente —dijo Kirkland—. Eso forma parte del juego. ¿Opina usted que el juego debe incluir el asesinato y el secuestro? ¿En particular si una de las víctimas es una chica de dieciséis años?

Clement apretó los labios.

—Eso no lo planifiqué yo. Yo sólo era un enlace.

—Un enlace —dijo Kirkland, pensativo—. Así que en este plan hay un extremo francés y un extremo inglés, y usted era el intermediario.

Clement frunció el ceño al caer en la cuenta de que había revelado eso, pero no dijo nada.

—O sea, que perseguir a la familia real británica no era su plan. Sin embargo, lo consintió. ¿Su conciencia le permite eso? Lleva bastante tiempo en Inglaterra como para saber que eso no nos llevará a la mesa de negociaciones. Todo lo contrario.

—Gran Bretaña estaría mejor sin el príncipe regente y sus derrochadores hermanos —dijo Clement, a la defensiva—. La chica no debía sufrir ningún daño. Yo me habría encargado de eso.

—Pero ya no podrá hacerlo pues le he sacado del tablero de juego —señaló Kirkland—. ¿Cree que sus camaradas van a ser igualmente meticulosos? ¿O podrían decidir que si no pueden secuestrarla, iría bien asesinarla?

El francés desvió la mirada, visiblemente incómodo.

—Si le preocupa su seguridad, libéreme para que yo pueda protegerla si se hacen futuros intentos.

—Sabe que eso no ocurrirá —dijo Kirkland, observando su expresión—. Pero tengo una propuesta para usted.

Clement volvió a mirarlo.

—¿Sí?

—No le pediré que traicione a su país, pero podría reflexionar sobre si sería traición darnos los nombres de sus socios asesinos en esta determinada conspiración. Son muy peligrosos, y es más probable que hagan daño a Francia en lugar de ayudarla.

—¿Qué ganaré si decido aceptar? ¿Una muerte más dulce?

—Su libertad, aunque no inmediatamente. Le enviaría a una prisión más cómoda, hasta que termine la guerra. Seguro que eso llegará, dentro de uno o dos años. Su emperador ya está prácticamente derrotado. Cuando se rinda, podrá volver a Francia. —Sonrió amablemente—. Incluso podrá quedarse en Londres, si lo prefiere. Es difícil encontrar buenos sastres.

—¿Cómo puedo estar seguro que va a cumplir su parte del trato? —preguntó Clement después de un largo silencio.

—Tendrá mi palabra.

El francés curvó los labios.

—¿Un caballero elegante como usted se sentiría obligado a honrar la promesa hecha al hijo de un sastre?

—¿El hijo de un sastre se sentiría obligado a cumplir la promesa hecha a un caballero? —preguntó Kirkland, y le tendió la mano—. La confianza no tiene nada que ver con el rango social.

—Es... irónico que crea que puedo fiarme de un enemigo inglés más que de mis aliados ingleses. No sé si puedo hacer lo que me pide, pero lo pensaré. —Le estrechó la mano—. Y... creo que es usted un hombre de palabra.

Después del apretón de manos, Kirkland dijo:

—Déme alguna información útil y lo trasladaré a una prisión menos lúgubre. Pero no tenemos tiempo ilimitado. Si matan o secuestran a un miembro de la familia real, retiro el ofrecimiento.

—Entendido —dijo Clement, sonriendo—. Las empulgueras habrían sido más sencillas.

—A ninguno de los dos nos pusieron en esta Tierra para hacerle la vida más fácil al otro. —Miró a Mac—. Déjale los bollos y una taza.

Es decir, nada que el prisionero pudiera usar para hacer un arma. En teoría, de una taza de peltre se podía hacer un cuchillo, pero con tiempo y herramientas. Mac vertió lo que quedaba de café en la taza de Clement, y cogió la bandeja con las otras tazas.

Salieron de la celda y Kirkland cerró la puerta con llave. Al guardia le dijo:

—Le he dejado una taza. Encárgate de que se la retiren después.

Subieron la escalera. Cuando entraron en el despacho de Kirkland, Mac preguntó:

—¿Crees que te dirá algo útil?

—Podría —repuso Kirkland—. Está claro que no le gusta formar parte de una conspiración de asesinato, y podría concluir que matar princesas no va en interés de Francia. —Se encogió de hombros—. La razón me pareció mejor método que la fuerza.

—Si decide aceptar tu ofrecimiento, es de esperar que lo haga pronto —dijo Mac—. Desaparecido el enlace, los conspiradores se van a ocultar y será más difícil localizarlos.

—Igual se alarman tanto que abandonan la conspiración.

Mac arqueó las cejas.

—¿De veras crees eso?

—Es improbable —dijo Kirkland y esbozó una de sus excepcionales sonrisas—. Pero la esperanza brota de un manantial eterno.

Capítulo 28

*L*a mañana estaba gris, húmeda y otoñal, muy adecuada al estado de ánimo de Kiri. ¿Cómo reaccionarían ella y Mackenzie cuando se volvieran a encontrar? No sería fácil. Recelosa, bajó al comedor, pero ahí sólo estaba Cassie. La chica parecía algo cansada, pero en su cara se dibujaba una leve sonrisa. Debió gozar esa noche al compartir la cama con Carmichael.

Recordando que Mackenzie tenía que ir a acompañar a Kirkland en el interrogatorio al francés, saludó a Cassie y se sirvió un plato con legumbres, beicon y tostadas, además de una taza llena de té caliente.

—¿Conseguisteis algo en el salón de madame Blanche? —preguntó Cassie.

Entre bocado y bocado Kiri le contó lo de lord Fendall, que olía casi igual al hombre que buscaban, aunque no exactamente, y luego la captura del francés. Estaba terminando la historia cuando entró Mackenzie.

Se le tensaron los nervios y pensó si él habría dormido tan mal como ella. Con la mano nada firme, se sirvió más té en la taza. Gracias a la presencia de Cassie consiguió recobrar la calma.

—¿Tuvisteis suerte en el interrogatorio? —preguntó.

—Es muy pronto para saberlo —dijo él, dejando un montón de cartas sobre la mesa—. Un lacayo acaba de traer estas cartas.

Viendo la letra del general en la carta de más arriba, Kiri pasó el dedo por los bordes de todas ellas.

—Escribí a mi familia, a cada uno, no fuera que creyeran que me había ocurrido algo terrible. Tal vez hay algo para ti también, Cassie.

Cassie ni siquiera levantó la vista de su plato.

—Nunca recibo cartas.

—¿Os importa si desayuno con vosotras? —preguntó Mackenzie—. Desayuné con unos bollos y café con Kirkland y el espía francés, pero un día frío exige más combustible.

—Faltaría más —dijo Cassie—. Sírvete y cuéntanos lo del interrogatorio.

—Kirkland manejó estupendamente a Clement.

Puso el resto del beicon y tostadas en el plato de las legumbres, se sirvió té y se sentó. Entre bocado y bocado les explicó la estrategia de Kirkland.

Al final Cassie asintió, aprobadora.

—Fue juicioso mostrar respeto y señalar el lado deshonroso de esta conspiración. Es de esperar que Clement se aclare con su conciencia y nos diga quiénes son los otros conspiradores.

Ocupada en pasar las cartas para ver quiénes le habían escrito, Kiri asintió:

—Me alegra que no hayáis recurrido a la tortura. Creo que no soy lo bastante despiadada para ser buena agente.

—Normalmente la tortura no es muy útil —dijo Mac—. El dolor hace decir a la persona lo que sea que crea que uno desea oír.

—Eso tiene lógica —dijo Kiri.

Curiosa, cogió una carta en que vio una letra que no conocía, escrita en un papel caro color crema.

—¡Santo cielo! —Enseñó el sello a los otros dos—. ¿Este es el sello real?

—A mí me parece real —dijo Cassie, interesada—. ¡Ábrela!

Kiri rompió el sello, desdobló el papel y se encontró ante una nota muy formal de Su Alteza Real Charlotte Augusta, solicitando la presencia de Lady Kiri Lawford a la hora del té en Warwick House.

La invitación estaba escrita con la hermosa y fluida letra de un secretario, pero abajo, con letra menos florida, había una nota de la propia princesa:

Estimada Lady Kiri:

Me gustaría muchísimo veros antes de marcharme a Windsor. ¿Sería posible que vinierais vestida con un sari al estilo de las damas de India? Me gustaría ver uno.

Afectuosamente

SAR Princesa Charlotte Augusta

Aturdida, le pasó la carta a Cassie, que la leyó en voz alta.

—Estoy admirada, Kiri. ¿Te has fijado que la fecha que pone es de esta tarde?

—¡¿Qué?! —Kiri cogió la carta y volvió a leerla—. La enviaron a la casa de mis padres, y por eso tardó un día más. ¿Esta tarde? ¡Voy a necesitar un coche!

Mackenzie le arrebató la carta.

—Enviaré una nota a Kirkland y él enviará su mejor coche. No tenemos tiempo de sobra. ¿Tienes un sari aquí?

—Pues sí. —Se mordió el labio, nerviosa—. Me voy a congelar, eso sí. Los saris no están pensados para el clima inglés.

—Te pones una capa, y recuerda que ya conoces a la chica —dijo Mackenzie, en tono tranquilizador—. Ella te envía la invitación, así que estará feliz de verte.

—Yo iré como tu doncella —se ofreció Cassie—. Eso te hará parecer más importante.

—La hija de un duque necesita su doncella —convino Mackenzie—. Yo iré en el coche como tu lacayo.

Agradeciendo tener amigos con ella, Kiri se levantó.

—Envía a buscar el coche. Yo iré a cambiarme inmediatamente.

—¿Necesitas ayuda? —se ofreció Cassie—. Nunca he visto un sari.

—No hace falta ayuda. Es más fácil ponerse saris que los vestidos ingleses. Cuando te hayas transformado en una criada ve a mi habitación y te explicaré cómo se pone un sari.

Salieron del comedor, Mackenzie a ocuparse de que le enviaran un coche adecuadamente grandioso, y Kiri y Cassie a vestirse.

Kiri había puesto el sari en su equipaje por impulso, ya que no sabía qué haría mientras estuviera en esa misión.

Cuando llegó a su habitación sacó el sari de uno de los bolsos. Constaba de tres partes: un largo de seda escarlata de siete yardas adornado en un extremo con franjas bordadas en oro, una falda interior de la misma seda hasta los tobillos, y una blusa, también de la misma seda, llamada «choli». No tenía las sandalias apropiadas, pero unos zapatos de noche y medias de seda irían bien.

Se puso las medias, la falda interior y la choli; después se cepilló el pelo y se lo recogió en un moño en la nuca, con la raya en medio. En su caja de cosméticos tenía la pasta roja necesaria para hacerse un bindi, así que con sumo cuidado se pintó el círculo rojo en la frente.

Sonó un golpe en la puerta.

—¿Kiri? Soy yo, Cassie.

Kiri gritó «adelante» y apareció Cassie con un vestido marrón de corte severo y una expresión de criada. Contempló la choli, que era de manga corta, escotada y le llegaba hasta varios dedos más arriba de la cintura.

—Esa blusa es preciosa, pero veo que tienes razón respecto a lo de que pasarás frío.

—No es mucho peor que un vestido de noche inglés realmente elegante, pero eso no es decir mucho. —Cogió el largo de seda enrollado—. Has llegado justo a tiempo para el gran acontecimiento. Este es uno de mis mejores saris. Hay diferentes formas de ponerse este largo de tela. Mi familia es del norte, y cualquier persona india sabrá eso por mi forma de usar el sari.

Cogió el extremo sin adorno de la seda y se envolvió en él de la cintura para abajo, remetiendo el borde en la cinturilla de la falda interior a modo de sujeción. Cassie la observaba fascinada. Finalmente, cogió la parte adornada, formó diestramente los pliegues, plisándola, se la pasó por el hombro izquierdo y la tela le cayó por la espalda hasta las rodillas.

—Para hacerlo correctamente, debería dejar a la vista el ombligo ya que es la fuente de la creatividad y de la vida. —Se miró en el espejo para ver la caída de la tela—. Pero eso sería muy provocativo aquí.

—Sería demasiado para Mackenzie —dijo Cassie, divertida—. He visto cómo te mira. Enseña mucho más de piel y le dará un ataque al corazón.

Kiri la miró.

—¿Qué?

—Y tú lo miras igual. —Exhaló un suspiro—. Es comprensible. Sois jóvenes y estáis juntos en una misión apasionante. Pero recuerda el futuro y no intimes demasiado. Tienes una vida después de este trabajo. No te conviene arrojarla por la ventana.

En otras palabras, guárdate de la deshonra. Irritada porque todos se sentían cualificados para dar consejos no deseados, Kiri preguntó:

—¿El señor Carmichael te mira de la misma manera?

Cassie arqueó las cejas, pero no pareció azorada.

—¿Nos viste? No, no nos miramos igual, pero somos viejos y estamos hastiados. Somos amigos, nada más.

—Ninguno de los dos es viejo, y me pareció que sois bastante más que amigos.

—Viejos de espíritu, no de cuerpo. —Miró atentamente la caja de perfumes—. Y sí, somos más que amigos. Rob y yo somos camaradas. Hemos enfrentado peligros juntos.

Diciéndose que los detalles de la relación de Cassie y Rob escapaban a su comprensión y no eran asunto suyo, abrió su joyero y eligió unos pendientes formados por finas cadenillas de oro con trocitos de granate en las puntas, que le colgaban hasta medio camino de los hombros, un suntuoso collar de cadenillas de oro y unas pulseras también de muchas cadenillas en cada muñeca. Le ofrecería un buen espectáculo a la princesa Charlotte.

Finalmente, se introdujo en su interior para encontrar la esencia de su naturaleza india. Jamás igualaría la amable aceptación de su madre, pero liberó ese lado de ella que nunca sería inglés. Mirándose en el espejo hizo un último ajuste a la caída de la seda que le pasaba por encima del hombro y se giró hacia Cassie.

—¿Estoy preparada para la realeza?

—Estás magnífica. Y muy, muy diferente. Puede que tus rasgos y coloración sean los mismos, pero ya no eres la misma mujer.

—No, no lo soy.

Verse así fue un potente recordatorio de lo mucho que la separaba de Mackenzie. No sólo las diferencias de clase y nacimiento sino también su naturaleza dual. ¿Podría un inglés entender esa naturaleza?

Recordó a Mariah, la esposa de Adam. Nadie podía ser más dorada e inglesa en apariencia, pero tenía un corazón comprensivo. Godfrey Hitchcock, no.

Si alguna vez encontraba una verdadera pareja, debía ser un hombre comprensivo y tolerante. El general comprendía India y al casarse con su madre se casó con la encarnación del país en que había pasado la mitad de su vida. Pero los hombres como él eran excepcionales.

Y basta de filosofía.

—Quiero llevarle un perfume de regalo a la princesa. No hay tiempo para hacer uno especial para ella, pero pensé que podría gustarle este. —Sacó un frasco y se lo pasó a Cassie—. ¿Qué te parece?

Cassie lo olió, pensativa.

—Es exquisito. Un perfume para una jovencita. Huele a inocencia y esperanza.

—Lo que no va del todo bien para una chica cuyos padres se pelean por ella como si fuera un hueso, y que algún día podría ser la reina de Inglaterra. —Revisó la caja, deseando tener los recursos de su laboratorio. Sacó un frasco del perfume chipre hecho por ella, diciendo—: Este podría servir.

Vertió el perfume elegido para la chica en su frasco más bonito y elegante, de cristal escarlata en airosa forma piramidal. Después le añadió una pequeñísima gota de chipre. Le puso el tapón, lo agitó, quitó el tapón y lo olió. Mejor.

—¿Que te parece, Cassie?

Cassie lo olió y pestañeó.

—Extraordinario. El olor es más complejo, tiene una insinuación de sencillez y... tristeza evocadora es lo mejor que se me ocurre para describirlo.

—Ese es el efecto que deseaba —dijo Kiri. Miró los otros frascos—. Tal vez una traza de helecho, no, mejor lo dejo así, no sea que lo estropee.

Tenía varias cintas delgadas en la caja, así que sacó una plateada y la ató con varias vueltas en el cuello del frasco. Después lo envolvió en un cuadrado de satén blanco. Menos mal que había venido preparada. Incluso tenía una pequeña bolsa de seda bordada y con diminutos espejitos que se podía usar como ridículo indio. Metió el frasco dentro.

—Es hora de que bajemos a esperar el coche —dijo.

—Yo llevaré la capa de mi señora.

Cassie ya había pasado instantáneamente a la modalidad criada, invisible y competente, doblando la capa y poniéndosela sobre el brazo.

—Pareces más criada que cualquier criada que yo haya visto.

—Reconozco el error —dijo Cassie, esbozando una leve sonrisa y haciéndose ligeramente menos invisible.

—Podrías haber sido actriz —comentó Kiri, dirigiéndose a la puerta.

—Lo he sido en ocasiones —repuso Cassie, abriéndole la puerta a su ficticia señora.

Concentrándose en pensamientos de cortesía y dignidad, Kiri salió de la habitación y bajó la escalera, sintiendo la agradable caricia de la seda sobre la piel, aunque ya se le estaba poniendo la carne de gallina en los brazos y hombros casi desnudos.

Mackenzie estaba esperando en el vestíbulo. Al oír los pasos dijo:

—Muy a tiempo. El coche acaba de llegar.

Cuando levantó la vista y la miró, se quedó inmóvil, con el aspecto de haber sido golpeado con una porra. Si no fuera tan sano como un caballo, pensó ella, temería que estuviera sufriendo el ataque al corazón que sugiriera Cassie en broma.

Al llegar al pie de la escalera, se inclinó en una reverencia, juntando las palmas abiertas delante de los pechos e inclinando la cabeza.

—*Namaste, sahib*.

Él tragó saliva y se inclinó en una profunda reverencia.

—Eres peligrosa, milady.

Ella se rió.

—Un sari es tal vez la prenda más airosa que se ha inventado. Creo que a la princesa le va a gustar verlo.

—Sin duda —dijo él. Cogió la capa que sostenía Cassie y se la puso sobre los hombros, produciéndole hormigueo en todo el cuerpo al rozarle el cuello desnudo—. Ahora tenemos que irnos, si quieres llegar a la casa Warwick a la hora.

Ella caminó hasta la puerta, él se la abrió y se la sostuvo, y salieron.

Desde luego la vida se había vuelto mucho más interesante desde que huyó de Godfrey Hitchcock.

Capítulo 29

*A*h, caramba —exclamó la princesa Charlotte cuando Kiri entró en su salón particular—. Estáis espléndida, como una princesa de un cuento de hadas oriental.

La altura y la figura llena de la princesa la hacían parecer mayor de dieciséis años, pero el inocente entusiasmo que reflejaban sus ojos decía su verdadera edad. Era una niña que ansiaba conocer más del mundo.

Kiri hizo su reverencia, haciendo brillar su sari a todo alrededor.

—Vuestra Alteza es muy amable. Os agradezco la invitación.

—Deseaba veros antes de trasladarme a Windsor mañana con mi personal. —Arrugó la nariz—. La vida en Lower Lodge es aun más aburrida que aquí.

Al menos no había clubes de juego cerca que tentaran a la chica a salir furtivamente, pensó Kiri. Y, con suerte, el Lower Lodge de Windsor estaría en mejor estado de mantenimiento que la casa Warwick. La horrorizaba lo ruinosa que estaba esa residencia real.

El príncipe regente gastaba pasmosas sumas de dinero en sus palacios mientras que condenaba a la legítima heredera al trono de Inglaterra a vivir en una casa del mismo tamaño que la número 11 de Exeter Street, y ni de cerca tan bien mantenida. Reservándose la opinión, dijo:

—Por lo menos estaréis en el campo, Vuestra Alteza. ¿Me parece que sois una muy osada y arriesgada jinete?

La princesa sonrió ante esos adjetivos para referirse a ella.

—Sí que lo soy. Pero he olvidado mis modales. Llamaré para que traigan el té. Tomad asiento, por favor.

Kiri esperó hasta que la princesa se sentó, y entonces le pasó la bolsita con el perfume envuelto en seda.

—Os he traído un pequeño regalo, uno de mis perfumes.

A Charlotte se le iluminaron de placer los ojos cuando sacó el frasco. Al instante lo destapó y olió.

—Gracias, muchísimas gracias. Huele delicioso. ¿Cómo se llama?

Al parecer la princesa no era buena conocedora de perfumes, pero su gratitud era auténtica. Kiri pensó rápido.

—Lo llamo Principessa, y lo hice especialmente para vos.

Con expresión de dicha Charlotte se puso un poco en el cuello y en las muñecas.

—¿Me haréis más cuando este se acabe? Os nombraré mi perfumista real oficial.

Kiri sonrió.

—Será un placer para mí, pero no soy perfumista profesional, así que es mejor que no tenga ese título. Este es sólo un pequeño regalo de una de vuestras futuras súbditas.

—Claro que una mujer de vuestro rango no puede tener un oficio —concedió Charlotte.

La conversación se interrumpió por la entrada de una criada con la bandeja del té. Llevó varios minutos servirlo y disponer una mesita para el plato con diversos pasteles. Cuando volvieron a quedarse solas la princesa reanudó la conversación:

—Deseo daros las gracias por salvarme la otra noche, pero también quiero preguntaros si sabéis de qué iba ese intento de secuestro. No fue algo casual.

—¿Nadie os lo ha explicado? —preguntó Kiri, sorprendida.

Charlotte apretó los labios, estirándolos hasta dejarlos en una delgada línea.

—Mi padre me reprendió ferozmente y me dijo que debo irme a Windsor, pero no me dio ninguna explicación. —Pasado el momento de enfado, añadió—: ¿Cómo puedo aprender a ser una buena soberana si todo el mundo me trata como a una «niña»?

Kiri volvió a sentirse consternada. Charlotte podía haber sido mal criada y mal educada, pero no era estúpida. Necesitaba, se merecía, que la trataran como a una adulta.

Aun sabiendo que sería el colmo de la estupidez interponerse entre el irritable príncipe regente y su hija, se sentía tan indignada que no le importó. Por su bien, por su seguridad, Charlotte debía saber el peligro en que estaba.

—Esto es muy, muy secreto —dijo—. No debéis decirlo a nadie.

—Tenéis mi palabra —prometió Charlotte, con la expresión de una persona mayor.

—Fuisteis el blanco de una conspiración francesa en contra de la familia real británica. Querían secuestraros y asesinar a vuestro padre y a sus hermanos. Su idea era que estando el rey enfermo sin poder gobernar y la heredera al trono cautiva, habría muchísima confusión y tal vez se presentaría una oportunidad de firmar la paz en condiciones convenientes para Francia.

Charlotte hizo una brusca inspiración y se puso muy pálida.

—Eso es... ¡indignante! ¡Cómo se atreve Napoleón a hacer algo así!

—No hay constancia de que el plan lo haya ideado Napoleón. Pero sí sé que después del incidente en el Damian's hubo un intento de asesinar a vuestro padre. —Recordando que no debía criticar al príncipe regente, continuó—: Por eso os envían a Windsor. Vuestra vida es demasiado valiosa para arriesgarla.

—¿Por qué no me lo explicó mi padre? —preguntó Charlotte, con voz quejumbrosa.

Kiri optó por una interpretación caritativa:

—Mi padrastro ha dicho muchas veces que los hijos crecen más rápido de lo que desea o comprende un padre. El príncipe regente es un hombre como cualquier otro, y debe de haber deseado evitaros el disgusto o la alarma.

Al parecer eso no convenció a la princesa.

—Os agradezco que me hayáis dicho la verdad, lady Kiri. —Su expresión se tornó melancólica—. Si me permitieran tener damas de honor, os nombraría a vos.

—Sois muy amable —dijo Kiri, contenta de estar a salvo por el momento del aburrimiento de la vida en la corte; se volvería loca si tuviera que ser dama de compañía de la princesa, cuya vida era tan limitada—. Cuando llegue el momento, habrá muchas candidatas dignas y deseosas de ese honor.

—Me gustaría tener conmigo a mi querida amiga la señorita Elphinstone. Pero todavía no. —Frunciendo el ceño, añadió—: Espero que cojan pronto a los conspiradores. Dentro de dos semanas voy a asistir a la solemne apertura del Parlamento.

Santo cielo, ¿Kirkland sabría eso?

—No me corresponde a mí decirlo, pero creo que no es juicioso asistir a un acontecimiento tan público. Se aglomerará una enorme multitud, que podrían aprovechar los secuestradores o los asesinos.

Charlotte alzó el mentón.

—Será la primera vez que asista. No voy a cancelar mi asistencia.

—Podríais estar en peligro —dijo Kiri francamente—. Si no logran secuestraros podrían optar por asesinaros.

Charlotte pareció asustarse, pero su expresión continuó tozuda, y muy regia.

—Una cobarde no es apta para gobernar Inglaterra.

—Es difícil estar en desacuerdo con vos —dijo Kiri, en especial porque no quería tratar a la princesa como a una niña; debían prepararla para asumir las grandes responsabilidades que sin duda le caerían encima en el futuro—. Hay personas muy capaces dedicadas a protegeros, pero también debéis estar alerta, consciente de lo que ocurre a vuestro alrededor.

Charlotte frunció el ceño.

—Si no hubiera reaccionado cuando uno de los secuestradores me dijo «¿Vuestra Alteza?» no me habrían encontrado. ¿Queréis decir cosas como esa?

—Exactamente. Nuestro sentido común es nuestra primera defensa. —Bebió un trago de té, calculando cuánto tiempo debía quedarse; según el protocolo, la visita debía ser corta, pensó—. Haced caso a vuestra intuición. Si una situación o una persona no os parece como es debido, es posible que vuestra mente haya captado algo que no está bien, aun cuando no tengáis plena conciencia de qué es.

Charlotte exhaló un suspiro.

—Dado que soy princesa, la mayoría de las personas actúan de forma rara conmigo, así que podría resultarme difícil darme cuenta. Pero intentaré seguir vuestro consejo. Vuestro sari es precioso —añadió, cambiando de tema—. ¿Cómo se sujeta?

—Hay pliegues y dobleces, aunque se necesita práctica para ponérselo.

Pensando que el tema de la ropa india era neutro y sin riesgos, se puso de pie y le mostró cómo estaba envuelto y remetido en la cinturilla de la falda interior. Cuando le pareció que ya habían pasado veinte minutos, dijo:

—Debo irme, Vuestra Alteza. Sin duda tenéis mucho que hacer antes de marcharos a Windsor.

—Sí, es cierto —suspiró Charlotte—. Gracias por venir, habiendo recibido la invitación con tan poca antelación. —Levantándose, preguntó—: ¿Puedo tocar la seda del sari? Se ve tan delgada.

—Por supuesto. —Kiri cogió el largo de seda que le caía a la espalda y se lo acercó para que lo tocara—. Algunos saris son de seda tan delicada que se pueden pasar enteros por un anillo. Esta es un poco más gruesa porque en Inglaterra hace más frío.

Aunque no era lo bastante gruesa.

Charlotte cogió la seda, apretándola contra la palma, admirada, y luego la soltó, haciéndola caer flotando.

—Cuando sea reina tendré un traje de cada país que gobierne.

—Eso sería una encantadora gentileza, Vuestra Alteza. —Se inclinó en una reverencia—. Comunicádmelo cuando necesitéis más perfume.

—Espero que volváis a visitarme cuando vuelva a Londres. —Cuando Kiri tenía la mano en el pomo de la puerta, le preguntó, melancólica—. ¿Seré libre y feliz algún día?

—Nadie es totalmente libre a no ser que no tenga nada que perder, y pocos deseamos vivir de esa manera. —Sintió pasar un relámpago de certeza—. Pero encontraréis amor y felicidad. De eso estoy segura.

A Charlotte se le iluminó la cara.

—Gracias por eso, lady Kiri.

Kiri inclinó la cabeza y salió del salón. Ese relámpago de intuición le había dicho que Charlotte encontraría la felicidad, pero también que esta sería breve.

Pero por lo menos tendría algo de felicidad. Esa era una experiencia que ningún soberano tenía garantizada.

Dado que había comenzado a llover y parecía que el tiempo iba a empeorar, Mac se alegró de que la visita real hubiera sido corta, al ver salir a Kiri de la casa Warwick, con la capucha de la capa puesta ocultándole la cara. Cassie la seguía recatadamente dos pasos por detrás, como imponía el protocolo.

Deseó preguntarle inmediatamente si se había enterado de

algo interesante durante la visita, pero ese no era el lugar para salirse de su papel de lacayo. Abrió la puerta del coche y bajó los peldaños para que subieran rápidamente y quedaran protegidas de la neblinosa lluvia.

Cuando las damas ya estaban bien instaladas, subió a su lugar en la parte de atrás del coche. Ese atardecer de noviembre era frío y húmedo, y cuando llegaron a Exeter Street, ya había caído la oscuridad. Estaba lloviendo más fuerte además.

Contento de no ser un verdadero lacayo, ayudó a las dos a bajar del coche. Kiri llevaba guantes y no lo miró, pero él sintió un hormigueo cuando le cogió la mano.

—Kirkland iba a intentar venir a cenar con nosotros otra vez —dijo—. Supongo que no te enteraste de nada interesante en tu visita a la princesa.

—En realidad, sí —dijo ella, subiendo la escalinata—. Tiene la intención de asistir a la solemne apertura del Parlamento dentro de dos semanas.

Mac hizo un mal gesto para su coleto, al pensar en la multitud.

—Eso no es conveniente. —Abrió la puerta de la casa—. ¿No lograste persuadirla de que cambiara de idea?

—No tuve suerte. Es una Hanover tozuda purasangre, y lo considera su deber. —Lo miró brevemente de reojo al entrar en la casa—. Es difícil discutir en contra del deber.

—Muy cierto —dijo Cassie, entrando detrás de Kiri y dirigiéndose a la escalera—. Nos vemos en la cena.

Y así Mac se quedó solo con Kiri en el vestíbulo. Se puso a su espalda para quitarle la capa mojada. Al quitársela vio primero el brillante moño de pelo negro en la nuca, luego la curva de sus pechos y finalmente la piel desnuda bajo la blusa escarlata. La envoltura de seda realzaba su soberbia figura.

Ella lo miró por encima del hombro en un seductor movimiento, agitando la brillante seda y el embriagador perfume. Se tensó, aferrando la gruesa lana de la capa; ella era un sueño febril de belleza y cautivador encanto, y deseó rodearla con los brazos. Deseó desenrollar la seda y dejar libre su piel aún más sedosa.

—¿Por qué me miras así? —preguntó ella, y su exquisita voz le rozó todos los sentidos.

Se le quebró el autodominio y la rodeó con los brazos, apretando a él su espalda y su redondo y perfecto trasero.

—Por favor, no coquetees, Kiri —suplicó, con el corazón retumbante—. Ya me cuesta no ponerte las manos encima cuando estás vestida con ropa europea. Este sari está pensado para provocar.

La retuvo un momento, sintiendo la cálida vibración de su cuerpo a través de la delgada seda. Sólo deseaba levantar la brillante tela y acariciarle las exquisitas curvas.

La besó en un lado del cuello y ella emitió un sonido ahogado. Contento de esa prueba de que él no le era indiferente, la soltó y retrocedió un paso, maldiciéndose por esa tontería de haberla abrazado.

Ella se giró en un torbellino de seda, con las mejillas ruborizadas.

—Los saris están pensados para ser cómodos en el abrasador clima caluroso. La provocación es solamente un beneficio secundario.

—Un potente beneficio —dijo él, con sentimiento—. Con ese atuendo eres la fantasía de todo hombre del sensual y exótico Oriente.

Ella entrecerró los ojos verdes como una gata enfadada.

—¿Y tú eres uno de esos hombres que piensa que las mujeres orientales son juguetes para que jueguen los europeos?

—Sabes que no —dijo él, aunque entendía la susceptibilidad de ella en ese tema—. Eres hermosa y atractiva en todo momento y con todos los estilos de vestimenta porque eres una mezcla única de Oriente y Occidente. Elimina cualquiera de esas dos partes de tu legado y no serías tan irresistible como eres. Eres hermosa ahora y serás más hermosa aún dentro de cincuenta años, cuando hayas adquirido toda una vida de experiencia y sabiduría.

Ella le sonrió como disculpándose.

—Bien dicho, Mackenzie. Has visto mis muchas caras. Pero puesto que un sari es muy inapropiado aquí, me pondré algo europeo y soso para bajar a cenar.

Diciendo eso se recogió las faldas y comenzó a subir la escalera, deslizando una mano por la baranda.

—No puedes ser sosa en ninguna circunstancia —dijo él en voz baja.

Ella continuó subiendo sin darse por aludida. Él continuó mirándola, pensando que por hermosa que estuviera con un sari, lo era aún más sin llevar nada encima.

La vida sería más fácil si no supiera exactamente lo hermosa que estaba desnuda.

Para cenar les sirvieron un pastel de carne con patatas todavía burbujeando, perfecto para esa noche fría y lluviosa. Mac observó que Kiri se había puesto un vestido cerrado hasta el cuello que no dejaba ver ni una sola pulgada de piel entre el cuello y los tobillos. Seguía viéndose más deliciosa que el pastel de carne.

Sirviendo un clarete bastante bueno en las copas de todos, Kirkland preguntó:

—¿Alguien tiene algo que decir?

—En la comunidad de emigrantes Rob y yo hemos oído susurrar que se está cociendo algo —dijo Cassie—, pero nada concreto. Se comenta la misteriosa desaparción de Clement, pero nadie ha dado a entender que supiera que trabajaba en espionaje.

—O sea, que no es probable que se presente alguien con un mandato judicial de hábeas corpus y exija que se ponga en libertad a Clement —dijo Kirkland—, ya que está arrestado sin haber sido juzgado. —Movió la cabeza—. No lo estoy haciendo bien según la jurisprudencia inglesa.

—No te preocupes demasiado por eso —aconsejó Carmichael—. Clement tiene que saber que si lo juzgaran lo condenarían a pena capital y su futuro sería muy corto.

—Cierto. Espero que logre decidirse a dar más información. Preferiría no verlo colgado.

Kiri bebió un trago de vino.

—Pasando a otra noticia, hoy he tomado el té con la princesa Charlotte.

Eso captó toda la atención de Kirkland.

—¡Debería estar en Windsor!

—Mañana se va a trasladar ahí, y quería agradecer mi ayuda en el Damian's. Le llevé un frasco de perfume, y me contó que piensa asistir a la apertura del Parlamento dentro de dos semanas.

Kirkland soltó una maldición en voz baja, con tanta vehemencia que sorprendió a Mac. Kirkland era famoso por su temperamento calmado, en especial delante de dos damas.

—A juzgar por tu reacción —dijo—, colijo que su asistencia podría ser más peligrosa de lo que yo creía.

Kirkland enderezó la espalda, apoyándola en el respaldo y dejando ver el agotamiento en su cara.

—La conciencia de espía de Clement no le permite dar nombres, pero no aprueba el asesinato de miembros de la familia real. Lo único que conseguí de él hoy fue el consejo de que estuviéramos muy atentos a la seguridad de los miembros de la realeza que asistieran a la apertura del Parlamento.

Cassie frunció el ceño.

—¿Tendrán pensado los conspiradores producir una explosión en el Palacio de Westminster? ¿Colocar barriles de pólvora como los que puso Guy Fawkes en el sótano del edificio de la Cámara de los Lores?

—Puedes tener la seguridad de que se registrará el edificio de arriba abajo, y todos los armarios, rincones y recovecos —dijo Kirkland—. Pero algún asesino a sueldo podría acercarse fácilmente a los coches de la realeza o incluso entrar en el edificio.

—A todos nos preocupa principalmente la princesa Charlotte —dijo Cassie, pasado un momento—. ¿Y si Kiri formara parte de su séquito? A nadie le extrañaría que estuviera ahí la hija de un duque, y sería una defensa extra si fuera necesario.

Mac se tensó.

—Si hay problemas, estará en la línea de fuego. A Ashton no le gustaría eso.

A él tampoco.

—Estoy aquí para eso —dijo Kiri, mirándolo muy seria—. Es probable que no haya mucho riesgo.

—Podría ser peligroso —dijo Kirkland francamente—. Esta tarde alguien intentó matar de un disparo al duque de York cuando salía del cuartel de la Guardia Montada. Afortunadamente disparó de muy lejos y erró el tiro.

Se hizo el silencio en el comedor. El duque de York, el hermano del príncipe regente que lo seguía en edad, estaba en la línea de sucesión después de Charlotte.

—O sea, que los conspiradores siguen intentando matar a los miembros de la familia real —dijo Carmichael—. Yo tenía la esperanza de que lo que ya hemos hecho bastara para que se escondieran como ratas en la cloaca.

—Por desgracia, no —dijo Kirkland, como si tuviera la cara tallada en granito—. Necesitamos encontrar a los conspiradores y hacerlo sin sembrar el pánico generalizado.

Mac abrió otra botella de clarete.

—En ese caso —dijo, llenando todas las copas—, necesitamos brindar por nuestro éxito.

Pensó que su frivolidad irritaría tanto a Kirkland que le arrojaría el vino a su indigna persona. Pero su amigo se relajó y levantó su copa.

—Por el éxito.

Chocaron las copas y bebieron.

Mientras bebía, Mac intentó no pensar en el saludo de los gladiadores al emperador Claudio: «*Ave, Caesar, morituri te salutant*».

Los que van a morir te saludan.

Capítulo 30

*E*l comandante lord William Masterson se enteró de la noticia cuando estaba en Oporto, visitando a su viejo amigo de colegio, Justin Ballard. Dado que el ejército se había retirado a su cuartel de invierno, decidió ir a Inglaterra a pasar unos meses, en parte por principio, pero también por una inquietud que lo roía. Intuición de soldado, a la que es mejor hacer caso.

Habiendo llegado tarde por la noche a la casa de Ballard, había dormido profundamente, y esa mañana entró en la sala de desayuno bostezando. Sin siquiera mirar la comida, fue a asomarse a la ventana a mirar la brillante franja del Duero que discurría abajo.

—Me gusta tu nueva casa, Justin. Anoche estaba tan oscuro que no se podían apreciar las vistas.

Ballard sirvió una taza de café fuerte y caliente, le añadió leche y azúcar y se la pasó.

—Además, estabas a punto de caerte de cansancio. Me alegra que hayas venido a pasar unos días aquí antes de continuar a Inglaterra.

Will cogió la taza y bebió un largo trago, quemándose la lengua, sintiéndose más relajado de lo que se había sentido durante meses.

—Sería tonto volver a Inglaterra a soportar el tiempo de noviembre cuando puedo visitar a un hombre que hace el mejor oporto de Portugal.

Ballard se rió.

—No puedo asegurar que sea el mejor, pero puedes beber todo lo que quieras gratis. El asunto de hacer oporto ha quedado en un caos después de todas las batallas, pero dame tiempo.

Will dejó de mirar el río, que estaba a rebosar de barcas pequeñas, para mirar a su amigo. De pelo moreno, en parte portugués y bilingüe, Ballard podía pasar por un natural de ahí.

—¿Crees que volverás a Inglaterra algún día?

—Por supuesto —repuso Ballard—. Toda esa niebla y ese verdor se llevan en la sangre. Pero también me gusta Portugal. —Bebió un poco de café—. Todos los hombres mejorarían viviendo por lo menos un año en otro país.

—Sobre todo si pueden hacerlo sin que les llegue una bala —dijo Will, sarcástico—. Tengo la impresión de que no he experimentado lo mejor de España ni de Portugal.

—Tendrás que venir a pasar un tiempo largo cuando llegue por fin la paz. —Se apartó de la ventana—. Tómate el desayuno. Los huevos están revueltos con cebolla y chorizo, y son un buen comienzo del día. Además, tengo diarios de Londres recién traídos del barco y de no hace mucho más de una semana.

—El paquebote debió coger buen viento —bromeó Will.

Cogió un plato y se sirvió una doble ración de huevos revueltos y dos rebanadas de pan fresco recién horneado. Se sentó a la mesa, frente a Ballard y cogió el primer diario del montón que acababa de llegar. Qué agradable estar en casa de un viejo amigo, donde no es necesario entablar conversación.

Fue pasando ociosamente las hojas, leyendo los artículos que le interesaban. Entonces llegó a la sección de obituarios y paró. Lo recorrió un escalofrío.

Debió hacer algún sonido, porque Ballard levantó la cabeza y lo miró por encima de su diario.

—¿Pasa algo?

—Parece que mi hermano ha muerto. —Hizo una honda inspiración, intentando hacerse la idea de que su irrefrenable hermano había muerto—. Según esto, intentó impedir un robo en su club y le metieron una bala entre ceja y ceja.

Ballard cogió el diario y leyó el obituario, con expresión horrorizada.

—Cuesta creerlo. Mackenzie siempre ha dado la impresión de ser indestructible.

—Podría no ser cierto —dijo Will, deseando no creer que lo fuera—. Trabaja con Kirkland, y eso suele significar que muchas veces las cosas no son lo que parecen.

—Es posible —dijo Ballard en voz baja—. Pero... es poco probable.

Will se levantó, desvanecido su apetito.

—Lo sé. En lugar de quedarme cogeré el primer barco a Inglaterra.

Ballard también se levantó.

—Hay un paquebote que vuelve a Londres esta tarde. Enviaré a mi secretario a ver si hay un camarote libre.

—Dormiré en la cubierta si es necesario —dijo Will resuelto—, pero iré en ese barco.

—¿En cubierta en noviembre? No es juicioso. Eres oficial, un caballero, un barón de Inglaterra. Tendrían que encontrarte algo mejor que la cubierta.

Le puso la mano en el hombro, le dio un breve apretón y salió a buscar a su secretario.

Will miró los otros diarios pero no encontró ningún artículo con más detalles. Damian Mackenzie. Muerto en el callejón de atrás de su club. No logró hacerse una imagen mental.

Lo que sí vio fue la imagen de Mac de niño, recordando el momento en que se conocieron; su madre recién muerta y arrojado entre desconocidos, Mac estaba aterrado y resuelto a que no se le notara.

El padre de ambos estaba ausente y los criados no sabían que hacer con ese niño desconocido que les había enviado la doncella de su difunta madre. La doncella había desaparecido, pero le pagó a Mac el precio del coche para que lo llevara a la casa de su padre, con los documentos que certificaban su identidad.

El mayordomo opinaba que había que enviar al cuclillo nacido en nido ajeno al asilo de pobres más cercano, pero él no lo permitió. Normalmente era un niño acomodadizo, bueno y servicial, pero ese día descubrió su arrogancia aristocrática latente. El administrador le dijo que no podía adoptar a un niño desconocido como si fuera un animalito doméstico, pero eso fue justamente lo que hizo.

Siempre había deseado tener un hermano, o aunque fuera una hermana, pero no tuvo esa suerte. Y entonces apareció milagrosamente su hermano, tan parecido a él que era imposible que no fuera de la familia.

La resistencia de Mac no tardó en derrumbarse. Lo único que tuvo que hacer él fue ser simpático. Llevó a su hermanito a la planta de los niños, le presentó a su niñera y le dio algunos de sus juguetes. Cuando volvió lord Masterson, Mac ya formaba parte de la casa, y él le dejó muy claro que no permitiría que enviaran a su hermano a un futuro incierto.

Tal como a él, a lord Masterson no le gustaban las desavenencias. También se sentía algo responsable de su hijo bastardo, así que Mac continuó en la casa, tratado casi como hijo legítimo, pero sólo casi. Él era el único que lo aceptaba totalmente, como si su bastardía no tuviera ninguna importancia.

Y a eso se debió que los dos acabaran en la Academia Westerfield. Lord Masterson había renunciado a intentar separarlos, pero no quería enviar a su bastardo a Eton. Por lo tanto, él entró en el colegio de lady Agnes y a Mac lo alojaron con el párroco del pueblo Westerfield. El párroco le dio clases hasta que su irregular educación estuvo a la altura de los criterios de lady Agnes y entonces entró en el colegio, en el curso siguiente al suyo.

Cuando salieron de Westerfield se mantuvieron unidos a

pesar de las distancias que los separaban con frecuencia. Mac se alistó en el ejército; él habría deseado alistarse también, pero por ser el heredero no podía. Cuando la tragedia lo liberó de la vida en Inglaterra, fue su oportunidad para entrar en el ejército y a Mac le tocó volver a Inglaterra.

Pero se escribían. A lo largo de los años habían ido y venido muchísimas cartas. Las de Mac eran ingeniosas y muchas veces traviesamente divertidas.

Él sabía que sus cartas no eran interesantes; bueno, él era menos interesante. Pero las cartas habían mantenido vivo el lazo entre ellos. Si uno de ellos iba a morir, él era el candidato más probable puesto que era un oficial en servicio activo en tiempos de guerra. Pero no, había sobrevivido a años de guerra sin heridas importantes y sólo un ataque grave de fiebre.

Mac tendría que haber estado a salvo. Si había algo de justicia en el mundo, su humor y su celo por la vida deberían haberlo hecho inmortal.

Después de tantos años como soldado, cualquiera diría que sería menos optimista.

No sabía cuánto rato llevaba mirando la superficie plateada del Duero cuando la vuelta de Ballard lo sacó de su ensimismamiento.

—Tienes camarote en el paquebote que va a zarpar dentro de tres horas —le dijo su amigo—. Es pequeño y lo vas a compartir con un mercader de vinos gordo y corpulento, pero él me debe un favor, así que acepto. Vais a estar estrechos; tendréis que hacer turnos para respirar.

—Nos arreglaremos. Gracias, Justin. —Intentó sonreír y la sonrisa le salió torcida—. Menos mal que no había deshecho mi equipaje.

Le encantaría estar de vuelta en Londres. Y lo primero que haría sería buscar a Kirkland para preguntarle qué diablos le había ocurrido a su único hermano.

Capítulo 31

*B*ostezando, Kiri bajó la escalera para ir a la sala de desayuno. Aunque le gustaban las reuniones sociales y ver a personas de todo tipo, después de diez días de clubes, jugadores y bebidas alcohólicas que no deseaba, sólo ansiaba una velada tranquila en Exeter Street. Mejor aún sería una velada tranquila con su familia, pero todos se habían ido al norte a la propiedad de su hermano. Le gustaba más cuando todos sus seres queridos estaban cerca.

Mucho peor que echar de menos a su familia era pensar que sólo faltaba una semana para la apertura del Parlamento y no habían hecho más progreso en deshacer la conspiración. No había habido ningún otro intento de asesinato, pero eso podría significar que los conspiradores sólo estaban esperando para dar un gran golpe.

No había estado tanto tiempo en Londres como para asistir a una apertura del Parlamento, pero Mackenzie le había explicado que era una ceremonia muy solemne y grandiosa, y en los alrededores del palacio se aglomeraba una inmensa multitud de londinenses para ver llegar a los miembros de la realeza y a los ministros. Eso también significaba oportunidades para los malvados.

Cassie y Mackenzie ya estaban desayunando. Él levantó la vista y le dirigió una cálida sonrisa. Esos días pasados, con gran pesar de ella, se las habían arreglado para ser honorables y formales.

Cada vez que lo miraba recordaba cómo sintió sus brazos ese anochecer cuando él le pidió que no coqueteara; un brazo por delante de su cintura y el otro por encima de sus pechos, apretándola a él; calzaban a la perfección.

Justo cuando estaba dichosa pensando que él había cambiado de opinión respecto a lo que constituye el honor, el maldito la soltó y se apartó. No muy convencido, pero lo hizo. Entonces ella se dijo que no desearía a un hombre que no fuera capaz de tener disciplina, pero no sabía si se lo creía.

Cubriéndose otro bostezo con la mano, miró el contenido de la fuente con comida caliente. Huevos revueltos con cebolla y patatas con beicon para acompañar. Buen combustible para una mañana de cielo despejado pero helada.

En eso entró Carmichael en la sala, con expresión resuelta. Cassie levantó la vista.

—¿Alguna buena noticia? —preguntó—. ¿Están capturados los conspiradores?

—Todavía no, pero por lo menos hay un cambio de actividad. Esta tarde hay un combate de boxeo. No uno de los buenos de campeonato, sino uno de poca importancia que atraerá a londinenses y a boxeadores de poca categoría.

Kiri se despabiló al instante.

—¿Cómo el que estuvo en el Damian's?

—Exactamente —dijo el agente de Bow Street—. ¿Crees que lo reconocerías, Kiri?

—Podría —dijo ella, cautelosa—. No llevaba una colonia especial, pero le eché una buena mirada a su tamaño y sus movimientos, y un buen olfateo.

—Sin duda vale la pena probar —dijo Mackenzie—. El reloj sigue avanzando y no hemos hecho ningún progreso.

—Kirkland tiene otros asuntos entre manos además del nuestro —dijo Carmichael, e hizo un mal gesto—. Por desgracia tampoco progresan.

—Eso podría cambiar en cualquier momento —dijo Mackenzie. Miró a Kiri—. Ponte ropa apagada. No nos conviene ser la causa de ningún disturbio.

—Además, hoy hace frío —señaló Cassie—. ¿Quiénes son los combatientes?

—Dos boxeadores jóvenes apellidados McKee y Cullen. Los dos están considerados sendas promesas, así que deberían estar bien igualados.

—Pobres condenados idiotas —masculló Cassie—. No te va a gustar esto, Kiri.

—Posiblemente no —dijo ella, pensando en lo que había oído sobre el boxeo sin guantes—, pero será una nueva experiencia.

Había tenido muchísimas experiencias nuevas desde su llegada a Inglaterra. Observó a Mackenzie sirviéndose su desayuno. Y había una experiencia nueva que deseaba muchísimo repetir.

Esa noche había helado dejando una escarcha dura, así que el día estaba luminoso y frío. El combate había atraído a una inmensa muchedumbre a un campo que se extendía detrás de una taberna junto al río. Kiri iba cogida del brazo de Mackenzie, algo recelosa del bullicio y los ánimos exaltados. La mayoría de los espectadores eran trabajadores, salpicados aquí y allá por caballeros bien vestidos.

Los cuatro llegaron en un coche deslustrado pero bastante espacioso, que el cochero aparcó a un lado del campo. Algunos dueños de coches se habían subido al techo para ver mejor. Ellos se introdujeron entre la multitud. Aparte de Cassie y ella, había unas pocas mujeres, y ninguna de ellas era una dama.

En el centro del campo habían armado el cuadrilátero con cuerdas y cuatro estacas. Un par de hombres sin camisa estaban de pie en las esquinas opuestas mirándose mientras los hinchas gritaban comentarios a sus favoritos.

Mackenzie, que estaba muy firme en su papel de comerciante norteño, le explicó:

—Cada combatiente tiene un par de ayudantes que le dan agua, naranjas y toallas para limpiarse el sudor y la sangre. Un asalto dura hasta que uno de ellos cae derribado. Entonces se le dan treinta segundos para que se recupere. Después viene el siguiente asalto. Luchan hasta que uno de ellos no puede continuar.

Ella hizo un mal gesto, aunque tal vez él no lo vio por las anchas alas de la papalina que llevaba.

—Me da la impresión de que tienen frío sin camisa.

—Se calentarán rápidamente cuando comience el combate.

Sabiendo que muchos caballeros practicaban el boxeo en el salón de Jackson, le preguntó:

—¿Tú boxeas?

—¿Y estropear mi guapa cara? —Agitó las cejas en gesto cómico—. ¡Eso no es para mí, muchacha! Están a punto de comenzar. El rubio es Cullen y el moreno es McKee.

Antes que pasaran tres minutos, Kiri comprendió que no deseaba asistir a otro combate de boxeo en su vida. Arrugó la nariz y desvió la mirada para no ver a los dos hombres golpeándose.

—¡Esto es horrible! Parece como si trataran de matarse.

—Ese no es el objetivo, pero de tanto en tanto mueren boxeadores por los golpes —reconoció Mackenzie—. Pero la habilidad es más importante que la fuerza bruta. McKee es el mejor, y está dominando aun cuando es más bajo y delgado. Fíjate en su rápido juego de pies cuando avanza a golpear y luego retrocede bailando alejándose del puño de Cullen.

Ella cayó en la cuenta de que, irónicamente, la atención de su acompañante estaba atrapada en el combate, igual que la de todos los hombres que los rodeaban.

—Recuerda a qué hemos venido aquí —le dijo en voz baja, aunque el bullicio era tal que podían conversar sin ser oídos—.

Mira el combate, pero ¿podríamos darnos una vuelta por el perímetro para que yo busque a los sospechosos?

Él le sonrió pesaroso.

—Lo siento. Es un buen combate, pero tienes razón, el deber está primero.

Comenzaron a caminar por detrás de la multitud, ella aferrada al brazo de él como si encontrara alarmante la multitud de toscos espectadores. Las alas de la papalina le ocultaban bastante la cara, así que podía observar a los hombres sin llamar la atención. Un buen número parecían boxeadores, sus cuerpos musculosos y sus caras aporreadas, pero no veía a ninguno que se pareciera al tercer secuestrador.

En esa multitud era imposible buscar olores, en particular porque el tercer boxeador no olía a colonia ni a jabón perfumado. Esos artículos pertenecen a la esfera de las clases acomodadas. En una multitud de gente no muy bien aseada sería imposible identificar a un hombre por su olor, a no ser que estuviera encima de él. Pero había visto al hombre desde bastante cerca y tal vez eso le serviría para identificarlo.

Pasaron junto a Carmichael y Cassie, que estaban detenidos observando atentamente a la multitud. Aunque Carmichael, igual que Mackenzie, parecía distraerse mirando el combate. ¡Hombres!

Por entre el gentío pasaban vendedores ambulantes también, ofreciendo a voces las empanadas y la cerveza de la taberna que patrocinaba el combate. Mackenzie compró un par de empanadas.

Kiri se comió la suya con gusto. Se habían detenido para comer. Miró hacia el cuadrilátero y se estremeció al ver a los combatientes; a los dos les corría sangre por el pecho, por los golpes en la cara.

—¿Todavía no acaba?

—Los dos siguen de pie y dispuestos a luchar. Creo que McKee le pondrá fin pronto. Comienza a notarse su superioridad.

Kiri desvió la mirada porque no podía seguir mirando. Incluso con el bullicio oía los sonidos de los puños enterrándose en la carne. Se habían detenido cerca de los coches aparcados, así que se puso a observarlos: mejor mirar caballos que aquella brutalidad humana.

Entrecerró los ojos y agudizó la mirada. Entre dos de los coches varios hombres estaban acercándose a un hombre ancho y musculoso que se parecía al boxeador secuestrador; lo arrinconaron y al parecer iniciaron una acalorada discusión.

El boxeador intentó escapar pero los otros lo persiguieron y comenzaron a golpearlo. Aunque el hombre se defendía, era él solo contra un buen número y no tardó en caer al suelo.

Le enterró las uñas en el brazo a Mackenzie:

—Han atacado a un hombre que podría ser el que andamos buscando. Ahí, entre esos dos coches.

Diciendo eso echó a correr hacia la pelea.

Arrancado así de su contemplación del combate, Mac se giró. Los coches aparcados estaban ahí detrás, y vio claramente cómo intentaban asesinar a alguien entre un faetón y un tílburi de pescante alto. La víctima estaba en el suelo y sus atacantes le estaban dando patadas.

Echó a correr detrás de Kiri. Ella corría sorprendentemente rápido a pesar de sus faldas, pero logró darle alcance y adelantarla. Cuando estaban lo bastante cerca para hacerse oír por encima del bullicio de la multitud, gritó:

—¡Eh, ahí! ¿Qué pasa?

—¡No te metas en esto! —gruñó uno de los atacantes—. Ollie está recibiendo la paliza que se merece.

—A mí no me parece una pelea limpia.

Ya estaba lo bastante cerca para blandir su bastón. Con la pesada empuñadura le golpeó el cuello al hombre que había hablado. No con tanta fuerza como para matarlo, sino simplemente para hacer retroceder a los atacantes.

No tuvo esa suerte. De repente tres hombres lo atacaron a él. Usando el bastón como un palo para defenderse, comenzó a parar golpes y a golpear.

Kiri se había quedado con él, condenación, y aunque conocía sus habilidades, se encogió al verla correr hacia el hombre que mantenía a Ollie en el suelo. Entonces la arrojó hacia la rueda de un coche; el individuo aún no alcanzaba a darse cuenta de qué lo había golpeado cuando cayó sobre el suelo escarchado.

Deseando que la pelea fuera más visible para que los atacantes comprendieran la ventaja de emprender la retirada, golpeó al segundo hombre en la entrepierna con la empuñadura del bastón; este emitió un extraño alarido y cayó al suelo, sujetándose las partes.

El tercer hombre sacó un cuchillo y lo levantó como un experto. Una ventaja del bastón era que le permitía mantener la distancia. Bien dirigido, con él podría golpearle la mano al villano y hacer volar el cuchillo. Como lo hizo.

Sonaron gritos detrás cuando numerosos hombres de la multitud entraron en el espacio comprendido entre los dos coches, y la pelea se amplió, pues entraron en la refriega los aficionados al boxeo borrachos de cerveza, y los hinchas de McKee persiguiendo a los que favorecían a Cullen.

Mac pasó a la modalidad pelea en serio aplicando las habilidades e instintos de toda una vida: bastón, puños, codos, rodillas, pero ¿dónde diablos estaba Kiri? Por muy buena luchadora que fuera, no había lugar para una mujer en esa gran pelea. Se giró dando una vuelta completa, moviendo el bastón para mantenerlos a raya, mirando los fornidos cuerpos.

Entonces, angustiado, miró hacia la parte de atrás del faetón y vio a Kiri en el suelo en medio de un charco de sangre.

Capítulo 32

*K*iri! La horrorosa imagen cobró una atroz vida abrasándole el cerebro. Le pareció que se le paraba el corazón y se le meció el cuerpo, sintiendo cerrarse la oscuridad sobre él.

¡No! No podía desmayarse. No podía, en ese momento.

Combatiendo el mareo, avanzó tambaleante hacia ella, sintiéndose más aterrado que nunca en su vida. Ella podía estar fuera de su alcance, pero necesitaba saber que estaba viva y feliz en alguna parte; necesitaba que ella...

Cogiéndose de un lado del faetón para sostenerse en pie, y blandiendo el bastón, se abrió paso por el enredo de hombres luchando.

Estaba a unos diez pasos de Kiri cuando ella se puso de pie y levantó al aporreado Ollie. Tenía una mancha de sangre en la mejilla y la capa salpicada con sangre por todas partes, pero no se movía como si estuviera herida.

Pero ¡tanta sangre!

—Kiri, ¿dónde estás herida? —preguntó con la voz rasposa.

Su terror debió ser visible porque ella contestó en tono tranquilizador:

—Yo estoy bien, la sangre no es mía. Este, nuestro secuestrador, se golpeó en el coche al caer, se hizo un corte en la cabeza y ha sangrado como un cerdo en un espetón. —Cogió de la chaqueta a Ollie pues había intentado escapar—. ¡No lo sueltes!

El boxeador era alto y macizo, vio Mac, pero no tanto como él. Le cogió los brazos, consiguió juntarle las muñecas por delante, y entonces sacó un par de esposas y se las puso. Se sentía tambaleante, pero conseguiría no desmayarse si no miraba a Kiri, si no recordaba que la había visto en el suelo toda rodeada de sangre, si no pensaba en el terror que había sentido al ver sangre en su hermosa cara. Casi vomitó, pero consiguió borrar la imagen otra vez.

En eso aparecieron Carmichael y Cassie, que se habían abierto paso por entre los combatientes, desde el otro lado. Los dos estaban despeinados, con la ropa arrugada y algunos rasguños, pero no se les veía ninguna lesión grave.

—Este es nuestro secuestrador —dijo Kiri.

—Menos mal que tenemos un coche grande —dijo Carmichael, sin más comentario—. Lo llevaremos a reunirse con su colega.

Cogiéndole el brazo lo obligó a caminar hacia el final de la hilera de coches donde los esperaba el suyo. Cassie iba al otro lado de Ollie.

En lugar de seguirlos inmediatamente Kiri le cogió el brazo a Mac.

—Pareces a punto de caerte al suelo. ¿Estás herido?

—Sólo unos pocos magullones —contestó él, tratando de hablar en tono animado, sin mucho éxito—. Sabes que no soporto la visión de la sangre.

—Por lo menos esta vez la sangre no es tuya.

Sin soltarle el brazo echó a caminar con él siguiendo a los otros.

—Creí... que era tuya —dijo él y cerró los ojos como para borrar la horrible imagen—. Una mujer ensangrentada es... peor.

—Comprendo.

Por el tono amable de su voz él sospechó que ella lo comprendía demasiado bien. Se esforzó en serenarse.

Cuando llegaron al coche ya estaban dentro Cassie, Carmichael y el prisionero. Mac pensó que ya estaba lo bastante sereno como para engañar a cualquiera, menos a Kiri.

Ollie se había sentado en medio del asiento, de espaldas al cochero, con Rob a su lado. Tenía los hombros temblorosos, mirándose las muñecas esposadas. Una improvisada venda le cubría la herida de la cabeza, pero por todo su cuerpo había manchas de sangre que indicaban heridas o laceraciones.

Mac se habría sentado al otro lado del hombre, pero Kiri se sentó ahí. Tal vez deseaba olerlo. También ocupaba menos espacio que él, y los tres hombres en ese asiento habrían quedado muy apiñados.

Una vez que el coche se puso en marcha en dirección al cuartel general de Kirkland, Ollie dijo con acento de Newcastle:

—¿Qué me van a hacer? Juré que no diría nada sobre el secuestro.

Una silenciosa mirada de Carmichael le indicó a Mac que le dejaba a él el interrogatorio. No supo si eso se debía a que él estaba sentado enfrente del prisionero o porque Carmichael comprendió que necesitaba concentrarse en una tarea para no desmoronarse.

Con su confesión, Ollie ya había demostrado que era el hombre que buscaban, pensó. Miró a Kiri y ella le hizo un gesto de asentimiento, confirmándolo. Tenían al secuestrador que buscaban. Volviendo la mirada al prisionero, le dijo:

—Mírame.

Ollie levantó la cabeza de mala gana y al instante Mac vio dos cosas. Era muy joven, más un niño que un hombre; y en segundo lugar, a juzgar por la vaguedad de su expresión, algún golpe en la cabeza en su oficio de boxeador le había dañado el cerebro. Comprendió que interrogarlo con paciencia resultaría mejor que intimidarlo.

—¿Cómo es tu nombre completo?

—Oliver Brown. Ollie.

—¿De Newcastle?

—Sí —dijo el chico, al parecer sorprendido de que supiera eso.

—¿Quiénes te atacaron?

—Los mandó el tío fachenda —dijo Ollie, con expresión confundida, indecisa—. Quieren matarme. ¿Por qué no los dejó? ¿Qué van a hacer conmigo?

—Quiero descubrir lo que sabes sobre los secuestradores para que podamos cogerlos —le explicó Mac, mirándolo a los ojos—. ¿Cómo te liaste con ellos?

Ollie les miró las cara a cada uno. La presencia de dos mujeres y dos hombres desconocidos debió convencerlo de que no eran enviados por el tío fachenda y que lo beneficiaría hablar.

—Mi amigo Ruffian O'Rourke sabía que yo necesitaba ganar dinero para volver a Newcastle.

—¿Deseabas volver a tu casa?

Ollie asintió.

—Se me ocurrió venir a Londres a ganar premios en campeonatos. —Sonrió amargamente—. En lugar de eso conseguí que me revolvieran los sesos. Mi pa es herrero y yo no debería haber dejado nunca la herrería. Como necesitaba dinero para volver a casa, Ruff me dijo que podía acompañarlo en un trabajo en que necesitaban otro hombre.

—¿Qué tipo de trabajo?

Ollie lo miró asustado.

—Este tío fachenda necesitaba hombres con músculos. Ruff dijo que no era un robo, así que yo me figuré que no era algo malo y que en una noche ganaría el dinero para volver a casa. Yo no sabía que alguien iba a resultar herido. Tampoco sabía que querían raptar a una chica. —Le temblaron los labios—. A Ruff lo mataron. Era mi mejor amigo en Londres.

—¿Qué hiciste entonces?

—El tío fachenda estaba furioso apuntando a todos lados con

una pistola. El franchute que no murió trató de calmarlo, pero yo me figuré que era mejor desaparecer mientras pudiera. Decidí mantenerme escondido hasta que ganara un par de libras y entonces volver a pie a mi casa.

Hacer a pie todo el camino hasta Newcastle cuando ya se estaba instalando el invierno era señal de desesperación, pensó Mac.

—¿Por qué viniste a ver el combate hoy?

Ollie se miró los pies.

—A veces si un combate termina muy rápido piden voluntarios para otro. Si yo me ofrecía podía ganar lo suficiente para pagarme el pasaje en una diligencia.

Y posiblemente dañarse lo que le quedaba de cerebro, el pobre diablo.

—Entonces el tío fachenda supuso que podrías venir a este combate y envió a sus hombres a encargarse de ti.

Ollie se hundió más en el asiento enderezando la espalda.

—¿Qué van a hacer conmigo?

—No lo sé. No me corresponde a mí decidir eso. Pero no te golpearemos hasta dejarte muerto en la calle.

Ollie intentó esbozar una sonrisa.

—Supongo que no harían eso delante de dos damas.

—No infravalores a las damas —dijo Mac fríamente—. Cualquiera de las dos es capaz de matarte sólo con las manos. Colabora y puede que vivas para ver Newcastle otra vez.

Al oír eso Ollie miró receloso a Kiri, que estaba sentada a su lado.

—¿No me van a deportar?

—Probablemente no, si nos ayudas. Ahora háblame del tío fachenda. ¿Cómo era? ¿Sabes su nombre?

—Alto. Sólo lo vi con la máscara. —Pensó un momento—. Pelo castaño. Podría haber estado en el ejército por su manera de estar de pie. Ropa elegante, olor elegante.

Mac vio que Kiri ponía atención, pero ella tenía que saber

que un chico al que le costaba expresarse no sabría definir una colonia. Continuó haciéndole preguntas durante todo el trayecto, pero no logró enterarse de ningún detalle útil.

Cuando llegaron a la casa, Carmichael dijo:

—Yo entraré con el señor Brown. Tengo unas cuantas preguntas más que hacerle.

Ollie parecía aterrado cuando Carmichael lo hizo bajar del coche. Entonces, cuando este reanudó la marcha en dirección a Exeter Street, Kiri preguntó.

—¿Qué le va a ocurrir al pobre Ollie? Estaba fuera de sí de miedo, pobrecillo, con su limitado entendimiento.

—Y bien que debía. Después de tantos años como agente de Bow Street, Rob podría hacer perder las alas a una mosca con sólo mirarla ceñudo.

Cassie se rió.

—Buena descripción. Mi suposición es que Kirkland va a sacarle toda la información que pueda al joven señor Brown, lo va a tener en la celda contigua a la de Clement hasta que se deshaga la conspiración y entonces le va a comprar un pasaje en una diligencia a Newcastle.

—¿No lo va a mandar a Newgate ni a deportar? —preguntó Kiri.

—No es necesario —dijo Mac—. No es un delincuente consumado. Sólo es un pobre muchacho tonto que hizo músculo en la fragua de su padre y que pensó que eso lo haría campeón en Londres.

—Dado que Kirkland suele trabajar fuera de la ley —musitó Cassie—, a veces está en posición de impartir justicia por su cuenta.

El resto del trayecto lo hicieron en silencio. Mac agradeció que dado el temprano anochecer de noviembre, la luz en el interior del coche no fuera suficiente para ver la hermosa cara de Kiri sucia de sangre. También agradeció que la oscuridad le ocultara los rasgos y los puños apretados.

—Lo has hecho muy bien, Kiri —dijo Cassie cuando el coche se detuvo ante el número 11 de Exeter Street—. Encontrar a dos de los secuestradores es extraordinario.

—Pero no he encontrado al más importante —dijo Kiri tristemente—. Todavía no sabemos quién es el tío fachenda de Ollie, y él es el que importa.

—Siempre cabe la posibilidad de que él no sea el hombre que dirige la conspiración —señaló Cassie—. Este tipo de trabajo exige tiempo y paciencia, como recomponer los fragmentos de un mapa, pieza por pieza. Tal vez Rob y Kirkland logren deducir más piezas haciendo un careo entre Ollie y Clement.

Mac sabía que eso era una esperanza, aunque débil.

Por su parte, sólo podía esperar que fuera capaz de mantener firmes los tirantes nervios el tiempo suficiente para entrar en la casa y no caer antes desplomado chillando.

Ollie estaba visiblemente asustado cuando lo enfrentaron juntos Kirkland y Carmichael. Apretando en la mano su taza de té caliente y dulce, dijo, nervioso.

—El otro señor, el del parche en el ojo, me dijo que si colaboraba lo tendría más fácil.

—Lo tendrá —dijo Kirkland, y no dijo más. Alargó y alargó el silencio hasta que vio que el joven boxeador estaba a punto de salirse de su piel; entonces dijo, fríamente—: ¿Sabía que ese intento de secuestro no fue sólo un delito que se castiga con la horca sino también una traición a la Corona?

La cara de Ollie se puso blanca bajo el polvo y la sangre, y le temblaron tanto las manos que se le derramó un poco de té de la taza.

—¡No, señor! ¡No sabía eso! ¡No soy un traidor!

—Entonces díganos todo lo que recuerde del secuestro.

—¡Sí, señor! ¡Todo, señor!

Kirkland y Carmichael se turnaron en hacer las preguntas. Ollie intentaba contestarlas todas, pero sabía muy poco más de lo que ya había dicho. Al cabo de una frustrante hora, Kirkland decidió carearlo con Paul Clement, aunque no esperaba que saliera mucho de eso.

—Le voy a llevar a ver a otro secuestrador. Tal vez eso le traiga más recuerdos.

Bajaron al sótano con el chico y Kirkland abrió la puerta de la celda de Clement. Carmichael se quedó en la puerta, cerca del guardia, aunque era improbable que Ollie intentara escapar teniendo ahí comida y relativo abrigo, y estando a salvo de los hombres que intentaron matarlo a golpes. Aunque Clement aprovecharía cualquier oportunidad para liberarse, era lo bastante inteligente para saber que no podría escapar en ese momento.

—Creo que os conocéis —dijo Kirkland, haciendo entrar a Ollie en la celda.

—Sí, ese es el franchute —dijo Ollie, contento por poder contestar una pregunta por fin—. Esa noche estaba con el fachenda. El fachenda hablaba con él y lo escuchaba.

Clement había estado echado en su camastro, pero se levantó al instante cuando entraron.

—Ah, sí, el joven al que conocí esa malhadada noche, aunque no me enteré de su nombre.

—Oliver Brown —dijo Ollie, belicoso—. Y no soy un traidor.

—Yo tampoco, a Francia —dijo Clement, al parecer divertido—. Consideré mi trabajo en esto un servicio a mi país, de la misma forma que sirve un soldado.

—¡Maldito espía! —exclamó Ollie, lanzándole un puñetazo.

Kirkland le cogió la muñeca antes que conectara. Oliver Brown podía no ser muy inteligente, pero su patriotismo era auténtico.

—¿Le inspira más recuerdos este encuentro? —preguntó Kirkland.

Clement se encogió de hombros.

—El señor Brown era el músculo. No nos comunicamos.

Ollie frunció el ceño.

—El franchute llamaba «capitán» al fachenda. ¿Igual estuvo en el ejército tal como yo pensé?

Un destello en los ojos de Clement dio a entender a Kirkland que Ollie tenía razón: el jefe era un oficial del ejército. Una información más que podría ser útil, o no.

—¿El capitán no era francés? —preguntó.

Ollie negó con la cabeza.

—Era tan inglés como usted y yo.

Kirkland dedujo que el chico era del tipo que desconfiaba al instante de los extranjeros, como desconfiaba de Clement.

—Suficiente por esta noche —dijo—. Que tenga sueños agradables, *monsieur* Clement.

Salió con Ollie de la celda, y cerró la puerta con llave.

—Va a estar en esta celda, señor Brown. Pronto le traerán comida. También una toalla y una palangana con agua para que pueda lavarse las manchas de sangre.

El guardia abrió la puerta de la celda y Ollie entró.

—Esto es mejor que dormir debajo de un puente —dijo. Miró a Kirkland esperanzado—. ¿He colaborado bastante, señor?

A pesar de su tamaño y músculos, Ollie era todavía un niño tremendamente vulnerable, comprendió Kirkland. A veces odiaba francamente su trabajo.

—Ha sido útil. Si se le ocurre otra cosa que pueda ayudarnos a encontrar al fachenda, dígaselo al guardia y él me llamará.

—Sí, señor.

Después Kirkland y Carmichael subieron en silencio la escalera y entraron en el despacho del primero.

—Me siento como si hubiera estado dando patadas a un cachorrito —dijo Carmichael.

Kirkland esbozó su sonrisa sesgada.

—El niño es un tonto inocente.

—Yo diría que el único lugar seguro para él es su casa, protegido por su familia —continuó Carmichael, arqueando una ceja, interrogante.

—Cuando haya acabado esto lo pondré en una diligencia en dirección a su casa —dijo Kirkland—. Arrojarlo a una prisión sólo aumentaría los gastos del gobierno.

Carmichael asintió, satisfecho. Los dos eran capaces de hacer lo que debe hacerse. Y a ninguno de los dos le gustaba dar patadas a cachorritos.

Capítulo 33

Mackenzie era buen actor, pensaba Kiri, pero no lo bastante bueno para convencerla de que se sentía bien. Aunque el interior del coche estaba oscuro ella sentía su tensión. Algo le ocurrió en el combate de boxeo, y ella suponía que fue verle el cuerpo todo salpicado de sangre. Debió creer que estaba muerta o mortalmente herida, y eso le produjo la fuerte reacción que lo llevó al límite.

¿Cassie también percibiría la fragilidad que Mackenzie disimulaba con su actitud despreocupada? Muy posible, pues era muy perceptiva. Pero Cassie no se había acostado con Mackenzie; en cambio ella estaba sensibilizada a él, aun cuando sólo se habían acostado una vez; él estaba sufriendo y ella también.

Cuando llegaron a la casa de Exeter Street las ayudó a las dos a bajar del coche, caballeroso como siempre, pero Kiri percibió la vibración de su tensión a través del guante.

—Me duele un poco la cabeza —dijo él cuando entraron en la casa—, así que me voy a ir a descansar y no os acompañaré durante la cena.

Haciendo una amable venia, sin mirar a Kiri, se dirigió a la escalera y comenzó a subir.

Preocupada por él, ella se quitó enseguida la capa y examinó su estado.

—Esta sangre se podrá quitar con un cepillo cuando esté totalmente seca, pero mi vestido va a necesitar un buen lavado. Espero que no quede manchado.

—Dale las dos cosas a la señora Powell —dijo Cassie—. Es un genio para quitar manchas de sangre. —Se le curvaron los labios—. Albergar a agentes de Kirkland le ha dado muchísima experiencia.

—Alarmante pensamiento —dijo Kiri. Sintiéndose repentinamente cansada se dirigió a la escalera—. Necesito bañarme, después de revolcarme en ese campo. ¿Puedo pedir que me lleven una bandeja a mi habitación para comer ahí?

—Los Powell te darán comida y agua caliente para el baño —dijo Cassie, cubriéndose la boca para tapar un bostezo—. Creo que yo haré lo mismo. Las peleas me cansan.

Kiri se giró en el peldaño con las cejas arqueadas.

—¿Esto te ocurre con frecuencia?

—No me es desconocido.

Diciendo eso Cassie se quitó las horquillas, agitó la cabeza para soltarse el pelo y se pasó la mano por ella, como si comenzara a dolerle la cabeza.

—Si te vas a bañar, yo tengo esencias fragantes —dijo Kiri—. ¿Qué te gustaría, de limón con verbena o de rosas?

A Cassie se le iluminó la cara.

—¡Esencias para el baño! Hace tanto tiempo... De rosas, por favor.

—Te la llevaré a tu habitación.

A Kiri la alegró que la perspectiva de la esencia de rosas hiciera sonreír así a Cassie. La sonrisa la rejuvenecía en varios años. ¿Qué tipo de vida llevaría antes de que la atrapara la guerra y se convirtiera en agente? Eso no era asunto suyo, lógicamente, pero no podía evitar el deseo de saberlo.

Dado que estaba un peldaño más arriba en la escalera, le miró la cabeza. Sorprendida se inclinó afirmada en la baranda para mirarle el pelo más de cerca.

—Me parece ver raíces rojizas en tu pelo.

Cassie hizo una mueca.

—Es hora de volver a teñírmelo. Mi pelo rojizo es muy llamativo y desde hace años toda mi atención se ha concentrado en pasar desapercibida. El tinte que uso me lo deja de un color castaño soso, pero se va destiñendo con el tiempo, y las raíces debo teñírmelas con frecuencia.

—Eres buena para hacerte invisible —dijo Kiri, intentando visualizarla como pelirroja; con ese color de pelo su piel blanca sería casi translúcida—. Me gustaría verte algún día cuando no estés empeñada en parecer invisible.

—No soy una beldad ni siquiera con mi mejor aspecto —dijo Cassie.

Tal vez no, pensó Kiri, girándose para continuar subiendo la escalera, pero sin duda se vería llamativa.

El señor Powell acompañado por un criado le llevaron la cena a Kiri, y ella la comió mientras le calentaban el agua. Después subieron una bañera de asiento y baldes de agua caliente. Al salir se llevaron su capa y su vestido para lavarlos.

Después de llevarle la esencia de rosas a Cassie, puso esencia de limón y verbena en su bañera. El exquisito aroma cítrico era embriagador, y la bañera lo bastante grande como para sumergirse hasta los hombros si se acurrucaba un poco. El agua caliente le alivió las numerosas magulladuras. La habían golpeado más de lo que se dio cuenta en el momento.

Continuó sumergida hasta que el agua se enfrió y se le arrugó la piel. Entonces salió de la bañera, se secó y se puso el camisón y la bata. Pensó en las posibilidades: podía leer, escribir cartas o incluso acostarse.

Pero no podía dejar de pensar en Mackenzie. Era posible que el descanso le hubiera calmado la tensión nerviosa, pero no lo creía. No dormiría tranquila mientras no hubiera visto con sus propios ojos cómo estaba.

No era su idea seducirlo; en el estado en que se encontraba, él necesitaba su honor aún más. Su camisón y bata hasta los tobillos la cubrían totalmente y la hacían informe; los gruesos calcetines de lana le servían para no enfriarse los pies sobre el frío suelo, pero eran tan poco seductores como el resto de su atuendo.

De todos modos, tomó las precauciones para evitar el embarazo que le enseñara Julia Randall. La atracción entre ellos hacía imposible predecir lo que podría ocurrir.

Caminando silenciosa por el corredor se prometió que no alentaría en él un comportamiento que después lamentaría. Él ya tenía bastantes problemas sin eso, a juzgar por su aspecto cuando se retiró a su habitación.

Golpeó suavemente la puerta. No hubo respuesta. ¿Habría salido? Su instinto le dijo que no, que estaba ahí y no hizo caso del golpe en la puerta. Giró el pomo.

Empujó y la puerta se abrió silenciosamente. La única luz era la de un pequeño fuego en el hogar, pero iluminaba lo suficiente para ver su figura oscura junto a la ventana contemplando la glacial noche. Se había quitado la chaqueta y el parche del ojo, pero lo que fuera que se había apoderado de él seguía presente.

—Una lástima que estas puertas no tengan cerradura para cerrarlas con llave —dijo él, cansinamente—. Sabía que vendrías, Kiri. Ahora date media vuelta, márchate y cierra la puerta.

Ella atravesó silenciosa la habitación.

—Si sabías que vendría también debes de saber que no soy buena en eso de obedecer órdenes.

—Lo he notado —dijo él, irónico.

Aunque no la miraba, ella percibió que lo alegraba dejar de estar solo. No lo tocaría. Eso no resolvería nada y causaría complicaciones. Se puso a su lado y por la ventana contempló los techos apenas visibles.

—La sangre y las mujeres son la clave de tu cámara de los horrores secreta, ¿verdad?

Él no contestó, pero ella vio que apretaba las mandíbulas. Estaba hermoso y triste, como un arcángel expulsado del cielo y condenado a caer impotente hacia su inevitable fin.

—Por la intensidad de tu reacción deduzco que no soy la primera mujer que habías visto así —continuó—. Verme ha debido desencadenar algo que ya te quemaba el alma. —Guardó silencio, pensando; no quería creer que él hubiera asesinado a su amante; pero si estaba borracho y se sentía traicionado, si la mujer lo provocó... Cualquier cosa era posible—. ¿Te he recordado a Harriet Swinnerton?

Él hizo una inspiración rasposa.

—Sí, pero no porque yo la matara. Después que volvió Swinnerton y supuestamente la oyó decir con su último aliento que yo la maté, él y varios de sus soldados fueron a mis habitaciones, me sacaron de la cama y me llevaron a rastras a la escena del crimen. Me gritaba acusaciones mientras yo la veía ahí destrozada, ensangrentada...

Esa era una imagen que seguía atormentándolo, comprendió Kiri. Se cogió las manos para impedirse tocarlo.

—Puede que no fuera un gran romance, pero yo le tenía afecto —continuó él, con la voz entrecortada—. Harry era exigente, pero también era juguetona y generosa. Me gustaba darle placer. Claro que debería haber intentado protegerla. En lugar de eso, fui la causa de su muerte.

Kiri frunció el ceño, visualizando la escena.

—¿Es posible que no fuera su marido el que la mató? Si de verdad él creía que tú fuiste el asesino, podría haber considerado justo llevarte ahí a ver su cadáver.

Él negó con la cabeza.

—No, Swinnerton fue el asesino. Tal vez deseaba que yo viera su cadáver como una forma de venganza, o tal vez fue su retorcida manera de jactarse. Fuera cual fuera su motivo, la imagen de Harriet muerta aparece en mis pesadillas.

—Él debía desear eso —dijo ella, muy seria—, aunque no habrías tenido pesadillas mucho tiempo si él hubiera conseguido que te colgaran. Ya fue terrible saber que la habían asesinado; ver su cadáver tuvo que ser mucho peor.

—Verla muerta y saberme culpable.

—Esos dos estaban enzarzados en una danza de muerte —dijo ella firmemente—. Tú sólo tuviste un pequeño papel en su drama. Pequeño, pero casi fatal.

—Estoy de acuerdo —dijo él tristemente—, pero eso no me hace sentirme mejor.

—Tener conciencia es una gran molestia.

Él curvó los labios.

—No tengo mucha, a no ser que se trate de ser el causante de la muerte de alguna mujer.

Ella detectó algo en su voz. Abandonando su resolución de no tocarlo, le puso una mano en la muñeca.

—Estás pensando en otra mujer que murió, ¿verdad? —En un relámpago de certeza, lo supo—. Tu madre.

Él se apartó bruscamente y le dio la espalda.

—¿Cómo lo sabes, maldita sea? ¿Eres una especie de bruja?

—No, nada de eso. Sólo soy una mujer que te ama y por eso te observo con mucha atención.

Él se giró a mirarla fijamente.

—¿Y eso tiene que hacerme sentir mejor?

Ella sonrió, pesarosa.

—No tiene que hacerte sentir ni mejor ni peor. Simplemente «es». No tengo ninguna expectativa, no espero nada de ti, aunque agradecería la sinceridad.

No sólo por ella sino también porque creía que la sinceridad podría purgar el alma herida de él. Le cogió la mano y lo llevó a sentarse al lado de ella en el borde de la cama.

—Dime, Damian, sólo eras un niño cuando murió tu madre. ¿Cómo podrías ser responsable de su muerte?

Él fijó la mirada en el fuego del hogar.

—Antoinette Mackenzie era actriz hasta la médula de los huesos. Genial, hermosa, voluble y ambiciosa. A veces me mimaba como si me adorara, me decía que yo era su hermoso hijito y lo mucho que le alegraba que yo me pareciera tanto a mi padre. Otras veces no soportaba verme. Yo me convertí en experto en percibir su estado de ánimo y en desaparecer de su vista cuando era conveniente.

Kiri frunció el ceño, pensando que no le habría gustado esa madre.

—¿Antoinette Mackenzie era su verdadero nombre?

—Yo creo que era su nombre artístico, y si no lo era nunca supe cuál era el verdadero. —Le apretó la mano, al parecer sin darse cuenta—. Deseaba ser una dama y pensó que lord Masterson era la manera de conseguirlo. Su mujer era frágil. Al parecer ese fue el motivo de que su señoría se echara una amante, para no cargar a su esposa con exigencias conyugales.

Pasado un momento de silencio, Kiri preguntó:

—¿Tu madre creía que él se casaría con ella cuando quedara viudo?

—Estaba segura. —Apretó los labios—. Estábamos alojados en una posada de Grantham, en el camino al norte hacia Yorkshire, cuando leyó en un diario que lady Masterson había muerto. Extasiada le escribió una carta, seguro que diciéndole cosas imprudentes, como lo mucho que la ilusionaba que vivieran juntos. Él le contestó de inmediato diciéndole que no se casaría con ella aunque, naturalmente, asumiría la responsabilidad que le cabía para con el hijo.

Kiri hizo un mal gesto.

—¿Y eso la disgustó tanto que pensó en suicidarse?

Él le tenía tan apretada la mano que le iba a dejar moretones.

—Siempre había sido propensa a las rabietas. Esta vez estalló como un nido de cohetes de Congreve. Me gritó que el único motivo de haberme parido era tener poder sobre lord Masterson. Que creyó que si paría a su hijo tendría más posibilidades de que él se casara con ella, pero no, todo el dolor y las molestias de parir un crío no habían servido para nada.

—Oh, Damian —dijo ella, apenada, sin poderse imaginar cómo una madre podía decir esas cosas a un hijo—. Tal vez no lo dijo en serio. Simplemente estaba furiosa.

—Estaba furiosa, sí, pero también lo dijo en serio. A veces daba la impresión de que le gustaba tener un hijo, pero la mayor parte del tiempo me dejaba al cuidado de su doncella, que se convirtió en mi niñera. Y ese día... —se interrumpió para hacer unas cuantas inspiraciones rasposas—, dijo que haría arrepentirse a su maldita señoría. Primero me mataría a mí y después se mataría ella. —Aunque ella emitió una exclamación de horror, él continuó implacable—. Y siendo una mujer de palabra, cogió su daga y me hizo un corte en el cuello.

Capítulo 34

*L*as palabras de Mackenzie fueron escuetas, increíbles, pero era imposible no creerlas. Kiri giró la cabeza para mirarlo. Se había quitado la corbata, así que le desabotonó suavemente la camisa y se la abrió. Ahí, justo encima de la clavícula estaba la delgada marca de la herida ya cicatrizada mucho tiempo atrás.

—Me alegra que no supiera hacerlo bien —dijo en un susurro ahogado, pasando suave y tiernamente las yemas de los dedos por la cicatriz.

—Yo me moví intentando escapar, así que no pudo hacer un corte muy profundo —dijo él, con la voz lejana—. Pero salió muchísima sangre, así que ella creyó que esa herida bastaría para matarme. Entonces, con su mejor voz de Julieta antes de suicidarse, declamó—: «Esto le enseñará a su asquerosa señoría», y se enterró la daga en el corazón.

—¿Y tú estabas ahí mirando?

Deseó llorar por ese niño, pero no podía derramar lágrimas. Su pena al oír eso era una pálida sombra del sufrimiento con el que él había vivido la mayor parte de su vida.

Él asintió.

—Después que se apuñaló tenía una expresión muy extraña, como si hubiera supuesto que el dolor y la sangre no serían reales. Llevaba tanto tiempo actuando en el teatro que no siempre sabía distinguir entre el escenario y la realidad. Abrió la boca y luego se le dobló el cuerpo, cayó al suelo en silencio y... se desangró.

Dejando a su hijo con la indeleble imagen de su madre muriendo en un charco de sangre, pensó Kiri. Maldita fuera aquella mujer por su egoísmo. Tragó saliva y consiguió decir con voz calmada:

—Debía de estar loca.

—Un poco, creo —dijo él. Exhaló un suspiro—. He tenido suerte de haber heredado lo bastante del temple Masterson y evitado así que me metieran en un manicomio. —Pasado otro largo silencio, añadió—: Ahora puedes comprender por qué Will se convirtió en la persona más importante del mundo para mí.

—Estabilidad, afecto, aceptación —dijo ella, deseando conocer mejor a lord Masterson.

Lo conocía porque era uno de los amigos más íntimos de Adam, pero lo había visto sólo de paso. Masterson era un hombre alto, tranquilo, muy parecido a Damian, pero de temperamento más relajado.

La próxima vez que se encontrara con él igual se arrodillaba a besarle los pies por lo que había hecho por su aterrorizado hermanito bastardo. Fácilmente podría haberle vuelto la espalda.

—Tuviste mucha suerte al tenerlo.

—Si no hubiera sido por Will habría acabado como aprendiz de un comerciante o trabajando en un asilo de pobres. Lo lamenté cuando entró en el ejército. Yo soy el prescindible, no él.

—¡No eres prescindible! —Acercó la cara y le besó la cicatriz de la herida de la daga de su madre y pasó la lengua por el tejido endurecido—. Pensar que podría no haberte conocido...

Él retuvo el aliento y ella sintió en los labios cómo se le aceleraba el pulso.

—Habrías estado mejor sin conocerme, mi reina guerrera —musitó, pero puso las manos en su cintura.

Ella levantó la cabeza y lo miró indignada:

—Puede que te resulte difícil valorarte porque tu madre descartaba tu valía, pero yo no voy a tolerar nada de eso. Tienes la fuerza y el honor de la familia de tu padre, el encanto y el ingenio de tu madre, y todas esas cualidades te hacen un hombre extraordinario, Damian Mackenzie.

A él se le suavizó la expresión.

—Me atribuyes demasiado mérito, milady.

—Y tú te atribuyes demasiado poco. —Le enmarcó la cara entre las manos, mirándolo a los ojos—. No es mi deseo dañar tu honor, pero sí deseo muchísimo darte consuelo.

Echó atrás la cabeza y lo besó con infinito amor, reprimiendo la pasión.

Pero la pasión no continuó reprimida. Se encendió el deseo entre ellos evaporando las buenas intenciones de los dos. Él la estrechó en sus brazos con fuerza.

—Buen Dios, Kiri —musitó—. Qué sana eres y qué viva estás.

Y su sangre vital corría ardiente por sus venas, no derramada para morir. Se apretó a él con fuerza y cayeron sobre la cama. Mientras ella volvía a besarlo, él la recorría con sus manos.

—Qué bien hueles. A limón y a algo más. Fresco, fuerte, delicioso.

—Verbena. Tienes buen olfato. —Se levantó encima de él apoyando los brazos a cada lado. Estaba tan oscuro que no distinguía los colores distintos de sus ojos, pero la luz del fuego marcaba su hermosa estructura ósea—. No quieres aprovecharte de mi juventud y relativa inocencia, pero ¿y si yo me aprovechara de tu madurez y muy maravillosa experiencia?

Él pareció sorprendido un momento; después se echó a reír y le rodeó la cintura con los brazos.

—¿Cómo podría resistirme a ti? —dijo, con la voz ronca—.

Tú me ofreces dicha y cordura y... y yo necesito muchísimo ambas cosas.

—Son tuyas si las quieres, mi querido Damian.

Él torció la boca.

—Damian de mala fama se acerca más.

—Y eso forma gran parte de tu encanto —dijo ella, abalanzándose a besarle el cuello, hundiendo los dedos en su abundante pelo.

Las piernas les colgaban fuera del borde de la cama, pero en un solo movimiento él rodó con ella y quedaron tendidos sobre la cama, él encima. Eso la dejó en posición para soltarle los faldones de la camisa y acariciarle la cálida piel de la espalda.

Él pegó un salto cuando ella le tocó la piel.

—¡Tienes las manos frías!

—Tú me las estás calentando muy bien —dijo ella, emitiendo una risita gutural, tironeándole la camisa para sacársela por la cabeza.

Él tuvo que colaborar para quitársela, y cuando quedó libre de la camisa ella ya le había desabotonado la bragueta de los pantalones. Él se tensó cuando ella metió la mano por los calzoncillos. Si le quedaba alguna frialdad en la mano, esta desapareció cuando le cogió el miembro.

—No. Para, ¡para! —resolló él, moviéndose hacia un lado hasta que a ella se le deslizó la mano y se lo soltó.

En esa posición pudo cogerle las orillas del camisón y de la bata y subírselos hasta los hombros. Ella no alcanzó a notar el aire fresco porque él bajó la boca sobre su pecho.

—Dado que no he cenado, tengo muchísima hambre —dijo, calentándole el pezón con su aliento.

Ella gimió de placer cuando él comenzó a deslizar la boca por su cuerpo, dejándole una estela de besos. Vagamente pensó en qué momento la iniciativa pasó de ella a él, pero no le importaba; no podía importarle si él le estaba haciendo cosas tan maravillosas.

—Huelo a vinagre —dijo él, interesado—. ¿Viniste pensando en que te seduciría?

—Te juro que no —resolló ella, retorciéndose mientras él le acariciaba la entrepierna—. Pero me crié con un general, por si no lo recuerdas. Él decía que uno debe... estar siempre preparada.

—Prefiero no pensar en el general en este momento, ya que seguro que sacaría su látigo. Y con justicia. Pero el condenado también crió a una hija irresistible.

—El mérito de eso es de mi madre, que encarna a la diosa del deseo.

Entonces la capacidad de hablar la abandonó totalmente porque la hábil boca de él descendió sobre una parte tremendamente sensible de su cuerpo. Oleadas de sensaciones la recorrieron toda entera, separándole el cuerpo del alma y envolviéndola en un torbellino de placer.

Cuando comenzó a bajar flotando a la Tierra, él envainó su miembro en su caliente cavidad. Ante su asombro volvieron a recorrerla las sensaciones, inundándola tan profundamente que no sabía dónde acababa ella y comenzaba él. Se sentía poderosa, enaltecida, protegida y venerada.

Mientras el orgasmo le contraía los músculos interiores alrededor del miembro de él, comprendió que había valido la pena viajar desde el otro lado del mundo para encontrar a ese hombre y ese tiempo de absoluta rectitud.

Mac intentaba recuperar el aliento teniendo a Kiri segura en sus brazos. Se había recuperado del horror de creerla muerta, pero ¿a qué precio?

—Espero que no te sientas falto de honor —le susurró ella con la cara hundida en su hombro.

—¿Por aceptar el regalo de tu honorable y generoso corazón? —Le depositó un beso entre los pechos—. Por no decir de tu magnífico cuerpo. Pero ahora tengo dificultad para definir el honor. Aun cuando mis intenciones sean honorables, a los ojos de la sociedad he fallado absolutamente.

Ella exhaló un suspiro.

—«Intenciones honorables» es un código para decir matrimonio, ¿verdad? Eso es lo que ve el mundo. Yo no veo el matrimonio como el único estado honroso. —Pasado un silencio, añadió—: Es respetable, pero eso no es lo mismo.

—En este momento ninguno de los dos es respetable ni de lejos. —Curvó los labios—. Y lo terrible es que aunque yo te propusiera matrimonio, eso no cambiaría las cosas.

—¿Qué has dicho? —dijo ella, levantando la cara para mirarlo—. Yo creía que no eres el tipo de hombre que se casa.

—Tú me inspiras pensamientos imposibles, Kiri. —Jugueteó con su pelo enrollándose una brillante guedeja en el índice—. Hay una tradición que declara al mundo bien perdido por amor, pero eso es una fantasía. Si fueras tan tonta como para casarte conmigo, ¿cómo te sentirías si tu familia cortara sus relaciones contigo?

Ella lo miró horrorizada.

—¡Mi madre no haría eso jamás!

—Pero tu padrastro podría. El general Stillwell es uno de los grandes héroes militares de Gran Bretaña, pero los generales tienden a ver las cosas en blanco o negro. Yo soy un gris en mi mejor aspecto. Y él me vería negro y a ti blanca.

Ella le puso la mano en el brazo para destacar el contraste en los colores de piel.

—Yo soy de un agradable color tostado, mientras que tú pareces bastante poco cocinado.

—Tienes razón, me sacaron del horno demasiado pronto —dijo él, riendo; se le desvaneció el humor—: El matrimonio une no sólo a dos personas sino también a dos familias. Tú eres heredera e hija de un duque. Yo soy el hijo bastardo de una actriz. La disparidad entre nosotros es inmensa, y horrorosa para cualquiera que crea que en la sociedad existe un orden natural. Y la mayoría de las personas se lo creen.

—En India —dijo ella de mala gana— el sistema de castas es un orden social mucho más rígido que el de aquí. Una cosa que me gusta de Inglaterra es que es más libre.

—Pero dista mucho de ser totalmente libre. —Buscó un ejemplo—. Si tú y mi hermano os enamorarais y desearais casaros, habría aprobación general. Podrían considerar que te casas con un hombre inferior a ti, porque eres hija de un duque y Will sólo es un barón, pero el rango es cercano porque es par del reino, así que el matrimonio sería totalmente aceptable. Tu familia lo aceptaría feliz. Mi caso es asunto muy diferente.

—Tú y Adam sois amigos, ¿verdad? Supongo que eso serviría.

—Nos tratamos amistosamente y fuimos al mismo colegio, pero no somos tan amigos como él y Will. —Titubeó y finalmente reconoció—. Siempre he pensado que Will fue el principal motivo de que me aceptaran entre los alumnos de Westerfield. Todos lo querían y respetaban, así que a mí me aceptaron a regañadientes.

—Qué tontería —dijo ella rotundamente—. La Academia Westerfield es famosa por su tolerancia. Prácticamente cada chico que estudió ahí tiene motivos para creer que era un marginado. Puede que tú hayas tenido que superar más cosas que la mayoría, pero lo conseguiste y te aceptaron por ti mismo. Caes muy bien.

Él se encogió de hombros.

—Caer bien no es lo mismo que ser respetado. Una cosa es bromear con el dueño de un club de juego y otra muy distinta permitir que se case con una hija.

—Vuelves a hablar de matrimonio —dijo ella con los ojos entrecerrados como los de una gata—. ¿Esto es sólo filosofía o es lo que piensas personalmente? El matrimonio resolvería tu preocupación por la mancha en tu honor.

Pensando qué sería lo que ocurría detrás de esa hermosa cara, él contestó:

—No soy filósofo. Me gusta la idea de casarme contigo, pero, ¡piénsalo, Kiri! Por mucho que nos queramos —le deslizó la mano desde el hombro a la rodilla en una lenta caricia— y nos deseemos, si tuvieras que elegir entre tu familia y yo, ¿me elegirías a mí? Si dices sí no te creeré. La pasión es potente, pero con el tiempo se enfría. Por eso el matrimonio necesita unos cimientos más anchos.

—Y ahí es donde entran la familia y las amistades.

Él asintió.

—A mí me... me afectaría mucho si Will cortara la relación conmigo. Y podría hacerlo si pensara que yo he deshonrado a la hermana de Ashton. —Se sentiría más que afectado, se sentiría destrozado—. Tú tienes más familiares, así que tienes más que perder. No debes desentenderte de ellos por una pasión pasajera, por muy intensa que sea ahora.

Ella cerró los ojos, suspirando.

—He sabido eso todo este tiempo. Los indios somos muy fatalistas y lo aceptamos todo, y esa parte de mí sabe que es impensable un matrimonio entre nosotros. Por eso he ansiado las pocas noches que podamos tener. —Abrió los ojos, brillantes de intensidad—. Pero la inglesa que hay en mí desea quebrantar las normas y «hacer» posible nuestra unión francamente a los ojos del mundo.

—Una verdadera reina guerrera.

Le pasó el brazo por los hombros y la atrajo hacia así, apretándola contra su corazón. Aunque era más sabia de lo que le correspondía por edad, era joven y privilegiada y eso la hacía optimista con respecto a que encontrarían una manera de vencer la desaprobación de la familia y la sociedad y ser aceptados.

Pero él no era optimista en absoluto. Había experimentado demasiado del lado negro del mundo.

Y no creía en milagros.

Capítulo 35

No hay descanso para los malvados, pensó Kirkland. Aunque la conspiración contra los miembros de la realeza de Gran Bretaña estaba en el primer lugar de su lista de prioridades, tenía otras investigaciones casi igual de urgentes y otros agentes que necesitaban respuestas y atención. Y un buen número de documentos que debía leer, meditar, sopesar las respuestas y contestar.

Era cerca de la medianoche cuando terminó. Se le fue un poco el cuerpo cuando se levantó. ¿Cansancio? Se hizo un rápido examen, analizando cómo se sentía, y finalmente llegó al adjetivo «fatal». Le estaba comenzando un resfriado o alguna de esas dolencias; de poca importancia pero suficiente para aumentarle en tres veces el cansancio.

Salió de la casa donde llevaba su pequeña organización secreta y se dirigió al Damian's. Intentaba ir todas las noches, puesto que en esos momentos era el propietario nominal. Además, el club había sido el lugar del intento de secuestro y tal vez vería a alguien o se enteraría de algo.

Su aliento se convertía en volutas de humo blanco con el helado aire nocturno. El frío era excesivo, para ser mediados de noviembre, pero suponía que el tiempo volvería a estar algo templado para la apertura del Parlamento.

Dormitó durante el trayecto en el coche. Fuera como fuera,

debía intentar dormir una noche entera, para recordar cómo era. Pero no esa noche. Tenía demasiadas cosas que hacer.

Cuando el coche llegó al club, le ordenó al cochero que se lo llevara, porque no sabía cuánto tiempo estaría ahí. El portero del Damian's le buscaría un coche de alquiler cuando estuviera listo para irse.

El club estaba bastante concurrido, aunque tal vez más silencioso de lo que habría estado antes de la supuesta muerte de Mackenzie. Baptiste no estaba visible, y un lacayo le dijo que lo encontraría en el despacho de la parte de atrás de la casa.

Cuando entró, el administrador del club se levantó. Desde la noche de los disparos parecía haber bajado unas diez libras de peso y envejecido unos diez años.

—Milord —dijo, haciéndole una media venia—. Espero que todo esté bien.

—Tan bien como cabría esperar.

Dado que la muerte de Mackenzie debía parecer auténtica, Kirkland se había llevado todos sus artículos personales del escritorio y de la sala. El despacho se veía muy vacío y el único indicio del antiguo dueño era una pila de cartas muy ordenaditas sobre su escritorio. Baptiste las dejaba ahí para que las abriera él, puesto que era el albacea de Mac.

Cogió las cartas y las pasó echándoles una mirada. Una nota perfumada de una dama que sin duda no se había enterado de la muerte, unas cuantas cartas de comercios, tal vez facturas.

—Yo me encargaré de estas —dijo—. ¿Cómo está la provisión de vinos y licores?

—Afortunadamente recibimos una remesa justo antes de... antes de... —Baptiste tragó saliva sin poder terminar la frase—. Pronto iré a Kent a hablar con nuestros proveedores.

Naturalmente jamás se mencionaba la palabra «contrabandistas».

—¿Sabes llegar a la sede de los proveedores?

Baptiste asintió.

—Él me llevó ahí una vez y me presentó a su... al encargado, para que yo estuviera preparado en el caso de que... —Se le cortó la voz.

—Eso fue previsión. Ve si puedes conseguir más de ese clarete nuevo.

—Lo intentaré. Usted no hace buena cara, milord —añadió, ceñudo—. Debería descansar un poco.

—Eso es lo siguiente en mi lista —dijo Kirkland metiéndose las cartas en el bolsillo interior de la chaqueta y dirigiéndose a la puerta—. Buenas noches.

Decidió salir pasando por el salón de juego principal. Mientras se dirigía a la puerta, se levantó un hombre de la mesa de la ruleta y se le acercó a saludarlo. Era lord Fendall, una de las «personas de interés» en la conspiración de asesinato. Se despabiló al instante.

—Buenas noches, Fendall. Me alegra verte aquí.

—Se está llenando la ciudad con la llegada de caballeros para la apertura del Parlamento —explicó Fendall—. ¿Habrá algún tipo de servicio fúnebre para el señor Mackenzie? Si lo hay, me gustaría asistir.

—Estoy esperando las instrucciones de su hermano, que está en España —contestó Kirkland; ya era horrible haber declarado muerto a Mac, por lo que, no deseaba tener que pasar por un servicio fúnebre falso—. Mi suposición es que lord Masterson va a decidir que se entierre a Mackenzie en la propiedad de la familia.

Fendall arqueó las cejas.

—¿Ponerlo entre todos esos Masterson a pesar de la barra siniestra? Su hermano es generoso.

—Estaban muy unidos —dijo Kirkland, sin más.

Y por eso le había escrito a Will a la mañana siguiente del secuestro y enviado la carta a España con un mensajero rápido del gobierno.

Fendall exhaló un suspiro, paseando la mirada por el salón.

—El Damian's no es el mismo sin el señor Mackenzie. Baptiste es amigo mío, pero no es tan bueno para crear una atmósfera acogedora. ¿Sabes si el club se va a vender o cerrar?

—Eso no se ha decidido todavía —contestó Kirkland. Inclinó la cabeza—. Te deseo una buena noche de juego, pero no tan buena que hagas saltar la banca.

Fendall se rió.

—La noche ha estado entretenida hasta el momento. Jugar es lo importante, ganar es un beneficio añadido agradable cuando ocurre.

Menos mal que su señoría tenía esa actitud porque había dejado una pequeña fortuna en el Damian's, pensó Kirkland. Se despidió dándole las buenas noches y se dirigió a la puerta de salida a paso rápido para no captar la mirada de nadie ni tener que hablar.

El aire fresco le despejó un poco la cabeza. Tomó hacia la derecha, en dirección a la puerta lateral, de la casa de Mac. Las cartas personales llegaban ahí y debía recogerlas. Entonces podría por fin irse a casa.

Abrió con su llave. La casa estaba silenciosa. No vacía, pero los criados ya se habían ido a acostar. Estaban acostumbrados a sus idas y venidas y no se aterrarían si lo oían.

Entró en el despacho de Mac, encendió una lámpara y descubrió más cartas en el escritorio. Dos eran de Will Masterson. Era de esperar que su carta con la velada explicación le hubiera llegado antes que la noticia de la muerte de Mac. Aunque había buscado el mejor medio, las comunicaciones con la Península eran poco fiables.

Otra carta destacaba debido al papel tosco y la letra de una persona sin formación. La habían enviado al servicio postal que usaba Mac, no a la casa. Curioso, rompió el sello y leyó: *«Llegó una extraña remesa de Francia de la que debe saber. Será mejor que venga. Al caer la noche el día de luna nueva. Hawk»*.

Arqueó las cejas. ¿El jefe de los contrabandistas de Mac había creído necesario escribir? Muy interesante. Debía hacer llegar eso a Mac a primera hora de la mañana.

Sintiendo una sensación de mareo, dejó las cartas apiladas en el escritorio. Tenía que echarles una mirada, pero estaba tan cansado que casi no veía las letras. También se sentía tembloroso, por lo que fuera que estuviera incubando.

Detestaba estar enfermo.

Pero la fuerza de voluntad tiene sus límites. Subiría a la habitación para huéspedes y se echaría en la cama unos minutos. O tal vez más, pensó cuando comprobó que apenas tenía fuerzas para subir la escalera.

Cuando entró en la habitación le vinieron escalofríos y de pronto comprendió que eso no era el comienzo de un catarro, sino de un ataque de malaria. No se le había ocurrido que pudiera ser eso, porque hacía años que no sufría uno.

O tal vez había preferido negar la posibilidad. Hasta ahí llegaba la resistencia del jefe de espías. A punto de caerse, se metió bajo las mantas con botas y todo.

Renunciando al esfuerzo de pensar, se sumergió en la bendita oscuridad.

Kiri bajó a desayunar muy recatada con los ojos bajos, aunque sospechaba que en una casa llena de espías sería casi imposible ocultar un romance. Al menos los espías estaban acostumbrados a guardar secretos.

Damian aún no había bajado, pero estaba Cassie, leyendo un diario mientras comía. Levantó la vista.

—El baño con esencia de rosas fue maravilloso. Después dormí muy bien.

Kiri captó un olor a rosas al pasar cerca de ella.

—La esencia de rosas es buena para muchas cosas, entre otras para calmar las emociones cuando una está estresada.

—Entonces les iría bien a todos los de la casa —dijo Cassie—. ¿Crees que podríamos convencer a Mackenzie y a Carmichael de que se bañen con esencia de rosas?

Kiri sonrió de oreja a oreja.

—Creo que preferirían morir.

Aunque los hombres usaban colonias, el aroma a rosas se consideraría demasiado femenino.

En el vestíbulo había encontrado una carta del general esperándola. Por la noche no la vio, debido a su preocupación por Damian. Después de servirse un plato, se sentó, rompió el sello y comenzó a leer. La primera frase la hizo exclamar involuntariamente:

—¡Ah, fantástico!

Cassie la miró.

—¿Una buena noticia? Nos iría bien una.

—Muy buena noticia, aunque no tiene nada que ver con salvar a Inglaterra de los impíos. Mi familia está pasando un tiempo con mi hermano en la propiedad Ashton, y mi padrastro ha decidido comprar la casa solariega que linda con ella. Así que todos estaremos cerca y podremos vernos con frecuencia. Yo conocí a Adam sólo la primavera pasada, así que tenemos que ponernos al día en muchas cosas. Él y mi madre no se cansan de estar juntos para hablar.

Cassie sonrió triste.

—Lo encuentro maravilloso. Tienes suerte con tu familia.

—Sí que la tengo.

Continuó leyendo la carta con las noticias mientras comía, y estaba a mitad de su desayuno cuando entró Damian. Levantó la vista y durante un abrasador momento se sintió tan conectada con él como se sintiera esa noche cuando se unieron sus cuerpos. Vio un brillo igual en sus ojos hasta que él se obligó a desviar la mirada.

—Huelo a rosas —dijo él alegremente—. Puesto que no es temporada de rosas, debe de ser una de vosotras, señoras.

—Anoche Kiri me dio esencia de rosas para el baño —explicó Cassie—. Dice que es muy calmante. ¿Te gustaría probarla?

Él la miró horrorizado.

—Preferiría morir.

Kiri y Cassie se echaron a reír.

—¿Qué me pierdo? —preguntó él, receloso.

Kiri negó con la cabeza, pues no quería explicar la causa de su diversión, pero agradeció que ese tema le hubiera desviado los pensamientos. Cuando él ya se había servido su plato y sentado en el otro extremo de la mesa, ya tenía bien dominadas sus emociones.

O al menos podía disimularlas para que no se le notaran. Se había creído resignada a que su romance con Damian fuera corto. Pero desde que él habló de matrimonio esa noche, había descubierto que ya no era tan fatalista. La situación no había cambiado, seguían existiendo todas las barreras, pero ¿podría haber una manera?

La esperanza es cruel.

Capítulo 36

*K*iri iba por su segunda taza de té cuando entró Rob Carmichael en la sala de desayuno con expresión muy seria.

Cassie le sonrió.

—Veo que el atractivo de un buen desayuno te ha sacado de tu madriguera.

Carmichael se quitó tardíamente el sombrero.

—No declinaré un buen desayuno, pero no es por eso que he venido. Esta mañana recibí un mensaje de uno de tus criados, Mac. Encontraron a Kirkland totalmente vestido y ardiendo de fiebre en tu habitación para huépedes.

Mackenzie soltó una maldición en voz baja.

—¿Un ataque de paludismo?

—Es probable. Fuerte.

—¿Los criados llamaron a un médico? —preguntó Mackenzie.

—Eso espero. —Carmichael se sirvió una taza de té y le añadió una buena cantidad de azúcar—. Todavía no le he visto. Decidí pasar por aquí antes para que todos lo supierais.

Cassie bebió lo último que le quedaba de té y se levantó.

—Iré contigo, Rob. Creo que Kirkland va a necesitar cuidados, a ser posible de una persona de confianza que sepa guardar sus secretos si habla cuando esté febril.

—¿Eres enfermera, Cassie? —preguntó Carmichael, levemente sorprendido.

—¿No lo somos todas las mujeres cuando se tercia? —contestó esta, sarcástica.

—¿Paludismo? —dijo Kiri—. Eso es la malaria, ¿verdad? —No se había imaginado que algo pudiera hacer caer al incansable Kirkland—. ¿Los médicos de aquí usan la corteza de los jesuitas?

Carmichael la miró sin entender.

—No tengo ni idea. ¿Qué es eso?

—La corteza del quino, un árbol que se da en América del Sur. Los jesuitas aprendieron de los indígenas su utilidad para curar la fiebre. En India hay muchas fiebres, así que mis padres siempre tienen una buena provisión a mano. No sé si en Inglaterra se conoce bien, ya que aquí hay menos fiebres que en los países calurosos.

Esa fue la fiebre que mató a su padre antes que ella naciera. El general se había enterado de la utilidad de esa corteza por un amigo que estuvo en Perú, y se la consiguió para su casa. Por desgracia, la palabra «jesuita» horrorizaba a los ingleses protestantes. Sería necesario ponerle otro nombre.

—Conozco a un boticario que normalmente tiene corteza de los jesuitas. Iré a comprar y se la llevaré a Kirkland.

—Estupendo —dijo Cassie—. ¿Me explicarás cómo se prepara y cuánto hay que darle?

—Se vierte una taza de agua hirviendo sobre una pulgarada de corteza. —Demostró la cantidad con dos dedos—. La dejas remojar unos diez minutos, la cuelas y se la das a beber. Le das unas cuatro o cinco tazas al día. Yo prepararé la primera dosis para que veas cómo se hace.

—Ojalá pudiera ir —dijo Mackenzie, frustrado—, pero estando muerto no puedo aparecer en un lugar donde soy tan conocido.

—No seguirás muerto mucho tiempo más —dijo Carmichael, con humor macabro—. Después de la solemne apertura del Parlamento, o bien habremos triunfado o fracasado. Sea como sea, tendrías que poder volver a la vida.

—¿Cómo lo harás, Mackenzie? —preguntó Kiri—. ¿Simplemente reapareciendo y diciendo la verdad, que simulaste estar muerto para poder ayudar al gobierno en la búsqueda de unos espías?

—¿La verdad? —exclamó él, escandalizado—. Qué tedioso sería eso. Por no decir que me estropearía la posibilidad de ayudar a Kirkland en el futuro.

—¿Qué harás, entonces?

—Saldré del hospital Saint Bart asegurando que recibí una herida en la cabeza cuando perseguía a unos ladrones que entraron en el Damian's, y estuve varias semanas sin saber quién era. Entonces se comprenderá que hubo un error al identificar a otra persona como si fuera yo, y mi continuada existencia será recibida con gritos de júbilo por todos lados. Va a prosperar muchísimo el negocio en el Damian's, pues mucha gente querrá ir a ver esa resurección.

Kiri se rió.

—¿Y cómo se va a explicar que Kirkland encontró tu anillo en el dedo del cadáver?

—El hombre debió robármelo —contestó Mackenzie al instante—. Kirkland asegurará que el anillo más su conmoción lo llevaron a equivocarse en la identificación.

Carmichael lo miró interesado.

—Yo puedo colaborar diciendo que no estaba convencido de que hubieras muerto y por lo tanto hice ciertas investigaciones.

—¡Excelente! Tú me encuentras en el Saint Bart. Con una lesión en la cabeza tendría que poder salir impune de muchos escándalos en los próximos meses.

Le sonrió a Kiri y a ella se le derritieron las entrañas. ¿Qué tenía que hacía parecer aburridos a todos los demás hombres?

—Todo eso es maravillosamente ingenioso —dijo Cassie, impaciente—. Pero tendríamos que empezar a movernos si queremos que Kirkland esté levantado para ese gran descubrimiento.

Todos salieron inmediatamente a coger capas y sombreros.

Kiri tenía la esperanza de que el boticario que proveía a sus padres tuviera corteza de quino en esos momentos. Si no, tendría que hacer una larga búsqueda para encontrarla. Se sentiría muchísimo mejor si a Kirkland le daban la corteza; la malaria podía ser fatal. Y aún en el caso de que no lo fuera, dado el buen estado de salud general de Kirkland, era necesario que se recuperara lo más pronto posible. Calculaba que ningún otro podría hacer el trabajo que hacía él. Era como una inmensa araña inteligente en medio de una red de agentes importantes y menos importantes. Su capacidad para visitar al príncipe regente o al primer ministro y ser recibido era valiosísima.

Sin él, las posibilidades de que tuvieran éxito bajaban en picado.

Una pesadilla tras otra, arrastrándose por arenas ardientes, deslizándose por el hielo, desesperado por detener a los asesinos. Una eternidad de dolores, agitación y angustiosa frustración...

Kirkland fue recobrando lentamente el conocimiento. Lo primero que percibió fue un cielo raso, muy semejante a lo que normalmente es un cielo raso. Por último, se le ocurrió girar la cabeza, y el movimiento le resultó mucho más incómodo de lo que debía.

Estaba en una cama debajo de un montón de mantas, aun cuando en el hogar de la pared de enfrente ardía alegremente el fuego. Entrecerró los ojos para enfocar bien la mirada en el entorno. Estaba en la casa de Mackenzie, en la habitación para huéspedes, en la que había estado varias veces. Pero ¿por qué?

Sintió una mano fresca en la frente.

—Así que has decidido volver con los vivos. Ha remitido por

fin la fiebre. Si tienes hambre podría ir a buscarte un caldo de pollo si me lo pides con educación.

Enfocó la mirada.

—¿Cassie? —Estaba ojerosa. Vagamente recordó sus movimientos agitados en la cama, una infusión amarga que lo obligaban a beber, las pesadas mantas que echaba a un lado cuando estaba febril y volvía a subírselas cuando lo estremecían los escalofríos—. ¿Cuánto tiempo he estado inconsciente?

—Tres días. Un ataque de paludismo. Al parecer viniste a la casa de Mackenzie una noche, tarde, y te derrumbaste. Sus criados te encontraron aquí inconsciente a la mañana siguiente.

—¡Tres días!

Intentó sentarse y tuvo que volver a dejar caer la cabeza en la almohada, tan agotado que no pudo volver a moverla.

—Compórtate, James —dijo ella, severa como una institutriz—. Has estado un tiempo jugando a los dados con san Pedro debido a que no te cuidas como debes. Y ahora no te vas a levantar de esta cama hasta que hayas recuperado tus fuerzas.

Él no tenía ni idea de que ella supiera su nombre de pila.

—¿Tan enfermo he estado?

—Sí.

—Me comportaré —dijo mansamente.

Ella sonrió de oreja a oreja.

—Sólo porque estás tan débil que no puedes hacer otra cosa.

Sí que lo conocía bien. Sin dignarse a contestar ese comentario, preguntó:

—¿Todo este tiempo has estado aliviándome la frente calenturienta?

—Me he turnado con tu ayuda de cámara, y Kiri ha venido varias veces. Ella trajo corteza de los jesuitas y nos enseñó a todos a hacer una infusión, y es probable que a esta corteza se deba que no sigas desvariando. Además, puedes fiarte de que todos guardaremos tus secretos. Tienes algunos interesantes, Kirkland.

Él gimió, pensando en cuánto habría dicho.

—Tú, por supuesto, guardarás silencio a cambio de una anualidad que te mantendrá cómoda el resto de tu vida.

Al instante deseó no haberle dicho eso porque cada vez que volvía a Francia corría el riesgo de no sobrevivir para volver a Inglaterra.

Pero Cassie se limitó a sonreír.

—Eso me persuadirá de mantener la boca cerrada hasta que me hagan una oferta mejor.

Estaba tan cansado que no pudo seguirle la broma.

—¿Y la conspiración? —preguntó, y le costó recuperar el aliento—. ¿La solemne apertura?

—Todavía no han asesinado a nadie —dijo ella, tranquilizadora—. Ni siquiera ha habido más intentos. Rob ha estado coordinando las informaciones en tu despacho, y no le ha resultado difícil porque no ha ocurrido nada, a pesar del empeño de todos los agentes que has puesto a trabajar en esto. Es posible que los villanos hayan renunciado.

—No. —Estaba seguro de eso con el sexto sentido que lo hacía tan bueno para reunir información en el servicio secreto de inteligencia—. Una pesada espada está a la espera de caer.

Cassie también tenía excelentes instintos.

—Eso es lo que me temo. Pero es un ovillo de hilo. Si no logramos encontrar el cabo suelto, será imposible desenrollarlo.

Él cerró los ojos, consciente de que ella tenía razón. Gran parte de una investigación como la que tenían entre manos era pura suerte. Pero trabajar arduo daba más posibilidades de que esta les sonriera.

Algo le rondaba por la cabeza. La noche que vino a la casa, antes que lo derrumbara la fiebre. Torpemente buscó en su memoria.

—Cartas para Mackenzie. Vi unas cuantas en su despacho. Una en particular, de su capitán de contrabandistas de Kent. Me pareció importante.

—Cogeré las cartas y se las llevaré a Mac hoy. —Sonrió levemente—. Habría venido si no estuviera muerto. Pero ahora debes descansar.

A pesar del desastre que se cernía sobre la familia real británica, estaba vergonzosamente deseoso de cerrar los ojos y dormir.

Esa noche Cassie llegó a cenar, con aspecto cansado pero ya no angustiada.

—¿Kirkland está mejor? —preguntó Mac.

—Le ha remitido la fiebre y vuelve a estar racional, aunque tan débil como un gatito medio ahogado.

—La fiebre hace eso —observó Kiri—, pero al menos se ha recuperado.

Mac se obligó a mirar a Cassie, porque si lo hacía así, tendía a mirar a Kiri con ojos de enamorado. Habían pasado juntos las tres últimas noches, y cuanto más estaba con ella más la deseaba.

—Con la ayuda de tu corteza de los jesuitas —dijo Cassie—. El ataque fue fuerte, muy fuerte. —No necesitaba explicar más—. Mac, te he traído unas cartas que estaban en tu casa. Kirkland las iba a coger para hacértelas llegar cuando lo atacó la fiebre. Casi lo primero que dijo cuando volvió en sí fue que hay una de tu contrabandista de Kent que debes leer. Le tironeó los instintos.

Sacó del bolsillo un fajo de cartas y se lo pasó.

Mac las cogió.

—Y todos sabemos que los instintos de Kirkland son potentes y peligrosos —dijo, comenzando a pasarlas—. Si me disculpáis un momento. —No tardó en encontrar la carta, la leyó y frunció el ceño—. Hawk, el capitán de los contrabandistas, está preocupado por algo, o por alguien, que ha llegado de Francia. Quiere que vaya a Kent a encontrarme con él en el escondrijo mañana al caer la noche.

Hawk no especificaba el lugar, pero sabía que él entendería.

—¿Es creíble que te haya escrito? —preguntó Kiri, ceñuda—. ¿Que no se haya enterado de tu muerte?

—No creo que lea los diarios de Londres con frecuencia —dijo Mac, pensándolo—. Y aunque lo haya hecho, es probable que suponga que Mackenzie es un apellido falso, puesto que es escocés y yo soy inglés. El contrabando es el negocio de su familia, pero es un inglés leal. Tiene que saber que no sólo transporta para mí vino y licores. Si se ha enterado de algo que pensó que debía comunicarse a las autoridades, tal vez yo sea la única persona a la que sabía que podía escribir.

Kiri continuó ceñuda.

—Puesto que yo le arrebaté a un contrabandista el puñal que contenía el papel que olía a Alejandro, tiene que haber una conexión con los conspiradores. Pero falta muy poco para la apertura del Parlamento. ¿Puedes ir ahí, hablar con Hawk y volver a tiempo?

—Habrá tiempo de sobra —la tranquilizó él—. Pero tampoco sería un desastre si yo me retrasara allá. Carmichael y Kirkland son mejores para proteger a la familia real y el Palacio de Westminster. Relacionarme con contrabandistas y otros personajes dudosos es mi especialidad.

—¿Y si Kirkland continúa en cama?

Mac lo pensó.

—Volveré a tiempo.

—Yo debería ir contigo —dijo Kiri—. Un día me dijiste que podría acompañarte a ver a los contrabandistas para ver si podía identificar al jefe de los conspiradores.

Mac negó con la cabeza.

—Las circunstancias son diferentes. Esta vez sólo me voy a encontrar con Hawk, no será una visita de negocios con toda la banda. Si llevo a una persona desconocida, Hawk podría resistirse a hablar.

Ella se mordió el labio, con expresión preocupada.

—Encuentro que es arriesgado que vayas solo.

—Nada de lo que estamos haciendo carece particularmente de riesgos, pero he tratado con Hawk durante años. Si está preocupado, debo ir a hablar con él.

Ella no pareció convencida pero no insistió. Él pensó si sus recelos tendrían tal vez relación con que desde hacía unas noches eran amantes. Lógicamente él no quería tenerla fuera de su vista, y tal vez a ella le pasaba lo mismo. Pero no tardaría mucho, y era muy posible que Hawk tuviera información útil. En esos momentos era necesario comprobar cualquier pista prometedora. Inmediatamente.

En la costa de Kent el frío era penetrante e implacable a fines de noviembre. Y se veía bastante misteriosa también, aun cuando había estado muchas veces en aquel escondite. Si fuera propenso a dejarse llevar por la imaginación, miraría detrás de todas las rocas por si hubiera fantasmas.

Había viajado a Dover en coche de posta, cambiando caballos en todas las paradas. Para hacer las últimas millas hasta la cueva de los contrabandistas había alquilado un caballo resistente en un establo que ya conocía.

Aunque había cabalgado a la mayor velocidad posible, llegó tarde. Luna nueva significaba noche oscura, y las nubes llevadas por el viento ocultaban las estrellas. Contento por tener una linterna, bajó por el sendero rocoso que llevaba a la cueva.

Cuando estaba a punto de llegar a la entrada, lo alegró sentir el olor de una fogata. Al parecer Hawk seguía esperándolo. Entró con la linterna en alto, alerta y con la esperanza de que ese largo viaje produjera beneficios.

—¡Ah, has venido! Empezaba a preocuparme.

Esa no era la voz de Hawk; era la voz de Howard, el contrabandista furioso que deseaba a Kiri. Al instante intentó volverse, pero se lo impidieron otros dos contrabandistas que habían estado al acecho a la entrada. Debieron oírlo acercarse y se posicionaron.

Se le abalanzaron con porras. Fue lo bastante rápido para eludir los peores golpes, pero uno le dio de refilón en un lado de la cabeza y lo arrojó al suelo, donde quedó medio aturdido.

Cuando cayó, Howard gritó:

—¡No lo matéis! ¡Vale más vivo!

Cuando se le despejó la cabeza, ya le habían quitado el abrigo y vaciado los bolsillos. Entonces lo llevaron a rastras por la cueva y lo encadenaron a la pared. Y no con una manilla oxidada como a Kiri, sino con dos esposas nuevas, una para cada muñeca. Daba la impresión de que las habían instalado especialmente para él.

Tan pronto como quedó esposado, Howard se plantó delante de él con una escopeta lista en la mano, a una distancia que no le permitía hacerla volar de una patada.

—Así que el elegante caballero de Londres ha sido tan estúpido que se ha creído que mi letra era la de Hawk. Igual me espera una buena carrera como falsificador.

Furioso consigo mismo por haber caído en esa trampa, Mac dijo tranquilamente:

—Te has tomado mucho trabajo para traerme aquí, Howard. ¿No habría sido más fácil esperar hasta mi próxima visita?

—Nos pagan un precio especial por cogerte ahora. Además, en estos días del mes no está por aquí Hawk para estropear la diversión. —Entrecerró los ojos—. Dime, ¿era una buena pieza esa putita que me robaste? He estado pensando.

La furia de Mac fue instantánea y aniquiladora, pero la canalizó hacia un glacial desprecio:

—Un hombre como tú no puede ni imaginarse lo extraordinaria y especial que es una mujer como esa.

Howard soltó una risotada, divertido.

—Así que no conseguiste tumbarla. Tal vez prefieres niños mimados.

Eso era tan ridículo que Mac no pudo evitar sonreír.

—Tus insultos son pueriles, Howard. ¿Quién te pagó para que me hicieras venir aquí?

Howard pareció sopesar si decirlo o no, pero pasado un momento añadió:

—Un viejo amigo tuyo del ejército de apellido Swinnerton. Ahora que estás atrapado, le enviaré un mensaje a Londres para que venga lo antes posible. Me prometió que cuando hubiera acabado contigo estarías muerto. Espero que me deje a mí ese honor. —Apretó más la pistola—. Eso es un beneficio extra aparte de lo que nos va a pagar por cogerte.

Howard continuó con sus insultos, pero Mac ya había dejado de escuchar. Rupert Swinnerton. A pesar de su disfraz, debió reconocerlo esa noche cuando jugaron a las cartas en el Captain's Club. Y tenía que formar parte de la conspiración. ¿El cerebro? No, Rupert no era un estratega. Pero era duro, endurecido por las batallas, y debió ser el jefe de los hombres que intentaron secuestrar a la princesa en el Damian's.

Ya era de noche, así que pasarían dos días entre que el mensaje llegara a Londres y Swinnerton viniera a Kent. Era probable que deseara saber cuánto sabía el gobierno de la conspiración. Tendría tiempo para volver a Londres antes de la solemne apertura del Parlamento.

Disimuladamente examinó las esposas. Si tuviera alguna herramienta podría liberarse, pero no tenía nada que se pareciera al anillo de diamantes de Kiri. Mientras no cambiara la situación, estaba bien atrapado. Hizo una honda y lenta inspiración y se sentó en el suelo con la espalda apoyada en la pared, lo más cómodo que pudo.

Si iba a estar prisionero dos días, esperaba que por lo menos lo alimentaran.

Capítulo 37

*M*ackenzie estaba en dificultades; Kiri lo intuía en la médula de sus huesos. Ya habían transcurrido dos días, tiempo suficiente para que él hubiera ido y vuelto de la costa a la velocidad que viajaba. Teóricamente el asunto que debía tratar con Hawk podría haberle llevado más tiempo, pero ella no lo creía. La conversación con el capitán de los contrabandistas tendría que haber sido corta y, lo más probable, haberlo obligado a volver a Londres a la mayor velocidad posible.

Aparte de eso, sus instintos le gritaban que algo iba mal. Preocuparse no estaba en su naturaleza, y como sabía que él era competente, estaba segura de lo que le decían sus instintos: algo no había resultado como él lo había planeado.

Pero ¿qué podía hacer ella? Tenía buen sentido de la orientación y le parecía que sería capaz de encontrar la cueva de los contrabandistas, pero ¿qué haría cuando llegara ahí? Las posibilidades eran muchas, comenzando por encontrarse con que él no estuviera ahí. Y si no estaba, no tendría la menor idea de dónde buscarlo.

Severamente se obligó a admitir la posibilidad de que hubiera muerto. Esa conspiración ya se había cobrado vidas. Y si había muerto, era posible que ella nunca supiera cómo.

Los dos días le habían parecido dos semanas, porque había tenido muy poco que hacer. Sin él no podía ir a los clubes de juego a oler a los clientes. Así pues, esa mañana había sido a la casa de Mackenzie, en teoría para ayudar a atender a Kirkland pero principalmente para mantenerse ocupada. Él se estaba recuperando y la mente ya le funcionaba con su agudeza normal, pero la fiebre lo había dejado tan debilitado que apenas era capaz de caminar desde la cama a un sillón de orejas.

Había pasado buena parte de la mañana acompañándolo en su habitación, leyendo en silencio y conversando de tanto en tanto si él lo deseaba, hasta cuando entró el protector e imperturbable ayuda de cámara y la echó de la habitación para poder bañarlo. Entonces aprovechó la oportunidad para recorrer la casa, que era cómoda, aunque con un toque de excentricidad. Casi sentía a Mackenzie ahí, pero eso no le disminuyó la ansiedad por él.

Estaba en el salón cuando sonó un golpe de la aldaba. Pensando que podía ser Cassie o Carmichael, salió al vestíbulo en el momento en que el lacayo abría la puerta.

El día estaba luminoso, y a contraluz vio a un hombre cuya figura le resultaba conocida, alto y ancho de hombros.

—¡Mackenzie! —exclamó, corriendo por el vestíbulo y arrojándose en sus brazos—. ¡He estado terriblemente preocupada!

Cuando él le cogió los brazos, se quedó inmóvil. Algo no estaba bien. Se apartó al oír la sorprendida voz:

—¿Lady Kiri? No sabía que conocía a mi hermano.

Ella lo miró, y tragó saliva al sentir oprimido el corazón.

—Lord Masterson, creía que estaba en España.

—Ya venía de camino cuando leí lo de la muerte de mi hermano. —Despidiendo al lacayo con una mirada, le cogió el brazo y la hizo entrar en el salón—. Al llegar a Londres fui derecho a la casa de Kirkland, y su mayordomo me envió aquí. —Cerró la puerta para hablar en privado—. Las cosas suelen ser complicadas tratándose de Mac. Usted... no actuó como si lo creyera muerto.

A pesar de su expresión tensa, ella vio una angustiada esperanza en sus ojos.

—Hace dos días estaba vivo y bien, lord Masterson —se apresuró a decir.

—¡Gracias, Dios mío! —exclamó él y cerró los ojos, al parecer para contener las lágrimas; cuando se recuperó, los abrió y preguntó—: ¿Por qué está usted en la casa de mi hermano? ¿Usted y Kirkland están...? —No terminó la pregunta, como si no pudiera imaginárselos comprometidos. Entonces continuó—: Si esto tiene algo que ver con el trabajo de Kirkland para el gobierno, estoy muy al tanto, y le he enviado información cuando me he enterado de algo útil.

—En ese caso, sentémonos y se lo explicaré. Kirkland se está recuperando de un grave ataque de fiebre, y se cansa fácilmente, así que es mejor que usted tenga una buena idea de lo que ocurre antes de verlo.

—Admirablemente eficiente —musitó Masterson—. Soy todo oídos, lady Kiri.

Ella se sentó en un sillón, dedicó un momento a organizar sus pensamientos y comenzó a hablar. Primero le contó su captura por parte de los contrabandistas, de ahí pasó a su visita al Damian's y al intento de secuestro de la princesa Charlotte. Después le explicó lo que sabían de la conspiración y lo que estaban haciendo con el fin de coger a los conspiradores antes que dieran un golpe más importante.

Masterson la escuchó sin interrumpir, atento a cada palabra. Cuando terminó, dijo:

—Comprendo por qué Mac consideró mejor hacerse el muerto. Ojalá yo hubiera sabido que estaba bien.

—Kirkland le escribió a la mañana siguiente y envió la carta con un mensajero del gobierno para que le llegara lo más pronto posible.

—La carta debe de estar esperándome en mi regimiento. Hace

muy poco que decidí venir a pasar el invierno aquí y Kirkland no lo sabía, así que todo su trabajo fue en vano. —Se levantó—. Quisiera ver a Kirkland ahora mismo si está despierto.

—Debe cotejar lo que yo he dicho con lo que diga él —concedió ella.

—No dudo de lo que usted me ha dicho —se apresuró a decir él.

—Lo sé, pero yo sólo soy una aficionada en esto del espionaje, y mi comprensión podría no ser muy buena.

—En realidad, se parece mucho a Ashton —dijo él—. Una manera de razonar muy clara e imparcial.

Kiri casi se ruborizó.

—Gracias. Eso es un gran cumplido.

Masterson se detuvo en la puerta.

—Lo he dicho en serio. ¿Va a subir conmigo a ver a Kirkland?

—Les resultará más cómodo a los dos hablar sin la presencia de otra persona.

Él asintió y salió. Kiri se quedó en el salón y comenzó a... maquinar.

Lord Masterson no tardó mucho en volver al salón. Nuevamente a Kiri la impresionó el parecido general entre los hermanos. Dado que los dos eran altos, de hombros anchos y constitución fornida, una persona que no los conociera bien los confundiría fácilmente a cierta distancia. Incluso sus rasgos eran bastante similares, aunque Mackenzie tenía los ojos de color diferente y el pelo algo más rojizo.

La verdadera diferencia estaba en sus personalidades. Mackenzie tenía una irresistible chispa de travesura y encanto, mientras que Masterson una calma profunda y callada, que daba la impresión de que era capaz de manejar lo que fuera. Suponía que igual podrían haberse hecho enemigos, y vivir fastidiándose mutuamente, o amigos que se equilibraban. La alegraba que se hubieran hecho amigos.

Pero ahora Masterson estaba más serio. La alegría de que su hermano estuviera vivo había dado paso a la preocupación.

—Kirkland tiene el aspecto de que le haya pasado por encima una manada de caballos —dijo—. Yo sufrí una fiebre similar el año pasado en España, y me llevó semanas recuperar mis fuerzas. Pero tiene la mente clara y confirmó todo lo que usted me dijo. Me alegra haber vuelto. Si va a haber problemas en la solemne apertura del Parlamento, debería ocupar mi escaño en la cámara de los lores y estar preparado para ayudar si es necesario.

—Es posible que necesitemos toda la ayuda posible —dijo ella sombríamente—. No hemos tenido mucha suerte en encontrar a los conspiradores y se nos está acabando el tiempo.

—¿Por qué estaba tan preocupada por Mac que se arrojó en mis brazos? —preguntó él, y en sus ojos destelló una sonrisa—. No es que no me gustara, pero su reacción sugería una gran ansiedad.

—He estado preocupada desde que recibió una carta del capitán de los contrabandistas pidiéndole que fuera a Kent. —Suspiró, frustrada—. No tenía ningún motivo para preocuparme. Simplemente desde el principio me pareció peligroso. Ahora que se ha retrasado más de lo que esperábamos, tengo el estómago hecho un nudo.

—He aprendido a no descartar la intuición —dijo él—. Comencé a sentir preocupación por mi hermano en España. Ese fue un motivo importante de que decidiera volver a Inglaterra cuando nos retiramos a los cuarteles de invierno. Aunque me alivia enormemente que a Mac no lo mataran en su club, sigo sintiendo cierta preocupación.

Se miraron pensativos.

—Debe de estar cansado de viajar, lord Masterson —dijo ella

con su voz más persuasiva—, pero ¿estaría dispuesto a acompañarme a Kent? He estado deseando ir, pero no sabía qué podría hacer yo sola.

—Si decidimos ir a Kent a desmostrar que nuestra preocupación es infundada, ¿cuenta usted con una carabina que pueda viajar con nosotros?

Ella sonrió de oreja a oreja.

—Lord Masterson, llevo tanto tiempo viviendo fuera de las reglas que ya no veo ningún motivo para preocuparme por la respetabilidad. Simplemente vamos.

—Si vamos a huir juntos, lady Kiri —dijo él, imperturbable—, debe tutearme y llamarme Will.

—Y yo soy Kiri —dijo ella, levantándose de un salto del sillón—. Debo volver a la casa donde Kirkland aloja a sus agentes, Exeter Street once, cerca de Covent Garden. Me pondré ropa más práctica y estaré lista para irnos. ¿Hay algo que necesites hacer?

—Traeré aquí mis bártulos, alquilaré un coche de posta e iré a recogerte.

—¡Hecho! —exclamó ella.

Salió corriendo del salón a pedirle al lacayo que le pidiera un coche. Siempre había pensado bien de Will Masterson en sus informales encuentros en la casa de su hermano. Ahora ya tenía claro que era «maravilloso».

A Mac lo alimentaban, aunque el queso con pan seco y agua escasamente lo mantenían vivo. Le soltaban una manilla para que pudiera comer y hacer sus necesidades, pero le dejaban puesta la otra fijada a la cadena y un hombre armado lo vigilaba, así que no había ninguna oportunidad para escapar.

La peor parte era no tener nada que hacer aparte de escuchar el interminable chapoteo de las olas. Pensar en Kiri le servía, porque ella jamás era aburrida, ni siquiera en sus recuerdos. Cuando llegó a su fin el primer día, lo inquietaba saber que ella estaría comenzando a preocuparse.

Entonces, al final del segundo día llegó Rupert Swinnerton; él estaba preparado para un enfrentamiento aunque sólo fuera para poner fin al aburrimiento. Igual el enfrentamiento acababa con su muerte, y ¿no sería eso una aventura para descubrir qué ocurriría después, si ocurría algo? Pero por lo que sabía de Swinnerton, era posible que este eligiera alguna manera exótica de matarlo que le permitiera sentirse superior. Si esa manera significaba que le quitarían las esposas podría presentársele una oportunidad.

Howard oyó los pasos de Swinnerton en el sendero y salió a recibirlo. Mac se preparó mentalmente. Después de dos días de encierro tenía frío y... miedo, aunque no quería reconocerlo. Puesto que ya estaba oficialmente muerto, tendría que ser capaz de afrontar la realidad.

Pero ningún tipo de broma logró eliminarle el miedo del todo. Amaba la vida, le gustaba la vida que llevaba, y amaba a Kiri. Sintiendo su fin inminente, reconoció eso, porque ya no había tiempo para la evasión o la negación.

Swinnerton entró con el paso de un hombre que sabe que tiene la mano ganada. Mac había esperado eso, pero no estaba preparado para ver al hombre que entró junto a Swinnerton llevando una linterna.

El hombre tampoco estaba preparado para verlo a él. Le tembló tanto la mano que la llama de la vela de la linterna parpadeó como si fuera a apagarse.

—¡Mackenzie! —exclamó Baptiste—. ¡Pero si te mataron! Vi tu cadáver.

Se lo quedó mirando fijamente, sus ojos negros e incrédulos.

Baptiste. Mac ya sabía que alguien del Damian's tenía que haber colaborado con los secuestradores y se decía que todos eran sospechosos. De todos modos, jamás se habría imaginado que fuera Baptiste, que había sido su amigo además de su empleado de más confianza.

Swinnerton se rió y Mac comprendió que ese cabrón había estado esperando con ilusión la conmoción de Baptiste. Le gustaba ver sufrir a la gente. Disimulando su conmoción, dijo con voz burlona:

—Te ha llevado bastante tiempo llegar aquí, Rupert. Jean-Claude, me has decepcionado. ¿No te pagaba bastante?

Muy pálido, Baptiste contestó:

—Sólo me dijeron que querían llevarse de ahí a una chica que había huido de su casa antes que se deshonrara. No sería ningún delito y no se le haría daño a nadie. Y entonces —se le arrugó la cara—, os vi muertos a ti y a otro hombre.

—Si ibas a dejarte corromper, deberías haber tenido más cuidado en cuanto a quién permitías que te corrompiera —dijo Mac y miró a Swinnerton—. Supongo que mi disfraz no era tan bueno como creí esa noche que jugamos a las cartas.

—Casi me engañaste. Pero me extrañó que un diamante de primera calidad estuviera colgada del brazo de un hombre tan soso, así que miré con más atención. Cuando te vi extender tus cartas de una determinada manera, caí en la cuenta de quién eras. —Curvó los labios, expectante—. Ahora me voy a enterar de qué sabéis sobre nuestros planes tú y tus amigos.

Mac pensó rápido. Swinnerton sabía que ellos tenían una cierta idea de la conspiración así que no tenía ningún sentido fingir una ignorancia total. Era lógico suponer que él y «sus amigos» habían calculado que había una conspiración contra la familia real británica, pero no debía revelar que estaban seguros de que la intención era dar el golpe durante la apertura solemne del Parlamento. Si Swinnerton se daba cuenta de eso, él y sus cómplices tendrían tiempo para cambiar los planes.

Por lo tanto, podía decir que sabía algo, pero sin soltarlo todo de golpe, porque entonces Swinnerton sospecharía.

—¿Por qué tendría que decirte nada?

—¡Por esto! —exclamó Swinnerton levantando una fusta que no había estado visible en la oscuridad de la cueva y haciéndola restallar dirigida a sus ojos.

Por puro reflejo Mac bajó la cabeza y eludió el latigazo, que le cayó en la sien derecha, pero el dolor no fue nada comparado con los recuerdos que le vinieron de los azotes casi letales que recibiera aquella vez en el ejército. Aquella vez casi se murió de dolor, y en ese momento, como entonces, tenía las muñecas atrapadas por lo que no podía evitar los golpes.

Swinnerton dirigió un latigazo hacia el cuello. Nuevamente erró el golpe por poco, pero el látigo formó un arco de fuego. Puesto que tenía pensado hablar, Mac dejó escapar un grito de dolor. Después de un tercer latigazo, se echó atrás, encogido.

—¡Por el amor de Dios, Swinnerton! ¿Qué quieres saber?

A eso siguió un cuarto latigazo.

—Sabía que te desmoronarías fácilmente —dijo Swinnerton, satisfecho—. Después de esos azotes en el ejército bastaría enseñarte un látigo para volverte un cobarde.

Volvió a golpearlo.

—Si de todos modos me vas a azotar, ¿para qué voy a hablar?

—Cierto —dijo Swinnerton. Con expresión de pesar, bajó el látigo a su costado—. Dime lo que sabes.

—¿No más latigazos? —Diciéndose que estaba representando un papel, se esforzó en dejar de lado su orgullo y parecer acobardado. Parecer acobardado fue fácil, dejar de lado su orgullo le resultó más difícil. Menos mal que Kiri no estaba ahí, porque si estuviera igual se dejaría azotar hasta morir de un paro cardiaco—. ¿Tu palabra de caballero?

Swinnerton se rió.

—Me encanta verte arrastrarte. Muy bien, hay poco tiempo porque debo volver a Londres, así que no más latigazos. Dime lo que sabes de nuestros planes.

—Vuestro objetivo es atacar a la familia real británica para armar un caos en el gobierno —dijo Mac, cansinamente—. Intentasteis secuestrar a la princesa Charlotte Augusta —oyó un sonido ahogado de Baptiste—, y habéis intentado sin éxito asesinar al príncipe regente y al duque de York. Supongo que el objetivo de los franceses es crear una situación tal que Gran Bretaña esté dispuesta a poner fin a la guerra mediante un tratado por el que se nos devuelvan ciertos territorios que están bajo el dominio francés y Francia se quede con el resto de los territorios conquistados.

Swinnerton arqueó las cejas.

—Eres más inteligente de lo que pareces.

—Tuve ayuda.

Le bajaba sangre por la frente cayéndole en un ojo y teniendo las manos esposadas no podía limpiárselo ni rascarse.

—Puesto que me vas a matar de todos modos, satisface mi curiosidad sobre lo que tenéis planeado.

—¿Por qué tendría que satisfacerte en algo, asqueroso asesino de esposas? —siseó Swinnerton.

—Sabes condenadamente bien que yo no asesiné a tu esposa, Rupert. Fuiste tú el que la mataste a golpes y trataste de endosarme a mí el crimen. En cuanto a por qué deberías decírmelo, simplemente para que yo sufra la frustración de saberlo y no poder hacer nada para impedirlo.

Swinnerton entrecerró los ojos.

—En realidad eso tiene su valor. Pero sólo para tus oídos. —Agitó la mano indicando a los hombres que retrocedieran. Con el constante sonido de las olas sólo tenía que bajar la voz para que no lo oyeran—. Daremos el golpe durante la solemne apertura del Parlamento. ¿Recuerdas el Asiento del Gran Canciller que está justo delante del trono en la Cámara de los Lores?

Mac asintió.

—Un colchón rojo rectangular a modo de diván, relleno de

lana para recordar a los lores la fuente de la riqueza en la Inglaterra medieval.

—¡Sabes historia! Me admiras. —Sonrió enseñando los dientes—. La princesa Charlotte se sentará en ese asiento para la ceremonia. Una bomba insertada por debajo del colchón sin duda los matará a ella, al príncipe regente, al primer ministro y a un buen número de pares del reino. Ingeniosa idea, ¿verdad?

Mac ahogó una exclamación; sintió ganas de vomitar al saber lo que ocurriría.

—¿Cómo vais a introducir una bomba en el Palacio de Westminster y hacerla explotar sin que nadie lo note?

—Un par del reino colaborador lo ha hecho posible. Hacerla explotar será igual de fácil. —Entrecerró los ojos—. Última pregunta. Se me está acabando el tiempo y la paciencia.

—¿Usas una colonia llamada Alejandro?

Los ojos de serpiente de Swinnerton pestañearon ante la sorpresa.

—Curiosa pregunta para ser la última que harás en esta Tierra. Sí, tengo un frasco de esa colonia que me regaló mi hermano, y a veces la uso, aunque no es mi favorita. —Se giró y les hizo un gesto a los hombres para que se acercaran—. Adiós, Mackenzie. Conocerte ha sido una experiencia horrenda.

O sea, que Swinnerton fue el jefe de los secuestradores, pensó Mac. Si hubiera llevado la colonia Alejandro esa noche en el Captain's Club Kiri podría haberlo identificado con certeza. Qué condenadamente cerca habían estado de deshacer la conspiración.

—¿Eres capaz de matar a Mackenzie haciéndolo sufrir largamente? —preguntó Swinnerton a Howard.

—Sí, señor —contestó este—. En el fondo de la cueva hay un túnel que baja hasta la cala. Cuando está baja la marea subimos y bajamos por ahí. Cuando sube la marea el túnel se inunda. —Esbozó una sonrisa lobuna—. Inserté un bonito gancho metálico en una roca por debajo del nivel de la marea alta. Encadenaré al cabrón a ese gancho y lo dejaré ahí hasta que suba la marea.

Swinnerton reflexionó sobre una muerte por ahogamiento lento, la víctima debatiéndose desesperada por respirar mientras el agua subía y subía.

—Me gusta muchísimo eso —dijo, asintiendo decidido—. Adelante, entonces. Baptiste, tú te quedas aquí hasta que estés seguro de que Mackenzie está muerto. Sabes que es necesario que muera, ¿verdad?

Baptiste asintió sin decir palabra. Seguía pálido pero parecía resignado.

—Nos vemos en Londres, entonces —dijo Swinnerton, cogiendo una de las linternas—. Que disfrutes de la ejecución.

Diciendo eso se dio media vuelta y salió de la cueva, arrogante como siempre.

Y bien que podía. El diablo corrupto había ganado.

Capítulo 38

*E*l viento que soplaba del Canal penetraba hasta los huesos, y Kiri nunca se había sentido más consciente de lo muy al norte que estaba Gran Bretaña. Por lo menos cabalgando a horcajadas gracias a su falda pantalón se sentía más abrigada que si fuera montada en una silla de mujer.

—Horrible noche —comentó Will, que cabalgaba por el lado de la costa, amortiguando en parte la fuerza del viento; su abrigo era similar al de Mackenzie, y en la oscuridad era desconcertante el parecido entre ellos—. ¿Nos falta mucho para llegar?

—Si esa es una manera diplomática de preguntar si me he perdido, la respuesta es no, creo que no. —Observó sus puntos de referencia—. Nos quedan entre una y dos millas.

Will se rió.

—Parece que tienes el sentido de orientación de tu hermano.

Ella conocía a su hermano mayor sólo desde hacía unos meses y era mucho lo que no sabía de él.

—¿Adam es bueno en estas cosas?

—Aunque es de tipo pacífico, tiene los talentos de un oficial de primera. —Movió la cabeza con fingida pena—. Todos desperdiciados por ser duque. En realidad tú serías una buena oficial también, Kiri, si a las mujeres se les permitiera servir en el ejército.

—¿Yo? —exclamó ella, sorprendida—. Qué idea más rara.

—Eres resuelta y líder natural. Me imagino que también

comienzas a impacientarte si te ves limitada a la vida de los salones.

—Eres muy perspicaz, lord Masterson —dijo ella, algo desconcertada por la exactitud de su observación. Ya comenzaba a darse cuenta de lo mala que era para la vida social—. Es más entretenido cabalgar en una noche de tormenta en una búsqueda que podría resultar inútil.

—Podría ser una búsqueda inútil, pero mi intuición sigue tironeándome.

—La mía también. —No sólo tironeando sino gritándole que había peligro y que se les acababa el tiempo—. Ojalá hubiera luna, pero también estaba oscura la noche de mi primera cabalgada por esta región.

—La noche de luna nueva es buena para las actividades en un escondrijo de contrabandistas. Mac y su capitán no serán interrumpidos.

—En teoría —dijo ella y vio un conocido árbol retorcido delante—. Aquí viramos.

Cuando Will puso su caballo detrás para seguirla por el estrecho sendero, ella rogó que encontraran vivo a Mackenzie al final.

Howard se giró hacia Mac mirándolo con expresión voraz.

—Ya comienza a subir la marea. Es el momento perfecto para encadenarte ahí abajo, Mackenzie.

Le ladró órdenes a sus dos hombres. Estos se abalanzaron sobre Mac inmovilizándole las piernas mientras Howard soltaba la cadena del gancho en la pared. Le quitó una manilla y le dejó la otra puesta porque así podía ponerlo de pie dando un tirón a la cadena. Mac se resistió, pero tenía tanto frío y estaba tan agarrotado por estar sentado dos días que no tenía mucha fuerza para presentar batalla.

Entonces Howard lo obligó a caminar hasta el fondo de la

cueva tironeando la cadena, enterrándole la manilla en la muñeca ya irritada. Ahí comenzaba un estrecho túnel de forma irregular que bajaba hasta la pequeña playa de la cala. Caminando entre Howard y uno de sus hombres, que iban delante, y Baptiste y el otro hombre cerrando la marcha, no tenía la menor posibilidad de escapar, y el túnel era tan estrecho que se golpeaba contra las rocas que sobresalían de las paredes.

Al final el túnel se ensanchaba un poco y se encontraron al borde del agua que ya iba subiendo muy agitada. Con cada ola subía más el nivel del agua por el túnel. Howard cerró la manilla que sujetaba a Mac en un brillante gancho de acero inserto en la pared rocosa.

—He estado esperando este momento. —Retrocedió con expresión jactanciosa—. Ahora puedo quedarme aquí a ver cómo te ahogas.

La estrechez del túnel aumentaba la fuerza del agua; la siguiente ola cayó sobre las botas de Mac.

—Estupendo —dijo—. Si te quedas tendré luz en mis últimos momentos.

—Howard —dijo Baptiste con la voz ahogada—, vamos arriba en lugar de quedarnos a mirar y esperar. Este túnel es demasiado estrecho.

Howard se rió.

—Quieres decir que eres tan delicado que no puedes ver morir a un hombre. Yo no.

—Podemos jugar a las cartas junto al fuego en lugar de congelarnos aquí —insistió Baptiste.

Howard entrecerró los ojos.

—¿Juegas al brag?

—Conozco el juego —contestó Baptiste.

Si Mac no hubiera tenido tanto frío y estado tan magullado se habría reído del modo en que Baptiste restaba importancia a su habilidad con las cartas para inspirarle confianza a Howard.

—Jugaré si las apuestas son buenas —dijo Howard.

—Puedes decidirlas tú, siempre que no nos quedemos aquí.

Entonces uno de los hombres de Howard dijo:

—Yo prefiero coger mi dinero, irme a casa, y dejarte a ti hacer esto.

El otro hombre masculló que él también, así que Howard le dio a cada uno un par de monedas de oro. Cuando los hombres se marcharon, Howard se giró hacia Mac y le dijo en tono jactancioso:

—Morirás en la oscuridad, Mackenzie. El mar siempre gana. El agua está fría en esta estación, y continuará subiendo. Subirá y subirá y por mucho que intentes mantener fuera la cabeza, llegará el momento en que te la cubrirá. Aunque eso llevará tiempo. De tanto en tanto, entre oleada y oleada podrás respirar y entonces sentirás la sal en la boca y chillarás bajo el agua deseando respirar, hasta que te mueras.

—Tienes un don para las descripciones, Howard —consiguió decir Mac, arrastrando la voz, burlón—. Y yo que creía que tus únicos talentos eran la estupidez y la traición.

En cuanto a insultos, ese no era el mejor de su repertorio, pero él tampoco estaba en su mejor forma.

Howard movió el pie para darle una patada, pero no conectó porque Mac lo esquivó hundiéndose en el agua.

—Este túnel no se usa mucho —siseó—. Creo que dejaré tu cadáver aquí hasta que los cangrejos y peces te hayan comido y dejado limpios tus huesos.

Mac se encogió de hombros.

—Haz lo que quieras. No me importa.

Con expresión de furia, Howard se dio media vuelta y comenzó a subir por el túnel, agitando la linterna que llevaba en la mano. Baptiste se quedó.

—Lo siento, Mac. No fue mi intención que ocurriera nada de esto.

—El infierno está pavimentado de buenas intenciones —dijo Mac cansinamente—. Vete, te quiero fuera de mi vista.

En el momento de girarse, Baptiste dejó caer un objeto en el suelo arenoso donde todavía no llegaba el agua. Después subió por el túnel.

Cuando desapareció el último brillo de la luz de la linterna, Mac se agachó a recoger el objeto. Era el cortaplumas de Baptiste, un ingenioso modelo especial que él le había regalado el año anterior.

A diferencia de la mayoría de los cortaplumas, con hoja y mango sólidos, este tenía dos piezas que encajaban en el mango. Uno era la hoja normal para afilar las plumas y el otro un delgado clavo de plata que servía como mondadientes. Y Baptiste no lo había dejado caer por casualidad o descuido.

Sosteniendo el cortaplumas en las manos heladas logró sacar y desplegar el mondadientes. La oscuridad ya era casi absoluta, pero no necesitaba luz para encontrar la manilla de esposas. Aunque la cerradura era simple, forzarla sería dificilísimo a oscuras mientras lo golpeaba el agua gélida. Para complicar las cosas, la muñeca sujeta al gancho con la manilla era la derecha, por lo que tenía que trabajar con la mano izquierda.

Casi había logrado hacer saltar el pestillo de la cerradura cuando se le deslizó el cortaplumas por entre los dedos adormecidos. Aterrado, llenó de aire los pulmones, se arrodilló y, sumergiéndose en el agua, palpó el suelo pedregoso con la mano izquierda. La corriente arrastraba los guijarros y las pequeñas conchas, y era lo bastante fuerte para arrastrar también el cortaplumas.

No lograba encontrarlo. ¡No lo encontraba! Se incorporó, inspiró más aire y volvió a arrodillarse para reanudar la búsqueda, con los dedos adormecidos, sin sensación. ¿Dónde diablos estaba? Volvió a incoporarse, inspiró aire y se sumergió por tercera vez.

¡Ahí! El cortaplumas estaba a punto de ser arrastrado por la corriente y quedar fuera de su alcance, pero consiguió cogerlo. Cuando se incorporó, mientras inspiraba se metió la mano bajo la axila derecha, con la esperanza de recuperar la sensación en los dedos. Pero no podía esperar mucho más tiempo para volver a intentarlo. El agua ya le llegaba a la mitad del pecho y subía rápido.

Con el mayor esmero posible insertó el mondadientes en la cerradura y lo movió, intentando deslizar el pestillo sin romper el mondadientes. Continuó hurgando y moviéndolo, una y otra vez. Se había cumplido la predicción de Howard, que intentaría inspirar aire entre oleada y oleada.

La cerradura se abrió en el instante en que una ola le pasó por encima de la cabeza. Reteniendo el aliento, con los pulmones ardiendo, liberó la mano de la manilla y comenzó a subir tambaleante sumergido en las agitadas aguas. Se golpeó fuerte al chocar con una pared, pero sacó la cabeza por encima del agua e inspiró a bocanadas el bendito aire.

Apoyó la espalda en una pared y se quedó ahí para dedicar un par de minutos a hacer acopio de sus fuerzas y analizar su situación. Aunque no se había ahogado, sin calor ni ropa seca podría morir de congelación. Tampoco podía quedarse donde estaba, porque lo encontrarían cuando vinieran a verificar su muerte. No había ningún lugar para esconderse entre el túnel y la cueva grande, donde estarían sentados junto al fuego jugando a las cartas.

Como fuera, tendría que pasar cerca de Howard y Baptiste si quería sobrevivir. Baptiste no lo atacaría puesto que le había dado el medio para escapar, pero Howard estaba armado, y era lo bastante peligroso para matarlos a los dos.

El agua ya le llegaba al mentón, así que era el momento de comenzar a moverse. Cuanto más tiempo esperara más se deterioraría su estado. Al salir del agua al cortante aire frío se sintió más congelado aún y las botas llenas de agua y la ropa empapada le pesaban como si fueran de plomo.

Comenzó a subir por el túnel, laboriosamente, a tientas, en medio de una negrura absoluta, procurando no chocar más de lo necesario con las paredes rocosas. El camino hacia arriba le pareció mucho más largo que cuando lo bajó.

La subida le llevó tanto tiempo que comenzó a pensar si Howard y Baptiste habrían apagado el fuego y salido de la cueva a buscar algún lugar más cómodo. Entonces vio una tenue luz más adelante. Aunque la razón le decía que estaría en mejor situación si los hombres se hubieran marchado de la cueva, ver la luz lo alentó.

Con todo el sigilo que le permitían los pies adormecidos, continuó avanzando hacia la luz, y de repente se encontró en la espaciosa cueva. Había creído que estaba más lejos porque la luz no era fuerte, pero entonces vio que los dos hombres sentados a la mesa tapaban bastante la luz del fuego.

Se quedó inmóvil, con la esperanza de que no lo hubieran visto, pero Howard debió oír sus pasos, porque miró hacia el túnel. Le bajó la mandíbula ante la sorpresa, y al instante se levantó de la silla y cogió su escopeta.

—¡Vete al infierno, maldita sea! ¿Por qué no puedes simplemente «morirte»?

—Nunca he tenido mucha paciencia para quedarme sentado de brazos cruzados —dijo Mac, mirando la pistola y pensando en sus posibilidades de hurtarle el cuerpo a la bala de forma que no fuera letal.

Tal vez lograría evitar que lo matara esa bala, pero seguro que quedaría herido y entonces sería presa fácil.

—¡Púdrete en el infierno, Mackenzie! —gritó Howard y acto seguido apoyó la escopeta en el hombro y apuntó.

Cuando el contrabandista estaba a punto de apretar el gatillo, Baptiste se levantó, apuntó tranquilamente con su pistola de bolsillo y le disparó a la espalda a quemarropa.

Howard emitió un sonido de borboteo y agrandó los ojos, incrédulo. Entonces cayó al suelo como un árbol derribado.

El silencio fue absoluto en la cueva durante unos diez segundos. Entonces, exhalando un suspiro, Mac echó a caminar hacia la fogata. Al pasar junto a Howard le echó una mirada y vio que no respiraba. Que se pudra.

Le lanzó el cortaplumas a Baptiste y se acercó al fuego todo lo que pudo sin quemarse. Estaba temblando todo entero, por el frío y también por todo a lo ocurrido. Alargando las manos heladas hacia el fuego, preguntó:

—¿Por qué, Jean-Claude? ¿Por dinero? Aun cuando Swinnerton aseguró que querían coger a una heredera fugitiva antes que se deshonrara, no pudiste haberte creído esa historia, porque entonces me lo habrías dicho.

Baptiste, que apenas había logrado coger al vuelo el cortaplumas, lo cerró con las manos temblorosas y se lo guardó.

—Sospeché que Swinnerton no decía la verdad, pero pensé que no haría mucho daño dándole la información que necesitaba para entrar en el club. No me imaginé que habría violencia.

Mac entrecerró los ojos observándole atentamente la cara al hombre que había sido su amigo de confianza.

—¿Cuánto te pagó?

—No lo hice por dinero. —Curvó la boca en un rictus—. Su jefe francés prometió sacar a mi madre de Francia y enviarla aquí. No la había visto desde que hui del reino del terror.

Mac hizo una brusca inspiración, comprendiendo el poder de esa promesa. Él daría muchísimo por volver a ver a su madre, aunque sólo fuera una hora.

—¿Cumplieron la promesa?

—Enviaron una copia de su certificado de defunción. —Se le cortó la voz. Pasado un momento continuó—: Murió hace más de dos años y yo no lo sabía. Así que todo fue por nada. Te traicioné a ti y traicioné a Inglaterra, ¡por nada!

Y con eso precipitó un desastre, pensó Mac, pero no pudo evitar sentir compasión. Dios sabía que él había cometido errores monumentales. Acostarse con la mujer de un compañero y oficial fue criminalmente estúpido y a causa de eso estuvieron a punto de matarlo. Habría muerto si Will y Randall no hubieran hecho esfuerzos extraordinarios por salvarlo.

—Dime más sobre la conspiración. ¿Quiénes participan y quién es su conexión francesa? Supongo que no es Napoleón.

Baptiste volvió a torcer la boca.

—Joseph Fouché.

Mac retuvo el aliento. El cruel revolucionario francés había sido muchas cosas, la más importante, jefe de la policía de todo el país.

—¿No está fuera del poder ahora?

—Sí, y desea recuperar el favor de Napoleón.

—Atacando a la familia real británica para crear las condiciones para un tratado de paz —dijo Mac soltando un suave silbido. Ya veía la lógica de todo—. ¿Quienes son sus conspiradores en este lado del Canal? Supongo que no contactó contigo directamente.

Baptiste negó con la cabeza.

—Lord Fendall y Rupert Swinnerton son hermanastros. Su madre, Marie Thérèse Croizet, era hermana de la madre de Fouché.

—Por lo que Swinnerton y Fendall son primos de primer grado de Fouché. Instrumentos perfectos. ¿No me dijiste una vez que tu familia era del mismo pueblo de Fouché?

—Sí, Le Pellerin, cerca de Nantes. Él era mayor y no lo conocí, pero conocí a su familia cuando era niño. —Hizo el típico encogimiento de hombros francés—. En esa conexión se basaba mi amistad con lord Fendall. A él le gustaba oír historias del pueblo, que de niño visitó varias veces. A mí me gustaba que tuviéramos algo en común. No se me ocurrió que no debía fiarme de él hasta que ya fue demasiado tarde.

—Supongo que su motivación es obtener riqueza y poder.

—Exactamente. No conozco los detalles, pero a los dos les prometieron grandes propiedades y muchísima riqueza.

—¿Conocías al francés que resultó muerto en el Damian's?

—No conocía a los hombres que llevó Swinnerton esa noche. Pero Fouché habría insistido en poner a algunos de sus hombres en el grupo para que velaran por sus intereses.

Daba la impresión de que la implicación de Baptiste en la conspiración había sido de poca monta.

—Dos de los secuestradores eran franceses y dos eran boxeadores. Uno de estos se parecía lo bastante a mí como para hacerlo pasar como mi cadáver.

Baptiste volvió a palidecer.

—Cuando salí y vi los cadáveres, y lord Kirkland dijo que te habían matado...

Al parecer Baptiste había sufrido muchísimo por sus pecados, pensó Mac, pero no logró lamentar que lo hubiera creído muerto, dadas las consecuencias del error que cometió.

—Cuando comprendiste que estaban tramando causar problemas, ¿por qué no informaste a las autoridades?

—¿Con quién podría haber hablado sin meterme en más problemas aún? —preguntó Baptiste, escéptico.

—Podrías haber hablado con Kirkland.

Baptiste frunció el ceño.

—Para ser franco, siempre pensé que era un simple señorito al que le gustaba tener influencia en el club pero sin tener que hacer ningún verdadero trabajo. Lo infravaloré.

Eso era quedarse muy, muy corto, pensó Mac, pero no podía dejar de comprender que el hombre hubiera considerado a Kirkland según su apariencia. Este se esforzaba muchísimo en parecer insignificante.

—Además —continuó Baptiste—, aunque me horrorizó que hubieran muerto dos hombres, hasta esta noche no me he enterado de que la chica a la que querían raptar era la princesa Charlotte.

—A mí jamás se me ocurrió que podría ir al Damian's disfrazada —concedió Mac—. ¿Sabías que Swinnerton fracasó?

—No, Fendall no dijo nada sobre eso esa noche y yo no quise preguntar. Sólo quería que me dejaran en paz. Y me dejaron, hasta que Swinnerton me dijo que debía acompañarlo hasta aquí para hablar con un francés que había cruzado el Canal.

—Quería darte un susto con mi presencia.

Ya no tiritaba tanto, pero seguía sintiendo frío hasta la médula de los huesos.

Baptiste lo miró francamente a los ojos.

—¿Me vas a hacer arrestar?

Mac exhaló un suspiro.

—Esta noche me has salvado la vida dos veces, así que no creo que deba entregarte para que te cuelguen.

Baptiste pareció aliviado.

—Pensé que estarías furioso.

—Lo estoy, pero si te encierran en la prisión, ¿quién va a administrar el maldito club?

Baptiste lo miró boquiabierto.

—¿Me vas a permitir conservar mi puesto?

—Es difícil encontrar un buen administrador del que me pueda fiar. —Lo miró con los ojos entrecerrados—. Podré fiarme de ti en el futuro, ¿verdad?

—*Oui*. Sí. Siempre. —Hizo una inspiración temblorosa—. Inglaterra ha sido mi refugio. Jamás habría trabajado en su contra a sabiendas.

Mac le creyó. El cebo que le ofreció Fendall habría hecho picar a muchísimos hombres.

—Dentro de una semana o estaré muerto de verdad o podré volver milagrosamente a la vida. Vuelve a Londres y haz como si no hubiera ocurrido nada.

Baptiste cerró los ojos y por su cara pasaron conmoción y alivio.

—Eres... generoso.

—Cometiste un error de juicio, pero tu traición no fue intencionada —dijo Mac. Y estaba el asunto de que le salvó la vida—. Pero por ahora, vete y sal de mi vista.

—Me iré. —Le pasó un botellín plateado—. Coñac. Tu caballo está en el corral. ¿Te lo ensillo antes de marcharme?

—Eso sería estupendo.

Lo alegró que Baptiste hubiera pensado en su medio de transporte para volver a Dover, porque él sólo estaba concentrado en esperar a quedarse solo para poder desmoronarse.

Destapó el botellín y bebió un solo trago. El licor le pasó ardiente por la garganta, dándole al menos la ilusión de calor. No pudiendo continuar de pie más rato, se sentó en una de las sillas que estaban junto a la mesa. Por las cartas que logró ver, parecía que Baptiste estaba ganando.

—¿Hay algo que yo pueda hacer para detener a los conspiradores? —preguntó Baptiste.

—Dile a Rupert que estoy muerto y que me dejaron para alimento de los peces. Aparenta normalidad para que ni él ni Fendall consideren necesario cambiar sus planes. —Bebió otro trago de coñac tratando de decidir si enviarle o no un mensaje a Kirkland. No, él podría estar de vuelta casi con la misma rapidez, y era mejor no revelar el trabajo de Kirkland—. Añádele más carbón al fuego antes de marcharte.

Baptiste obedeció. Mac oyó el sonido de la palada de carbón y sintió aumentar el calor y la luz.

—*Merci, mon ami* —dijo Baptiste en voz baja, y añadió otras palabras en francés que Mac no captó.

Después oyó sus pisadas saliendo de la cueva, y quedó misericordiosamente solo.

Debía volver a Londres a decirle a Kirkland lo del plan de los conspiradores, pero antes tenía que recuperarse lo bastante para el viaje. De su ropa empapada subía suavemente el vapor. Las ropas de Howard estaban secas, aparte de la sangre. Se le revolvió el estómago al pensar en quitarle la ropa al cadáver del contrabandista.

Diciéndose que en todo caso esas ropas le quedarían pequeñas, cruzó los brazos sobre la mesa y apoyó la cabeza en ellos. Se calentaría un poco, descansaría un rato, y entonces emprendería el regreso a Dover y a Londres.

Capítulo 39

*A*unque la roía la preocupación por Mackenzie, Kiri dejó que Will bajara delante de ella por el sendero hacia la cueva. Él estaba tan preocupado como ella, pero sus años de oficial en activo lo hacían apto para entrar en territorio desconocido.

Habían dejado los caballos en la pequeña explanada que los contrabandistas hacían servir como potrero. La presencia de otro caballo ensillado sugería que por lo menos había una persona en la cueva, y tal vez más.

Will sacó su pistola mientras ella sacaba su puñal. Cuando iban por el último tramo, la cornisa rocosa, el viento les arrojaba rociadas de agua de la marea ya alta. Entonces, al llegar a la entrada de la cueva, el corazón empezó a golpearle a Kiri las costillas como un mazo para batir metales. Dios mío, ¡que Damian esté vivo!

De la cueva grande salía luz y humo pero no se oía ningún sonido. Will le hizo un gesto con la mano indicándole que se quedara cerca de la entrada mientras él continuaba avanzando. Ella no hizo caso y siguió caminando detrás de él.

Él amartilló la pistola y la levantó, preparándose para disparar, y entró en la parte espaciosa de la cueva. Su cuerpo ancho y fornido, que tanto se parecía al de Damian, no le permitía a ella ver nada.

Aprovechando la luz del fuego Will movió la cabeza paseando la mirada por la cueva en busca de posibles peligros. De pronto desamartilló la pistola, rápidamente la metió en su funda y echó a correr por la cueva.

—¡Damian!

A Kiri se le oprimió el corazón al ver ese cuerpo sólido desplomado sobre la mesa junto al fuego como si estuviera muerto. Entonces Damian levantó la cabeza, despabilado por la sorpresa.

—¿Will? —dijo, incrédulo.

Se puso de pie, magullado, ensangrentado. Parecía una gigantesca rata ahogada, muy hermosa. Pero estaba inequívocamente vivo.

Will estrechó a su hermano en un abrazo de oso.

—¡Tienes que dejar de meterte en estas situaciones!

—¡Maldita sea, Will! —dijo Damian, correspondiéndole el abrazo—. Es fabuloso tener a un hermano mayor que me rescate.

—Da la impresión de que no necesitas mucho que te rescaten.

Kiri siguió la mirada de Will y vio el cuerpo desplomado en el suelo. Quedaba claro que tenían razón al estar preocupados.

Mackenzie hizo un mal gesto.

—Eso no fue obra mía. ¿Cómo diablos me encontraste?

—Ella me trajo aquí —dijo Will, haciendo un gesto hacia Kiri, que se había detenido al final del túnel de entrada a contemplar la reunión de los hermanos.

Él se giró y la miró como si fuera un ángel que acababa de descender de lo alto.

—¿Kiri? —dijo con la voz ronca—. ¿Eres tú de verdad o sigo soñando?

—En persona. —Unos seis pasos largos la llevaron a sus brazos y ridículamente a punto de echarse a llorar—. Te dije que no debías venir aquí solo.

Él estaba empapapado y muerto de frío, pero tenía el ánimo para estrecharla con tal fuerza que todos los caballos y hombres del rey tendrían dificultad para separarlos.

—Escapé por un pelo, Kiri. Creí... creí que no volvería a verte nunca más.

Pensando que no debían revelar tan totalmente su relación a Will, ella se obligó a apartarse. Entonces vio con claridad el cadáver.

—¡Howard! —exclamó, asqueada—. ¿Te atacó porque me ayudaste a escapar?

—Eso fue parte del motivo de que falsificara la letra de Hawk para hacerme venir aquí —dijo Mackenzie, cansinamente—, pero también estaba pagado por los conspiradores. Dadme un momento para aclarar mis pensamientos y os contaré toda la historia.

—He traído una muda de ropa —dijo Will—. Iré a buscar mis alforjas para que te pongas ropa seca, no sea que mueras congelado. ¿Queréis que de camino arroje al mar el cadáver de este individuo?

Estremeciéndose, Kiri le dio la espalda al cadáver.

—Si no te importa. Además de intentar asesinar a tu hermano, propuso violarme en grupo y matarme.

—Espero que no se le indigeste a los peces —dijo Will.

Cogió el cadáver de Howard por las axilas y se lo llevó arrastrando, evitando eficientemente mancharse con la sangre.

Tan pronto como salió de la cueva, Mackenzie volvió a coger a Kiri en sus brazos.

—Tienes un tenue aroma a Eau de Pescado —musitó ella con la boca en su cuello, apretando todo su cuerpo contra el suyo—. ¿Van a venir otros contrabandistas?

—La luna no está como para favorecer su trabajo. ¿Me ayudas a calentarme?

La besó con ansias desesperadas, bajando las manos por su espalda y nalgas, apretándola a él. Aunque tenía los labios fríos, ella se los calentó rápidamente.

Si no hubiera sabido que Will volvería dentro de unos minutos, ella le habría quitado toda la ropa mojada y fría para poder calentarlo de verdad. El alivio y la pasión forman una mezcla embriagadora.

Consiguieron apartarse antes de que reapareciera Will. Kiri sospechó que este había hecho ruido adrede al acercarse, para avisarles.

Will le pasó una pequeña alforja a su hermano.

—Es una suerte que tengamos la misma talla. No tengo otro par de botas, pero cuanto antes te quites esa ropa mojada tanto mejor.

—Yo echaré más carbón al fuego y buscaré los ingredientes para preparar un té —dijo ella—. Y prometo que me mantendré de espaldas y no miraré.

No le importaría ver a Damian desnudo, pero le pareció que ese era un buen momento para observar el decoro.

Will metió la mano en el interior de su abrigo y sacó un paquete.

—Té. Tengo azúcar también. Leche no porque es muy difícil de acarrear.

Ella cogió el paquete de té riendo.

—¿A cuál de los dos se le ocurrió primero la idea de utilizar un abrigo como carro de provisiones?

Ellos se miraron y sonrieron de oreja a oreja.

—A mí —dijo Mac—. Entonces comenzamos a competir para ver cual de los dos podía llevar las cosas más raras y útiles, y llegamos a la conclusión de que los bolsillos ocultos son tan útiles que no se deben eliminar.

Kiri miró a Will esperanzada.

—¿Tienes algo para comer?

—Pues sí, tengo un poco de queso —dijo él, sacando un paquete plano—. Es el alimento más fácil de llevar bien.

Mackenzie cogió el paquete y se apresuró a quitarle la envoltura de papel.

—No me importaba que me dieran solamente pan y queso. El verdadero problema era que me daban muy poco.

—Cómetelo todo si quieres —dijo Will—. Nosotros hicimos una rápida comida en Dover.

Dándoles ostentosamente la espalda para que Mackenzie pudiera quitarse la ropa, Kiri echó una palada de carbón al fuego para reavivarlo y después fue a explorar un esconce que había visto cuando estuvo prisionera ahí. Tal como había supuesto, lo usaban a modo de armario de cocina, con toscos estantes en los que guardaban ollas y cazos de varios tamaños, unos cuantos cubiertos, y platos y tazas desconchados. No encontró nada para comer, pero sí un barril con agua hasta la mitad. Sin duda las mujeres de los contrabandistas se encargaban de que sus hombres tuvieran los enseres domésticos básicos.

Mientras llenaba una olla con el agua del barril y la colgaba sobre el fuego, oyó sonidos de ropa mojada y el frufrú de ropa seca. Cuando se enderezó y se frotó las manos, los hombres ya estaban junto a ella.

Mackenzie se veía considerablemente mejor con ropa limpia y seca. También se había puesto el abrigo de su hermano. En los pies sólo llevaba unos gruesos calcetines de lana. Él puso sus botas empapadas cerca del fuego y se sentó en una de las sillas.

—Tienes más habilidades domésticas de las que yo esperaría en la hija de un duque.

—También soy hija de un soldado, y cuando viajábamos siempre visitaba las fogatas de los soldados y aprendía cosas que igual habrían escandalizado al general. —En cuanto comenzó a hervir el agua, cogió una tetera marrón desconchada, le puso las hojas de té y vertió agua encima—. Seguro que mi madre sabía lo que yo hacía, pero es una mujer práctica que opina que todas las habilidades son valiosas.

—Amén a eso —dijo Mac—. Will, tú eres el experto en artillería. ¿Es posible hacer explotar algo como un colchón sin que nadie lo note antes de que explote?

Will encontró una tercera silla tosca y la puso cerca del fuego, para que los tres pudieran beber sentados el té que sirvió Kiri.

—Hacer la bomba es fácil. Cualquier tipo de envase duro, como la bomba de acero forjado de la armada o incluso un cacharro de loza, se puede llenar de pólvora. A la pólvora se le pueden añadir trozos de metal afilado, si lo que se quiere es hacer añicos a las personas. La parte difícil sería encender una mecha sin que se note.

Kiri hizo una brusca inspiración.

—Un colchón... ¿Crees que podrían poner una bomba en el Asiento del Gran Canciller, esa enorme otomana roja que está justo debajo del trono en la Cámara de los Lores? La vi cuando Adam nos llevó a hacer un recorrido del Palacio de Westminster.

—El colchón es lo bastante grande como para contener varias bombas —dijo Will—. La princesa Charlotte piensa asistir a la solemne apertura y es muy probable que se siente en él. Pero sería difícil para los conspiradores hacer explotar la bomba en una sala llena de gente que sin duda sentirían el olor de la mecha ardiendo.

—He tenido mucho tiempo para pensar en esto —dijo Mackenzie sombríamente—. La mecha se podría ocultar haciendo un agujero debajo del asiento. ¿Qué hay abajo, en el sótano? ¿Cuartos de almacenamiento y cosas de esas?

—Creo que nada más —dijo Will—, pero desde la Conspiración de la Pólvora, los alabarderos de la Torre de Londres registran todos los cuartos del sótano antes de todas las aperturas del Parlamento. ¿No verían una mecha?

—En la Conspiración de la Pólvora pusieron treinta y seis barriles de pólvora —observó Mackenzie—, que no se pueden dejar de ver. Esto es mucho más simple. Vas por la noche, quitas el enorme asiento y en el lugar haces un agujero en el piso que llegue hasta el sótano. Dejas la bomba insertada ahí, pasas una mecha por el agujero y pones el asiento en su lugar. Bajas al cuarto del sótano y clavas la mecha a lo largo de una viga vieja y sucia. ¿Quién la va a ver?

Will parecía espantado.

—Entonces esperas que se llene de gente la sala para dar comienzo a la ceremonia, enciendes la mecha abajo y escapas antes de que nadie se dé cuenta de lo ocurrido.

—¿La gente no sentiría el olor de la mecha con pólvora ardiendo? —preguntó Kiri.

—La mayor parte del olor quedaría encerrado en el cuarto del sótano —dijo Will—. En el último momento, antes que explote la bomba, podría sentirse un olor fuerte, pero entre esa multitud es improbable que alguien lo sienta a tiempo para actuar. Evacuar una sala llena de nobles y políticos es un proceso lento en el mejor de los casos.

—Una bomba que explote dentro del asiento mataría al príncipe regente, a la princesa Charlotte, al primer ministro y a la mayoría de los demás ministros, por no decir a la mitad de los pares del reino —dijo Mackenzie en tono grave.

—Entre ellos Adam —musitó Kiri.

Su deseo de proteger a la princesa era fuerte, pero su hermano era su hermano.

—Los duques se sientan en la primera fila —dijo Will—. Yo estaría algo más lejos si ocupara mi escaño, como era mi intención. Pero los conspiradores tendrán dificultades para introducir una bomba en la sala.

—No si el jefe de los conspiradores es un noble —dijo Mackenzie, acercando su taza para que Kiri le pusiera lo último que quedaba del té—. Será mejor que retroceda y os lo explique. Rupert Swinnerton y lord Fendall son hermanastros, y su madre era hermana de la madre de Joseph Fouché.

Superado un pasmado silencio, Will emitió un suave silbido.

—Eso explica muchísimas cosas.

—Menos mal que podemos viajar rápido para llegar a Londres mañana, arrestar a todos los conspiradores y encerrarlos antes de la solemene apertura.

Kiri se mordió el labio.

—La apertura es mañana.

Mackenzie se atragantó con el té.

—¡Condenación! Atrapado aquí he perdido la noción del tiempo y creía que la apertura sería pasado mañana.

—Dinos todo lo que sabes mientras nos terminamos el té —le ordenó Will—. Después cabalgaremos hasta Dover y alquilaremos el coche de posta más rápido que logremos encontrar. La ceremonia principal comienza alrededor del mediodía, así que tendríamos que tener suficiente tiempo para llegar.

—Pero no de sobra —dijo Mackenzie gravemente—. Ahora, os explico de qué me he enterado.

Capítulo 40

*E*mprendieron el viaje a Londres a la mayor velocidad que permitían las ruedas y los caballos. Will, que al parecer veía en la oscuridad, cogió las riendas cuando el postillón que venía con los caballos alquilados resultó ser demasiado prudente.

Kiri y Mackenzie viajaban dentro del pequeño coche. Agotado por su terrible experiencia, él fue capaz de dormir viajando a esa velocidad de locos por un camino azotado por un viento frío y una lluvia intermitente.

Acabó acurrucado en el asiento con la cabeza y los hombros en la falda de Kiri. Ella le acariciaba tiernamente el pelo, estremecida por lo cerca que había estado él de morir.

Qué mes más raro y loco había pasado. Cuando fue a visitar a la familia de Godfrey Hitchcock se sentía bastante nerviosa por andar buscando marido y no encontraba ninguna satisfacción en la búsqueda. Y luego había encontrado pasión, aventura y una manera de ser útil. ¿Cómo podría volver a su insulsa vida anterior? Por mucho que le gustara hacer perfumes, necesitaba otras ocupaciones.

Consiguió dormitar un poco, con una mano sujeta a una manija de la puerta y la otra sobre el hombro de Damian. Resultara como resultara todo, muy pronto acabaría la aventura.

Mac despertó agarrotado, aturdido y confuso, aunque tenía conciencia de que Kiri estaba acurrucada junto a él en el asiento de un coche, los dos botando con los movimientos. Una manta de coche los cubría a los dos, protegiéndolos de las corrientes de aire.

Le llevó un momento recordar todo lo ocurrido. La cabalgada a Dover, la búsqueda de un coche, y de cuando casi se desmayó al estar ya instalado dentro. Tenía vagos recuerdos de paradas para cambiar los caballos en casas de posta. Recordó cuando Will le dijo al postillón que él haría de cochero. Aunque era increíblemente acomodadizo, cuando su hermano deseaba hacer algo a su manera, lo hacía.

Ya era la mañana, aunque era imposible calcular la hora, pues el cielo estaba nublado y caía una ligera lluvia. Miró por la ventanilla un paisaje que pasaba muy rápido. No estaban muy lejos del sur de Londres.

Le costaba creer que se cerniera una catástrofe sobre Gran Bretaña en general y la familia real en particular. La realidad era Kiri reposando en sus brazos, increíblemente hermosa aun con sus ojeras y la mata de pelo negro suelto y todo enredado.

Era la mujer más extraordinaria que había conocido en su vida, y también la más encantadora y hermosa. Cuando despertó en la cueva y vio a Will y luego a Kiri pensó que se había ahogado y estaba en el cielo. Que su hermano mayor cabalgara a rescatarlo no era sorprendente; Will siempre había sido la persona mejor y más leal de su vida, y nunca jamás le fallaba a un amigo.

Pero Kiri era una dama de alcurnia, una lady hija de duque. ¿Cuántas mujeres de ilustre cuna recorrerían a caballo una buena parte de Inglaterra en una noche oscura y tormentosa porque un lastimoso individuo como él podría estar en dificultades? ¿Y cuántas habrían logrado encontrar un escondrijo de contrabandistas que sólo habían visto una vez y por la noche? Will era inmensamente capaz, pero no había estado nunca en la cueva y no habría encontrado el sendero sin Kiri para guiarlo.

Le besó suavemente la frente con infinita ternura. Le era imposible imaginarse una vida sin ella, pero aún más imposible imaginarse cómo podrían vivir juntos para siempre. Aunque esos momentos atemporales estuvieran a punto de acabar, jamás olvidaría lo especial que era Kiri ni su suerte por haber tenido la oportunidad de amarla.

Ella se movió y luego abrió los ojos adormilados metiendo una mano por debajo de su chaqueta y acariciándolo con íntima confianza.

—Las camas son mucho, muchísimo más cómodas.

Él sonrió de oreja a oreja.

—¿Quieres decir que no soy tan bueno como un colchón?

—Eres más duro y menos liso que un colchón, pero tienes tus utilidades —dijo ella, con los ojos brillantes de travesura bajo sus negras pestañas—. ¿Dónde estamos?

Ella tenía razón en cuanto a que estaba duro.

—Estamos llegando a Londres. Sólo puedo suponer la hora, ya que Howard me robó el reloj, pero creo que tendríamos que poder llegar a Westminster unas dos horas antes de que comience la ceremonia.

—Estupendo —dijo ella, desperezándose a sus anchas y cubriéndose elegantemente la boca para tapar un bostezo—. Me gustaría saber si tendremos tiempo de cambiarnos y ponernos ropa más respetable.

Sería más fácil convencer del peligro a los funcionarios reales si no parecieran una banda de tunantes, pensó él, pero después de reflexionar un momento negó con la cabeza.

—Eso nos acortaría demasiado el tiempo.

—No podemos correr ese riesgo —concedió ella, mirándose pesarosa la capa y falda pantalón polvorientas—. ¿Sería posible...?

Fue interrumpida por un fuerte ¡crac! y Mac comprendió que la catástrofe había pasado de posible a real; ese ruido significaba clarísimamente que se había roto el eje del coche.

—¡Cuidado! —gritó, envolviéndola con su cuerpo para protegerla de posibles lesiones.

Mientras el coche se deslizaba fuera del camino, ladeándose, pensó desesperado si el príncipe regente y su hija estarían condenados a morir.

Kiri descubrió que Mackenzie era un colchón muy decente. Protegida por su cuerpo sobrevivió a los violentos zarandeos del coche, estremecida pero ilesa. El vehículo se deslizó y ladeó hacia la izquierda hasta quedar en posición muy oblicua, casi a punto de volcarse. Cuando paró el movimiento oyó los relinchos de los caballos asustados y el ruido de dos ruedas girando en el aire.

Había caído encima de él. Cuando se liberó de sus protectores brazos, lo miró y la aterró ver manar sangre de una herida en un lado de la cabeza, hecha al golpearse con el marco de la ventanilla.

—Mackenzie, ¿puedes hablar? ¿Te has hecho mucho daño?

Él abrió los ojos, aturdido, pestañeó varias veces hasta enfocar bien la mirada en su cara.

—Me he golpeado la cabeza. Parece que no me he roto nada. ¿Y tú? ¿Y Will?

—Yo estoy bien. Iré a ver cómo está Will tan pronto como te haya vendado la herida de la cabeza. —Consiguió esbozar una sonrisa temblorosa—. No quiero que veas tu sangre y te desmayes.

—En ese caso cerraré los ojos —dijo él, y los cerró.

Se veía afectado, pero al parecer, aparte de la herida en la cabeza no tenía ninguna lesión grave.

Las alforjas de Will estaban en el coche, así que las abrió y hurgó hasta encontrar una camisa limpia. Sacó su puñal de la vaina que llevaba atada a una pierna y cortó la camisa en tiras. Con la manta del coche le limpió la sangre que le empapaba el pelo hasta encontrar la herida, que no era profunda, sólo sangraba mucho.

Una vez que limpió toda la sangre que pudo, formó una compresa con una tira, la puso sobre la herida y con otra tira se la vendó con dos vueltas por la cabeza. Apareció una manchita de sangre en el medio de la blanquísima tela de lino, pero la improvisada venda no se empapó.

—Ya está, esto servirá por el momento. Ahora iré a ver cómo está Will.

—¡Rápido! —exclamó él, intentando sentarse.

Ella le puso la palma abierta en el pecho y lo obligó a apoyar la espalda en el respaldo.

—Quédate quieto unos cuantos minutos. Si te levantas podrías caerte.

Él hizo una inspiración rasposa.

—Tienes razón, sin duda. Pero dime, por favor, cómo está, si no saldré inmediatamente detrás de ti.

—Te lo diré.

El coche estaba tan ladeado que la puerta de la derecha estaba inclinada sobre ella. Cuando la abrió y pisó el borde, el coche se movió hacia ese lado hasta quedar posado sobre las cuatro ruedas. Se afirmó en los los marcos hasta que quedó nivelado, sólo inclinado hacia delante por el eje roto.

—¿Sigues bien?

—Ligeramente mejor por estar sentado vertical —dijo él y comenzó a deslizarse por el asiento con cautela.

—Quédate quieto unos minutos, «por favor». No nos conviene que empieces a sangrar otra vez.

—Buen argumento —masculló él.

Ella cogió el resto de tiras de la camisa y saltó al suelo. Los caballos ya estaban tranquilos y callados gracias al postillón, que no se había caído de la silla sobre el caballo guía cuando medio se volcó el coche.

—¿Usted y el caballero están bien, señorita? —preguntó, preocupado.

—Bastante bien. —Miró alrededor, nerviosa—. ¿Y el comandante Masterson?

—Está ahí, señorita —dijo él, apuntando—. No he ido a verlo porque tenía que tranquilizar a mis caballos.

Ella miró hacia donde él indicaba y se mordió el labio al ver a Will. Había salido volando del pescante y caído en un campo lodoso, y estaba tendido de costado, inmóvil. En unos seis rápidos pasos llegó hasta él y se arrodilló a un lado.

—Will, ¿puedes hablar? ¿Estás herido?

Él emitió un resuello y rodó hasta quedar de espaldas.

—No estoy terriblemente mal, muchacha. El barro amortiguó el golpe. Pero el brazo —se tocó el brazo izquierdo y retuvo el aliento por el dolor—, parece que me he roto un hueso.

—¡Mackenzie, tu hermano no está mal herido! —gritó ella. Habían tenido mucha suerte en realidad—. Will —continuó con la voz normal—, ya usé una parte de tu camisa limpia para vendarle una herida en el cuero cabelludo a tu hermano. Con el resto te vendaré el brazo y haré un cabestrillo. ¿Podrás sentarte si te ayudo?

—Puede que sí —dijo él, al parecer bastante escéptico. Cuando ella le pasó el brazo por debajo de los hombros y consiguió levantarlo, volvió a retener bruscamente el aliento—. Eres fuerte, lady Kiri.

—Ah, porque no tengo mucho de lady. Deja que te libere el brazo del abrigo. —Decidió darle conversación para distraerlo del dolor que sin duda le causaba—. ¿El eje se quebró debido a la velocidad que llevábamos?

—No lo creo. No pasamos por ningún surco ni bache importante. —Hizo un gesto de dolor cuando ella comenzó a bajarle la manga del abrigo por el brazo—. Si el eje ya estaba desgastado, el trayecto a esa velocidad podría haberlo llevado al punto de ruptura.

Cuando terminó de salir la manga él estaba sudoroso y ella a punto de tener un ataque de histeria. No le gustaba causarle dolor a los amigos, por necesario que fuera. Y para no volvérselo a causar, le vendó el brazo por encima de la manga de la chaqueta. Un buen cirujano podría verlo después. Lo único que podía hacer ella era inmovilizarle los huesos para que no le produjeran un dolor tan insoportable.

Comenzó a ayudarlo a meter el brazo en la manga del abrigo. Él hizo un gesto de dolor, pero claro, hacía tanto frío que necesitaba el calor del abrigo.

—¿Donde aprendiste a tratar heridos? —preguntó él entonces.

—De niña tenía una curiosidad morbosa y siempre quería mirar cuando los cirujanos del regimiento trataban a los hombres heridos o lesionados. Normalmente me hacían salir si la herida o lesión era muy terrible, pero si no, me permitían mirar y aprender.

Con la última tira que le quedaba hizo un cabestrillo.

—Por suerte eres inmenso. Tu camisa ha dado para mucho.

Mackenzie salió del coche, afirmándose en los marcos para equilibrarse, pero con aspecto de encontrarse bastante bien.

—Yo iré a caballo hasta la próxima posada de posta y volveré con dos buenos caballos de alquiler para cabalgar. No podemos esperar hasta que un herrero repare el eje.

El accidente les había reducido el tiempo que tenían para llegar antes de la ceremonia.

—¿Sólo dos caballos? —preguntó Kiri, disimulando su inquietud. ¿Él quería dejarla ahí por su seguridad? Si se atrevía a sugerir eso...

—Will no puede cabalgar con un brazo roto. Mientras nosotros cabalgamos hacia Westminster, él puede visitar a un cirujano en la próxima localidad.

—He viajado más lejos en peor forma —dijo Will irónico—. Debemos ir todos. No olvides que soy un par del reino y tengo derecho a asistir a la apertura solemne. Si estoy ahí para explicar la situación, nos ahorraremos tiempo. Si me ayudas a montar en el caballo, te garantizo que me mantendré en la silla.

—Tiene razón —dijo Kiri—. Cada uno cumple un papel diferente en esta misión.

Mientras observaba al postillón desenganchar un caballo para Mackenzie, pensó si no llegarían al Palacio de Westminster justo a tiempo para ver estallar la bomba.

Sí que podía ser trepidante una aventura.

Capítulo 41

No tardaron en entrar en la ciudad a buena velocidad y a buena hora, pero a medida que se acercaban al Palacio de Westminster tuvieron que enlentecer la marcha.

—Menos mal que vamos a caballo —comentó Mac mientras se iban abriendo lentamente paso por entre el gentío que llenaba una calle.

La solemne apertura del Parlamento había congregado a una enorme multitud a pesar del mal tiempo, y un coche no habría podido pasar. Al menos los caballos inspiraban respeto, así que podían avanzar más rápido que si fueran a pie. Aunque no mucho más.

Kiri cabalgaba detrás de él, una verdadera reina guerrera, firme y resuelta. Nadie podía verla y no saber que por sus venas corría sangre real. Will cerraba la marcha, con la cara pálida por el dolor. Pese a su brazo quebrado no había aminorado la marcha en ningún momento.

Doblaron una esquina y se encontraron a un lado del palacio. La ruta que recorría el soberano estaba bordeada por filas de guardias de honor. Will frunció el ceño al ver el estandarte real ondeando arriba, agitado por el húmedo viento.

—La realeza ya ha llegado y es posible que se haya iniciado la ceremonia oficial —dijo—. Es el momento de que yo vaya delante.

Moviendo las riendas con cuidado hizo avanzar a su caballo por en medio de la gente.

—Eh, ¿quién te crees que eres, compañero? —gritó uno de los hombres a los que hizo a un lado.

—Sí, llevamos toda la mañana esperando bajo la lluvia —gritó otro.

—¿Ese no es Damian Mackenzie, del que dijeron que había muerto hace unos días?

Kiri decidió interrumpir los gritos:

—Hemos venido por un asunto que incumbe la seguridad de la princesa Charlotte Augusta —dijo en voz alta—. Dejadnos pasar, por favor. Esto es muy urgente, de verdad.

Ningún hombre podía mirar la hermosa cara de Kiri y sus ojos suplicantes sin conmoverse.

—Dejemos pasar a la muchacha y a sus amigos —gritó alguien—. ¡Igual van persiguiendo a unos espías gabachos!

Las risotadas que siguieron a eso no fueron lo que se dice respetuosas, pero la gente se apartó lo suficiente para dejar pasar a los caballos en fila india.

Llegaron a la puerta de entrada del palacio. Guardias militares rodeaban totalmente el edificio.

—Venimos por un asunto de suma urgencia —gritó Will a un volumen como para ser oído en una plaza de armas—. Dejadnos pasar.

—Señor, tengo mis órdenes —dijo un cabo, indeciso.

—Y yo doy la contraorden —ladró Will.

Reconociendo autoridad, los soldados se apartaron y dejaron pasar a los tres jinetes.

Mientras desmontaba, Kiri dijo:

—Yo entraré en la sala. Siendo mujer tal vez me sea posible acercarme a la princesa.

Mac, que estaba ayudando a desmontar a Will, creyó que se le iba a parar el corazón.

—No entres ahí, por favor. La bomba podría estallar en cualquier momento.

—No seas ridículo, Damian —dijo ella, sonriéndole con tanta audacia que él recordó que era tan guerrera como reina—. ¿Por qué sólo a los hombres se les permite morir por su país?

Tan pronto como estuvo en el suelo entregó las riendas de su agotado caballo a uno de los guardias y subió la escalinata. Se le acercó un capitán del ejército de rostro severo, mirándola con los ojos entrecerrados, desconfiados.

—¿Qué significa esto?

Will adoptó su postura de oficial.

—Soy el comandante lord Masterson, y tenemos motivos para creer que van a intentar hacer volar la Cámara de los Lores en cualquier momento.

El capitán lo miró ofendido.

—Los alabarderos de la Casa Real han registrado los cuartos de los sótanos cada año desde mil seiscientos cinco. No hay ningún barril de pólvora escondido ahí.

—Este año la bomba está dentro del Asiento del Gran Canciller y en el sótano sólo se ve la mecha —ladró Mac—. ¿Está seguro de que los alabarderos la habrán visto?

El capitán palideció.

—Tal vez... no.

—Vamos a bajar al sótano inmediatamente —ordenó Will, entrando en el edificio—. Soy miembro de la Cámara de los Lores además de oficial en servicio activo, y tengo una idea de dónde buscar.

—Y yo sé quien va a encender la mecha —dijo Mac, entrando al lado de su hermano y rezando todas las oraciones que sabía rogando que no llegaran demasiado tarde.

Mientras se acercaba a la sala en que se reunía la Cámara de los Lores, Kiri llamó mentalmente en su ayuda a la arrogancia de sus antepasadas reinas. Era una reina en una misión de vida o muerte y no le impedirían realizarla.

Delante de la maciza puerta de dos hojas estaba un oficial de uniforme muy vistoso, que al verla extendió el brazo con su enorme bastón para cerrarle el paso.

—¡Alto! Prohibida la entrada en la Cámara de los Lores.

Ella le dirigió su mirada más feroz.

—Soy lady Kiri Lawford, hermana del duque de Ashton y elegida por la princesa Charlotte para ser su dama de compañía. Necesito urgentemente hablar con Su Alteza Real, y !usted me va a dejar pasar!

Antes que el guardia lograra decidir si dejarla pasar o no, ella ya había hecho a un lado el grueso bastón, con una fuerza que ningún hombre esperaría que tuviera. Entró en la inmensa sala, viendo las conocidas ventanas en forma de media luna muy arriba, cerca del elevado cielo raso, y los enormes tapices en las paredes.

Cuando Adam la llevó con su familia a visitar ese palacio, no había nadie en la sala, aparte de los espíritus de los lores del pasado. En ese momento estaba absolutamente llena de nobles ataviados con sus trajes de ceremonia en terciopelo escarlata y armiño, políticos y miembros de la Cámara de los Comunes muy bien vestidos. Los miembros del Parlamento acudían a la Cámara de los Lores para oír el discurso real porque, por tradición, el soberano tenía prohibido entrar en la Cámara de los Comunes.

Al fondo de la sala estaba el príncipe regente sentado en su macizo trono tallado en madera y dorado, que no era menos magnífico que su persona, ataviada suntuosamente. Y, condenación, la princesa Charlotte estaba sentada bajo el trono en el colchón rectangular rojo que era el Asiento del Gran Canciller, mirando a uno y otro lado, a la espera de que comenzara la ceremonia. Si explotaba la bomba, ella y su padre morirían al instante.

Al oír que se estaba organizando una persecución detrás de ella, echó a caminar a toda prisa por el largo pasillo de la izquierda. Las cabezas comenzaron a girarse hacia ella. Lord Liverpool, el primer ministro, pareció sobresaltado; le hizo un gesto a unos guardias ordenándoles que la detuvieran. Kiri le hurtó el cuerpo al primero y diestramente arrojó al suelo al segundo.

Cuando ya estaba muy cerca del Asiento, la princesa Charlotte miró en su dirección y la vio. Con la cara iluminada se levantó. Se había puesto el perfume que ella le hizo.

—¡Lady Kiri! ¿Qué pasa? —le preguntó, e hizo un gesto a los guardias indicándoles que se alejaran—. ¿Se trata del asunto de que me hablasteis?

Agradeciendo la agudeza de la princesa, Kiri contestó:

—Exactamente, Vuestra Alteza. —Continuó en voz baja—: Es necesario evacuar esta sala inmediatamente. Por favor, ¡venid conmigo!

Antes que Charlotte pudiera contestar, ya estaban ahí el primer ministro y el príncipe regente.

—¿Qué significa esto? —tronó el príncipe.

Kiri hincó una rodilla, con la expresión más humilde que logró aparentar. ¿Cómo debía llamarlo, Alteza o Majestad? Decidiéndose por el título más elevado, dijo en voz baja:

—Vuestra Majestad, he venido a informaros de un complot de traición. Creemos que han escondido una bomba aquí en esta sala y que podría explotar en cualquier momento.

Mientras el primer ministro y el príncipe la miraban horrorizados, apareció su hermano a su lado. Ella no lo había visto en ese mar de atuendos de terciopelo escarlata, pero por ser duque estaba sentado en la primera fila, a sólo unos pasos de distancia.

Adam le cogió firmemente el brazo y la ayudó a incorporarse.

—Es mi hermana, lady Kiri Lawford. Lleva unas semanas participando en la investigación de una conspiración en contra de Inglaterra. Si ella dice que podría haber una bomba y es necesario evacuar la sala, yo le creo.

—¿Vuestra hermana, decís? —La sorprendida mirada del príncipe pasó de Adam, vestido con el traje ceremonial de un par del reino, a Kiri, que estaba sucia, vestía su falda pantalón y además llevaba varias manchas de la sangre de Mackenzie—. Tenéis los mismos ojos. Muy bien, Liverpool, ordenad que se evacúe la sala hasta que comprobemos cuánta razón tiene lady Kiri en su aviso. Charlotte, ven conmigo.

—Sí, papá —dijo la princesa, con cara de estar más entusiasmada que asustada.

Acto seguido los dos salieron por una puerta pequeña situada en un rincón cerca del trono.

El alivio de Kiri fue tan intenso que casi se le doblaron las rodillas, pero Adam seguía teniéndola cogida del brazo.

—¿Qué probabilidades hay de que hayan puesto una bomba? —le preguntó en voz baja.

—Es muy, muy probable. El conspirador jefe es lord Fendall, así que tiene acceso a la Cámara de los Lores. —Se estremeció—. El plan era ponerla dentro del Asiento del Gran Canciller.

Adam miró el Asiento rojo consternado.

—Fendall. Apenas lo conozco, pero si tuviera que elegir posibles traidores en esta cámara, él estaría en la lista. Es una peligrosa combinación de ambición y malignidad. Pero podemos hablar de eso después. Ahora, salgamos de aquí.

Kiri miró hacia los asientos que ocupaban las esposas de los nobles.

—¿Mariah ha venido?

—No, gracias a Dios. No se sentía bien.

Adoptando la postura de su rango ducal, paseó la mirada por la multitud de gente desconcertada, y luego llevó a Kiri hacia la misma puerta por la que habían salido el príncipe y la princesa, puesto que era la más cercana y menos usada.

Cuando ya se alejaban del Asiento del Gran Canciller de la Cámara de los Lores, a Kiri se le heló la sangre al captar el inconfundible olor a pólvora ardiendo.

La espeluznante búsqueda de la mecha por los cuartos del sótano del Palacio de Westminster hacía que el corazón de Mac latiera como un tambor loco. Por lo menos tenían una idea del lugar, puesto que debía de estar debajo de la sala de reuniones de la Cámara de los Lores, pero era difícil saber qué dirección tomar en ese oscuro laberinto de corredores y polvorientos cuartos llenos de muebles viejos, rimeros de documentos y objetos menos identificables.

—¿Qué son esos montones de palillos de madera? —preguntó cuando se asomó al primer cuarto.

—Son tarjas, señor —contestó el anciano celador que los acompañaba y se esforzaba en caminar al paso de ellos—. Las usaban los hombres que no sabían leer ni escribir para llevar sus cuentas. Son de madera de olmo, ¿sabe? Se hacían muescas en el palillo, representando libras y peniques, y entonces el palillo se partía por la mitad y una mitad se la quedaba el acreedor y la otra el deudor. Un recibo, por así decirlo. —Sonrió con cariño—. Tenemos tarjas que se remontan a los Plantagenet.

Mac contempló horrorizado los enormes montones de palillos. Si había una explosión de cualquier tipo, todo el maldito palacio ardería como una hoguera el día de Guy Fawkes.

—¿Por dónde, Will?

—Por aquí.

Con una linterna en la mano del brazo bueno, Will hizo de guía, pues había estado ahí antes y tenía un excelente sentido de la orientación. Mac y el capitán iban detrás y el celador cerraba la marcha con otra linterna.

Casi corriendo no tardaron en llegar a un largo corredor bordeado por unas puertas iguales de color apagado.

—Estamos justo debajo de la Cámara de los Lores, ¿verdad? —dijo Will.

—Sí señor, tiene razón —confirmó el celador—. Hay doce cuartos de almacenamiento en este corredor.

—Pues tendremos que registrarlos todos —dijo Will lúgubremente.

El celador y el capitán comenzaron metódicamente el trabajo registrando los cuartos de ese extremo del corredor. Will apoyó la espalda contra una pared y cerró los ojos, con la cara mojada de sudor.

Ceñudo, Mac corrió hacia el otro extremo del corredor guiándose por su olfato. Desde que conoció a Kiri se había vuelto más perceptivo a los olores y creía detectar un tenue olor a pólvora ardiendo que venía de ahí.

Apresuró el paso cuando lo sintió más fuerte. Oyó ruidos procedentes de arriba, que podrían ser de pisadas.

Rogando que la gente estuviera evacuando la sala, llegó a la última puerta de la izquierda. El olor parecía salir de ahí, y por la rendija de abajo se veía luz. Deseando estar armado, abrió la puerta y se hizo a un lado para no ser blanco fácil.

Dentro estaba Swinnerton. Con expresión ilusionada contemplaba la larga cuerda que colgaba de un agujero en el techo. Una llamita iba subiendo lentamente por la cuerda. Debía estar esperando hasta el último momento para escapar, con el fin de saborear el inminente desastre.

Al oír el ruido de la puerta al abrirse Swinnerton se giró y metió la mano en el interior de la chaqueta para sacar su pistola.

—¡Santo Dios, Mackenzie! —exclamó, incrédulo—. ¿Aun no te has muerto?

Mac se arrojó al suelo rodando. Habiendo calculado su trayectoria, con un puntapié hizo volar la pistola de la mano de Swinnerton y continuó rodando.

Al llegar a la cuerda colgante se detuvo, se puso de pie y de un salto la cogió por encima de la llamita. Su peso arrancó la mecha de la bomba oculta arriba.

En un instante la mecha pasó de ser letal a inocua.

No del todo inocua, pues la arrojó ardiendo directamente a la cara de Swinnerton.

—Tengo siete vidas, como un gato —resolló—. Estoy por la segunda o tercera, pero me quedan suficientes para encargarme de ti.

Swinnerton retrocedió tambaleante, soltando una sarta de palabrotas, porque la mecha le golpeó los ojos.

—¡Maldito seas! ¡Era un plan perfecto! Habría sido rico, un duque de Francia. ¡Si no fuera por ti!

Mac recogió la pistola, la amartilló y apuntó.

—Era un plan estúpido. ¿De veras crees que hacer volar a la mitad de los miembros del Gobierno y de los pares del reino haría desear a Inglaterra firmar la paz? Todo lo contrario. Se acabó, Swinnerton. Estás a punto de recibir el castigo retrasado tanto tiempo por asesinar a Harriet.

A juzgar por su expresión, Swinnerton acababa de comprender que había perdido. Con ojos de loco, metió la mano en un bolsillo y sacó una granada del tamaño de un puño.

—¡Puede ser, pero tú vas a morir conmigo! —Cogió la mecha ardiendo del suelo para encender la de la granada—. ¡Púdrete en el infierno, cabrón bastardo!

El tamaño de la granada sería sólo una fracción del de la bomba que habrían colocado debajo del asiento, pero era lo bastante grande para matarlos a los dos en ese cuarto pequeño. Mac apretó el gatillo con el fin de impedirle encender la mecha.

La pistola se encasquilló. Maldiciendo, se la arrojó a Swinnerton, salió corriendo del cuarto y cerró la puerta.

Mientras iba corriendo veloz en dirección a Will y los otros, sonó la explosión en el cuarto. Con la sacudida producida por las ondas explosivas perdió el equilibrio, pero automáticamente se hizo un ovillo y al caer rodó, así que el golpe no fue tan fuerte como para romperle los huesos.

Estaba tendido de espaldas, tratando de recuperar el aliento, cuando llegó Will hasta él, caminando más rápido que los otros a pesar de su lesión.

—¿Qué diablos ha ocurrido? —preguntó hincando una rodilla junto a él y mirando hacia la puerta rota—. Esta explosión no ha sido tan fuerte como la de la bomba colocada debajo del Asiento.

Mac se sentó con las piernas flexionadas, cruzó los brazos sobre las rodillas y apoyó la cabeza en ellos, temblando. Buen Dios, Kiri estaba ahí arriba. ¿Y si no hubiera llegado a tiempo? Menos mal que no tuvo oportunidad de pensar hasta después que evitó el desastre.

—En ese cuarto estaba Swinnerton, y había encendido la mecha que subía hasta la sala. —Inspiró más aire—. Cuando arranqué la mecha de la bomba, sacó del bolsillo una bonita granada para enviarnos a los dos al infierno.

El capitán se asomó por la puerta rota y miró. Apartándose rápidamente dijo:

—Sea quien sea, no hará explotar más granadas.

Will se incorporó y le ofreció a Mac la mano del brazo bueno para ayudarlo a ponerse de pie.

—¿Y el fuego?

El celador llegó trotando con un balde para incendios lleno de arena.

—¡Esto!

Le pasó el balde al capitán, que sacó la puerta, la dejó a un lado y arrojó la arena dentro del cuarto.

—No hay mucha cosa que coja fuego aquí —dijo el capitán—, pero más arena no iría mal.

—Dejemos que ellos se ocupen de eso —dijo Mac a Will—. Quiero subir a encargarme de que Fendall no se escape aprovechando la confusión.

Esbozando una leve sonrisa, Will se dio media vuelta y echó a andar en dirección a la escalera.

—¿Y después podremos desplomarnos?

Eso esperaba Mac, lógicamente.

Capítulo 42

*E*l ruido de la explosión en el sótano acalló las dudas, preguntas y bullicio de la gente a la que habían hecho salir de la Cámara de los Lores. Con el corazón en la garganta, Kiri esperó a que cayeran derrumbadas las paredes de la sala que estaba detrás de ellos, pero no ocurrió nada.

—Deben de haber impedido la explosión de la bomba principal —dijo Kirkland, que había acudido a la ceremonia de apertura aun cuando distaba mucho de estar bien recuperado del ataque de fiebre. Su piel se veía blanca como la tiza en contraste con su traje escarlata—. Ashton, ¿tienes una idea de dónde podría estar lord Fendall?

Entrecerrando los ojos Adam paseó la mirada por la multitud de alborotados nobles y de pronto apuntó:

—¡Ahí!

Fendall estaba a bastante distancia, abriéndose paso con expresión furiosa para salir de la aglomeración.

—Vamos a cogerlo —siseó Kiri, reanimada por la perspectiva de capturar al hombre cuyas egoístas ambiciones habían estado a punto de causar una horrenda destrucción.

Caminando en perfecta armonía, los hermanos se abrieron paso por entre la multitud y dieron alcance a Fendall justo antes que llegara a la puerta de salida.

—Mis disculpas, lord Fendall —dijo Adam con voz sedosa—,

pero se requiere tu presencia para que des testimonio de este muy lamentable asunto. Hacer explotar la Cámara de los Lores es algo que sencillamente no se hace.

Fendall se giró, y su salvaje expresión dio a su cara un parecido con la de Swinnerton. Al verlos tan cerca, eligió a Kiri como el blanco más fácil y se abalanzó hacia ella.

—¡No me vais a detener!

Ese fue su último error. Haciéndole una zancadilla y retorciéndole un brazo, ella lo lanzó volando hacia su hermano.

Adam actuó tan rápido que ella no vio qué ocurrió realmente, pero de pronto el barón estaba tendido en el suelo con el cuello doblado en un ángulo no natural. Estaba muerto. La capa de terciopelo escarlata abierta y rodeándolo parecía sangre.

—No deberías haber atacado a mi hermana, Fendall —dijo Adam en voz baja.

Kiri se acordó de cuando Mackenzie le dijo que su hermano era uno de los hombres más peligrosos de Inglaterra.

Llegó hasta ellos a toda prisa el Caballero Ujier de la Cámara de los Lores, llamado Black Rod (Bastón Negro) por el bastón de ébano coronado por un león dorado. Tenía los ojos algo desorbitados, sin duda a causa de la interrupción de una ceremonia que debía ser solemne y majestuosa.

—El príncipe regente desea hablar con ustedes dos —dijo—. Síganme.

Rogando que Mackenzie y Will hubieran escapado ilesos de la explosión en el sótano, Kiri echó a caminar delante de Adam, siguiendo al Black Rod. Este los llevó a una salita de audiencias cercana.

El príncipe regente seguía ataviado con todas sus magníficas galas ceremoniales y estaba sentado en un sillón de respaldo alto tallado en madera que tenía bastante semejanza con un trono. La princesa Charlotte estaba sentada en otro sillón a su lado; inmediatamente su mirada y su sonrisa se dirigieron a Kiri.

Estaba Kirkland ahí, seguramente para explicar lo que había ocurrido. En el momento en que entraron Kiri y Adam también lo hicieron Mackenzie y Will por otra puerta, acompañados por otro funcionario de la corte.

Kiri les sonrió a los hermanos, expresando con los ojos todo su alivio, porque sabía muy bien que en presencia de la realeza no debía hablar a no ser que le hablaran. Mackenzie se veía aún más magullado y desaliñado que antes; ella no lo habría creído posible. Pero la cansina sonrisa que le dirigió le encendió llamas en todas las fibras del cuerpo.

El regente despidió al otro funcionario pero no al Black Rod.

—El Caballero Ujier del Bastón Negro —le susurró Adam a Kiri—, es el responsable de la seguridad de la Cámara de los Lores. Normalmente el puesto es honorario y ceremonial.

Pero no esta vez, comprendió ella. A juzgar por la expresión tormentosa del príncipe regente, podrían rodar cabezas. Era el momento de guardar silencio, para parecer muy discreta y refinada.

Estaba tan cansada que eso le resultaría fácil.

Mac observaba receloso al príncipe regente. Este había visitado muchas veces el Damian's y demostrado que podía ser voluble, cortés, melodramático, voluntarioso como un niño malcriado y de vez en cuando incluso amable. Era de esperar que ese día desplegara sus mejores cualidades.

El príncipe estaba observando detenidamente las desastrosas apariencias de él, Will y Kiri. Incluso Kirkland daba la impresión de que se mantenía erguido por pura fuerza de voluntad.

—Mackenzie —dijo el príncipe ásperamente—, os veo extraordinariamente lleno de energía para ser un hombre muerto. Kirkland, he de encomiaros a vos y a vuestra gente por frustrar esta conspiración a tiempo de evitar el desastre, aunque antes habría sido mejor.

—El trabajo de inteligencia es un asunto de suerte y riesgo, señor —contestó Kirkland.

El príncipe frunció el ceño.

—¿Habéis cortado la cabeza de la serpiente? Estoy absolutamente harto de intentos de asesinato de los franceses.

—El final llegó tan rápido que desconozco los detalles —repuso Kirkland—. El señor Mackenzie, lady Kiri Lawford y lord Masterson están en mejor posición para explicarlos.

Miró hacia Mac y Will, cediéndoles la palabra en silencio.

—La mayor parte de esta historia la conocen mejor mi hermano y lady Kiri —dijo Will; parecía a punto de caerse por el dolor del brazo roto, pero nadie se sienta sin invitación en presencia de la realeza—. Ellos han pasado semanas investigando las posibles pistas para encontrar a los conspiradores, mientras que yo llegué de la Península hace sólo dos días.

Mac hizo una honda inspiración intentando organizar sus pensamientos para dar una explicación clara y concisa. Era conocida la incapacidad del príncipe para prestar atención mucho rato, y ya conocía los elementos básicos de la conspiración.

—Con lady Kiri comenzamos la investigación después del intento de secuestro de la princesa Charlotte —dijo—. Acabamos de volver de Kent, donde nos enteramos de que los secuestradores estaban dirigidos por lord Fendall y su hermanastro Rupert Swinnerton, primos de primer grado de Joseph Fouché por parte de madre. Al parecer, el objetivo de la conspiración era restaurar en el poder a Fouché, consiguiendo debilitar a Gran Bretaña hasta el punto en que deseara un tratado de paz.

El príncipe arqueó las cejas.

—Idiotas. ¿Fendall era el cerebro?

—Sí, y Swinnerton el encargado de dirigir la ejecución del

plan. Al parecer Fouché les prometió a sus primos muchísima riqueza y poder si la conspiración tenía éxito.

—¿Se ha capturado a Swinnerton?

—Lo encontré intentando hacer explotar la bomba debajo del Asiento Rojo. Le quité la mecha a la bomba. En la pelea que siguió, murió al hacer explotar una granada pequeña.

—¿Esa fue la explosión que se oyó en el sótano? —preguntó Kirkland.

Mac asintió.

—Quería compartir la explosión conmigo, pero sólo consiguió matarse él.

Kiri y Kirkland hicieron un mal gesto ante esas lacónicas palabras.

—Una lástima —dijo el príncipe fríamente—. Me habría gustado verlo arrastrado y descuartizado por traición. ¿Y lord Fendall?

—No sé dónde está —repuso Mac—. Mi suposición es que huyó cuando comprendió que había fracasado su plan. No puede haber ido muy lejos así que si se organiza una búsqueda inmediatamente tendría que ser posible cogerlo.

Aunque podría ser difícil demostrar su culpabilidad, pensó. El único testimonio que tenía era de oídas. Si Fendall era listo y conservaba fría la cabeza todavía podría estar en el palacio, preparado para decir muy elocuentemente que no sabía nada de la conspiración. Podía echarle toda la culpa a su hermano, que ya no estaba para discutirle.

Ashton se aclaró discretamente la garganta. Estaba al lado de su hermana, tan parecidos, pasmosamente atractivos con sus cabellos morenos y ojos verdes. Reservados, peligrosos.

—Si me permitís intervenir, Vuestra Majestad, lord Fendall no logró escapar. Cuando lady Kiri me dijo que él era el cerebro de la conspiración, los dos lo seguimos para impedirle huir del palacio. Por desgracia, al intentar escapar se cayó, y murió por culpa de sus lesiones.

—¿Cómo ocurrió eso? —preguntó Will, con un destello satírico en los ojos.

—La culpa fue mía —dijo Ashton, con expresión engañosamente pesarosa—. Fendall atacó a mi hermana y cuando yo la cogí para liberarla, él se cayó y se rompió el cuello.

El príncipe miró fijamente a Ashton, pero no hizo más preguntas.

—Bueno, eso evitará el escándalo. No es necesario que se sepa públicamente lo cerca que estuvieron los franceses de asesinar a la familia real.

—Hay un horno debajo de la sala —terció el Black Rod—. Se puede anunciar que se estropeó y que la evacuación fue una medida de precaución por si se producía un incendio. Que la explosión ocurrió cuando se cerró el horno.

—Eso irá muy bien —dijo el príncipe—. Cuanto menos se diga, mejor. Pero antes de reanudar la ceremonia —añadió, dirigiendo a Mac una mirada fulminante—, parece que el señor Mackenzie ha comprometido gravemente a lady Kiri.

Mac se sintió paralizado cuando las miradas de todos, incluida la de los ojos verdes de Kiri, se clavaron en él. Se le cerró la garganta. ¿Qué podía decir de algo tan esencial e íntimo?

Tragó saliva y dijo, vacilante:

—Vuestra Majestad, durante el curso de esta investigación he concebido un profundo respeto por la inteligencia, lealtad y valentía de lady Kiri en el servicio a la Corona. —Miró inquieto hacia Kiri pero no logró interpretar su expresión—. Me casaría con ella si me aceptara, pero sé que nuestras diferencias en posición social podrían hacer parecer un insulto tal proposición. Lo último que desearía sería insultar a la mujer más valiente y extraordinaria que he conocido en toda mi vida.

Se hizo un silencio tan profundo en la sala que se habría oído el sonido de un alfiler al caer.

—No sería conducente a un buen orden en la sociedad si un

hijo ilegítimo, jugador y empresario se casara con una de las damitas de más alcurnia del país —concedió el príncipe—, pero la situación es condenadamente indecorosa.

—Lo es, Vuestra Majestad —dijo Will, sonriéndole a Kiri—, pero como cabeza de familia del señor Mackenzie, yo daría mi más sincera bendición a esa unión.

Mac sintió un nudo en la garganta del tamaño del Puente de la Torre.

—Lord Masterson siempre ha sido el mejor y más alentador de los hermanos, y no tengo palabras para expresar mi gratitud por su aprobación de mi más profundo deseo. —Volvió a mirar a Kiri—. Pero mi temor es que su familia lo desapruebe, ya que es ella la que aceptaría muchísimo menos de lo que se merece. No... no quiero ser causa de distanciamiento entre ella y su familia.

Y esa familia estaba representada ahí por Ashton, el duque reservado y enigmático que acababa de romperle el cuello a un hombre que cometió la idiotez de atacar a su hermana. Aunque Ashton siempre le había caído bien, lo encontraba bastante amedrentador. Se preparó para su veredicto.

—Mi hermana me es muy querida y deseo que encuentre en el matrimonio tanta felicidad como yo he encontrado en el mío —dijo el duque lentamente, con su mirada fija en Mac—. Si ella desea casarse con el señor Mackenzie yo no pondré objeciones. Creo que su madre y su padrastro también aceptarán el matrimonio, dado el ejemplar servicio que el señor Mackenzie ha prestado a la Corona. Pero la decisión, lógicamente, es de lady Kiri.

Mac miró a Ashton mudo por la conmoción. Pero el príncipe no sufrió ninguna conmoción.

—Sigue siendo condenadamente irregular —dijo, malhumorado—. Condenadamente irregular.

—Papá —terció la princesa Charlotte, que hasta el momento había guardado silencio; estaba disfrutando muchísimo del asunto y su fascinada mirada pasaba una y otra vez de Kiri a Mac y de

Mac a Kiri—. Creo que hay una manera de atenuar hasta cierto punto la disparidad entre sus posiciones.

Acercó la cabeza al sillón de su padre y le susurró algo al oído.

El príncipe pareció primero sorprendido y luego pícaramente divertido.

—Excelente idea, Charlotte. —Se puso de pie y comenzó a buscar entre las capas de su traje de gala—. ¿Dónde diablos está esa espada ceremonial? Ah, aquí. —Con cierta torpeza sacó la larga y muy decorada espada de la vaina que le colgaba sobre la cadera izquierda—. Señor Mackenzie, arrodillaos ante vuestro soberano.

Agarrotado, Mac se arrodilló ante el príncipe. Todos los músculos del cuerpo le protestaban por los malos tratos recibidos esos últimos días.

El príncipe le golpeó el hombro derecho con la parte plana de la espada.

—Damian Mackenzie, en reconocimiento a vuestro leal y honroso servicio a vuestro país y a vuestro soberano, os concedo el honor de ser armado caballero. —Le dio otro golpe en el hombro izquierdo—. Levantaos, sir Damian Mackenzie.

Cuando el príncipe retiró la espada le golpeó la oreja con la parte plana; era de agradecer que no hubiera sido con el borde afilado.

Aturdido, convenció a sus doloridos músculos de ayudarlo a incorporarse. ¿Era sir Damian Mackenzie? ¿Caballero?

—Gracias, Vuestra Alteza. Me honráis de una manera que disto mucho de merecer. En mi lugar, cualquier británico habría hecho lo mismo.

—Pero podría no haberlo hecho tan bien —dijo el príncipe envainando la espada—. Esto reduce la brecha entre vos y lady Kiri. Así pues, ¿se celebrará una boda para regularizar vuestro comportamiento?

Kiri no había abierto la boca desde el instante en que entró en la salita y tenía las manos apretadas en dos puños a los costados.

—No lo sé, Vuestra Majestad —dijo—. El señor Mackenzie no me lo ha pedido. —Entrecerró los ojos—. Sería necesario hablar del asunto.

—Bien, habladlo, entonces —dijo el príncipe, impaciente—. Charlotte, Black Rod, venid conmigo. La ceremonia debe reanudarse sin más tardanza.

Los tres salieron de la salita, Charlotte mirando atrás por encima del hombro con los ojos brillantes.

Entonces Will dijo, con un deje de diversión:

—Los tres pares del reino también deberíamos ir a oír el discurso de apertura del príncipe, pero yo no estoy vestido de ceremonia, así que creo que me iré a casa de Mac a acostarme para dormir un par de días.

—Tal vez antes deberías ir a un cirujano para que te arregle ese hueso —sugirió Mac—, pero, por lo demás, es una excelente idea. Kirkland, ¿qué tal tienes la cabeza para irte a casa antes de que te caigas al suelo?

—Qué, ¿y demostrar sentido común? —masculló Kirkland—. Resistiré lo que dure la ceremonia. Después me iré a casa a dormir uno o dos días.

—Si nos marchamos ya —dijo Ashton poniendo una mano en el hombro de su hermana—, Kiri y Mackenzie tendrán la oportunidad de resolver las cosas. Mi coche nos llevará a la casa Ashton después de la ceremonia. Kiri, no es necesario que tomes una decisión hoy si no sabes qué decidir.

Acto seguido los tres lores salieron, dejando a Mac solo con una reina guerrera de ojos verdes.

Capítulo 43

Mackenzie la estaba mirando con una mezcla de esperanza y recelo que la habría divertido si no se sintiera tan hecha un lío.

—Deberías sentarte —dijo, mordaz—, no sea que te caigas.

—No puedo sentarme cuando una dama está de pie —dijo él, con su sonrisa sesgada.

Maldita esa encantadora sonrisa. Se sentó en el trono del príncipe y comenzó a tamborilear con los dedos sobre el ornamentado brazo tallado en nogal.

—Qué vergüenza que tu soberano te haya instado a hacerme una proposición indirecta. ¡Y delante de qué público!

Él arrastró el sillón de la princesa hasta dejarlo enfrente del de ella y se sentó con una rapidez que faltó poco para que fuera un derrumbe.

—No tenía pensado hacerte la proposición en medio del caos, pero hacerlo tuvo por consecuencia una gran cantidad de apoyo. De tu familia, de mi familia, del príncipe regente y de la princesa Charlotte. Es posible incluso que del Black Rod. Parece que la única excepción eres tú.

—Se ha acabado nuestro momento atemporal, Mackenzie. Tú puedes volver a tu club, yo puedo volver a mi familia, y será como si las semanas pasadas no hubieran ocurrido. —Se miró las manos. Todavía tenía sangre bajo las uñas de cuando le vendó la cabeza a él—. ¿No es eso lo que los dos deseamos?

Él le cogió la mano entre las dos suyas y le dijo dulcemente:

—No es lo que yo deseo, Kiri. ¿Qué tal si me dices lo que tú deseas?

Ella miró sus manos unidas. La piel de ella tostada, medio india, los dedos de él magullados y ennegrecidos por la pólvora. Qué diferentes. Demasiado diferentes, al parecer.

Su habitual seguridad en sí misma se había hecho dolorosamente trizas cuando él expresó una remilgada admiración por ella ante el príncipe regente, y luego continuó con todos los motivos por los que no debía formalizarse ese matrimonio. Ella había creído que la relación entre ellos era especial, excepcional, pero esa creencia se desintegró mientras él hablaba. Ella era una fulana mestiza de muy poca moralidad, y él era un gallardo jugador que no tenía el menor deseo de casarse.

Sonrió sin humor considerando su autoengaño. Se había dicho que se conformaría con tenerlo durante un tiempo corto. Ahora, llegado el momento de separarse y continuar cada uno por su lado, se sentía como si su corazón estuviera derramando lágrimas de sangre.

—¿Kiri? ¿Qué te pasa? ¿Por favor? —Cuando ella le apretó fuertemente una mano, continuó en tono mimoso—: ¿Tal vez podrías darme una idea de lo que deseas de mí?

Decirlo en voz alta le empeoraría el sufrimiento, pero el respeto por sí misma la obligaba a ser sincera hasta el final.

—Deseo ser amada —musitó, consciente de lo débil y tonta que la hacía parecer eso—. Deseaba que tú... derribaras las barreras sociales, fueras locamente romántico y estuvieras dispuesto a cambiar tu vida. No quería verte intentando encontrar una salida cuando caían derribadas las barreras.

Pasado un momento de sorpresa, él dijo:

—Es fácil, entonces.

Antes que ella pudiera reaccionar, la levantó del sillón y la sentó en su regazo, apoyándole la cabeza en su hombro.

—Condenación, me duelen todos los músculos del cuerpo —masculló, abrazándola y apoyando el mentón en su cabeza—. Te quiero, te amo locamente, profundamente, mi preciosa e indómita dama —continuó en voz baja—. Combatía ese sentimiento porque no veía cómo sería posible vivir contigo para siempre. Pero cuando las olas rompían sobre mis rodillas y luego me subían hasta la cara, comprendí, de verdad, que eres la persona más importante en mi vida, la única mujer en la que sabía que podía confiar totalmente. —Se rió, pesaroso—. Desde entonces no ha habido muchas oportunidades para decírtelo.

Ella levantó la cabeza y lo miró con los ojos esmeralda llenos de lágrimas, escrutándole la cara. Entonces relajó la cara en una sonrisa sesgada.

—Perdona mi tontería, Damian, pero necesitaba oír las palabras. Cuando le hablaste al príncipe regente lo hiciste de una manera tan indiferente y mundana que pensé que... que no me deseabas.

Él nunca la había visto tan joven y tan vulnerable. Amándola más aún, dijo:

—Me costó adaptar mi forma de pensar para creer que el matrimonio es posible. Por no decir nada de la dificultad para hablar de las cosas más íntimas y secretas de mi corazón ante el público más aterrador imaginable. —Pensó un momento, acariciándole el lustroso pelo—. No, habría sido peor si hubiera estado presente el general Stillwell también.

Ella hipó de risa y luego hundió la cara en su hombro y se echó a llorar.

—Nunca lloro —dijo, con la voz ahogada por los sollozos, y lloró más aún.

A él lo sorprendió y conmovió comprender cómo el amor hace vulnerable a todo el mundo. Aun siendo una chica maravillosamente fuerte e independiente, ella lo necesitaba tanto como él la necesitaba a ella. Tendría que comenzar a creer en los milagros.

Si ella se había permitido ser vulnerable, él no podía hacer menos. Cuando a ella se le calmaron los sollozos, tragó saliva, se despojó hasta de la más mínima pizca de frivolidad y dijo sinceramente:

—Yo también necesito oír las palabras, mi reina guerrera. Necesito oírte decir que me amas. Necesito oír que una dama hermosa de buena cuna, por cuyas venas corre sangre de reinas, puede amar a un bastardo jugador indigno de respeto cuya propia madre le dijo que su nacimiento había sido un error. —Curvó los labios—. Necesito saber que... que no soy simplemente tu manera de rebelarte y que algún día vas a lamentar haber elegido a un hombre que dista tanto de tu posición social.

—Vamos, mi querido tonto, ¿no te has fijado que yo no soy tremendamente respetable? —Le cogió el mentón y lo miró a los ojos, que no ocultaban nada—: Te amo, Damian Mackenzie, te quiero. Me gustan tu ingenio, tu simpatía y tu cuerpo terriblemente atractivo. Me gusta que digas que no eres respetable, pero nunca he conocido a un hombre más verdaderamente caballero que tú. —Sonrió, seductora—. ¿Dije lo de tu cuerpo terriblemente atractivo? Y tu olor maravilloso, único y absolutamente masculino, ¡me vuelve loca!

Acercó la cara y le dio un beso abrasador.

Ese beso desvaneció las dudas que podían quedarle a él. Aunque celebrarían una boda formal con mucho regocijo, esa era su verdadera boda. Las promesas y compromiso los estaban haciendo en ese momento, aun cuando las promesas y sentimientos eran tan potentes que no se podían expresar con simples palabras.

—Kiri, cariño mío —dijo con la voz ronca—. Nunca pensé que me casaría porque nunca logré imaginarme una mujer tan única y maravillosa como tú.

—Yo siempre supuse que me casaría, pero nunca me imaginé que eso me haría sentir tan feliz. —Lo miró ceñuda—. Espero que no te importe que yo sea una heredera importante. Algunos hombres se ponen muy quisquillosos por la posibilidad de que el mundo los crea unos cazadotes.

Él sonrió de oreja a oreja.

—Puede que poseer un club de juego de lujo no sea respetable, pero es inmensamente lucrativo. He hecho tanto dinero en los últimos años que incluso los muy puntillosos estarían dispuestos a hacer la vista gorda a la fuente de ingresos. —Pensó un momento—. ¿Quieres que compre una magnífica casa solariega en el campo para que sir Damian y lady Kiri Mackenzie puedan pertenecer a la aristocracia rural?

Ella lo miró de reojo por debajo de sus tupidas pestañas.

—En realidad tengo una magnífica casa solariega en el campo. Como parte de mi herencia Adam me cedió una propiedad que linda con la suya.

Mac emitió un gemido.

—Me admira la generosidad de Ashton y me aterra que vayamos a ser vecinos eternamente.

—Predigo que tú y él os vais a hacer excelentes amigos antes que transcurra un año. Al fin y al cabo tú vas a quitar a mi alarmante ser de su lista de responsabilidades.

—Que haya dado su consentimiento para nuestro matrimonio le ha ganado mi gratitud eterna —dijo él. Pensó otro momento—. Voy a formar parte de una familia numerosa, ¿verdad?

Ella asintió, como disculpándose.

—Mis padres, dos hermanos, una hermana, Mariah, la esposa de Adam, y su familia, la familia del general. La mayoría de los Stillwell son curas, pero no del tipo tremendamente sobrio. Yo creo que te van a adorar. ¿Cómo podrían no adorarte?

—Te sorprendería saber cuántas personas no me adoran —dijo él, muy serio.

Ella se rió.

—Espero que no encuentres abrumador tener tantos parientes. No tenemos por qué vivir pegados a mi familia, pero tenías razón en que me sentiría destrozada si estuviera distanciada de ellos. —Se puso seria—. Estoy muy, muy contenta de no tener que elegir entre tú y ellos.

Él estaba igualmente contento de no haber tenido que ver cuál sería esa elección.

—Me encanta que tengas tantos parientes que te caen bien de verdad —dijo, serio—. Yo tengo muy pocos. Principalmente Will, además de unos cuantos primos Masterson, que me consideran más o menos un estorbo. Will ha sido mi áncora, lo mejor de mi vida hasta que te conocí a ti. Así que cuanto más parientes, mejor.

—De verdad te van a adorar cuando te conozcan, aunque a veces te van a volver loco.

—Por lo que he visto, eso forma parte del jaleo de la familia. Quien te quiere te hace sufrir. —La acarició desde el hombro hasta al muslo, con más lentitud en las curvas—. Me hace ilusión pasar menos tiempo en el club y más tiempo contigo.

—Y a mí me hace ilusión pasar más tiempo en el club. Creo que podría poner una perfumería ahí, para tus clientes —añadió, traviesa.

—Espléndida idea —dijo él, entusiasmado—. Siempre que no olisquees a ninguno de tus clientes.

—Ninguno podría oler ni la mitad de irresistible que tú.

Le mordisqueó suavemente el cuello y eso llevó a otro beso.

—Tú hueles irresistible también —dijo él. Le deslizó una mano por entre los muslos—. Tu maldita falda con perneras es útil para cabalgar y para la aventura, pero no tanto para la seducción.

La expresión de ella se tornó apenada.

—Por desgracia este no es un buen momento para la seducción. Cuando termine la ceremonia de apertura, Adam me va a llevar volando a la casa Ashton. Supongo que entre él y mis padres me van a tener muy vigilada hasta que estemos casados y bien casados.

Mac sonrió de oreja a oreja, sintiéndose más feliz que nunca en su vida.

—Entonces simplemente tendremos que casarnos pronto, ¿verdad?

Capítulo 44

*K*irkland consiguió no caerse durante la solemne ceremonia de apertura del Parlamento. El príncipe regente pronunció muy bien su discurso; cuando el hombre hacía bien algo, lo hacía muy bien.

Después, su más intenso deseo era irse a su casa, acostarse en su cama y dormir como un buey pasmado, pero el deber lo llevó primero al despacho de su cuartel general. Debía ver si había alguna otra crisis que exigiera su atención; rogaba que no hubiera ninguna.

Además, tenía que atar los últimos cabos de la dichosa conspiración. Bajó al sótano y visitó primero la celda en que estaba Ollie Brown.

—Señor Brown, está libre para marcharse. He ordenado a mi ayudante que le compre un pasaje en la diligencia que va a Newcastle. Él le dará dinero suficiente para que pueda comer por el camino.

El joven boxeador se levantó del camastro con los ojos iluminados por la felicidad.

—¿Puedo irme a casa? ¿Mañana?

—Pues sí. Siéntase libre si quiere pasar la noche aquí estará más abrigado, pero dejaremos abierta la puerta. Por la mañana uno de mis hombres le llevará a la posada de donde sale la diligencia al norte.

—¡Gracias, señor! —dijo el chico, tímido—. En el futuro tendré más cuidado para no meterme en problemas otra vez, señor. Lo juro.

Tal vez Oliver Brown no se recuperaría nunca totalmente del daño recibido en el cuadrilátero, pensó Kirkland, pero con una familia que cuidara de él podría llevar una buena vida lejos de los peligros de Londres.

—Manténgase unido a las personas que le quieren y acepte sus consejos —le dijo, y le tendió la mano—. Buen viaje, señor Brown.

El chico le estrechó la mano con fuerza.

—Si alguna vez tengo un hijo, le pondré su nombre.

—¿Sabe mi nombre?

Ollie puso cara afligida.

—No, señor, pero le puedo poner «Señor».

Kirkland sonrió.

—Póngale James.

Salió de la celda y cansinamente abrió la puerta de la otra celda, donde estaba Paul Clement tumbado en el camastro contemplando el vacío. Cuando él entró se sentó y dijo al instante:

—Ha ocurrido algo, lo veo en su cara. —Entrecerró los ojos—: ¿Ha venido para entregarme en manos de la justicia británica como espía?

—Todo lo contrario —dijo Kirkland—. Su aviso acerca de la solemne apertura del Parlamento fue valiosísimo. Gracias al trabajo de mis agentes impedimos que explotara una bomba que habría matado al príncipe regente, a la princesa Charlotte, al primer ministro y a la mitad de la nobleza británica.

Clement arqueó las cejas.

—Así que ese era el plan. Me alegra que hayáis podido prevenir ese desastre. Matar a inocentes no tiene cabida en nuestro trabajo. —Ladeó la cabeza—. ¿Y la suerte de los conspiradores?

Clement aún no se decidía a decir nombres, así que Kirkland los nombró:

—Lord Fendall y Rupert Swinnerton han muerto.

El francés hizo un gesto de satisfacción.

—Un fin apropiado. ¿Me he ganado una prisión cómoda hasta el final de la guerra? Si tengo suerte la hermosa viuda parisiense a la que estaba cortejando podría esperarme.

Kirkland se apoyó en el marco de la puerta. No sólo estaba cansado físicamente, sino también de destrozar vidas. Estaba agotado hasta el alma por jugar a ser Dios.

Pero Dios podía ser benévolo, y en este caso tal vez él también podía.

—Le tengo una propuesta, *monsieur* Clement. Si me da su palabra de honor de que no hará más espionaje en contra de Gran Bretaña, le dejaré libre. Puede volver a su sastrería, a sus amistades y a su dama parisiense. Sólo prométame que nunca más va a volver a trabajar en contra de mi país.

El francés hizo una inspiración brusca y sus ojos reflejaron esperanza e incredulidad.

—¿Me va a liberar a cambio de mi palabra? ¿Aceptará mi palabra si se la doy?

—Creo recordar que acordamos eso cuando llegó aquí capturado. ¿Está dispuesto a salir de aquí y no volver a espiar nunca más?

Clement soltó una risa temblorosa.

—Sí que lo estoy, milord. Y de buena gana. Espiar marchita el alma. ¿Me... acepta un apretón de manos?

—Desde luego, señor. —Mientras se estrechaban las manos a Kirkland le vino una idea—: Nunca me decidí a preguntarle esto. Un íntimo amigo mío apellidado Wyndham fue capturado en Francia cuando terminó la Paz de Amiens. Desde entonces no se ha sabido nada de él. Supongo que ya hace tiempo que murió, pero... tengo que preguntar.

Clement entrecerró los ojos, pensando.

—En realidad —dijo, pasado un momento—, yo podría saber dónde se encuentra el caballero.

Epílogo

*E*n los diarios normales la noticia de la boda fue tan discreta y formal como cabía esperar, pero una popular revista femenina quería presentar un reportaje más largo, con los detalles que encantaban a sus lectoras. La reportera encargada de la sección ecos de sociedad, comenzó a escribir:

> Las nupcias de Sir Damian Mackenzie y Lady Kiri Lawford se celebraron en la iglesia Saint George, de Hanover Square, y fueron seguidas por un suntuoso desayuno de bodas en la casa del hermano de la novia, el séptimo Duque de Ashton. En un toque no tradicional, la novia fue entregada por su padrastro, el General John Stillwell, el Héroe de Hind, y su madre, la Princesa Lakshmi Lawford Stillwell, Duquesa de Ashton viuda.
>
> Durante la ceremonia acompañaron a la feliz pareja ante el altar la hermana de la novia, señorita Lucia Stillwell, y el hermano del novio, Comandante Lord Masterson. Su señoría estaba muy gallardo con su uniforme escarlata y con un brazo en cabestrillo debido a lesiones sufridas en la Península en Noble Servicio a su País.

La anciana viuda, que complementaba sus ingresos escribiendo estas columnas, interrumpió la escritura y comenzó a mordisquear el extremo de su lápiz. Dado que las iglesias son lugares públicos de culto, podía asistir sin invitación a las bodas, bautizos y funerales del bello mundo. Con su don para la cháchara amistosa conseguía sonsacar información a las personas invitadas, lo bastante para dar la impresión de que ella había estado invitada.

Pero en este caso no sabía si lo que sufría lord Masterson era una herida de guerra o no. Igual podría haberse caído del caballo cabalgando borracho. Pero quedaba mucho mejor decir que fue herido al servicio de su país.

Tomó nota mental de averiguar el nombre de su regimiento después. Algunos detalles los podía inventar sin riesgo, pero en asuntos militares es necesaria la exactitud.

Reflexionó sobre si debería mencionar que el nacimiento del novio fue... irregular. Encontraba conmovedor que los hermanastros estuvieran tan unidos, como se le hizo evidente, pero a la jefa de redacción no le gustaría ninguna referencia a bastardía.

Mejor no hacer referencia tampoco a la noticia de la muerte de sir Damian. Ella no tenía ni idea de cual era la verdadera historia, pero esa explicación de él de que había despertado en el hospital Saint Bartholomew semanas después de hacerse una lesión en la cabeza se le antojaba un puro invento engañabobos.

La duquesa de Ashton, joven encantadora, amable, elegante y «encinta», sin la menor traza de altivez, le había proporcionado valiosas pepitas de información. Reanudó el trabajo, escribiendo con letra muy pequeña porque el papel era caro.

La feliz pareja se conoció debido a que Sir Damian fue compañero del hermano de la novia, el Duque de Ashton, en la Academia Westerfield. Estaban presentes otros numerosos ex alumnos de este colegio. La fundadora y directora, Lady Agnes Westerfield, viajó de Kent para asistir a la boda como invitada de honor.

Ella trabajaba ateniéndose al principio de que no hay que mencionar los títulos con demasiada frecuencia. En su redacción definitiva reduciría los títulos a la iniciales, por discreción, pero en ese borrador prefería escribirlos enteros. Era mejor no revelar que la Academia Westerfield se fundó para chicos «de buena cuna pero mala conducta»; eso haría surgir muchísimas preguntas en las mentes de sus lectoras.

Entre los invitados estaban: Lord Kirkland; el Comandante Alexander Randall, heredero del Conde de Daventry, y su encantadora esposa, Lady Julia Randall; el Honorable Charles Clarke-Townsend, su esposa y su hija; y el Honorable Robert Carmichael.

¿Debería hacer mención de la joven cubierta por un velo que se parecía tan extraordinariamente a la Princesa Charlotte Augusta? Tentador, muy tentador, pero era evidente que la intención de la princesa era que su asistencia fuera secreta. No era prudente mencionar a los miembros de la realeza cuando se creían que estaban de incógnito.

Entonces debía pasar a la parte que más le gustaba, que era describir a la novia y al novio.

El alto y espléndidamente apuesto Sir Damian es un famoso líder de la moda, y su porte militar da testimonio de su servicio en el ejército en la Península.

Ah, y qué magnífico y gallardo pícaro era también; le recordaba a su querido marido. Cuando el sacerdote oficiante preguntó si alguien sabía de algún motivo que fuera impedimento para el matrimonio, ella estuvo tentada de levantarse a poner objeciones basándose en que lo quería para ella. Y lo habría hecho si tuviera treinta años menos. Aunque claro, sir Damian ni siquiera

miraría a una mujer que no fuera la novia a la que tan evidentemente adoraba, y así era como debía ser.

En homenaje a la sangre real Hindoo de su madre, la recatada
y bella novia vestía un magnífico sari de seda escarlata adornado por pasmosas cenefas con complejas figuras bordadas
con hilo de oro. Sus collares, pendientes y miríadas de pulseras, todos de oro, también eran de origen Hindoo.

La había horrorizado bastante ver complicados tatuajes ma-
rrones en los esbeltos brazos y manos de la novia, pero la duquesa de Ashton le explicó que esos dibujos no eran permanentes y
formaban parte de la tradición nupcial india.

Ahora bien, no estaba nada convencida del recato de la novia.
Estaba sentada lo bastante cerca del altar para oír cuando el general Stillwell, qué hombre tan bien parecido, ¡y a su edad!, le dijo
a sir Damian que era de esperar que, como marido, lo hiciera
mejor en controlar a lady Kiri de lo que lo había hecho él como
padre. Sir Damian se limitó a reírse y le cogió firmemente la
mano a su novia.

Y, por cierto, sospechaba que la noche de bodas no fue ninguna novedad para los recién casados. Cuando, ya declarados
marido y mujer, iban riendo por el pasillo en dirección a la puerta, ella tuvo la clara impresión de que ya habían probado el género, por así decirlo, y estaban muy complacidos con lo que
descubrieron. Claro que ella no era quién para juzgarlos; cuando
estaban de novios, ella y su futuro marido se habían adelantado a
la noche de bodas y las promesas con mucho entusiasmo y con la
mayor frecuencia que podían.

La feliz pareja pasará las fiestas de Navidad con familiares y
amigos en la sede del Duque de Ashton, Ralston Abbey, en
Wiltshire. En el futuro residirán en Londres y en Wiltshire.

La boda de Sir Damian y Lady Kiri ha sido una espléndida unión de Oriente y Occidente de la que todos podemos regocijarnos.

Complacida con el resultado de su trabajo, la viuda dejó a un lado el lápiz, sonriendo. Sabía reconocer un «felices para siempre» cuando lo veía.

Nota histórica

La verdadera princesa Charlotte era bastante parecida a como la he descrito, una chica de buen corazón que tuvo una infancia y educación horribles, atrapada entre sus padres que se detestaban. Al parecer no tenía la arrogancia que va con la realeza, y era bien sabido que conversaba alegremente con el panadero de la ciudad de la costa donde pasaba las vacaciones.

Charlotte tenía una vena rebelde y, basándonos en su historial, no es inverosímil que saliera a hurtadillas por la noche para asistir a un baile de máscaras. Sí encontró felicidad, aunque breve, en su matrimonio con el príncipe Leopold de Saxe-Coburg-Saafield, pero, lamentablemente, murió de parto a los veintiún años, debido a un mal tratamiento médico. Si la hubiera asistido una buena comadrona, tal vez no habría tenido ningún problema.

El médico cuya incompetencia les costó la vida a Charlotte y a su hijo, se suicidó después; a este desgraciado suceso se le llama la «tragedia obstétrica triple».

Dado que Charlotte era la heredera al trono, su muerte aguijoneó a sus tíos a buscar esposa a toda prisa para poder engendrar herederos al trono (estos muchos tíos preferían tener amantes, y sus hijos bastardos no podían ser herederos). La reina Victoria, prima de Charlotte, no habría nacido si esta no hubiera muerto tan joven.

La solemne apertura del Parlamento es una ceremonia muy

grandiosa, del tipo que saben hacer tan bien los ingleses. La princesa Charlotte asistió por primera vez a la apertura en 1812 y se sentó en el asiento rojo, llamado Woolsack (saco de lana), y afortunadamente no ocurrió ningún incidente melodramático. La vitorearon y aclamaron cuando llegó; a su padre, no. La gente de Londres tenía buen gusto.

Hubo ocasiones en que Napoleón habría acogido de buena gana un tratado de paz con Gran Bretaña. Su ministro Joseph Fouché, que fuera jefe de la policía, y destituido de sus cargos y restituido una y otra vez, nunca dejó de conspirar.